N&K

Janna Steenfatt

Mit den Jahren

Roman

NAGEL UND KIMCHE

Die Entstehung dieses Werks wurde durch ein Stipendium der Kulturstiftung des Freistaates Sachsen ermöglicht.

1. Auflage 2024
Originalausgabe

Gesetzt aus der Centennial
von GGP Media GmbH, Pößneck
Druck und Bindung von CPI books GmbH, Leck
Printed in Germany
ISBN 978-3-312-01311-1
www.nagel-kimche.ch

Druckprodukt mit finanziellem
Klimabeitrag
ClimatePartner.com/15109-2009-1001

MIX
Papier
FSC FSC® C083411

I.

Der Löwe sah ihm direkt in die Augen. Irgendetwas stimmte noch nicht. Lukas trat ein paar Schritte von der Leinwand zurück, bis zum Tisch mit den Farbtuben und Pinseln. Er hatte gelesen, dass Löwen nur in den ersten Monaten ihres Lebens blaue Augen hatten, später wurden sie dann bernsteingelb. Die Augen seines Löwen waren trotzdem blau. Lukas spürte, wie die Konzentration, die schon vor Stunden nachgelassen hatte, ihn ganz verließ. Er öffnete ein Fenster, um den Terpentingeruch hinaus- und ein wenig kalte Luft hereinzulassen.

Die Tür wurde aufgerissen, und Henner stand da, in eine Wolke aus Gras gehüllt, die Hände in den Taschen seiner Anzughose, aus der das Hemd heraushing, über dem er eine Jacke aus rosa Ballonseide trug. Alles an Henner war ironisch. Seine Kleidung, seine Haltung, die politische wie die körperliche. *Lass mal sehen*, sagte er und machte eine ruckartige Kopfbewegung Richtung Leinwand. *Ist noch nicht fertig*, sagte Lukas und ging einen Schritt auf ihn zu, aber Henner war schon mitten im Raum, stand vor dem Bild, schwankte von einem Bein aufs andere, wie er es oft tat, wenn er nachdachte oder bekifft war. Lukas hatte Angst vor seinem Urteil, auch wenn er das niemals zugegeben hätte. Er schätzte Henner auf eine sehr spezielle Art. Lukas war sich sicher, dass er ihn mitten in der Nacht anrufen könnte und sagen, hey, pass auf, ich stecke in Schwierigkeiten. Ich habe hier eine Leiche, frag nicht, es ist kompliziert, du musst mir helfen, sie wegzuschaffen. Bring bitte eine Hacke und einen Spaten mit und triff mich in einer halben Stunde da und dort. Und Henner würde auftauchen, fluchend und eine halbe Stunde zu spät, aber er würde keine Fragen stellen, so einer war Henner, und solche Freunde waren sie, da war Lukas sich sicher. *Hmmm*, machte Henner und legte den Kopf schief. *Was?*, fragte Lukas. *Der erinnert mich an irgendwen*, sagte Henner. *Ist das dein Alter? – Nee, das bin ich in dreißig Jahren*, sagte Lukas. Er hatte Eva versprochen, heute früher nach Hause zu kommen. An zu vielen Abenden schaffte er es nicht, rechtzeitig zum Abendessen da zu sein. Er bemühte sich, aber es kam immer etwas dazwischen. Oder es lief einfach gerade zu gut, und er konnte nicht aufhören, ein Zustand, der so selten wie kostbar war und in den Eva sich nicht hineinversetzen konnte. Sie arbeitete nur länger, wenn etwas dringend war, und die Augen eines müden Löwen noch einmal neu zu malen, war für Eva nichts, das nicht warten konnte. Ein nicht abgeholtes Kind war etwas, das nicht warten konnte. Eine kranke Kollegin, für die eine Vertretung organisiert werden musste. Eine Anfrage von der Schulbehörde.

Auch Henners Arbeiten waren ironisch, bunt und flüchtig, seine Graffitis und Mangas und Sexpuppeninstallationen. Seine Selbstversuche, die andere Performance nannten, er jedoch nicht, was ihm eine Aura von Bescheidenheit verlieh. Jemand hatte Henner einmal einen Möchtegern-Meese genannt. *Kenn ich nicht*, hatte Henner entgegnet und später am Tresen damit angegeben, er sei mit Jonathan Meese verglichen worden. Letztes Jahr hatte Henner sich auf dem Jahrtausendfeld nackt an ein Gerüst gekettet und Menschen dazu aufgefordert, die Narbe zu berühren, die sich über seinen Bauch zog und von einer schiefgelaufenen Gallenstein-OP herrührte, und die Menschen waren gekommen und hatten seine Narbe berührt. Er hatte es in verschiedene überregionale Zeitungen geschafft. Henners damalige Freundin, Nicole oder Nadine, die zufällig neben Lukas gestanden und Henner zugesehen hatte, am Tag dieser Aktion, hatte mit verträumtem Blick gesagt, er sehe aus wie Jesus.

Lukas machte sich nichts aus diesen Dingen. Er wollte einfach nur malen, und manchmal beschlich ihn das Gefühl, dass andere das als einfallslos empfanden. Ein Kritiker hatte seine Bilder einmal als depressiv bezeichnet, was Lukas ärgerte, weil es so einfallslos war. Und weil es stimmte. Warum er nicht mal etwas Schönes male, hatte seine Mutter gefragt, als er sie zum ersten Mal durch sein damals gerade frisch bezogenes Atelier geführt hatte. Woraufhin er ihr einen Blumenstrauß malte, in bunten Pastellfarben, den sie sich in vollkommener, mütterlicher Ironiefreiheit über den Esstisch hängte. Er ärgerte sich heute noch, wenn er das Bild sah, das noch immer dort hing, er hatte es als Witz gemeint, hatte *für Mama von Lukas* daruntergeschrieben, in Druckbuchstaben, wie er es als Kind getan hatte, obwohl er damals bereits über dreißig gewesen war.

Gibt es schon einen Titel?, fragte Henner, und Lukas war froh über diese konkrete Frage, die er beantworten konnte. *Vater isst eine Orange*. Der Löwe trug einen dunklen Anzug und eine rote Krawatte und saß aufrecht am Tisch, mit den Pranken über einem Teller etwas haltend, das aussah wie ein Stück totes Fleisch, aus dem der Saft troff und von dem sich in einer durchgehenden Spirale eine Orangenschale löste. Das mit den Augen ließ Lukas keine Ruhe. Er würde noch einmal in Leos dickes Tierbuch gucken, vielleicht durfte er es sich eine Weile ausleihen. Leo gab es nicht gern her, er blätterte beinahe jeden Tag darin, am liebsten zusammen mit Lukas vor dem Schlafengehen. Er sah auf die Uhr. Es war kurz vor halb neun. *Kommst du noch in den Dorfkrug?*, fragte Henner, der schon in der Tür stand. *Mal sehen*, sagte Lukas. *Cool*, sagte Henner und tippte mit zwei Fingern an den imaginären Schirm seiner imaginären Mütze, *bis denne*.

Lukas wusch die Pinsel im Waschbecken aus, schälte sich aus seinem Blaumann und hängte ihn über die Lehne des einzigen Stuhls im Raum. Er überlegte, Eva anzurufen, und ließ es sein.

Während seines Studiums hatte Lukas fast ausschließlich Menschen gemalt, die sich wie Tiere benahmen. Heute war es andersherum. Eva hatte einmal, vor ein paar Jahren, einen Satz über ihn gesagt, der ihn auf eigenartige Weise getroffen hatte. Nicht verletzt, nur getroffen. Sie hatte ihn dahingesagt, während eines Abendessens bei Bekannten, die später Freunde geworden waren. Ein Abend im Spätsommer, auf der Wiese im Hof hinter einem Altbau in der Südvorstadt hatten sie gegrillt und an einer langen Tafel gesessen, und Eva hatte ein paar Leuten erzählt, was Lukas machte. Er hörte ihr gern zu, wenn sie über ihn sprach. Wenn sie neuen Bekannten erklärte, wer er war und was er tat, sie konnte das besser als er selbst. Was keine Kunst war, da er es gar nicht konnte. Er fühlte sich unwohl, wenn er über seine Arbeit sprechen sollte. Eva war betrunken gewesen, was selten vorkam. Sie saß ihm schräg gegenüber, diesen Glanz in den Augen, den er von früher kannte, und er fand sie wahnsinnig schön, an diesem Abend, in diesem speziellen späten Licht. Lukas male immer Tiere, weil er Angst vor Menschen habe, sagte Eva. Die anderen hatten gelacht, und Eva hatte ihn angesehen, ihr Rotweinglas in einem tiefen Zug geleert und es eine Spur zu heftig auf den Tisch geknallt. Am nächsten Tag war er allein zu den Schwiegereltern gefahren, um die Kinder abzuholen, weil Eva nicht in der Lage war, das Bett zu verlassen.

Der Dorfkrug lag auf seinem Nachhauseweg, Lukas musste daran vorbei, wenn er nicht den Umweg am Kanal entlang nehmen wollte. Der Laden hieß nicht wirklich so, aber niemand, der regelmäßig herkam, benutzte den offiziellen Namen. Es gab kein Schild und keine Karte, nur eine Tafel, auf der mit Kreide die Getränke angeschrieben standen. Raik stand hinter dem Tresen und stellte wortlos ein Glas Bier vor Lukas ab. Über den Tischen an den beiden Längsseiten des Raumes hingen Henners Bilder. Panoramen mit mangaartigen Comics, poppig und bunt, gelegentlich obszön. Hier und da Wörter dazwischengepinselt, in schwarzer Schrift mit Hashtags davor, *#istdaskunst, #kanndasweg, #fickteuchalle*. Zum Glück erwartete Henner nicht, dass Lukas eine Meinung dazu hatte. Sie zu äußern wäre ohnehin schwierig geworden, da Raik seine Mahler-Sinfonien in Hörsturzlautstärke aus den Boxen dröhnen ließ. Lukas tippte mit zwei Fingern an seine Lippen, und Raik verstand. Es war praktisch, dass man hier einzelne Zigaretten kaufen konnte, da Lukas eigentlich nicht rauchte. Er hatte damit aufgehört, als Eva das erste Mal schwanger gewesen war, aus Solidarität, weil sie es auch musste, und sie hatte danach nicht wieder angefangen.

Die Wärme des Raumes lullte ihn angenehm ein, aber sie half nicht gegen die Müdigkeit, die ihn jäh überfiel. Der vertraute Geruch nach verstopftem Abfluss waberte herüber. Raik polierte Gläser mit einem karierten Grubentuch, die Augen geschlossen. Es interessierte ihn nicht, ob seinen Gästen die Musik gefiel. Wenn er Mahler hören wollte, lief eben Mahler, später würde vielleicht Iron Maiden laufen und noch später, in den ganz frühen Morgenstunden, eventuell Bonnie Tyler, Raik war unberechenbar. Hinter ihm hing eine Pinnwand, übersät mit den Deckeln der Stammgäste. Lukas ließ normalerweise nicht anschreiben, obwohl er es gekonnt hätte. Wer anschreiben ließ, dachte er, hatte die Kontrolle verloren.

2.

Jette schloss die Ladentür von innen ab. Sie fühlte sich ein wenig unwohl, so spät am Abend, in dieser Jahreszeit, in der man nur sein eigenes Spiegelbild im Schaufenster sah. Hinter dem womöglich jemand stand und sie beobachtete, so, wie sie es manchmal tat, wenn sie an ihren freien Abenden ziellos durch das Viertel lief. Sie gab einen gehäuften Löffel des weißen Pulvers aus dem Plastikbehälter in den Einsatz der Siebträgermaschine und ließ heißes Wasser durchlaufen, zog die Schublade unter der Maschine hervor und leerte den Kaffeesatz in einen alten Farbeimer. Die Chefin würde ihn mitnehmen, als Dünger für ihren Garten, wenn der Eimer voll war, was ein paar Wochen dauerte, aber öfter ließ sie sich ohnehin nicht blicken. Jette zählte das Geld, stellte erleichtert fest, dass alles stimmte, fuhr den Computer herunter, nahm sich ihren Lohn in bar heraus und schob die Metallkassette mit den Einnahmen des Tages ins Regal im Hinterzimmer zwischen zwei Kisten mit VHS-Kassetten, wo kein Einbrecher sie finden würde. Angeblich kam es etwa einmal im Jahr vor, dass jemand eine VHS auslieh. Jette schob sich das letzte, etwas angetrocknete Stück Kuchen in den Mund. Sortierte die DVDs zurück in den Schrank, den Chip mit der Nummer in die jeweils dazugehörige Hülle im Regal. Räumte wie immer die Filme nach vorn, die ihr gefielen. Stand eine Weile davor und überlegte, welche sie heute mit nach Hause nehmen sollte, um sie auf ihrem Laptop zu gucken, wenn sie nicht schlafen konnte. Das Regal löste auch nach ein paar Monaten noch eine wohlige Reizüberflutung in ihr aus. Es war alphabetisch nach Regisseuren sortiert und beinhaltete fast alles, was die Filmgeschichte hervorgebracht hatte. Jette hatte sich vorgenommen, mindestens so lange hier zu arbeiten, bis sie das Regal von A bis Z durchgeguckt hatte; bisher war sie nicht über die Coen-Brüder hinausgekommen.

Es wunderte sie, dass der Laden sich hielt. Er war der Letzte seiner Art in dieser Stadt, vermutlich eine der allerletzten Videotheken überhaupt, und Jette verkaufte mehr veganen Kuchen und Coffee to go, als sie DVDs verlieh. Die Leute, die wirklich noch der Filme wegen kamen, waren echte Nerds, die am Tresen herumhingen und mit ihr diskutieren wollten, welcher Godard oder Fassbinder der beste sei. Wenn keine Kunden im Laden waren, also die allermeiste Zeit, schrieb Jette Texte für die Internetseite und pflegte Neuheiten in die Datenbank ein. Von allen Jobs, die sie gehabt hatte, war dieser der angenehmste, was die Arbeitszeiten und den Aufwand, vor allem aber die Abwesenheit von Kollegen betraf. Sie arbeiteten nie zu zweit, begegneten sich nur bei Schichtwechseln und Dienstbesprechungen, schrieben sich kurze Nachrichten auf Post-its, die am Tresen klebten.

Auf der Hauptstraße kam ihr die Flaschensammlerin entgegen. In ihrem gewohnt krummen, geschäftigen Gang zerrte sie ihren kleinen Bollerwagen hinter sich her. Sie nickte Jette im Vorbeigehen zu, und Jette grüßte zurück, ein wenig stolz, erkannt zu werden als eine der Gestalten der Nacht.

Auf einem ihrer ziellosen abendlichen Gänge durch das Viertel hatte sie diese Bar gefunden, die offenbar keinen Namen trug. Sie wusste nicht, ob es ein gutes oder ein schlechtes Zeichen war, dass sie nach wenigen Wochen in Leipzig bereits eine Stammkneipe hatte, aber es beruhigte sie, einen Ort zu kennen, an dem sie wenigstens in etwa wusste, was sie erwartete. Der Laden war angenehm unprätentiös, nicht zu hip, ein bisschen ranzig, aber nicht zu sehr – wie die besseren Läden auf St. Pauli, die in den Seitenstraßen, die von den Touristen verschont blieben. Es gab keine große Getränkeauswahl, und die Leute sahen normal aus, ein paar jüngere, ein paar ältere und ein paar mittleren Alters; Jette war sich nicht sicher, ob sie selbst womöglich bereits mittleren Alters war und ab wann das eigentlich anfing. Die Hauptsache war, dass sie hier allein am Tresen sitzen konnte, ohne automatisch angesprochen zu werden; es war nicht leicht, so einen Ort zu finden, offenbar war sie, was das betraf, noch jung genug. Erst hier in dieser neuen Stadt, wo sie niemanden kannte, hatte sie begonnen, allein in die Kneipe zu gehen und sich an den Tresen zu setzen. Es fühlte sich an wie eine kleine Kapitulation. So jemand war sie jetzt.

Sie bestellte ein Hausbier. Am Tisch im Fenster, direkt hinter der Eingangstür, saß eine Gruppe aufgeregter Zwanzigjähriger. Einer von ihnen kam zum Tresen geschlurft und orderte eine Runde Pfeffi. Er trug eine aufgekrempelte Wollmütze, einen schwarzen Rollkragenpullover, ein feingliedriges Goldkettchen und einen schmalen Oberlippenbart. Mit Hipstern war es wie mit Nazis, dachte Jette, offiziell gab es sie gar nicht, jedenfalls gab niemand zu, einer zu sein. Der Junge lächelte ihr kurz höflich zu, schob die Hände in die Hosentaschen und sah nervös auf seine klobigen weißen Turnschuhe hinab. Nachdem er ein Tablett mit kreisförmig angeordneten Gläsern entgegengenommen hatte, drehte er sich plötzlich zu Jette um und sagte mit einer sanften, durch die laute Musik kaum verständlichen Stimme: *Entschuldigung, Ihr Mantel ist runtergefallen.* Jette starrte ihn an. Es machte sie fassungslos, dass es Menschen gab, die ungefähr im Jahr 2000 geboren worden sein mussten, die schon sprachen und Schnaps tranken und Jette, die für sie vermutlich nichts als eine dicke, alte Frau war, siezten. Mit etwas Fantasie und einer tragischeren Biographie hätte sie seine Mutter sein können. Sie sah ihm nach, wie er mit flüssigen Bewegungen das Tablett zum Tisch balancierte, und rutschte etwas zu schwungvoll vom Barhocker hinab, um ihren Mantel aufzuheben. Als sie sich danach bückte, fiel ihr etwas auf, das in der Ecke lag, ein durchsichtiges Tütchen, prall gefüllt mit Gras. Sie schätzte den Wert des Inhalts auf gut 100 Euro. Wer auch immer das verloren hatte, würde sich sicher sehr ärgern. Dabei war es nicht schwer, an ein neues zu kommen, dazu musste man hier nur aufs Klo und im Vorbeigehen einem der Typen, die jeden Abend an dem großen Tisch ganz hinten in der Ecke saßen, einen Moment länger in die Augen sehen. Sie schob das Tütchen in ihre Manteltasche.

Vom anderen Ende des Raumes kam ein Mann auf sie zu. Er hatte im Laufe der letzten halben Stunde bereits ein paarmal zu Jette herübergesehen; jetzt setzte er sich ungefragt auf den leeren Barhocker neben ihr. Sie spürte, wie er innerlich Anlauf nahm, trank einen Schluck Bier und tat, was sie in solchen Situationen immer tat: Sie drehte sich auf theatralische Art zu ihm um, erst den Kopf nach links geworfen, dann die Augen hinterher, dieser Aufschlag von unten, wie eine Diva aus einem Schwarz-Weiß-Film der Dreißigerjahre. Sah ihm in die Augen und wartete, dass er sein Sprüchlein aufsagte. Er schien keiner von der ganz blöden Sorte zu sein, einigermaßen sympathisch und nicht einmal unattraktiv. Würde sie auf Männer stehen, dachte Jette, wäre sie eventuell geschmeichelt. *Tschuldigung*, sagte er, griff über sie hinweg nach einer halb vollen Bierflasche, die dort schon gestanden hatte, als Jette sich hingesetzt hatte, *das war meins* und trank einen Schluck. *Schmeckt das noch?*, fragte Jette. *Das hat noch nie geschmeckt*, sagte er und sog die Wangen ein, wie um nicht über seinen eigenen Witz zu lachen. Er fing an, das Etikett von der Flasche zu pulen. Jette dachte, über was für ein Maß an Vertrauen beziehungsweise Gutgläubigkeit beziehungsweise Privilegien man verfügen musste, um an einem Ort wie diesem sein Getränk unbeaufsichtigt stehen zu lassen. Ihr fiel auf, dass sein blauer Regenmantel das Hamburger Wappen auf dem Ärmel trug.

Da komm ich her, sagte sie und deutete mit dem Finger darauf.

Ach, sagte er. *Dascha 'n Ding. Ich auch.*

Und was machst du in Leipzig?, fragte Jette.

Ich hab hier studiert, sagte er.

Was hast du denn studiert?

Malerei. Jette meinte einen leisen Stolz in seiner Stimme zu hören, der sie ein wenig abstieß. Sie würde ihm nicht den Gefallen tun, durchblicken zu lassen, dass sie es interessant fand, alle fanden Künstler interessant.

Und du?, fragte er. *Was machst du hier?*

Ich arbeite im HAL 9000, sagte Jette und machte eine Kopfbewegung in Richtung des Ladens. Es hatte etwas Befreiendes, das so sagen zu können. Ohne es kleinzureden, zu entschuldigen, das Wort jobben zu verwenden anstelle von arbeiten, um klarzustellen, dass es nur ein Nebenjob war. Sie musste nicht dazu sagen, was für ein Laden HAL 9000 war, sie hatte festgestellt, dass die meisten Leute hier im Viertel die Videothek kannten. Sie war nach dem bösen Computer aus dem Film *2001 – Odyssee im Weltraum* benannt, und es störte Jette nicht, wenn jemand den Laden nicht kannte; wer allerdings fragte, was HAL 9000 bedeutete, den konnte sie als Gesprächspartner unmöglich ernst nehmen. Der Typ nickte. Sie wartete darauf, dass er fragte, welches Studium sie abgebrochen hatte oder was sie eigentlich machte, aber er fragte nicht.

Als ihr damals den Laden aufgemacht habt, habe ich mir vorgenommen, das ganze Filmregal durchzugucken, sagte der Mann, dessen Namen Jette noch immer nicht kannte, sie überlegte, ihn danach zu fragen, und ließ es sein. *Ich habe es bisher nicht geschafft. Aber das läuft ja nicht weg.*

Jette dachte, dass es in Wirklichkeit durchaus weglief, mit Riesenschritten sogar, aber das sagte sie nicht. Die Leute freuten sich, dass es noch vereinzelte Videotheken gab, aber wenn man sie fragte, wann sie das letzte Mal einen Film ausgeliehen hatten, stellte man fest, dass sie seit Jahren nicht mehr da gewesen waren. *Und du malst also*, sagte sie und trank den Rest ihres Bieres in einem Zug aus. *Was malst du denn so?*

Tiere, sagte jemand, der plötzlich hinter ihnen stand. *Lukas malt Tiere, weil er sich vor Menschen fürchtet, behauptet jedenfalls seine Frau*, sagte der dicke Mann mit den blonden Locken und dem roten Gesicht, der immer hier war.

So viele Informationen in einem Satz, sagte Jette.

Schönen Dank, Henner, sagte der, der also Lukas hieß. Jette lächelte in sich hinein. Sie überlegte, ob sie ihm sagen sollte, dass er den falschen Baum anbellte, aber sie ließ es sein. Es war ihm inzwischen gelungen, das Etikett der Bierflasche vollständig zu entfernen.

Wie heißt du eigentlich, brüllte Henner. In diesem Moment brach die Musik abrupt ab, und Jette rief ihren Namen viel zu laut in die plötzliche Stille hinein. Sie hatte das Gefühl, dass alle Leute im Raum sich zu ihr umdrehten, aber dann erklangen die ersten Takte von *Total Eclipse of the Heart*, und Henner riss theatralisch die Arme in die Luft und lief laut und erstaunlich textsicher mitsingend davon. Jette griff in ihre Manteltasche und zog das Tütchen heraus. *Übrigens*, sagte sie und legte es vor Lukas ab, *ich glaube, du hast deine Drogen verloren*.

3.

Da war ein Geräusch. Eva schreckte hoch, etwas hatte ihren Schlaf gestört; aber es war alles still. Sie öffnete die Augen. Der Mond malte den Schatten des Herrnhuter Sterns an die Schlafzimmerwand. Es war Ende Februar, man hätte ihn längst abnehmen können. Auf der Straße ratterte ein Auto über das Kopfsteinpflaster und schob die Silhouette des Fensterrahmens über die Wand. Eva musste sich nicht nach links drehen oder im Dunkeln neben sich greifen, um zu wissen, dass Lukas nicht da war. Es wäre praktisch, wenn er genau jetzt käme, dachte sie, wo sie ohnehin wach war. Dann würde er sie wenigstens später nicht wecken. Sie hatte sich abgewöhnt, auf ihn zu warten. Es war ihr unbegreiflich, wie ein Mensch mit so wenig Schlaf auskam. Sie stand auf, zog ihre Wolljacke über, ging in die Küche, nahm ein sauberes Glas aus der Spülmaschine und füllte es mit Leitungswasser. Manchmal gab es nachts diesen Moment, in dem weit und breit kein einziges Geräusch zu hören war und man das Gefühl hatte, sich in einem schallgedämpften Raum zu befinden. Eva mochte die Stille und sie mochte die Dunkelheit. Als sei sie der einzige Mensch auf der Welt, und alles, was da war, existierte in diesem Moment nur, weil es von ihr gesehen wurde. Sie öffnete die Balkontür, nur kurz die kalte Februarluft einatmen und einmal den Mond ansehen. Wenn man genau hinsah, konnte man die dunklen Krater darauf erkennen. Ein absurdes Fernweh überfiel sie. Sie musste daran denken, dass Lukas einmal erzählt hatte, dass in seinem Englischbuch aus der fünften Klasse stand, dass man im Jahr 2000 Ferien auf dem Mond würde machen können. Eva hatte in der fünften Klasse keinen Englischunterricht gehabt. Sie dachte an Sigmund Jähn, der am Tag ihrer Geburt in ein Raumschiff gestiegen und ins All geflogen war. Einen Tag später, am Sonntag, erschien eine Sonderausgabe des *Neuen Deutschland* mit der Schlagzeile »Der erste Deutsche im All – ein Bürger der DDR«. Ihr Vater hatte die Ausgabe bis heute aufbewahrt. Er hatte ihr damals ein Mobile mit Planeten aus Pappe gebastelt, eine Kosmonautenfigur mit dem Gesicht Sigmund Jähns in der Mitte, weil im Kopf ihres Vaters immer schon alles mit allem zusammenhing.

Sie fror, schloss die Balkontür, blieb im Flur kurz stehen und vergewisserte sich, dass hinter den angelehnten Türen der Kinderzimmer alles ruhig war. Seit Ada in die Schule ging, hatte sie ihr eigenes Zimmer und musste es nicht mehr mit Leo teilen. Es war Lukas' Idee gewesen, der es nicht anders kannte und für selbstverständlich hielt, dass jedes Kind ein eigenes Zimmer bekam. Eva, die eigentlich dagegen war, hatte ihr Arbeitszimmer aufgegeben und den Schreibtisch ins Schlafzimmer gestellt. Sie hätte gern gewartet, bis Ada in die Pubertät kam, ein Zeitpunkt, der ihr angemessen erschien, aber Lukas hatte eine Idee in den störrischen kleinen Adakopf gepflanzt, die dafür sorgte, dass sie triumphierend das schmale Zimmer bezogen und mit feierlichem Nachdruck die Tür hinter sich geschlossen hatte.

In Evas Kindheit war nicht genug Platz für ein eigenes Zimmer gewesen. Mit ihrem Bruder hatte sie sich ein Kinderzimmer mit Doppelstockbett geteilt, in dem Eva als die Ältere das Recht beanspruchte, oben zu schlafen. Juri hatte sich oft einen Spaß daraus gemacht, ihr durch die Sprossen hindurch an die Füße zu greifen, wenn sie die Leiter hochgestiegen war. Manchmal hatte Eva reflexhaft nach ihm getreten und ihn am Kopf getroffen, was ihr einen Nachmittag Stubenarrest einbrachte, von der Mutter verhängt, und Juri einen Arschvoll, vom Vater zum Ausgleich ausgeführt. Ihr Vater hatte diese sachliche, performative Art, Juri den Hintern zu versohlen, zehn Schläge, innerlich abgezählt, Eva zählte mit. Juris Gebrüll stand in keinem Verhältnis zu den schwachen Klapsen, die der Vater verteilte. Sie schlug er nicht, er überließ es der Mutter, sich Strafen auszudenken, die meistens mit Verboten von Dingen, die Eva Freude machten, zu tun hatten, oder mit der Aufforderung, ihr Zimmer nicht zu verlassen, bis die Mutter es erlaubte. Es kam vor, dass die Mutter sie vergaß. Juri vergaß sie nie, aber er machte es einem auch unmöglich. Eva hörte seine kleinen, harten Schritte auf dem Teppich, hörte den Vater zischen: *Renn nicht so!*, während sie auf dem Bett lag und an die Decke starrte, bis der Geruch von Abendessen sich in der Wohnung ausbreitete. Die plötzliche Stille, die auf das Klappern und Rufen folgte, deutete daraufhin, dass sie nun beieinandersaßen, die Mutter, der Vater und Juri, am Abendbrottisch. Dass es Graupensuppe gab. Eva stellte sich vor, wie Juri das Brot in kleine Stücke riss und in die Suppe tunkte. Ganz gleich, wie sehr ihr Magen gluckerte, sie blieb auf dem Bett liegen, unter dem Kosmonautenmobile, für das sie eigentlich schon zu groß war. Sie hatte von Kosmonautinnen gelesen, zu diesem Zeitpunkt waren vier Frauen im All gewesen: zwei russische und zwei amerikanische. Eva hatte den Vater gefragt, ob sie auch Kosmonautin werden könne, und er hatte gesagt, sie könne alles werden, was sie wolle. Die Mutter hatte den Kopf geschüttelt. Ihr Vater war es meistens auch, der schließlich an die Tür klopfte und fragte, ob Eva nicht etwas essen wolle. Wenn sie dann in die Küche trottete und sich an den Tisch setzte, warf ihr die Mutter einen stummen Blick zu, trocknete sich die Hände an der Schürze ab und tat Eva wortlos von der noch lauwarmen Suppe auf, bevor sie sich wieder dem Abwasch zuwandte.

Eva zog die Wolljacke aus, kroch zurück unter die Bettdecke und löschte das Licht. Sie griff nach Lukas' Kopfkissen und roch daran. Sie kannte diese Phase, wenn er an einem neuen Bild arbeitete und es noch nicht zu fassen bekam. Sie wusste, wie dünnhäutig er sein konnte, wie es ihm auf den Körper schlug. Sie hätte ihm gern gesagt, dass es ihm mit Sicherheit gelingen würde, weil es ihm immer gelungen war. Es würde nichts helfen. Er stand vor jeder leeren Leinwand wie vor seiner ersten. Sie wusste, es würden schon bald wieder andere Zeiten kommen, es war ein immer gleicher Reigen: die Schwierigkeiten des Anfangs, gefolgt von Wochen der Versunkenheit, des erleichterten Vorankommens, dann noch einmal eine kurze Phase des Zweifelns kurz vor Fertigstellung des Bildes, vielleicht eine radikale Änderung, gefolgt von einer sehr kurzen Phase des Größenwahns, und dann die Erlösung, der feierliche Moment, wenn er das Werk für fertig erklärte. Früher hatte er sie an diesem Punkt stolz in sein Atelier geführt, ihr seine Arbeit präsentiert, aufgeregt wie ein Kind. Sie hatte seine Erwartung gespürt, seine ängstlichen Blicke, die ihr Gesicht nach einer Regung absuchten. Es machte Eva nervös. Die Bilder gefielen ihr, aber sie war nicht gut darin, ihre Wahrnehmung in Worte zu fassen. Lukas schien sich daran nicht zu stören, ihre Meinung war ihm immer wichtig gewesen. Eva konnte sich nicht erinnern, wann das aufgehört hatte und warum. Seit die Kinder da waren, gab es all diese anderen wichtigen Dinge in ihrem Leben, und sosehr sie seine Arbeit immer noch bewunderte, erwartete sie dennoch, dass Lukas darüber nicht vergaß, auf dem Nachhauseweg Brot zu kaufen oder Leo rechtzeitig zur Morgenrunde in der Kita abzuliefern.

Sie hatte ihn immer um die Sichtbarkeit seiner Arbeit beneidet. Ihre eigene Arbeit war unsichtbar. Früher hatten sie mehr darüber gesprochen. Eva hatte Anekdoten erzählt, von den Schülern, dem Kollegium. Aber es hatte sich abgenutzt. Sie mochte nicht mehr reden, wenn sie nach Hause kam, sie sprach den ganzen Tag, mit lauter Stimme. Lukas war den ganzen Tag allein im Atelier, und wenn er nach Hause kam, sprudelte es aus ihm heraus. Nicht von der Arbeit. Lukas sprach nie von seiner Arbeit. Er erzählte von Podcasts, die er währenddessen gehört hatte. Von kuriosen Aktionen, die mit seinem Freund Henner zu tun hatten, den Eva nicht mochte; sie konnte nicht genau sagen, was es war, aber etwas an Henners Art war ihr zuwider. Seit einiger Zeit erwähnte Lukas es nicht mehr sofort, wenn er ein neues Werk vollendet hatte. Sie hatte sein altes Studio gemocht, das der ersten

Jahre, das sich in einem leer stehenden Bürogebäude befunden hatte, das inzwischen abgerissen war. Sie mochte den Geruch nach Lösungsmitteln, die Farbe in Lukas' Haaren, seine alten Jeans und verwaschenen T-Shirts. Überall lag Holz herum, ständig baute er etwas, auch zu Hause, für die Kinder, Hochbetten, Regale, eine Garderobe, er war geschickt mit den Händen, in jeder Hinsicht.

Eva drückte ihr Gesicht in Lukas' Kissen, führte die rechte Hand zwischen ihre Beine, schob ihren Mittelfinger auf und ab und versuchte, an gar nichts zu denken. Sie war ungeduldig mit ihrem Körper. Sie wollte es hinter sich bringen, richtige Lust hatte sie nicht, aber sie brauchte einen Korrekturorgasmus, sie wusste, sie würde danach entspannter einschlafen können. Sie stellte sich vor, wie Lukas reagieren würde, wenn er in diesem Moment nach Hause käme. Vor einer Weile hatte sie ihn unter der Dusche erwischt. Sie war ins Badezimmer gegangen, um den Föhn zu holen, während er in der Dusche stand, und er hatte sie nicht hereinkommen gehört. Sie hatte einen Augenblick dagestanden und überlegt, was sie tun sollte, und als er sie bemerkte und erschrak, hatte sie das Badezimmer schweigend verlassen und sich die Haare im Schlafzimmer geföhnt. Hinterher hatte sie bereut, nicht einfach zu ihm in die Dusche gestiegen zu sein, aber sie war bereits spät dran gewesen. Es war putzig, wie Lukas sich schämte, als er aus dem Badezimmer kam, und Eva hatte einen plötzlichen heftigen Anfall von Liebe empfunden. Sie hatte ihn gefragt, ob er dabei an sie gedacht habe, er hatte es verneint, und sie hatte später auf dem Fahrrad darüber nachgedacht, ob sie das als

Kompliment oder als Beleidigung auffassen sollte. Und, vor allem, woran er stattdessen gedacht hatte. Sie hätte ihn fragen können, aber vermutlich hätte er nur gesagt, er habe an gar nichts gedacht. Das sagte er oft, wenn sie ihn fragte, weil er komisch vor sich hin gestarrt oder, ohne es selbst zu bemerken, leise vor sich hin gemurmelt hatte. Eva fand, dass es Unsinn war, es war unmöglich, an gar nichts zu denken. Sie jedenfalls konnte das nicht, irgendein Gedanke war da immer in ihrem Kopf, der gedacht werden wollte, und sie wünschte sich insgeheim, sie wäre in der Lage dazu: einfach mal nichts zu denken. Sie beschleunigte die Bewegung ihrer Hand und hoffte, dass Lukas im nächsten Moment zur Tür hereinkäme, sie stellte sich vor, wie er sich, noch im Mantel, zu ihr auf das Bett werfen würde, seine kalten Finger auf ihrem warmen Körper, und sie war fast am Ziel, als sie ein lang gezogenes *Mama!* hörte. Sie stand auf und zog sich die Wolljacke über, um nach Leo zu sehen, der sicher wieder schlecht geträumt hatte.

4.

Die Frauen in Jettes Familie hatten stets dazu geneigt, sich kleinerzumachen. So, wie Oma Lene eigentlich Marlene hieß, deren Schwester Hilde eigentlich Mathilde und Jettes Mutter Tine eigentlich Christine, hieß Jette eigentlich Henriette. Es war ihre Mutter, die sie von Anfang an Jette gerufen hatte, sodass Jette sich fragte, warum sie ihr nicht gleich diesen Namen gegeben hatte. In ihrer Jugend hatte sie versucht, den Spitznamen Henry durchzusetzen. Einige Freundinnen hatten ihr den Gefallen getan, sie wenigstens Henny zu rufen; das aus ihrer Perspektive allzu männlich klingende Henry war ihnen nicht über die Lippen gekommen, und wie hätte Jette ihnen erklären sollen, warum ihr der Name gefiel. Sie wusste es selbst nicht. Wusste nur, dass Henriette zu brav klang. Dass sie keine Lust mehr hatte, von jedem neuen Lehrer gefragt zu werden, ob sie die Geschichte der Zitronen-Jette kannte. Und dass etwas in ihr es als erstrebenswert empfand, einen Namen zu tragen, der nicht einmal männlich, sondern angenehm geschlechtslos klang. Dabei hatte sie gar nichts dagegen, ein Mädchen zu sein, sie wollte nur nicht wie eines behandelt werden.

Jette griff in die Schale mit Erdnüssen, die auf dem Tresen stand, obwohl sie wusste, wie viel Fett und Kalorien 100 Gramm davon hatten. Sie dachte diese Information immer noch bei allem, was sie zu sich nahm, automatisch mit. Es hatte sich so sehr eingeprägt, dass sie manchmal vergaß, dass sie nicht mehr fett war. Sie hatte in den letzten Jahren dreißig Kilo abgenommen, und ihr Kopf kam nicht hinterher, in ihrer Vorstellung von sich selbst war sie immer noch zu dick. Auch objektiv betrachtet war sie durchaus noch immer übergewichtig; schlank war jedenfalls etwas anderes, wie ihre Mutter gesagt hatte, als ihr Freund Jürgen auf Oma Lenes Beerdigung anerkennend bemerkt hatte, wie schlank Jette geworden sei.

Die Namen waren nicht das Einzige, was reduziert wurde in Jettes Familie. Auch die Körper wurden ständig optimiert, indem sie kleiner gemacht wurden. Es war, wie Jette früh gelernt hatte, offenbar erstrebenswert, möglichst wenig Raum einzunehmen, und obgleich Tine selbst nie wirklich dick war, konnte Jette sich an keine Zeit erinnern, in der ihre Mutter nicht auf Diät gewesen war. Der Körper war etwas, das kontrolliert werden musste. Das, im Gegensatz zum Willen, kontrolliert werden konnte. Jedes Mal, wenn Jette auf einen Kindergeburtstag eingeladen war, hielt ihre Mutter vorher eine Ansprache. Ermahnte sie, während sie ihr die Schleifen ins Haar band, die Jette ebenso hasste wie den gebügelten weißen Kragen, den ihre Mutter ihr anlegte, die Kleider, aus denen Jette zu schnell herauswuchs, die zu eng wurden, bevor sie zu kurz hätten werden können, und die Strumpfhosen, die im Schritt zwickten und sich unter ihren Bauch rollten. Dass sie sich ja nicht wieder überfressen solle, dass sie sich dieses eine Mal doch bitte wie ein normaler Mensch benehmen und am allerbesten nichts, aber wenn es denn unbedingt sein musste, nur ganz wenig Süßes zu sich nehmen solle. Tine zog die Schleifen in Jettes Haar so fest, dass es ziepte. Ein Stück Kuchen reiche, und wenn man ihr ein zweites anbot, könne sie getrost Nein sagen, das müsse sie überhaupt endlich einmal lernen. Das Einzige, was Jette an ihrem Outfit mochte, waren die Lackschuhe, die hatte sie sich lange gewünscht. Das Geräusch, das die Sohlen auf dem Asphalt machten, gefiel ihr. Dieses helle, entschlossene Klackklackklack. Es klang so professionell, dachte Jette, so erwachsen, eine Vorahnung der Person, die sie später einmal sein würde. Und wehe, sie würde hinterher wieder kotzen, dann wäre aber etwas los. Ihre Mutter gehörte zu denen, die oft nicht gleich wieder gingen, sondern auf einen Kaffee und einen Schwatz mit der Gastgebermutter blieben, die dafür eigentlich keine Zeit hatte. Tine sah sich ungeniert um in der fremden Wohnung, lief durch die Räume, stellte Fragen, mit einer unbefangenen Neugierde, die Jette fremd war und für die sie sich schämte. Sie wünschte sich, dass ihre Mutter ginge. Dass sie es eilig hätte, wie die anderen Mütter, die froh zu sein schienen, ihre Kinder abzugeben. Jette hatte das Gefühl, nicht sie selbst sein zu können, solange ihre Mutter da war und sie über ihre Kaffeetasse hinweg beobachtete. Es war ein Test, Jette wusste das. Sie würde sich beherrschen und nicht direkt zum Tisch mit den Süßigkeiten gehen, höchstens einmal scheinbar unbeteiligt den Blick darüber schweifen lassen. Sie würde auf die Frage, was sie trinken wolle – Cola, Fanta, Sprite oder Apfelschorle –, solange ihre Mutter im Raum war, Apfelschorle sagen und Tines wohlwollendes Lächeln aus den Augenwinkeln registrieren.

Der Wirt stellte ihr kommentarlos ein Hausbier hin, und etwas daran rührte sie und erfüllte sie gleichzeitig mit Unbehagen. Sie konnte sich nicht entscheiden, ob es gut oder schlecht war, dass sie hier längst nicht mehr gefragt wurde, was sie trinken wolle. Die Eingangstür flog auf, Jette sah unwillkürlich hinüber. Draußen war es inzwischen dunkel, und die Fensterscheiben spiegelten schemenhaft die Gestalten und Lichter im Raum, ließen nicht erkennen, wer vor dem Laden stand, vielleicht wartete und schließlich hereinkam in einer Gruppe offensichtlich angetrunkener, gut gelaunter Leute, unter ihnen Henner, der hier zum Inventar gehörte wie seine Bilder. Ein Triptychon in grellen Farben, das die gesamte Wand einnahm. Eine chaotische Collage aus Hieroglyphen, Zeitungsartikeln, Heiligenbildern, Comicfiguren und zwei leeren Stühlen in der Mitte. *#theartistisnotpresent* stand auf einem kleinen Schild, was offenbar der Titel war und seit wenigen Sekunden nicht mehr der Wahrheit entsprach.

Henners Blick schweifte den Tresen entlang. Als er bei Jette ankam, flackerte ein zögerliches Erkennen in seinen Augen auf, als erinnere er sich daran, sie schon einmal gesehen zu haben, aber nicht, wo und wann. Jette suchte seine Entourage nach einem weiteren bekannten Gesicht ab und spürte einen dezenten Anflug von Enttäuschung, dass dieser Lukas von neulich nicht dabei war.

So, wie die Dinge, die in den Körper hineinkamen, hatte ihre Mutter in Jettes Kindheit auch die kontrolliert, die ihn wieder verließen. Jette gewöhnte sich nur langsam an die Veränderungen, die ihren Körper plötzlich überkamen. Vergaß manchmal noch, den Deoroller zu benutzen, den ihre Mutter ihr gekauft hatte, die Marke, für die Steffi Graf Werbung machte, die Jette nicht ausstehen konnte. Tine machte den Geruchstest. Sie schlich sich heran, zerrte an Jettes Ärmel, riss ihren Arm hoch und bohrte ihre Nase in Jettes Achsel. Tine selbst roch grundsätzlich tadellos. Sie besaß eine Reihe teurer Kosmetikprodukte, Cremes und Shampoos, die ihr vorbehalten waren, da sie für Jettes Körper und Jettes Haare zu schade waren. Letztere, in der frühen Kindheit noch weißblond und glatt, schossen in der Pubertät wie Stroh aus Jettes Kopf. Jette hätte gern glattes Haar gehabt, wie ihre beste Freundin Annalena es hatte, als Kind und auch später, Annalenas Haare veränderten sich nicht, sie wurden nur länger und dann wieder kürzer, und irgendwann viel später ganz kurz, aber das war Annalenas eigene Entscheidung gewesen, in die ihr niemand hineinredete. Nicht einmal ihre Mutter. Jette dachte, dass es großartig sein musste, eine Mutter zu haben, wie Annalena sie hatte, die einem in nichts hineinredete. Jettes Mutter redete ihr in so gut wie alles hinein. *Ich interessiere mich eben für dich*, sagte Tine. *Ich interessiere mich für meine Tochter, ist das etwa verboten*, und Jette antwortete nicht, weil es nicht als Frage gemeint war, und lernte stattdessen, ihr Tagebuch besser zu verstecken.

Die Kunst ist tot, es lebe die Kunst hatte jemand auf die Kacheln an der Wand der Toilettenkabine geschrieben. Jette spürte ein leichtes Ziehen dort, wo sie ihre Eierstöcke vermutete. Sie war spät dran, was kein Grund zur Sorge war; einer der zahlreichen Vorteile daran, dass sie nicht mit Männern schlief.

Jette war elf Jahre alt gewesen, als sie zum ersten Mal ihre Tage bekam. Ihre Regel, wie ihre Mutter sagte. Ermahnungen wurden ausgesprochen, eine Woche lang nicht herumzutoben auf dem Schulhof. Der einzige Vorteil war, dass Jette fortan einmal im Monat vom Schwimmunterricht befreit war. Sie hasste den Schwimmunterricht, das Bismarckbad, das einige Jahre darauf zu ihrer späten Genugtuung abgerissen werden würde, mit seinen engen Gemeinschaftsumkleiden und dem langen Weg, der von diesen über die Galerie in die kleinere Halle mit der Rutsche führte, in der der Unterricht stattfand. Die Rutsche durfte erst am Ende der Stunde benutzt werden, zur Belohnung, wenn die vorgeschriebenen Bahnen und Tauchgänge absolviert waren. Da Jette diese nie in der vorgegebenen Zeit schaffte, kam sie nicht oft zum Rutschen. Sie war keine gute Schwimmerin. Was erstaunlich war, denn, wie ein Junge aus ihrer Klasse einmal für alle in der Halle gut hörbar gerufen hatte, nachdem er Jette ins Wasser geschubst hatte und vom Lehrer ermahnt worden war, es sein zu lassen: *Fett schwimmt oben*. Daraufhin fing Jette an, die Entschuldigungen ihrer Mutter zu fälschen, sodass sie bis auf Socken und Schuhe vollständig bekleidet auf der harten gefliesten Bank am Beckenrand sitzen und ein Buch lesen durfte. Zusammen mit Hülya, die nie am Schwimmunterricht teilnehmen musste, weil sie dafür ihr Kopftuch hätte abnehmen müssen und ihre Eltern dies nicht erlaubten. Jette hatte die Ausrede, ihre Tage zu haben, jedoch irgendwann so oft verwendet, dass selbst Herr Behrends, der Schwimmlehrer, der Jette in seiner knappen Badehose und mit der stark behaarten Brust an David Hasselhoff auf dem Cover der *Looking for Free-*

dom-Kassette erinnerte, die ihr Vater ihr zum Geburtstag geschenkt hatte, darauf kam, dass es unglaubwürdig war, dass sie jede zweite Woche ihre Tage hatte. Herr Behrends scheute sich nicht, sie darauf anzusprechen, und Jette erfand mit hochrotem Kopf etwas von Dauerblutungen. Sie hatte davon gehört, dass es so etwas gab, vielleicht nicht typisch für ihr Alter, aber das konnte Herr Behrends nun wirklich nicht wissen, dachte Jette. Herr Behrends hatte jedoch zwei Töchter, wie er mit einem stolzen, väterlichen Augenzwinkern erwähnte, um Jette klarzumachen, dass er sich auskannte, dass er Verständnis hatte. Jette schämte sich bei der Vorstellung, dass ihr Schwimmlehrer am Abendbrottisch seine Töchter, beide schon fast groß und sicher cool mit dem Thema, fragte, ob es sein könne. In diesem Alter. Ob das normal war. Ich habe da eine Simulantin in der Klasse, würde er sagen.

Als Jette von der Toilette zurückkam, stand Lukas an ihrem Platz und unterhielt sich mit dem Wirt. Er sah müde aus und gut, dachte Jette. Sie registrierte, wie ihr das Blut in den Kopf rauschte, und wunderte sich. Dann zog sie ihren Pullover glatt, wischte sich die feuchten Hände an den Oberschenkeln trocken und ging langsam zurück zur Bar. *Du schon wieder*, sagte Lukas grinsend und nahm einen tiefen Schluck aus seinem Glas. Jette kletterte zurück auf den Barhocker, neben dem Lukas stand, ein wenig zu nah, aber er wich ihr nicht aus. Er überragte sie nach wie vor um fast einen ganzen Kopf, obwohl sie erhöht saß und er stehen geblieben war.

Manchmal, wenn Jette Fotos betrachtete, auf denen sie neben anderen Menschen stand, wunderte sie sich, wie klein sie war. Sie fühlte sich nicht klein. Sie fühlte sich auch eigentlich nicht dick, höchstens insgesamt ein wenig zu viel. Obwohl das Kleinsein und das Dicksein einander theoretisch ausglichen, dachte Jette. Unterm Strich hatte sie die gleiche Menge Körper wie andere Menschen, nur auf niedrigerem Raum verteilt.

Der Wirt stellte zwei Gläser Schnaps vor ihnen auf dem Tresen ab. *Von dem da*, sagte er und deutete mit dem Kopf ans andere Ende der Bar, wo Henner sein Glas hob und ihnen zuprostete. *Das Ding ist*, sagte Lukas, hob sein Glas ebenfalls, hielt es einen Moment gegen das Licht und drehte es langsam hin und her, wie um den Inhalt zu prüfen, *dass ich, wenn ich Schnaps trinke, mit hoher Wahrscheinlichkeit ungute Entscheidungen treffe*.

Na dann prost, sagte Jette und hielt ihm ihr Glas hin. Lukas nickte seufzend und stieß sein Glas gegen ihres. Jette kippte den Schnaps auf ex herunter. Pfefferminzgeschmack breitete sich in ihrem Mund aus. *Du hast mir nicht in die Augen gesehen*, sagte Lukas mit gespielter Strenge und sog die Wangen leicht ein, und Jette sagte *Sieben weitere Jahre*. Er lachte und sagte: *Besser schlechter Sex als gar keiner*. Jette spülte mit einem Schluck Bier nach und erwiderte: *Das ist so ein Satz, den grundsätzlich nur Männer sagen*. Lukas knallte sein leeres Glas auf den Tresen und rückte noch ein Stückchen näher heran. Er roch nach Seife und ein wenig nach Weichspüler, ein Geruch, der eine schwachsinnige Sehnsucht nach einem geregelten Leben in Jette auslöste. Einem normalen Leben, falls es das überhaupt gab. Einem, wie Lukas es vielleicht hatte. Ein Gefühl flog sie an und verschwand wieder, die diffuse Ahnung einer ganz neuen Möglichkeit.

Sie machte dem Wirt ein Zeichen, wackelte mit ihrem leeren Glas in der Luft, und er verstand und brachte ihr ein frisches Bier. Sie verspürte ein jähes Bedürfnis nach Leichtsinnigkeit. Sie merkte, dass Lukas ansetzte, etwas zu sagen, dass es in ihm arbeitete, und sie drehte sich zu ihm herum, drückte den Rücken durch, nur einen winzigen Gedanken an ihren Körper verschwendend, der sich immer noch in Schichten präsentierte, wenn sie saß, auf diesem Barhocker, in dieser unvorteilhaften Haltung. Sie registrierte zu ihrem Erstaunen, wie etwas in ihr auf Lukas antwortete. Vielleicht war es nur der Norden, die leichte Färbung in seiner Stimme, die ein vages Heimweh in ihr auslöste. Jette sah auf seine Hand, die das Bierglas hielt. Sie fuhr langsam mit ihrem Zeigefinger über die Farbspritzer an seinem Handrücken, spürte den Resten nach. Seine Haut war erstaunlich weich, sie hatte sie rau und rissig erwartet. Er ließ sie gewähren, entzog sich nicht, aber machte auch nicht mit. Nahm mit der anderen Hand, der linken, an der er seinen Ehering trug, das Bierglas und führte es vorsichtig zum Mund. Hielt still, wie man stillhielt, wenn eine fremde Katze sich auf einem niedergelassen hatte und man sie nicht durch eine unachtsame Bewegung verscheuchen wollte.

Meine Tochter ist also lesbisch, hatte Tine eines Tages beim Mittagessen gesagt, während sie mit einem kleinen scharfen Messer die Schale von den Pellkartoffeln zog. Als wäre es ein Fakt. Eine Feststellung, die keinen Widerspruch duldete. Jette war zwölf Jahre alt, und ihr war nicht ganz klar, woraus ihre Mutter es geschlossen hatte, aber das Jodie-Foster-Kuschelkissen, das sie sich von ihrem Taschengeld gekauft hatte, war vermutlich ein deutlicher Hinweis gewesen. Auch auf den Postern an ihren Wänden waren ausschließlich ältere Frauen zu sehen, Winona Ryder, Alicia Silverstone und Patti Smith. Man hätte es ahnen können. Jette hatte es bis zu diesem Zeitpunkt nicht geahnt. Auf den Rand des Winona-Posters hatte sie mit rotem Edding Herzen gezeichnet, gedankenlos, weil ihr der Stift zufällig in die Hände fiel, als sie auf dem Bett ihre Hausaufgaben machte, die Maxi CD mit *What's Up* von den 4 Non Blondes in der Stereoanlage wie immer auf Repeat. Jette hatte darüber nachgedacht, wie viele Lesben sie in ihrem Leben kennengelernt hatte, und kam auf zwei, woraus sie schloss, dass es nur sehr, sehr wenige von ihnen gab und dass sie demzufolge wahrscheinlich für immer allein bliebe. Das war, was das Thema betraf, fürs Erste ihre einzige Sorge.

Lukas stellte sein Bier ab und ging an Jette vorbei, ließ seine Hand dabei für eine Sekunde auf ihrem Rücken ruhen, zwischen den Schulterblättern, oberhalb des Punktes, wo die Träger ihres BHs aufeinandertrafen, eine flüchtige Berührung an der unverfanglichsten Stelle. Als er die Hand fortgenommen hatte und es wieder kühler wurde dort, wo sie eben noch gelegen hatte, drehte er sich um und sagte mit ernstem Gesicht: *Ich küss dich nachher noch. – So, so*, sagte Jette belustigt, und weil er bereits weitergelaufen war, rief sie ihm nach: *Das hättest du wohl gern. – Ja*, sagte Lukas und drehte sich zu ihr um, *das hätte ich gern*. Dann verschwand er Richtung Toiletten. Sie konnte nicht sagen, ob er versuchte, witzig zu sein, oder ob es ernst gemeint war, und für einen winzigen Augenblick war ihr, als könne sie in die Zukunft sehen, eine Zukunft, in der es immer genau so sein würde. Sie trank ihr Bier aus, zog ihren Mantel an und zahlte.

Es war kurz nach Mitternacht, als sie allein vor dem Laden stand und einen Moment in die dunkle Straße sah. Sie zählte innerlich bis zehn. Dann drehte sie sich um. Durch das große Fenster sah sie Lukas, der an der Bar stand und sich nicht nach ihr umsah. Weil er nicht damit gerechnet hatte, dass sie noch da wäre, wenn er von der Toilette zurückkäme, dachte Jette. Weil er gesagt hatte, was er gesagt hatte, um sie loszuwerden. Oder aber, weil er wusste, dass sie auf ihn warten würde. Weil er nicht nachsehen musste, sich Zeit lassen konnte, in Ruhe zahlen, die Runde machen, um sich zu verabschieden. Seinen Freund Henner umarmen, sich von ihm etwas ins Ohr flüstern lassen, das vielleicht mit Jette zu tun hatte, vielleicht auch nicht.

Die Nacht war mild, und in den Straßen roch es nach Frühling. Sie liefen schweigend nebeneinanderher und überquerten das Gelände der alten Fabrik bis zu einem Backsteingebäude an der Rückseite. Lukas schloss eine Tür auf, die in ein dunkles Treppenhaus führte. Die Wände strahlten eine muffige Feuchtigkeit ab. Er benutzte die Taschenlampenapp seines Handys, als sie die Treppen hinaufstiegen, ohne Erklärung, warum das Licht nicht funktionierte oder es hier keines gab. Jette überfiel ein kurzes Bewusstsein dafür, dass sie im Begriff war, einem fremden Mann in einen geschlossenen Raum zu folgen. Es war ein neuer Gedanke, einer, der ihr bei Frauen nie gekommen war, und sie fühlte eine diffuse Wut auf die Verhältnisse. Sie spürte den Schnaps in ihrem Verdauungstrakt rumoren und versuchte, sich sicherheitshalber den Weg einzuprägen.

Im Atelier sah Jette sich um, während Lukas in Bewegung geriet, Kisten beiseiteschob, das Sofa hastig von Büchern und Zetteln befreite, hektisch einen Pizzakarton zusammenfaltete und neben einen Emaille-Eimer unter das Waschbecken legte. Er öffnete den Kühlschrank, hockte einen Moment ratlos in der offenen Tür, sein Pullover rutsche ein paar Zentimeter hoch und gab einen, wie Jette wohlwollend feststellte, haarlosen Rücken frei; sie betrachtete den Ansatz seines Hinterns, den Bund seiner Unterhose, die kleinen Vertiefungen links und rechts über dem Steiß. Er sagte entschuldigend, dass kein Bier mehr da sei, was Jette erleichterte. Der Pizzakarton entfaltete sich in Zeitlupe mit sanftem Knacken, schaukelte wie von Geisterhand leicht auf den dunklen, farbbesprenkelten Fliesen hin und her. *Kaffee?*, fragte Lukas, Jette nickte, Kaffee war gut, Kaffee war vernünftig. Sie lief langsam durch den Raum, betrachtete den Tisch mit den akkurat geordneten silbernen Farbtuben, den farbverkrusteten Gurkengläsern und Bierkrügen voller Pinsel, nach Größe und Dicke sortiert. Die Bilder, die an der Wand lehnten, einige davon in Luftpolsterfolie verpackt, vielleicht bereits verkauft und kurz davor, abgeholt zu werden, von einem Sammler, jemandem, der sich einen echten Lukas Rademacher an die Wand hängen würde. Jette dachte, dass Künstler ein völlig anderes Verhältnis zu ihren Werken haben mussten als Schriftsteller, deren Texte beliebig und aufwandslos zu vervielfältigen waren und deren

Inhalt in den meisten Fällen nicht abhängig war von der äußeren Form. All die Tage oder Wochen, die ein Künstler mit einem Bild verbrachte, und dann war es fertig und er gab es weg. Trennte sich davon, verkaufte es, für ein paar Tausend Euro oder mehr, Jette hatte keine Vorstellung davon, was ein Bild von Lukas kostete. Das dann für alle Zeiten im Konferenzraum einer Sparkassenfiliale an der Wand hing oder im Wohnzimmer eines mittleren Managers, der damit vor seinen Gästen angeben konnte und es ansonsten nicht mehr wahrnahm, weil man nicht wahrnimmt, was einen täglich umgibt.

In einer Vitrine neben dem Waschbecken hingen Bilder verschiedener Größen, kleinere Arbeiten und sehr kleine, Zeichnungen in Bleistift oder Tusche. Auf den Bildern waren ausschließlich Tiere zu sehen, in deren Blicken und Gesten etwas seltsam Menschliches lag. Jette spürte, wie Lukas sie beobachtete, während er Kaffeepulver auf zwei Porzellanbecher verteilte. Sie erinnerte sich daran, was Henner gesagt hatte, als sie sich das erste Mal getroffen hatten: dass Lukas immer Tiere male, weil er sich vor Menschen fürchte. Sie konnte die Furcht in den Augen der Wesen auf den Bildern erkennen. Eine tiefsitzende Traurigkeit, die über allem lag wie ein Firnis, sich widerspiegelte in den Farben, den Brauntönen, gelegentlich durchbrochen von einem schrillen Akzent, einer absichtlichen Unstimmigkeit, wie eine nichterzählte Geschichte. Eine Art Raunen, das etwas in Jette berührte, das sie nicht benennen konnte. Im Wasserkocher hob ein Rauschen an. Jette drehte sich zu Lukas um, der jetzt neben dem hohen Tisch mit der farbverschmierten Glasplatte und mit einer trüben Flüssigkeit gefüllten Eierbechern stand, die Hände in den Hosentaschen, und sie ansah. Abwartend, dass das Wasser kochte oder dass Jette ihm eine Entscheidung abnahm. Von draußen fiel ein schwaches Mondlicht schräg durch das Fenster und zeichnete kleine Quadrate auf Lukas' Gesicht, seinen Körper, er sah unsicher aus, mit einem Mal, und Jette empfand einen Anflug von Zärtlichkeit, wie er sie so ansah, erwartungsvoll, beinahe ängstlich. Wie er dastand, in dieser leicht schwankenden, x-beinigen Haltung, mit hängenden Schultern und seinem sich ungeniert wölbenden Bauch, den er nicht einzog, weil es ihm nicht in den Sinn kam, während es Jette immer in den Sinn kam, ihren Sinn im Grunde überhaupt nie verließ, dass sie einen Bauch hatte. Das Rauschen des Wasserkochers wurde lauter. Jette ging mit sehr langsamen Schritten auf Lukas zu. Schritte, die noch immer Möglichkeiten enthielten, beispielsweise die, sich plötzlich zum Fenster zu wenden. Sie stellte sich auf die Zehenspitzen, um hinauszusehen, aber draußen war Nacht, und in den kleinen Quadraten spiegelte sich unscharf ihr eigenes Gesicht. In wenigen Sekunden würde sie eine Entscheidung treffen müssen, die sie in Wirklichkeit längst getroffen hatte. Würde die Dinge derart handhaben, wie sie sich später an sie erinnern wollte. Um einmal sagen zu können, dass es so angefangen hatte, hier und in diesem Moment. Sie blieb erst stehen, als ihre Brust Lukas' Bauch berührte. Er bewegte sich nicht, und für einen winzigen Moment erschrak sie darüber, spürte die Möglichkeit einer Zurückweisung aufflackern. Sie hatte seit Jahren keinen Mann geküsst. Die letzten Männer, die sie geküsst hatte, waren eigentlich noch Jungs gewesen und hatten keine Bärte getragen, weil damals nur Hippies, Penner und alte Männer Bärte trugen oder weil ihnen einfach noch keine wachsen wollten. Es fühlte sich ungewöhnlich an, jemanden zu küssen, der Haare im Gesicht hatte. Lukas' Bart kratzte nicht, war nur spürbar vorhanden, rieb leicht an ihren Lippen, als er sich zu ihr herabbeugte.

Der Wasserkocher hörte nicht von allein auf, und Lukas ging hinüber und stellte ihn aus. Er verteilte das Wasser auf die beiden Becher und stellte den Behälter zurück. Eine kleine Dampfwolke waberte für einen Moment darüber im Lichtkegel einer Lampe. Lukas rührte bedächtig und mit beiden Händen gleichzeitig in den Bechern, einen Löffel in jeder Hand, meditative Kreise in gegenläufiger Richtung. Er führte die Handgriffe behutsam aus, präzise, mit einer absichtlich erscheinenden Langsamkeit, einem Herauszögern, das aus Zweifel geboren sein konnte oder aus Vorfreude, dachte Jette. Wie um den Moment anzuhalten, den letzten, in dem noch alles möglich war. Sie setzte sich auf das Sofa, das an der Wand unter dem Fenster stand, und nahm den Kaffeebecher entgegen, den Lukas ihr reichte. An der Oberfläche schwamm Pulver. *Brauchst du Milch oder Zucker?*, fragte Lukas und nahm neben Jette Platz. Sie schüttelte den Kopf und stellte den Becher auf dem Boden ab. Das Sofa war alt und durchgesessen, eine Kuhle in der Mitte, die sie wie von selbst aufeinander zufallen ließ. Lukas beugte sich zu ihr herüber, griff in ihren Ausschnitt und küsste ihren Hals. Sie hatte es ein paar Jahre geschafft, die Tatsache, dass sie einen Körper hatte, zu verdrängen. Dass Lukas einen Körper hatte, irritierte sie ein wenig, aber sie gewöhnte sich bereits daran.

Es hatte Zeiten gegeben, in denen Jette das Gefühl hatte, so viel Körper zu haben, dass es ihr nicht mehr gelang, mit jedem Teil davon in Kontakt zu sein. In ihrer Jugend hatte sie es gehasst, sich selbst nackt im Spiegel zu betrachten. Zu duschen, sich einzucremen, die Fläche schien zu groß, nicht zu bewältigen. Also ließ sie es immer öfter einfach sein. Achtete darauf, dass ihr niemand so nah kam, dass es aufgefallen wäre. Es war nicht schwer. Sie schien etwas auszustrahlen, das andere Menschen von ihr fernhielt. Lukas schob ihr T-Shirt hoch und öffnete ihren BH. Er berührte ihre Brüste, wie jemand, für den dieser Körperteil ein fremder war, dachte Jette. Dann kniete er sich vor Jette auf den Boden. Sie dachte, wie unvorteilhaft sie aus dieser Perspektive aussehen musste, und versuchte, den Gedanken wegzuwischen. Selbst schuld. Er hatte es so gewollt. Er hatte sie so gewollt. Sie hörte ein Geräusch und sah zur Tür, befürchtete, dass jemand hereinkommen und sie hier so sehen würde, Henner zum Beispiel. Oder, schlimmer noch, Lukas' Frau. Aber das konnte nicht sein, es gab Kinder, ein Mädchen und einen Jungen, so viel wusste Jette inzwischen, die noch nicht alt genug waren, um allein zu Hause zu bleiben. Das Geräusch wiederholte sich, es kam vom Wasserkocher, das abkühlende Plastik oder eine Sicherung.

Darf ich dich lecken?, fragte Lukas höflich. Jette nickte. Sie hätte lieber Nein gesagt, aber es kam ihr albern vor, an diesem Punkt aufzuhören. Auch wenn sie es gern ausprobiert hätte, Nein zu sagen. Um sicherzugehen, dass er einer von denen war, die ein Nein akzeptierten. Sie ging eigentlich davon aus, aber man konnte nie wissen. Lukas riss ihre Jeans mit einer überraschend kräftigen

Bewegung herunter und die Unterhose gleich mit, in einem Ruck saß beides auf ihren Knöcheln, fesselte ihr die Füße, eine ungünstige Position. Das abgewetzte Leder des Sofas war unangenehm kalt an ihrem nackten Hintern. Lukas tauchte durch ihre Beine, ihre Füße hinter seinem Kopf, seine Zunge in ihrem Schoß. Sie griff in sein Haar, dirigierte ihn mit sanfter Bestimmtheit an die richtige Stelle. Es stimmte, dachte Jette, was ihre heterosexuellen Freundinnen immer beklagten: Man musste ihnen eine Karte zeichnen. Sie kam stumm, auf unspektakuläre, technische Art. Orgasmen waren noch nie ein Problem für sie gewesen, sie musste offensichtlich nicht einmal Lust empfinden, um einen zu haben, eine Sache mehr, die sie jetzt über sich wusste. Eine weitere auf der Liste der unnötigen Qualifikationen, über die sie verfügte. Sie schob Lukas' Kopf zur Seite, und er blieb vor ihr auf dem Boden knien, den Blick zwischen ihre Beine gerichtet, andächtig wie ein Kind am Weihnachtsabend vor dem erleuchteten Baum. Sie hielt still, bis er sich sattgesehen hatte und aus ihrem Schoß auftauchte, seine Wangen hitzig, seine Brille beschlagen, er sagte *Küss mich*, und Jette küsste ihn.

5.

Evas Eltern hatten nicht verstanden, warum sie nicht in Leipzig studieren wollte. *Wir haben hier eine erstklassige Universität*, pflegte ihr Vater beleidigt zu sagen. Warum sie ausgerechnet nach Berlin wolle? Eva hatte nicht gewusst, wie sie ihm erklären sollte, dass sie nicht ausgerechnet nach Berlin wollte, sondern in erster Linie aus Leipzig weg, ein Bedürfnis, das ihren Eltern, seit es möglich geworden war, fremd zu sein schien. In Evas Kindheit hatten sie gemeinsam über dem Atlas gesessen und sich Reisen ausgemalt, an die niemand geglaubt hatte, bis auf Evas Vater, der all die Länder des nichtsozialistischen Auslands aufzählte, die sie eines Tages bereisen würden. Zu seiner eigenen Verwunderung hatte er recht behalten. Nach dem Mauerfall fuhren sie ein paar Jahre hintereinander jeden Frühling in ein anderes nichtsozialistisches Land, nach Paris und London, an die Costa Brava und nach Teneriffa. Nachdem Juri auf Teneriffa fast ertrunken war, fuhren sie doch wieder an die Ostsee. Zu Evas Verwunderung war es ausgerechnet ihre sich andauernd um alles sorgende Mutter, die Evas Wunsch, die Stadt zu verlassen, verteidigte. Die Mutter aber hatte gut reden, so jedenfalls sagte der Vater, nachdem Eva ihnen den Plan beim sonntäglichen Familienessen eröffnet hatte: *Du hast gut reden, Gitte*. Was er meinte, dachte Eva, war: Dein Lieblingskind bleibt schließlich da. Das Lieblingskind der Mutter war nämlich schon immer der Juri gewesen, daran bestand kein Zweifel. Es sei nun einmal so mit Müttern und Söhnen, hatte der Vater einmal im Vertrauen zu ihr gesagt. Sie solle sich nichts daraus machen. Dass sie zum Ausgleich ihm das liebste Kind sei, sagte er nicht, aber er brauchte es nicht zu sagen, sie merkte es daran, wie er sie ansah. Wie er ihr zuhörte und die Hand dabei auf ihren Hinterkopf legte, und daran, dass er sie noch heute bei jeder Begrüßung umarmte, sie kurz ruckartig an sich drückte, während er ihrem Bruder die Hand gab, ihm kumpelhaft auf die Schulter klopfte.

Eva hatte Berlin bisher nur aus den Geschichten ihrer Mutter gekannt, die am östlichen Rand der Stadt aufgewachsen war. Geschichten, in denen ein Riss durch diese Stadt ging, der Menschen mitnahm, die plötzlich in einem anderen Land lebten. Als Eva selbst ein Kind war, hatte es ihr eine Mischung aus Faszination und Angst eingejagt, die sie für sich zu behalten gelernt hatte, wie sie so vieles für sich behielt oder höchstens mit dem Bruder teilte, abends, in ihrem Zimmer. Sie musste sich vorsehen, denn Juri war vier Jahre jünger als sie und hatte das Lügen noch nicht gelernt, und als er es lernte, hatte er schon begriffen, dass man es nicht tun durfte. Als er es endlich aus genau diesem Grund doch tat, hatte Eva das Interesse verloren. Sie war bereits zu alt geworden, um diesen unbedingten Wunsch zu teilen, den Eltern das eigene Leben vorzuenthalten, ihnen fremd zu sein.

Ihr Vater hatte darauf bestanden, sie zu fahren. Er hatte sich einen Sprinter geliehen und den Ablauf der Fahrt akribisch geplant. Ihr Bruder begleitete sie. Die

Mutter blieb zurück, mit dem gleichen sorgenvollen Gesichtsausdruck, den sie immer gehabt hatte. Es war nicht derselbe Blick, mit dem sie Juri ansah. Der Juriblick hatte etwas Milderes, Zärtlicheres, so wie auch die Juristimme. Der Blick, der für Eva reserviert war, enthielt weniger Nachsicht und mehr Sorge, vielleicht nur, weil sie ein Mädchen war. Eine Frau sogar inzwischen, auch wenn die Eltern das nicht wahrhaben wollten. Der Wagen war kaum halb voll. Eva hatte die wenigen Dinge, die sie mitnehmen wollte, in dieses Berlin, dieses neue Leben, in ein paar Bananenkisten gepackt, die ihr der vietnamesische Gemüsehändler des Viertels überlassen hatte.

Die Wohnung in Kreuzberg, ein ehemaliger Laden, war möbliert, zur Untermiete für ein Jahr, bis der Hauptmieter von seinem Selbstfindungstrip am anderen Ende der Welt zurück war. Er kam ursprünglich aus Holland und hieß Joeri mit oe, was man Juri aussprach und was dazu führte, dass Evas Bruder sofort beschlossen hatte, ihn zu mögen, auch wenn sie sich nie begegnen würden. Der Holländer hatte Kulturwissenschaften studiert und nahm sich eine Auszeit auf einer Schafsfarm in Neuseeland. Ein Jahr war ein Jahr weiter, als Eva zu diesem Zeitpunkt denken konnte. Ein übersichtlicher, klar abgesteckter Rahmen. Die Idee, sich noch nicht festzulegen auf diese Stadt, sondern zwölf überschaubare Monate in einer Art Zwischenzustand zu verbringen, gefiel ihr. Und dann mal sehen. Etwas würde kommen, da war sie sicher. Dies war ihr Anfang, ihr Ausgangspunkt.

Ihr Vater machte keinen Hehl daraus, dass es ihm lieber gewesen wäre, wenn sie in den Osten der Stadt gezogen wäre. Er hatte den Sprinter in der dem Haus gegenüberliegenden Auffahrt geparkt und betrachtete argwöhnisch die am Tor angebrachten Parkverbotsschilder, die Texte auf Deutsch und Türkisch, was Juri, der die Sprache nicht erkannte, amüsierte. *Was heißt lütfen?* Eva wusste es nicht. Sie würde bald lernen, dass es *bitte* hieß, sie las es in der Warteschlange der Bankfiliale am Kottbusser Tor, wo die Hinweise mehrsprachig auf dem Fußboden aufgedruckt waren, einmal in Gedanken versunken versehentlich laut vor, und ein freundlicher älterer Mann übersetzte es ihr ungefragt. Es war das einzige Wort, das ihr immer wieder begegnete. Bis auf Anne. Anne war der Vorname der Hausmeisterin, dachte Eva und nannte sie im Stillen so, weil sie deren Tochter den Namen andauernd rufen hörte. Erst nach einer Weile fiel ihr auf, dass alle türkischen Kinder ihre Mütter so riefen.

Wo sind wir denn hier, sagte der Vater kopfschüttelnd. Eva rollte die Augen. Sie wusste nicht, wann das angefangen hatte, sie konnte sich nicht erinnern, dass ihr Vater in ihrer Kindheit so gewesen war. Andererseits gab es in ihrer Kindheit kaum Ausländer in Leipzig. Lediglich ein paar Südostasiaten hatten in ihrem Viertel gelebt, die aus Vietnam stammten und nicht, wie ihr Vater und viele andere anzunehmen schienen, von den Fidschi-Inseln.

Nachdem sie ihre Kisten in die Wohnung getragen und zu einer kleinen Pyramide in der Mitte des Raumes gestapelt hatten, Eva kurz mit dem Türschloss gekämpft und sich von ihrem Vater allerlei Ermahnungen bezüglich der Wichtigkeit des Türabschließens, *zumal in einer solchen Gegend!*, hatte anhören müssen, waren sie essen gegangen. Eva konnte die Erschöpfung sehen, mit der ihr

Vater die Speisekarte studierte, eine Müdigkeit, die nicht von der Fahrt oder der Anstrengung des Kistentragens kam. Sie dachte plötzlich und zum ersten Mal, dass er langsam alt wurde. Schweißringe färbten den Stoff seines kurzärmeligen karierten Hemdes unter den Achseln dunkler. Eva schlug die Speisekarte auf, sah, was ihr Vater sah, eine Mischung aus orientalischen und asiatischen Gerichten, eine umfangreiche vegetarische Karte. Weiter hinten ein wenig Hausmannskost, wie sie erleichtert feststellte, sie sah den Blick ihres Vaters sich aufhellen. Er bestellte Currywurst Pommes, Juri tat es ihm gleich. Es folgte ein kleiner Vortrag darüber, dass Currywurst eine Berliner Spezialität war. Eva, die zu diesem Zeitpunkt eine vegetarische Phase hatte, lächelte geduldig. Es würde, von diesem Moment an gesehen, noch ein paar Jahre dauern, bis sie Lukas treffen und sich von ihm auf einem Wochenendtrip nach Berlin erklären lassen würde, dass die Currywurst ursprünglich in seiner Heimatstadt Hamburg erfunden worden war. Das habe er jedenfalls in einem Roman gelesen, wie er ihr in der Schlange vor der berühmten Bude Curry 36 in Kreuzberg erzählen würde, die sich nicht, wie man denken mochte, in Kreuzberg 36 befand, wie die Wohnung des Holländers, sondern in Kreuzberg 61. Wo Evas vegetarische Phase ein jähes Ende fände, nachdem sie sich im Martin-Gropius-Bau die Ausstellung eines berühmten Künstlers angesehen haben würden, dessen Namen Eva sich nicht merken würde, für den sich Lukas jedoch begeisterte wie ein Kind. Und diese Begeisterungsfähigkeit würde es sein, in die sie sich verlieben würde.

Eva wunderte sich über die Tränen, die kamen, als sie unter der Dusche stand, nachdem sie ihren Vater und Juri verabschiedet hatte, sie auf eine neue Art umarmt, eine weniger leichtfertige, weil man zum ersten Mal nicht mit Sicherheit wusste, wann man einander wiedersähe. Sie duschte lange, saß danach wie versteinert zwischen ihren Kisten, einen Handtuchturban auf dem Kopf, eine tiefe Erschöpfung im ganzen Körper. Ein Gefühl von Fremdheit, obwohl die Fenster weit geöffnet waren und es entgegen ihrer Befürchtung doch Bäume gab, in denen Vögel sangen, und das Haus gegenüber so niedrig war, dass man den Himmel darüber sehen konnte. Sie kochte sich einen Kaffee auf dem Gasherd, das vertraute Gurgeln und Zischen und der sich in der Wohnung ausbreitende Duft beruhigten sie. Sie ließ die Tür offen stehen und füllte den Kaffee in eine Mitropa-Tasse, die der Holländer vermutlich auf dem Flohmarkt gekauft hatte. Eva setzte sich auf die Stufen und sah in die Straße, es war Frühling. Sie spürte, wie sich eine zarte Euphorie anschlich. Ein paar Touristen liefen langsam vorbei, drehten sich nach ihr um, beäugten sie mit unverhohlener Neugier, eine Frau erklärte ihnen etwas in einer Sprache, die Eva nicht verstand, aber für eine skandinavische hielt. Als sie weiterliefen, sah Eva aus dem Augenwinkel, wie einer aus der Gruppe sich umdrehte und seine Kamera auf sie richtete. Der Impuls, sich wegzudrehen, kam nicht schnell genug. Sie stellte sich vor, wie dieses Bild von ihr herumgezeigt werden würde, in Norwegen oder Dänemark. Wie er seinen daheimgebliebenen Freunden erklärte, dieser Anblick sei typisch für Kreuzberg, die junge Frau dort auf den Stufen, mit ihrer

Kaffeetasse in der Hand. Eine Studentin oder Künstlerin vielleicht. *Dette er Berlin!* Evas Unbehagen wich einem leisen Stolz, und das angenehme Gefühl, verloren zu gehen, breitete sich in ihr aus.

Ein paar Monate später stand Eva hinter einer Bar unweit der Oberbaumbrücke und schenkte Rotwein in ein bauchiges Glas, reichte es über den Tresen und nahm wortlos einen 10-DM-Schein entgegen. Der Laden war etwas mehr als halb voll, was gut genug war für einen Abend unter der Woche. Auf der anderen Seite des Raumes unter dem großen Spiegel spielte ein Jazz-Trio gerade das dritte Stück. Das Trio bestand aus einem Keyboarder, einem Saxophonisten und einem Kontrabassisten. Letzterer war Eva bereits beim Reinkommen aufgefallen, die Behutsamkeit, mit der er seinen Bass aus der Hülle genommen und ihn in der Ecke abgelegt hatte wie ein schlafendes Elefantenbaby, hatte sie berührt. Während die anderen beiden sich um die Technik kümmerten, hatte er Eva um einen Kaffee gebeten und sich vorgestellt, er hieß Adam, was allen Anwesenden für einen kurzen Moment Anlass zum Schmunzeln war. Adam und Eva. Eva hatte sich schnell umgedreht und sich mit der Kaffeemaschine beschäftigt. Adam hatte dunkle Locken und helle Augen, mit denen er immer wieder zu ihr herübersah. Sie war sich nicht sicher, ob er wirklich sie ansah oder nur zufällig in ihre Richtung. Also schaute sie, wenn ihre Blicke sich trafen, vorsichtshalber weg. Wenn er jedoch gerade nicht hersah, beobachtete sie die konzentrierten Bewegungen seiner Finger auf dem Instrument und wie seine Locken wippten, wenn er den Kopf dazu im Takt bewegte. Tomek, Evas Lieblingskollege, rauschte mit einem Tablett leerer Gläser an ihr vorbei und raunte ihr etwas zu, das sie aufgrund der Musik nicht verstand, das aber seinem breitem Grinsen und seinen zuckenden Augenbrauen nach zu urteilen mit dem Saxophonisten zu tun hatte, für den er sich mit einer schamlosen Offensichtlichkeit interessierte, was ebenso offensichtlich auf Gegenseitigkeit beruhte. Der Keyboarder trug einen Ehering und kam daher für sie beide nicht infrage. *Hör mir auf*, sagte Tomek, *been there, done that*.

Nachdem das Konzert vorbei war, die letzten Gäste gegangen, die Tische abgewischt und die Stühle hochgestellt waren, holte Tomek zwei Schnapsflaschen heraus und verstaute sie in den Taschen seiner Jeansjacke. Eva schloss den Laden ab. Auf der Brücke packten die Musiker ihre Instrumente aus, stellten sich zwischen die Stahlträger und fingen an zu spielen. Hinter ihnen rauschte die Stadt vorbei, Menschen blieben stehen, hörten ihnen zu. Eva setzte sich auf den Asphalt und sah durch das Gitter über das Wasser. Da war sie also, die Welt. *Da bist du also, Welt*, sagte Eva zur Spree, zu den Bässen, die vom anderen Ufer herüberschallten, der über ihr vorbeiratternden Untergrundbahn, die nicht im Untergrund fuhr. Der Schnaps legte eine Feuerschneise durch Evas Körper, am Herzen vorbei in den Bauch. Tomek machte einen Witz über Bläser, dann stand er auf und küsste den Saxophonisten. Eva überlegte, es einfach genauso zu machen, zu Adam hinüberzugehen und ihre Arme um seinen Hals zu legen. Es sah so leicht aus. Er unterhielt sich gerade mit zwei Frauen in Evas Alter, die stehen geblieben waren, der Musik zugehört hatten und jetzt ein Gespräch darüber führen wollten. Eva wurde plötzlich sehr müde. Tomek tänzelte aufgekratzt um sie herum, er hatte alle überredet, noch in einen Club zu gehen. Die Musiker legten die Instrumente in den VW-Bus des Keyboarders und deckten sie sorgfältig mit Wolldecken zu. Adam fragte *Where do you want to go?* Eva dachte nach. Es fühlte sich immer noch falsch an, nach Hause zu sagen, wenn sie in die Wohnung ging. *Home*, sagte sie trotzdem, *I want to go home*. Er wippte auf den Zehenspitzen, die Hände in den Hosentaschen, seine Locken baumelten nah vor ihrem Gesicht. Sie überlegte, ihn zu fragen, ob er mitkommen wolle. Aber sie war betrunken und wollte eigentlich nur schlafen. Ihr war schlecht, und sie konnte sich nicht vorstellen, heute Nacht noch Sex zu haben. Sie war noch nie am ersten Abend zu jemandem mitgegangen und hatte überhaupt noch nie jemanden mit zu sich nach Hause genommen, was vor allem daran lag, dass sie bis vor Kurzem noch bei ihren Eltern gewohnt hatte. *Kommt ihr?*, rief Tomek ungeduldig, schon im Gehen. Adam beugte sich zu Eva hinab und gab ihr ein schnelles, unschuldiges Küsschen auf die Wange. Dann drehte er sich um und hüpfte den anderen nach.

Die Straße verschwamm ein wenig. Eva blieb stehen und schloss die Augen. Das machte den Schwindel größer, also öffnete sie sie wieder. Sie hätte eine Station mit der U-Bahn fahren können, aber sie entschied sich, zu laufen. Sie lief geradeaus, bis sie die Rückseite des Görlitzer Parks erreichte, oder jedenfalls die, die sie als Rückseite empfand. Park war ein stolzer Begriff, dachte Eva, für dieses längliche Stück verbrannten Rasens, eine von einem schmalen Asphaltweg durchkreuzte Senke und einen einfallslosen Kunst-im-öffentlichen-Raum-Kompromiss aus Stahl an der Kopfseite. An der schmalsten Stelle dauerte es nur ein paar Minuten, ihn zu durchqueren. Um dies zu vermeiden, musste man drei Querstraßen kreuzen, an der Broilerbude und dem Schwimmbad vorbei. Normalerweise nahm Eva diesen Umweg in Kauf, wenn sie von der Spätschicht kam, sosehr sie sich darüber ärgerte, dass es nötig war.

Am Eingang hockten ein paar Männer auf dem Metallgeländer und den Stufen. *Hallo, wie geht's*, sagte einer, rief es ihr nach, als sie schon fast an ihnen vorbei war. *Gut*, sagte Eva und lief schnell weiter. Diese Frage wurde hier so häufig gestellt, es schien ihr beinahe wie ein Losungswort, um Einlass in den Park gewährt zu bekommen. Sie hatte es lange eigenartig gefunden, eine Grenzüberschreitung, einen fremden Menschen zu fragen, wie es ihm ginge. Es war eine viel zu intime Information, etwas, das man nur Leute fragte, die man persönlich kannte. Sie hatte sich vor Kurzem mit Tomek darüber unterhalten, der das nie gefragt wurde. Die Frage nach dem Befinden war für Frauen reserviert, Tomek bekam entweder ein direktes Angebot oder misstrauische Blicke. Manchmal war ihm nicht klar, ob es dabei um Sex oder Drogen ging. Seine Theorie war, dass es sich bei der Frage um ein kulturelles Missverständnis handelte: dass irgendjemand, der neu hier war, einen Einheimischen gefragt hatte, was *How are you* auf Deutsch hieße. Und der oder die Einheimische hatte wahrheitsgemäß geantwortet: *Wie geht's*. Ohne dabei zu bedenken, dass man *How are you* im Englischen ebenso als Begrüßungsfloskel verwendete, dass englischsprachige Menschen nicht wirklich von jeder Person wissen wollten, wie es ihr ging. Tomeks Theorie leuchtete Eva ein, aber etwas an der Art, wie er sie vorgebracht hatte, erinnerte sie an ihren Vater.

Sie durchquerte den Park, so schnell ihr Zustand es zuließ. Es roch nach Haschisch und gegrilltem Fleisch, von irgendwoher wehte bassarmer Hip-Hop. Da waren noch Menschen, so einsam war es gar nicht. Da saßen sie noch, im Tal und auf der anderen Seite, unter der Stahlkonstruktion, in kleinen Gruppen auf dem kurzen verbrannten Gras. Alle unscharf, verschwommen, aber beruhigend in ihrer Anwesenheit. Eva musste mal. Sie war nicht sicher, ob sie es bis zu Hause aushalten würde. Sie war schon fast auf der anderen Seite. Da waren Bäume und Gebüsch, in dem manchmal Männer standen. Aber gerade war niemand zu sehen. Unten am Hang saß eine Gruppe junger Leute, ein Mann mit Dreadlocks und freiem Oberkörper spielte *Wonderwall* auf der Gitarre. Eva legte ihre Tasche auf der Bank vor dem Gebüsch ab und bahnte sich einen Weg zwischen den Ästen hindurch. Sie schwankte und konzentrierte sich darauf, nicht auf ihre Schuhe zu pinkeln. *Because maybeeee*, schallte es aus dem Tal. Es tat gut, wie der Druck in der Blase nachließ. Eva zog die Unterhose hoch und ging zurück zur Bank. Ihr war schwindelig. Der Mond stand über der Kirche, es sah gespenstisch aus und schön. *You're gonna be the one that saves meeee*. Sie legte sich hin, damit der Schwindel aufhörte. Schob sich ihre Tasche unter den Kopf. Etwas darin war hart, sie ruckelte ein wenig hin und her, bis es bequem war, und schloss die Augen.

Eva wachte auf, weil jemand an ihrem Arm rüttelte. Sie öffnete die Augen und sah in ein ihr unbekanntes Gesicht. *Hallo, alles klar?* Es dauerte ein paar Sekunden, bis sie zu sich kam. Die Luft war kalt und feucht, der Himmel verhangen. Sie setzte sich vorsichtig auf. Ihre Schulter schmerzte. Das Gesicht wich zurück, sichtlich erleichtert. Es gehörte zu einer Frau unbestimmbaren Alters und war übersät von aufgekratzten Pickeln. Die Haare kurz und von undefinierbarer Farbe, an den Seiten einzelne kahle Stellen. Die Frau tänzelte nervös vor Eva auf und ab, fuhr sich mit dem Handrücken durchs Gesicht. Bis auf das Geschrei der Spatzen in den Bäumen war es eigenartig still. Der Park war gähnend leer, die Wiese im Tal von Müll gesäumt. *Du kannst hier nicht bleiben*, sagte die Frau zu Eva und beugte sich ein Stück zu ihr herunter, vorsichtig, wie man sich zu einem Tier hinabbeugte, dessen Verhalten man nicht einschätzen konnte. *Verstehst du?* Und weil Eva offenbar nicht aussah, als ob sie verstand: *Do you speak English? You cannot stay here! Not safe!* Mit Augen, die es wissen werden, dachte Eva, beugte sich vor und kotzte zwischen ihre Füße. Die Frau schien unbeeindruckt. Eva sah an sich herunter. Ihr Ausschnitt war verrutscht, der Rock klemmte in der Unterhose, eine blutige Schramme zog sich über ihre rechte Wade. Ihre Tasche war weg. *Meine Tasche ist weg*, sagte Eva. Jetzt erst sah sie den Mann. Er stand ein paar Meter weiter, schon fast beim Ausgang, zog nervös an einer Zigarette, schnippte den Stummel ins Gebüsch, sagte eindringlich *Jetzt komm*. Die Frau drehte sich um. *Tut mir leid*, sagte sie zu Eva. Dann lief sie ihm nach. Eine Krähe zerrte hektisch eine Styroporverpackung aus einem Mülleimer, verteilte die Reste von Pommes und Döner auf dem Weg. Ein Stück Alufolie fing einen der ersten zarten Sonnenstrahlen ein.

Als Eva vor dem Haus stand, fiel ihr ein, dass sie keinen Schlüssel hatte. Der Schlüssel war in der Tasche gewesen. Ihr war immer noch schlecht. Sie setzte sich auf die Stufen, lehnte die Stirn an die Hauswand, die sich angenehm kühl anfühlte, und versuchte, einen klaren Gedanken zu fassen. Der Nachhauseweg war eine Leerstelle, ein Fragezeichen in ihrem Kopf. Das war ihr noch nie passiert. Sie war schon einige Male betrunken gewesen, aber nie auf diese Weise. Die Reaktion ihres Körpers kam ihr unverhältnismäßig vor. Sie war doch noch da. Nichts tat ihr weh, oder alles tat weh, aber nichts allzu sehr. Von irgendwoher wehte der Geruch frischen Kaffees, jemand im Haus schien bereits wach zu sein. Eva fiel ein, dass der Holländer ihr geschrieben hatte, die Hausmeisterin habe einen Ersatzschlüssel für die Wohnung, falls mal etwas war. Was sollte schon sein, hatte Eva gedacht. Sie sah hinauf in den diesigen Himmel und versuchte einzuschätzen, wie spät es war.

Die junge Frau, die im ersten Stock die Tür öffnete, war nicht die Hausmeisterin, sondern deren Tochter. Eva schätzte Fatma auf sechzehn oder siebzehn. Sie trug einen pinkfarbenen Bademantel über einem engen Schlafanzug aus rosa Nickistoff mit *Hello Kitty*-Aufdruck und pinkfarbene Plüschpantoffeln. Sie schob Eva vor sich her in die dunkle Küche, bot ihr einen Stuhl am Fenster an, reichte ihr ein Glas Leitungswasser, brüllte *Anne!* in den dunklen Flur, energisch und ungeduldig wie immer, mit Betonung auf der letzten Silbe. Eva hörte die Klospülung, dann kam Frau Yilmaz in die Küche, so hieß die Hausmeisterin, es war Eva wieder eingefallen, als sie das Klingelschild gesucht hatte. Wie sie mit Vornamen hieß, wusste Eva immer noch nicht, sie nannte sie im Geiste weiterhin Anne. Frau Yilmaz band sich im Hereinkommen den Bademantel zu und sprach in verschwörerischem Tonfall auf ihre Tochter ein, so leise, als sei ihr nicht klar, dass Eva sie ohnehin nicht verstand. Einmal glaubte Eva, den Namen des Holländers herauszuhören, Joeri. Den Namen ihres Bruders. Frau Yilmaz hantierte mit einer Porzellankanne. Hinter dem Fenster ein anderer Blick in denselben Hof.

Baba, sagte Fatma, gefolgt von einer Kaskade türkischer Wörter, als Herr Yilmaz in der Küchentür stand. Das Gesicht voller grauer Bartstoppeln, das verbliebene Haar wirr, den Türrahmen ausfüllend mit seinem Körper, der in einem gestreiften Bademantel steckte. Er sah Eva an, mit väterlich besorgten, müden Augen, und nickte. Herr Yilmaz war ein Mann, dessen Alter Eva nicht im Entferntesten einzuschätzen vermochte. Sie hatte ihn bisher nur auf der Straße gesehen, wo er perfekt rasiert und gekämmt und im immer gleichen braunen Cordanzug mit anderen türkischen Männern seines Alters an der Ecke stand, die Hände auf dem Rücken gefaltet, oder wenn er samstags im weißen Feinrippunterhemd keuchend das Treppenhaus wischte. Gelegentlich tauchte er im Hof unter Evas Schlafzimmerfenster auf, meistens am frühen Abend, wenn es draußen noch hell war und in ihrer Wohnung kein Licht brannte. Schien nicht zu bemerken, dass sie hinter dem Fenster stand, ihn beobachtete, sich nicht bewegte, aus einer seltsamen Sorge, ihn in seinem Ritual zu stören. Während er sein Zigarillo rauchte, mit resigniertem, grimmigem Blick. Den Streit mit seiner Frau, der diesem Ritual voranging, hörte Eva mit, wenn sie zufällig im vorderen Raum war, ihre aufgebrachten Stimmen, gefolgt von schnellen, harten Schritten auf den Dielen im Flur und einem lauten Zufallen der Wohnungstür. Eva vermutete, dass es bei dem Streit um die Frage ging, ob in der Wohnung geraucht werden durfte oder nicht. Es kam ihr eigenartig vor, ihn jetzt so zu sehen, eine Verschiebung des Gleichgewichts der Dinge. Frau Yilmaz goss Tee auf und sagte etwas zu ihrer Tochter, mit einem Kopfnicken in Evas Richtung. *Evet*, sagte Fatma, zweimal schnell hintereinander. Sie nahm Eva gegenüber Platz und sah sie an, mit einem Blick, der verriet, dass sie im Begriff war, eine unangenehme Frage zu stellen. Herr Yilmaz verließ die Küche. Ob ihr etwas wehtäte, fragte Fatma. Ob sie angefasst wurde, sie wisse schon. Eva wusste es nicht. Sie rutschte auf dem Stuhl herum, die Rückseiten ihrer Oberschenkel klebten an der Sitzfläche, lösten sich mit einem unangenehmen Schmatzen. Sie spannte prüfend den Beckenboden an. Sah an sich herunter, ein blauer Fleck an ihrem Arm, eine Schramme an ihrem Bein, ein Streifen getrocknetes Blut. Eine schamvolle Erinnerung an das Gebüsch überkam sie. Frau Yilmaz füllte den Tee in ein kleines Glas mit Goldrand, schob es Eva hin, lächelte sie aufmunternd an. Der Tee dampfte im Glas. Eva legte ihre Hand darauf und ließ den Dampf durch ihre Finger ziehen. Herr Yilmaz sagte etwas im Flur, das deutsche Wort *Polizei* stach aus dem türkischen Satz heraus. Fatma band sich die Haare zum Pferdeschwanz zusammen und sagte: *Mein Vater sagt, du musst zur Polizei.* Eva nickte. Sie wollte nicht zur Polizei.

Der Beamte, der ihre Verlustanzeige aufnahm, Verlust, nicht Diebstahl, da man es ja schließlich nicht mit Sicherheit sagen konnte, ob jemand ihre Tasche gestohlen oder ob Eva sie lediglich verloren hatte, wie er ihr erklärte, sah sie an, als sei sie schwachsinnig. Als Frau nachts allein durch den Görlitzer Park zu laufen, alkoholisiert obendrein. Er sagte es so nicht, aber etwas daran, wie er innehielt, sie ansah, nachfragte, ob sie regelmäßig um diese Zeit allein durch den Park lief und wie viel sie getrunken hatte, sagte ihr, dass er dachte, dass sie dankbar sein sollte, dass nicht Schlimmeres passiert sei. Und ein kurzes Kleid hatte ich auch an, dachte Eva grimmig und wartete, dass er danach fragte, aber er fragte nicht. Stattdessen wollte er wissen, ob sie glaube, dass ihr Gewalt angetan worden sei, und Eva dachte, was für eine eigenartige Formulierung das war. Das Unangenehme war, dass sie es nicht mit Sicherheit sagen konnte. Nein, sagte Eva, sie sei nicht vergewaltigt worden, wenn er das meine. Der Beamte tippte betreten auf seiner Tastatur herum. Zumindest, fügte sie in Gedanken hinzu, würde sie das doch merken. Es war nichts kaputt. Es tat nichts weh. Die Kleidung war noch ganz. Was genau war eine Vergewaltigung? Wenn man gegen den Willen penetriert wurde, dachte Eva. Wenn es Spuren gab, Schmerzen, Wunden, die sichtbar waren. Was, wenn es nicht wehtat. Wenn jemand sie angefasst oder betrachtet hatte, als sie schlief. Fotos von ihr gemacht, man hörte so Sachen. Der Polizist fragte nach der Frau, die sie gefunden hatte. Ob sie die beschreiben könne. Das Wort Drogengesicht war in Evas Kopf, aber sie brachte es nicht fertig, das zu sagen. Sie hatte ihr schließlich helfen wollen. Eva dachte daran, wie die Frau zu ihr gesagt hatte, es täte ihr leid. Was tat ihr leid? Dass ihr Freund Evas Tasche geklaut hatte? Der Beamte gab ihr ein Formular, in das sie eintragen sollte, was in der verloren gegangenen Tasche enthalten gewesen war. Schlüssel, Geldbeutel, wie viel Geld war darin gewesen, Eva konnte es nicht sagen. Das Trinkgeld des Abends, ein Zwanzig-Mark-Schein, ein wenig Kleingeld. Personalausweis, Studentenausweis, Krankenkassenkarte, Führerschein, Letzterer würde teuer werden. Ein Lippenpflegestift, Taschentücher, wahrscheinlich ein paar Tampons. Die sie nicht aufschrieb, obschon sie versucht war, den Beamten in Verlegenheit zu bringen. Er händigte ihr ein Formular aus, das mit *Merkblatt Opferschutz* überschrieben war. Einige Tage zuvor waren auf der Treppe am U-Bahnhof Kottbusser Tor streitende Jugendliche an Eva vorbeigelaufen, einer hatte den anderen laut *Du Opfer!* gerufen, voller Verachtung in der Stimme. Der Ausruf hatte Eva irritiert, sie hatte lachen müssen, weil sie noch nie gehört hatte, dass jemand das Wort Opfer als Beleidigung verwendete. Als sei man selbst schuld, zum Opfer zu werden. Der Beamte war fertig mit Tippen und druckte eine Seite aus, *Der Polizeipräsident in Berlin*, ihr Aktenzeichen, das Datum. Eine Liste der Dinge, die Eva aufgezählt hatte. Er fragte, ob ihre Adresse auf ihrem Ausweis stand, und riet ihr, das Schloss auszutauschen.

6.

Lukas stand über das Waschbecken gebeugt und versuchte, zu Ende zu bringen, was Jette begonnen hatte. Er hatte geahnt, dass es in ihrer Gegenwart nicht funktionieren würde, also hatte er sie nach Hause geschickt, sie geradezu hinauskomplimentiert; es tat ihm ein kleines bisschen leid. Aber es war spät, besser gesagt früh, und er musste einen Moment allein sein. Er habe noch etwas zu erledigen, hatte er gesagt und in Jettes Augen gesehen, dass sie ihm nicht glaubte. Niemand hatte um diese Zeit etwas zu erledigen. Er roch an Zeige- und Mittelfinger seiner linken Hand und stellte mit Bedauern fest, dass nur noch schwach nachzuvollziehen war, wo sie sich eben noch befunden hatten. Er schloss die Augen und versuchte, die Erinnerung zurückzuholen, während er sich mit der rechten Hand einen runterholte, aber sie war bereits dabei, ihn zu verlassen.

Manchmal stellte Lukas sich vor, wie gut es gewesen sein musste, der erste Mensch zu sein. Nicht der allererste vielleicht, sondern der zweite oder dritte. Der elfte oder zwölfte. Der erste Künstler mit der ersten Idee in einer Welt, die noch vollkommen nackt und ideenlos gewesen war. Er versuchte, sich vorzustellen, wie jemand zum allerersten Mal Farbe auf einen Untergrund aufbrachte, eine versehentlich breitgetretene Frucht vielleicht, auf glattem, hellem Stein, zu einer zufälligen Form verschmiert, und eine Erkenntnis, die im Cro-Magnon-Menschen aufkeimte, der dies fortan für alle Zeiten mit Absicht tun würde. Einfach so, weil es möglich war. Um Informationen zu teilen, um die anderen Menschen zu beeindrucken. Oder einfach, weil es ihm Freude bereitete, und vielleicht, dachte Lukas, war dies das Einzige, was die Menschen von den Tieren unterschied: die Freude an der Kunst um der Kunst willen.

Das Feuer musste er bereits erfunden haben, mit den verkohlten Enden der Hölzer lernte er Zeichnen. Lukas stellte sich vor, wie einer von ihnen, den er für sich den Ur-van-Eyck nannte, die Idee gehabt hatte, Pigmente aus Pflanzen oder Kohle mit dem Fett toter Tiere zu vermischen. Wie er einen Zweig ankaute, die weichen, faserigen Enden in das Gemisch tauchte. Ihn an die Felswand setzte. Um zu zeigen: Ich war hier. Irgendein Steinzeitmensch des Pleistozäns, der eine Felswand taggte, aus einer Laune heraus, und 40.000 Jahre später würde jemand einen Weltkrieg anzetteln, weil er nicht an der Kunstakademie angenommen worden war.

Warum er Tiere male, hatte Jette gefragt, und keine Menschen. *Weil wir Tiere sind*, hatte er geantwortet und sie in den Hals gebissen. Nicht doll, aber doch so, dass, als sie an der Tür stand, noch immer ein rötlicher Abdruck an der Stelle zu sehen war. Lukas beschleunigte die Bewegung seiner rechten Hand, stützte sich mit der Linken an der Wand über dem Waschbecken ab und legte die Stirn gegen den kühlen Putz, dort, wo sich glücklicherweise kein Spiegel befand.

Er betrachtete sein Sperma im Waschbecken. Es war keine besonders große Portion, aber interessant gezielt, gleichmäßig um den Abfluss herum verteilt, sich farblich kaum abhebend vom Untergrund des mit einer Patina aus Schmutz und Farbe überzogenen Beckens. Manchmal pinkelte er hinein, wenn er zu faul war, über den Korridor und auf das Gemeinschaftsklo zu gehen. Henner würde etwas daraus machen, dachte Lukas, mit Sicherheit hatte er es schon einmal ausprobiert. Es gab dieses eine Bild, das im Dorfkrug hing und an Pollock erinnerte, von dem Lukas nicht genau wusste, wie es entstanden war. Henner gab seine Materialien nicht an, wie es üblich war, er machte sich einen Spaß daraus, irgendwelchen Schwachsinn auf die Objektschilder zu schreiben. Dabei war das alles natürlich überhaupt nicht neu, war alles schon mal da gewesen. Lukas dachte an Dash Snow. Der mit Sicherheit auch nicht der Allererste gewesen war, dem es eingefallen war, auf eine Leinwand zu wichsen. Lukas, der bereits mit dem Studium fertig war, als Dash Snow gestorben war, hatte sich mit einigen seiner ehemaligen Kommilitonen, die wie er in der Stadt geblieben waren, an der Hochschule getroffen, um auf Dash zu trinken. Sie hatten Polaroids gemacht, und eine aus der Medienkunst hatte ein Bild aus ihrem Menstruationsblut gemalt, auf einen Zeitungsausschnitt mit der Nachricht seines Todes, und es *Schneewittchen und Rosenrot* genannt. Sie hatte sich beim Sommerrundgang in die Mitte des Lichthofes gestellt und auf dem Bild eine Line gezogen, in Erinnerung an Dash, aber es war kein Heroin gewesen. Keiner seiner Kommilitonen hätte sich Heroin leisten können, alle nahmen höchstens Koks. Lukas hatte nie gekokst, er hatte immer nur getrunken und gelegentlich mit Henner einen Joint geraucht. Ihm fiel das Gras ein, das Jette ihm bei ihrem ersten Treffen gegeben hatte, sie hatte geglaubt, es sei ihm aus der Tasche gefallen, und er hatte es eingesteckt und sich bedankt, obwohl es ihm nicht gehörte. Er wusste nicht, wo es abgeblieben war, vielleicht hatte er es verloren. Diese Kommilitonin mit dem Blutbild hatte während des Studiums zu denen gehört, die Lukas' Bilder belächelten, sie als Fleißarbeiten abtaten, was eine eigenartige Form der Beleidigung war, dachte Lukas, denn was war schon gegen Fleiß zu sagen. Gevögelt hatte er sie trotzdem, ein einziges Mal, vor Wut, im Stehen hinter der Badezimmertür auf einer dieser Partys, die sie damals jedes Wochenende in einer anderen WG feierten und die im Rückblick zu einer einzigen, großen, bedeutungslosen Party verschwammen. Die einzige richtig gute Party, jedenfalls im Nachhinein, mit Abstand und vom Gesamtergebnis her betrachtet, war die, auf der er Eva kennengelernt hatte. Er war an dem Samstag so müde und antriebslos gewesen, noch verkatert von der vorigen Nacht, dass er um ein Haar gar nicht hingegangen wäre. Die Blutbildfrau war, wie so viele von damals, inzwischen komplett in der Versenkung verschwunden, was Lukas ihr gönnte.

Sie waren sich alle einig gewesen, dass Lukas' Wendung weg von den Menschen und zu den Tieren hin eine Verbesserung darstellte. Selbst seiner Mutter schien es leichter zu fallen, sich seine Arbeiten anzusehen, wenn es nicht nackte Menschen waren, die kopulierend auf Bäumen saßen oder sich mit Fäkalien bewarfen, wie die Bonobos im Leipziger Zoo, vor deren Gehege Lukas Woche um Woche gesessen hatte, mit der schlafenden Ada im Kinderwagen. Es waren friedliche Tage gewesen, die er vermisste, er ging nur noch selten in den Zoo, obwohl er noch immer eine Dauerkarte besaß. Er konnte sich nicht konzentrieren, wenn die Kinder dabei waren, seit sie liefen und sprachen und sich von den Orang-Utans überreden ließen, Stöcke in ihr Gehege zu werfen. Obwohl das nicht hier in Leipzig, sondern in Hagenbecks Tierpark passiert war. Dort hatte Lukas völlig entgeistert beobachtet, wie die Affen eine Bewegung machten, die vollkommen menschlich war: Sie hatten auf die Stöcke am Boden gezeigt und dann diese Lockgeste mit dem Zeigefinger gemacht, wie die Hexe im Pfefferkuchenhaus, und die Kinder hatten gehorcht, sich in einer Hänsel-und-Gretel-haften Trance über die viel zu niedrige Absperrung gebeugt und den Affen gehorsam das Werkzeug angereicht. Mit dem diese, wie Lukas und seinen Eltern, die dabei gewesen waren, wenig später von einem wütenden Tierpfleger entgegengeschrien wurde, sämtliche Lampen in ihrem Käfig zertrümmerten. Lukas' Vater sagte, der Pfleger scheine seine Affen wohl noch weniger im Griff zu haben als Lukas seine Kinder, und lachte über seinen eigenen Witz, um zu verschleiern, dass er nicht als Witz gemeint war. Während Lukas' Mutter seine Bilder als zu traurig empfand, als sei Traurigkeit per se etwas Schlechtes, spürte er bei seinem Vater eine Abneigung gegen das, was er tat, die nicht mit dem Gegenstand seiner Arbeiten zusammenhing, sondern mit einem tiefsitzenden, preußischen Arbeitsethos, einem Arbeitsfetisch beinahe. Gepaart mit dieser speziellen Form hanseatischer Herablassung, dem Stolz, einer

Kaufmannsfamilie zu entstammen, und der Anspruchshaltung alten Geldes. Dem Selbstbewusstsein derer, die sich nicht hochgearbeitet hatten, sondern immer schon oben gewesen waren, einer Sorte Mensch, der er so im Osten nie begegnet war und für die Eva dankbarerweise jede Rezeption und jeder Respekt fehlte. Für seinen Vater hatte Arbeit wehzutun, aber nicht im körperlichen Sinn. Man opferte sich einer höheren Sache, der Medizin, der Wissenschaft, dem Weltmarkt, es war nichts Persönliches, aber Prof. em. Dr. med. dent. Hinrich Johann Rademacher, der noch immer handschriftliche Briefe mit seinen in Gold gestanzten Initialen verschickte, der Wert darauf legte, mit Herr Professor angeredet zu werden, und sich nicht entblödete, seine Gattin völlig ironiefrei als Frau Professor vorzustellen, hatte sich, anders als seine Vorväter, der Medizin geopfert. Weiß stand ihm einfach zu gut, dachte Lukas, ganz besonders dann, wenn er mit gebräunter Haut und sonnengebleichtem Haar von einem vierwöchigen Urlaub in seinem Ferienhaus auf Sylt zurückkehrte.

Es wäre kokett gewesen zu behaupten, dass Lukas sich am Geld seiner Eltern störte; immerhin hatte er damit seine Eigentumswohnung bezahlt. Ein Darlehen, zinsfrei, verstand sich. Dass sein Vater niemals danach fragte, las Lukas als kalkulierte Demütigung und nicht, wie Eva, als Großzügigkeit, aber er zahlte die Summe seit Jahren verbissen in kleinsten Portionen ab. Er hatte sich in den Kopf gesetzt, damit fertig zu sein, bevor sie in Form eines Erbes um ein Vielfaches zu ihm zurückkommen würde.

Es gab ein Foto seiner Eltern, das er gemacht hatte und das ihm die liebste Aufnahme war, die von ihnen existierte. Sie war vor ein paar Jahren auf Sylt entstanden. Seine Eltern hatten die Kinder mitgenommen in ihr Haus in Hörnum, Lukas und Eva waren ihnen eine Woche später nachgereist. Es hatte ihn erstaunt zu sehen, was für ein eingespieltes Team die vier nach wenigen Tagen geworden waren. An einem der Nachmittage, sie waren alle zusammen am Strand gewesen, nicht am Hauptstrand, wo die meisten Touristen sich aufhielten, sondern etwas weiter südlich, Richtung Odde, hatten seine Eltern gemeinsam mit Leo eine Sandburg gebaut. Nachdem Leo eine Weile eifrig Baggermatsch aus der Brandung geliefert hatte, um die Türme der Burg zu verzieren, war er irgendwann fortgerannt, um auf die Tetrapoden zu klettern, die Letzten ihrer Art; einige Jahre zuvor hatte man eingesehen, dass sie die Erosion nicht aufhalten konnten, und die meisten wieder entfernt. Lukas, der ein paar Meter weiter mit seiner Kamera hantierte, lief hinterher, um aufzupassen. Als sie zurückkamen, sah er seine Eltern noch immer im Sand knien und selbstvergessen an der Burg weiterbauen, als hätten sie gar nicht bemerkt, dass das Kind fehlte, dessentwegen sie das Projekt überhaupt begonnen hatten. Er schoss dieses eine Foto, das er sich zukünftig immer dann ansah, wenn er es für nötig hielt, zärtliche Gefühle für sie heraufzubeschwören. Es war das einzige Bild von ihnen, das zwischen den anderen Familienfotos im Flur hing, inmitten einer chaotischen Anordnung von Kinderfotos in Rahmen verschiedener Größe, die Eva als Petersburger Hängung empfand. Aus unerfindlichen Gründen hatte sich Eva schon immer bestens mit Lukas' Eltern verstanden, besonders mit seinem Vater. Ihr gegenüber hatte Herr Professor sich, was man ihm zugutehalten musste, von Anfang an ehrlich zugewandt gezeigt, auf eine natürliche Art, die jeder Herablassung entbehrte und die ihm grundsätzlich schwerfiel, die er aber immer schon in besonderer Weise gegenüber Menschen aus den, wie er zu Lukas' fortdauerndem Entsetzen bis heute vollkommen ironiefrei sagte, *neuen Bundesländern* an den Tag legte. Als sie am Abend zu zweit an der Treppe des Hauptstrandes Bier tranken und den Sonnenuntergang betrachteten, während Lukas' Mutter wahrscheinlich längst neben den Kindern eingeschlafen war, und sein Vater sich im Wohnzimmer die Tagesthemen anschaute, sagte Eva, sie wisse gar nicht, was Lukas immer habe, seine Eltern seien so liebevoll. Sie hätten sich so gut entwickelt, das waren ihre Worte, als spreche sie von den Kindern, nicht über ihre Schwiegereltern. Es stimmte, sie waren liebevoll. Eine Erkenntnis, die Lukas rührte und ihn zugleich empörte. Er erinnerte sich nicht, dass sie in seiner Kindheit liebevoll gewesen waren. Seine Mutter war da gewesen, das war alles, was man ihr zugutehalten konnte, Frau Professor Hinrich Rademacher, die nicht arbeiten ging, weil es nicht nötig war, die auf dem Sofa saß und geräuschvoll ihren Tee schlürfte. In dem großen Haus mit schweren Möbeln aus dunklem Holz und geschmacklosen Ölbildern in wuchtigen goldenen Rahmen. Dieses permanente Halbdunkel, in dem er seine Kindheit verbracht hatte, die drückende Stille der Räume, die erst zu leben anfingen, als neues Leben in sie fuhr in Form eines schreienden Säuglings: Antonia, genannt Toni, die Lukas sofort und von ganzem

Herzen liebte, und eines weiteren, zwei Jahre später: Johann, genannt Hanno, den er ebenso liebte und fortan als Aufgabe betrachtete, was sich bis heute nicht geändert hatte. Er war froh, dass sein Vater die *Buddenbrooks* offensichtlich erst gelesen hatte, als Lukas bereits auf der Welt gewesen war, sonst wäre er mit Sicherheit Thomas oder Christian getauft worden, beides eher Sammelbegriffe in seiner Generation. Er hatte nie erfahren, was seine Eltern, die sich seine ganze Kindheit über aus dem Weg gegangen waren, plötzlich wieder zueinandergebracht hatte, unübersehbar sogar in einer physischen Form, von der Lukas nichts wissen wollte, deren lebendiger Beweis jedoch bald auf vier dicken Stummelbeinchen durch das schwermütige alte Haus taumelte und sich an den Erbstücken die kleinen Köpfe stieß.

Er solle doch froh sein, hatte Eva gesagt, dass seine Eltern jetzt so waren, und er war froh. Natürlich war er froh, das verstand sich von selbst, darüber, dass sie ein gutes Verhältnis zu ihren Enkelkindern hatten. Dass er ihnen etwas geben konnte. Zurückgeben schien ihm ein Wort zu viel. Trotzdem hatte er in diesem Moment eine eigenartige Eifersucht auf seine eigenen Kinder gespürt, für die er sich schämte.

Lukas liebte diesen ganz frühen Morgenhimmel. Das rothkohafte Ineinanderwaschen der Farben einer Welt, die gerade erst im Entstehen schien. Ein schmaler Streifen Licht, der am unsichtbaren, verbauten Horizont verlief und sich stufenweise ausdehnte, als Lukas vor die Tür trat, die schwer hinter ihm ins Schloss fiel. Das einzige Geräusch in einer ansonsten vollkommenen Stille.

Als er den Hof durchquerte und auf den Park zusteuerte, gingen die Straßenlaternen aus. Ein magischer Moment. Jemand hatte entschieden, dass es genau jetzt hell genug war. Dass einer, der wie Lukas um diese Zeit unterwegs war, kein Licht mehr brauchen würde, um nach Hause zu finden, oder zur Arbeit oder wohin auch immer man um diese Zeit ging. Außer ihm ging heute morgen niemand irgendwohin. Die Bäckerei hatte noch nicht geöffnet, aber durch das Fliegengitter vor dem offenen Fenster strömte schon der Duft frischer Brötchen. Ada hatte vor einer Weile, nachdem sie ein paarmal zusammen Brot gebacken hatten, verkündet, dass sie Bäckerin werden wollte. Es hatte sich jedoch erledigt, als er ihr erzählte, wie früh sie dafür würde aufstehen müssen. Leo wollte momentan Straßenbahnfahrer werden, wie sein Opa. Uwe mochte es nicht, wenn man Tram sagte, Tram war ein Wessi-Wort. Lukas hörte den Stolz in Leos Stimme, wenn er seinem Kumpel Otis erklärte, dass sein Opa Straßenbahnfahrer gewesen war. Vor Kurzem hatten die Jungs zusammen im Garten gespielt, und Lukas hatte auf dem Weg ins Atelier nach ihnen gesehen und sich für den Nachmittag verabschiedet. Als er sich entfernte, hörte er Otis fragen: *Muss dein Papa jetzt zur Arbeit?* Und Leo hatte geantwortet: *Mein Papa arbeitet nicht, er malt Bilder*. Dass Malen kein richtiger Beruf war, darüber war sich Leo mit Lukas' Eltern und Schwiegereltern einig. Straßenbahnfahrer war ein richtiger Beruf. Nicht, dass Lukas anderer Meinung war, die Welt brauchte selbstverständlich Straßenbahnfahrer, und wenn sie wie sein Schwiegervater einigermaßen freundlich waren, gehörten sie ohnehin zu einer schützenswerten Minderheit.

Es war gar nichts dagegen zu sagen. Dachte Lukas und sagte dann doch etwas dagegen, oder etwas, das Eva als dagegen empfand. Sie legte einen eigenartigen Beschützerinstinkt an den Tag, wenn es um ihren Vater ging. Ihr Totschlagargument in jeder Diskussion, in der es um die DDR ging, war: Du kannst es nicht wissen, du warst nicht dabei. Lukas lebte seit zwanzig Jahren im Osten, aber er war immer noch der Wessi, der keine Meinung haben durfte, weil er die DDR nicht von innen erlebt hatte. Im Gegensatz zu Eva, die zehn Jahre alt war, als die Mauer fiel, so viel zum Thema dabei gewesen sein. Er wusste, dass sie es besser wusste. Dass sie durchaus in der Lage war, das System einschließlich ihres Vaters kritisch zu betrachten, nur gestand sie Lukas dieselbe Form der Kritik nicht zu. Am Anfang seines Studiums hatte er, wie viele seiner Kommilitonen, die mehrheitlich aus dem Westen kamen, alte NVA-Sportanzüge getragen, das ASV-Emblem auf der Brust. Eva war diejenige, die ihn darauf aufmerksam machte, dass eigentlich nichts witzig daran war, mit Devotionalien einer untergegangenen Diktatur herumzulaufen. Sie hatte ihn gefragt, ob er auch mit einem Nordkorea-Pullover herumlaufen würde. *Natürlich nicht*, hatte Lukas gesagt. Dass Eva die DDR mit Nordkorea verglichen hatte, ließ er für den Moment unkommentiert, bewahrte es sich aber als Argument auf, das er später ab und an in den Ring werfen würde, wenn sie wieder einmal einen ihrer ostalgischen Verklärungsmomente hatte.

Du bist ja nur neidisch, hatte Eva zu ihm gesagt. Ja, er war neidisch. Aber nicht, wie Eva vermutete, auf die Tatsache, dass sein Schwiegervater Straßenbahn gefahren war und dafür von seinem Enkel verklärt wurde. Sondern darauf, dass in Evas Familie ein Zusammenhalt herrschte um des Zusammenhaltens willen. Eine Selbstverständlichkeit, die auf Blutsverwandtschaft zu beruhen schien, da sie ihn ausschloss.

Als Lukas nach Hause kam, ging er direkt in die Küche, nahm eine Müslischale aus der Spülmaschine, füllte sie randvoll mit Cornflakes und goss Milch darüber. Er stellte fest, dass die Milchflasche fast leer war, erinnerte sich dunkel, dass es ein Gespräch mit Eva über das Thema gegeben hatte, früher am Tag. Er würde sich morgen damit beschäftigen, oder besser gesagt, heute, nach dem Schlaf. Der sehr kurz ausfallen würde, so kurz, dass es sich nicht lohnte, sich auszuziehen, die Zähne zu putzen, sich neben Eva zu legen, auf die Gefahr hin, sie zu wecken. Das wollte er wirklich nicht. Wenn er sie nicht weckte, bestand immerhin die Chance, dass sie durchschlief und nicht genau würde sagen können, wann er nach Hause gekommen war. Vielleicht hatte er Glück und sie war früh ins Bett gegangen und danach nicht noch einmal aufgewacht. Er hätte also genauso gut schon vor fünf Stunden zu Hause gewesen sein können. Vielleicht hatte er sich im Wohnzimmer noch einen Film angesehen und war vor dem Fernseher eingeschlafen, was auch erklären würde, warum er seine Kleidung noch trug. Er hatte sein Leben im Griff, dachte er, als er sich auf das Sofa legte und die Augen schloss, ganz egal, was heute Nacht passiert war.

7.

Eva stand in der Küche und schob die Reste des Abendessens zusammen. Etwas Rührei von Adas und sämtliche Bohnen von Leos Teller. Er möge keine Bohnen, hatte er gesagt, ruhig und ernsthaft, wie er solche Dinge sagte. Als sei es schon immer so gewesen und als sollte seine Mutter das eigentlich wissen. Neulich mochte er Bohnen noch. Eva aß die Reste im Stehen, eilig und lustlos, sie hatte keinen Hunger, aber sie brachte es nicht fertig, Lebensmittel wegzuwerfen. Lediglich den riesigen Klacks Ketchup kratzte sie von Adas Teller. Sie hatte darauf bestanden, sich selbst aufzutun, und Eva wusste nicht, warum sie es ihr erlaubt hatte, es war so ein Moment gewesen, von dem ihr vorher klar gewesen war, wie er ausgehen würde, aber sie ließ Ada machen, sah ihr zu, wie sie energisch auf den Flaschenboden klopfte und die Flasche schüttelte, bis ein roter Schwall auf ihren Teller schoss. Es war Lukas, der grundsätzlich Glasflaschen kaufte, und natürlich war Eva ebenfalls gegen Plaste, aber man konnte es auch übertreiben. Ada hatte darauf bestanden, die Portion aufzuessen, und Eva hatte nicht mit ihr diskutiert. Ada hatte es nicht geschafft, auch das war absehbar gewesen.

Noch zehn Minuten!, rief Eva in den Flur, stellte die Spülmaschine an und wischte den Tisch mit einem feuchten Lappen ab. Ein spitzes Kreischen, gefolgt vom

Trommeln kleiner Füße, Leo, der nackt an der Küche vorbeirannte. Sie hörte Ada mit verstellter Stimme rufen: *Ich bin ein Vampir!* Gefolgt von einem kurzen Moment der Stille, Eva horchte, ob Leo anfangen würde zu weinen, ob sie ihn würde retten müssen, dann rief er: *Ich bin auch ein Vampir! Zwei Vampire tun sich nichts!*

Eva lächelte in sich hinein, rief *Noch fünf Minuten!*, und ging in Leos Zimmer, um ihm einen frischen Schlafanzug herauszusuchen. Er fletschte die Zähne, als sie ihn eingefangen hatte und ihm das Oberteil über den Kopf zog. Während sie ihn ins Badezimmer schob, erfand sie allerlei Fakten, Vampirzähne betreffend, die man besonders gut putzen müsse, damit sie scharf blieben. *Zum In-den-Hals-Beißen*, sagte Leo und drehte die Sanduhr um. Eva gab einen Klecks rosa Kinderzahnpasta auf seine Zahnbürste und setzte sich auf den Badewannenrand, ermahnte Leo alle paar Sekunden, mit dem Putzen weiterzumachen, während er aufgeregt etwas erzählte, von dem sie nichts verstand. Schaum lief ihm das Kinn herunter, tropfte auf sein gestreiftes Schlafanzugoberteil. *Ada, Zähne putzen!*, rief Eva, *Hab schon*, brüllte Ada unwirsch aus ihrem Zimmer, und Eva berührte prüfend Adas Zahnbürste, die Borsten waren tatsächlich feucht. Ada war schon im Bett, seit sie lesen konnte, ging sie dort freiwillig hin. Leo hampelte auf und ab, *Musst du noch mal?*, Leo schüttelte den Kopf, *Geh bitte trotzdem*. Nachdem er einen Moment theatralisch in sich zusammengekrümmt auf dem Rand der Klobrille gehockt hatte, das Gesicht in demonstrativer Anstrengung, die Beine in der Luft baumelnd, sprang er plötzlich auf, riss die Hose hoch und rannte, ohne zu spülen, aus dem Raum. Eva wollte ihm nachrufen, ob er nicht etwas vergessen habe, ließ es bleiben und betätigte die Spülung selbst. Leo verlangte wie immer, dass sie sich einen Moment zu ihm legte, aber Eva wusste, wenn sie das täte, würde sie neben ihm einschlafen. Sie setzte sich auf die Bettkante, sang ihm ein Gute-Nacht-Lied vor, strich ihm über den Kopf. Führte eine kurze Diskussion darüber, wie weit die Tür offen bleiben musste, nur einen Spalt, etwas mehr, so, nein so. Die gleichen Abläufe, die gleichen Verzögerungstaktiken, jeden Abend. Eva konnte nicht begreifen, warum Kinder so ein Theater um all diese Dinge machten, die sie nicht tun wollten. Dinge wie ins Bett gehen oder aufessen. Es gab eigentlich nichts, was Eva lieber tat als essen und schlafen. Niemand bereitete einen auf die intellektuelle Unterforderung vor, die es mit sich brachte, Kinder zu haben, dachte sie. Ihre Spießigkeit, die ewig gleichen Rituale, die keine Abwandlungen duldeten, bis zum Erbrechen wiederholt und dann eines Tages ohne Vorwarnung von heute auf morgen verworfen wurden. Selbstverständlich liebte sie ihre Kinder, man konnte seine Kinder lieben und trotzdem an der Eintönigkeit des Alltags mit ihnen verzweifeln.

In der Küche versuchte sie, das Chaos zu bewältigen, trocknete die Pfanne ab, hängte das Geschirrtuch an seinen Haken, schob ein paar Gegenstände an ihren Platz zurück. Bemüht, eine oberflächliche Ordnung herzustellen, die spätestens morgen früh wieder dahin wäre. Lukas war achtlos wie die Kinder, er hinterließ Spuren. Diese Sorglosigkeit gehörte zu den Dingen, die Eva eigentlich an ihm mochte; sie machte es ihm unmöglich, etwas vor ihr zu verbergen. Sie nahm ihr Handy und schickte Lukas eine Nachricht: *Wann kommst du? Wir müssen reden.*

Das Schloss der Kammer auf halber Treppe klemmte, als Eva versuchte, den Schlüssel umzudrehen, sie musste sich gegen die Tür stemmen, hinter der sich Kisten stapelten. Von der Decke hingen Stromkabel, die keine Funktion zu haben schienen. Eva betrachtete die Dinge, die vor ihr lagen, in ihrer ganzen Nutzlosigkeit: Fahrradtaschen und Rucksäcke, von einer dünnen Putzschicht bedeckt. Eine halbe Tüte Grillkohle, die seit Jahren auf der schmalen Fensterbank stand, Feuchtigkeitsränder auf dem Papier, wahrscheinlich nicht mehr zu gebrauchen. Wann hatten sie das letzte Mal gegrillt? Die letzten Sommer nicht mehr. Adas Schultüte, die auf den grauen Wasserleitungen lag, die in etwa zwei Metern Höhe waagrecht den Raum durchkreuzten; sie würden sie nicht für Leo verwenden, der übernächstes Jahr in die Schule käme, weil Adas Name darauf stand. Lukas würde eine neue basteln, mit Dinosauriern oder Vampiren bemalt, oder welche Wesen dann gerade in Leos Gunst ganz oben stünden. Eva schob einen verbeulten Fahrradkorb zur Seite, um an ihre Schlittschuhe zu gelangen. Altmodische Eiskunstlaufschuhe aus weißem Leder, mit denen sie als Jugendliche auf dem Teich im Clara-Park gelaufen war und einige wenige Male auf dem Kanal, der nur selten zufror. Sie griff in den linken Stiefel und zog einen Beutel Tabak, eine Packung Blättchen und ein Feuerzeug heraus. Im Treppenhaus ging das Licht an. Eva erkannte die Stimme von Gregor, der laut und fröhlich verkündete, da wolle er die Gelegenheit doch gleich mal nutzen. So einer war Gregor nämlich, dachte Eva, der jede Gelegenheit nutzte. Sie bemühte sich, die Kisten wieder zusammenzuschieben und die Kammer zu verschließen, bevor er auf ihrem

Stockwerk eintraf, aber Gregor war sportlich, er nahm zwei Stufen auf einmal, was dem Bild entsprach, das er von sich hatte. *Was machst du da.* Das war Otis. Eva drehte sich um. Gregor stand hinter ihr und schnaufte, ganz so sportlich war er dann doch nicht, mit einem Kind auf den Schultern. *Hallo*, sagte Eva, *ich habe etwas gesucht. – Was denn*, sagte Otis. Seine Fragen klangen nie wie Fragen, er machte einen Punkt nach jedem Satz, was jeder seiner Aussagen eine gewisse Wut verlieh. Es irritierte sie, aber es war einem Vierjährigen zu verzeihen. *Einen Rucksack*, log Eva und versuchte, den Tabakbeutel unauffällig in die Tasche ihrer Jogginghose zu schieben. Gregor hob Otis von seinen Schultern und setzte ihn schwungvoll zwischen ihnen ab. Er sah abgekämpft aus, dachte Eva, und strahlte doch etwas Neues aus. Er sah sie an, als warte er, dass sie darauf kam. *Unser Baby ist da*, sagte Otis nachdrücklich, wie etwas, mit dem er nicht einverstanden war. *Ach ja*, sagte Eva. *Herzlichen Glückwunsch! Ist alles gut gegangen?* Gregor wiegte den Kopf hin und her. *Ja, na ja, nee, alles gut,* sagte er und drehte das Handgelenk in der Luft, als wolle er seine Apple Watch vorführen. Eva musste an ein Lied denken, das sie früher oft gesungen hatte, wenn die Kinder beim Wickeln nicht stillliegen wollten. *Wie das Fähnchen auf dem Turme.* Gregor nahm die Hand wieder runter. Eva wartete, es klang, als käme noch etwas. Sie hatte das Gefühl, dass er auf ihre Brüste starte, vielleicht nur versehentlich. Offensichtlich war er mit den Gedanken woanders, dort, wo er sein sollte, dachte Eva. *Wie geht es Friederike?*, fragte sie. *Den Umständen entsprechend gut*, sagte Gregor. *Also na ja, sie hatte einen Dammriss*, er unterbrach sich, verstummte. Das war ihm jetzt unangenehm, dachte Eva. Sie versuchte, verständnisvoll zu lächeln, ihm das Gefühl zu geben, dass es ihm nicht unangenehm sein musste. *Been there, done that*, sagte sie grinsend, aber Gregor sah sie nur irritiert an. Das war jetzt also irgendwie nicht richtig, man wusste aber auch nie bei dem. *Wie heißt es denn?*, fragte Eva und merkte, dass die Frage komisch klang. Sie hatte nicht fragen wollen *Was ist es denn*, weil sich das in ihren Ohren ebenfalls seltsam anhörte. Es war ein Baby, das Geschlecht war ihr egal, aber sie ahnte, dass es Friederike nicht egal sein würde, sie hatte auf Instagram ein großes Gewese um pro und contra eines *gender reveals* gemacht und lange und umständlich erklärt, warum sie und Gregor sich letztlich dagegen entschieden hatten. Friederike, die Hashtags wie *#interiorporn* und *#mumlife* verwendete, hatte das Babyzimmer – mit Sicherheit hatte das Baby von Tag eins an ein eigenes Zimmer – bestimmt entweder komplett in Altrosa oder komplett in Himmelblau eingerichtet. Sie postete immer wieder die gleichen Fotos, 500 Bilder derselben Ecken ihrer Wohnung in minimaler Variation, wie diese Suchbilder, die Leo mochte: In diesem Bild haben wir einen Fehler versteckt. In Friederikes Bildern waren keine Fehler versteckt, alles war makellos und nie, wie es in Wirklichkeit aussah, wenn Eva spontan vorbeikam. Es machte Friederike fertig, dass Lukas keinen Instagram-Account hatte. Sie hatte ihm unzählige Male vorgeschlagen, seine Webpräsenz zu optimieren, wie sie es formulierte, er müsse seinen Content verbessern, eine Strategie entwickeln, sie könne ihm dabei helfen. Seitdem ging Lukas ihr aus dem Weg.

Elon, sagte Gregor. Eva brauchte einen Moment, um

zu begreifen, dass es die Antwort auf ihre Frage war. Er sprach den Namen vorsichtig aus, es war ihm unangenehm, dachte Eva, zu Recht. Sie war sich nicht sicher, ob er sie veralbern wollte, und wartete einen Moment ab. *Elon*, rief Otis mit für seine Verhältnisse enthusiastischer Stimme. Eva sog die Wangen ein, wie Lukas es tat, wenn er versuchte, nicht zu lachen. *Ah, okay*, sagte sie vorsichtig. Wartete auf Gregors Erklärung, die Auflösung, aber es kam nichts. Er meinte es ernst. Er starrte immer noch in ihren Ausschnitt. *Äh, ja, genau*, sagte Gregor, riss seinen Blick los, wiegte den Kopf hin und her, lachte unsicher. Er war noch nicht oft in dieser Situation gewesen, dachte Eva, vielleicht wurde ihm in diesem Moment erst klar, was er getan hatte. Es war mit Sicherheit seine Idee gewesen. Sie suchte ihren Kopf nach einem Kommentar ab, der angemessen wäre, sie hatte das Gefühl, etwas dazu sagen zu müssen, aber es gelang ihr nicht. Das Licht im Treppenhaus ging aus, und Eva war froh, dass Gregor ihr Gesicht nicht sehen konnte. Sie standen einen Moment im Dunkeln, niemand bewegte sich. Es lagen Möglichkeiten in dieser Situation, irrwitzige, dachte Eva. Einen ganz kurzen Gedanken an diese Möglichkeiten durfte man verschwenden. Mit Gregor, der bestimmt lange keinen Sex gehabt hatte, jedenfalls nicht mit Friederike, und bestimmt auch noch eine ganze Weile keinen haben würde. Bei ihr und Lukas hatte es fast ein Jahr gedauert, bis sie wieder miteinander schliefen. Gregor macht einen Schritt auf sie zu, er hatte sie in letzter Zeit manchmal so angesehen. Er streckte die Hand aus und griff an ihr vorbei nach dem Lichtschalter, mit einem Klicken schaltete sich die Lampe über ihnen wieder an.

Elon! Eva wollte schreien. Was sie nicht tat, weil die Kinder endlich eingeschlafen waren, als sie zurück in die Wohnung kam. Sie blieb einen Moment in Leos und einen Moment in Adas Tür stehen, lauschte ihren gleichmäßigen Atemzügen. Sie konnte es nicht abwarten, Lukas davon zu erzählen, sie stellte sich vor, wie er reagieren würde, und vergaß für einen kurzen Moment, dass sie eigentlich sauer auf ihn war. Es machte sie fassungslos, dass Friederike sich nicht dagegen gewehrt hatte. Sie stellte sich das Gespräch zwischen den beiden vor, Gregors Vorschlag, sie kannte die Art, wie er Dinge vortrug, von denen ihm von vornherein klar war, dass er andere davon würde überzeugen müssen, er trat mit derselben Haltung in den Sitzungen der Eigentümergemeinschaft auf. Dass es Glück brächte, ein gutes Omen sei und eigentlich doch auch einfach ein schöner Name, hörte sie ihn zu Friederike sagen, auf ihrer riesigen Couch, die weiß war wie die meisten Möbel in ihrer Wohnung, eine absurde Entscheidung mit kleinen Kindern. Einige wenige Gegenstände waren in Pastelltönen gehalten, Farbakzente nannte Friederike das. In Evas Wohnung gab es viel zu viele Farbakzente für Friederikes Geschmack. Das bringe eine große Unruhe rein, wie sie sagte. Eva war sich sicher, dass nicht die Farbakzente eine Unruhe reinbrachten, sondern die Kinder, die Eile, in der sie morgens die Wohnung verließen, und Lukas' Gleichmut gegenüber Dingen wie Ordnung und Sauberkeit. *Dein Mann ist halt Künstler*, hatte Friederike mehr als einmal dazu gesagt, und es klang, als wolle sie sagen: Dein Mann ist halt nicht ganz dicht. Friederike kam aus dem Westen, sie war zehn Jahre jünger als Gregor, und somit auch zehn Jahre jünger als Eva und Lukas. Sie war bei den Grünen aktiv, kaufte im Biosupermarkt ein und hatte Eva einmal an der Feuerschale im Garten erzählt, dass sie Feminismus nicht so wichtig fände, weil sie sich als Frau nicht benachteiligt fühle. Seit Eva regelmäßig Friederikes Beiträge auf Instagram ansah, bekam sie immer Videos vorgeschlagen, in denen sportliche junge Leute ihren Tagesablauf dokumentierten. Die Filmchen begannen meistens damit, wie sie ihr Bett machten. Lukas hatte vor einer Weile auch angefangen, jeden Morgen das Bett zu machen. Er hatte in einem Buch, das Gregor ihm aufgenötigt hatte, gelesen, dass alle erfolgreichen Menschen dies taten. Er hatte es nach kurzer Zeit wieder aufgegeben. In den Videos spielten Duftkerzen eine große Rolle, außerdem wurde immer viel Obst püriert und sehr viel Zeit im Fitnessstudio verbracht, und wenn die Leute sich abends auf ihr gemachtes Bett setzten, um noch ein paar Seiten in einem Selbstoptimierungsratgeber zu lesen, zogen sie ihre Straßenschuhe nicht aus, was Eva aufregte. Sie warf einen Blick ins Schlafzimmer. Das Bett war nicht gemacht, alles lag noch so da, wie sie es am Morgen verlassen hatten. Als sie in den Spiegel sah, fiel ihr auf, dass sie einen großen Ketchupfleck auf ihrem T-Shirt hatte, unterhalb des Ausschnitts, genau dort, wo Gregor die ganze Zeit hingestarrt hatte. Wenigstens hatten ihre Kinder normale Namen, dachte sie.

Auf dem Balkon sog sie die milde Abendluft ein, in der bereits eine Ahnung von Frühling lag, dieser kaum wahrnehmbare Geruch der ersten Dinge. Des ersten Grüns, der ersten Sonnenstrahlen auf ausgekühltem Beton und des ersten Großstadtstaubes der trocknenden Erde, der ankündigte, dass der Winter überstanden war, und wie in jedem Jahr eine körperlich spürbare Erleichterung in Eva auslöste. Die Farbe vom Dach des Vogelhäuschens war abgeplatzt, vom Winter verwaschen. Lukas würde es wie in jedem Frühjahr zusammen mit Ada erneut rot anstreichen. Leere Terrakottatöpfe standen akkurat aufgereiht entlang des Metallgeländers, Lukas würde die Eisheiligen abwarten, bevor er mit den Kindern neue Tomaten und Kräuter pflanzte. Der Efeu wucherte an den Wänden entlang, fraß sich in den Raum zwischen Putz und Rahmen der Balkontür, sie würden ihn bald zurückschneiden müssen, bevor er Schaden anrichtete. Noch blattlose Weinreben rankten sich um das Geländer, an den Wänden hinauf und unter der Decke des Balkons oben drüber, auch dort musste zurückgeschnitten werden, weil sich die Spatzen sonst niederließen und ihnen den ganzen Balkon vollschissen. Auch der Wein würde bald wiederkommen, weiterwachsen und seine kleinen Füße fest auf die nachlässig verputzten Wände setzen, an deren Rändern die Dämmung hervortrat und bei starkem Wind winzige Styroporkügelchen in jede Ritze wirbelte. All diese Dinge, um die man sich eigentlich einmal kümmern sollte. Diese Kleinigkeiten, die nicht aufhörten, ein ewiger lähmender Kreislauf aus Schönheitsreparaturen, Ausbesserungen, Neuanschaffungen. Eva holte den Tabak und die Blättchen heraus und drehte sich eine Zigarette. Sie rauchte nur, wenn Lukas es nicht mitbekam, sie hatten eine Abmachung, seit Ada auf der Welt war. Sie war sicher, dass er sich ebenso wenig daran hielt. Er hatte auf ihre Nachricht nicht geantwortet, hatte sie bisher noch nicht einmal gelesen. Manchmal stellte Eva sich vor, wie es ohne ihn wäre. Ohne die Kinder. Sie versuchte, diesen Gedanken zu Ende zu denken, ohne ein schlechtes Gewissen zu haben. Sie hatte kein schlechtes Gewissen, aber sie wusste, dass sie eines haben sollte. Wie gut es wäre, wenn man verschiedene Leben ausprobieren könnte, bevor man sich für eines entschied, dachte Eva. Wenn man ein Leben, von dem man einmal dachte, es würde einem gut stehen, nachdem man es eine Weile gelebt hatte, einfach umtauschen könnte und ein anderes dafür bekäme, eines, das einem besser stand. Falls sich so eines fände.

Eine Amsel landete direkt vor ihr auf dem Geländer, die Krallen klirrten haltsuchend auf dem Metall. Sie sah die irritierte Panik im Auge des Vogels, als er begriff, dass diese reglose Figur, die Zigarette zwischen zwei Fingern am ausgestreckten Arm von sich weghaltend, ein Mensch war und somit eine potenzielle Gefahr. Eva stand einen Moment ganz still und sah in das ihr zugewandte Auge des Vogels, dann hob sie vorsichtig die Hand mit der Zigarette zum Mund, und die Amsel flatterte überstürzt davon.

8.

Jettes Großmutter war zeitlebens stolz darauf gewesen, dass ihre Familie bereits sechs Generationen waschechter Hamburger hervorgebracht hatte. Wann immer ihr dieser Umstand eingefallen war, hatte sie alle aufgezählt, an die sie sich erinnern konnte, angefangen bei ihrer eigenen Urgroßmutter. Obwohl sie grundsätzlich von Hamburgern, niemals von Hamburgerinnen sprach, waren es durch alle Generationen hinweg die Frauen, anhand deren Lebenswegen sie die Geschichte erzählte. Die Männer der Familie hatten seit jeher die Angewohnheit, sich, wie Oma Lene sagte, in Wohlgefallen aufzulösen, und Jette fand, dass dies eine eigenartige Formulierung war, denn gefallen hatte ihr gar nichts daran.

Oma Lene war im Schlaf gestorben, und Jette hätte darüber nicht erleichterter sein können. Das Heim hatte nicht sie, sondern ihre Mutter angerufen, die zu dem Zeitpunkt gerade irgendwo in der Provinz an einem mehrtägigen Seminar teilnahm, das einen seltsamen Titel trug. Ein langer Fantasiebegriff, in dem das Wort *Healing* vorkam, den Jette sich nicht merken konnte, weil es alle paar Monate etwas Neues war, für das ihre Mutter sich begeisterte und von dem sie sich ganz allgemein Besserung versprach. Jette war ein letztes Mal in das Seniorenheim gefahren, in dem Oma Lene ihre letzten vier Jahre verbracht hatte. Sie hatte einen Moment in dem kleinen, dunklen Zimmer auf dem Bett gesessen und aus dem Fenster gesehen, wie Oma Lene es gern getan hatte, in den Baum, dessen Zweige ganz leicht am Glas schrappten. Dann hatte sie die Passfotos ihrer verstorbenen Männer von der Pinnwand genommen und mit dem Fotoalbum und dem Kerzenständer, den Jette ihr in der vierten Klasse zu Weihnachten getöpfert hatte, in eine Kiste gepackt.

Das Textverarbeitungsprogramm schob die Worte *Willkommen zurück!* über den Bildschirm, als Jette die Datei öffnete, die den Namen *Roman* trug, der ihr mit einem Mal wie eine lächerliche Anmaßung erschien. Der Cursor blinkte herausfordernd. *Wie ist denn das so, wenn man einen Roman schreibt?*, fragten die Leute oft. Und beantworteten die Frage meistens direkt selbst, hielten einen Monolog darüber, wie sie sich das Romanschreiben vorstellten und wie sie es machen würden, wenn sie es machen würden. Was sie ja nicht vorhatten, weil sie es ja nicht könnten, aus den und den Gründen. *Also ich könnte das nicht*, sagten sie und meinten Jettes Leben im Allgemeinen. Ich kann es eigentlich auch nicht, dachte Jette.

Was sie an Oma Lenes Geschichten immer am meisten gewundert hatte, waren die Zufälle, denen Jette ihre Existenz verdankte. Die kleinen Momente im Leben ihrer Großmutter, ihrer Urgroßmutter und der Generationen darüber hinaus, spontane Entscheidungen, Missverständnisse, die dazu geführt hatten, dass etwas getan oder gelassen wurde. Beispielsweise hatte Lene, bevor sie Jettes Großvater traf, zunächst einen anderen Kollegen kennengelernt, wie sie sich ausdrückte, obwohl sie Ernst nicht von der Arbeit kannte. Da Wohnraum knapp war nach dem Krieg, bewohnte Ernst ein Zimmer zur Untermiete bei einem alleinstehenden älteren Herrn. Er hatte Lene versprochen, sich Arbeit zu suchen und eine Wohnung für sie beide, aber dann kam die Enkelin des älteren Herrn zu Besuch, sie kam immer öfter und blieb immer länger, und eines Tages erklärte Ernst, dass er besagte Enkelin leider würde heiraten müssen. *Aus Dankbarkeit*, sagte er und sah Lene nicht in die Augen dabei. Weil er ein Zimmer bekommen hatte, in dieser schweren Zeit, das müsse sie doch verstehen. *Sonst wäre das aber alles ganz anders gekommen*, hatte Oma Lene gesagt, als sie Jette die Geschichte Jahrzehnte später erzählt hatte. Es sei ja wohl klar, warum Ernst die andere hatte heiraten müssen, hatte Jettes Mutter später gesagt und mit den Händen einen Halbkreis über ihrem Bauch geformt. Und Jette überkam vielleicht zum ersten Mal ein Bewusstsein für die Beliebigkeit der Augenblicke, aus denen sich ein Leben ergab. Sie stellte sich vor, wie eine andere Version ihrer selbst auf dieser Welt zurechtkäme. Eine Jette, die nicht Jette war und irgendwie doch. Vielleicht wäre Jette, die Enkelin von Ernst, eine lustigere geworden. Eine dünnere.

Jettes Handy vibrierte, eine Mitteilung poppte auf dem Bildschirm auf: Lukas hatte ihre Freundschaftsanfrage angenommen. Es war fast eine Woche her, dass sie ihm die Anfrage geschickt hatte, und Jette dachte darüber nach, warum er sie erst jetzt beantwortet hatte. Ob er sich absichtlich Zeit gelassen hatte oder ob er einfach nicht so oft nachsah. Auf seinem aktuellen Profilbild trug er ein weißes T-Shirt, das mit bunter Farbe beschmiert war, und kniff grinsend ein Auge zusammen. Andere Bilder zeigten ihn kräftiger, mit kürzerem oder ganz ohne Bart, ein beinahe pausbäckiges glattes Gesicht aus dem Jahr 2008. Das letzte Bild war erst vor wenigen Wochen hochgeladen worden, zu einem Zeitpunkt, als Lukas und sie sich bereits kannten. Die Kinder an einem Tisch, ihre kleinen runden Rücken über die Tischplatte gebeugt, wie sie einen Schokoladenkuchen mit Smarties verzierten. Der Tisch war aus hellem Holz, an der Wand darüber hing eine Weltkarte. Eine ältere Frau, die Lukas' Nachnamen trug, seine Mutter vielleicht, hatte einen Smiley mit Herzaugen in das Kommentarfeld gepostet. Die Vorstellung, dass Lukas, den Jette ausschließlich nach Einbruch der Dunkelheit und unter Einfluss von Alkohol kannte, ein Leben hatte, das tagsüber stattfand, erschien ihr unwirklich. Ein Leben, in dem er mit seinen Kindern Kuchen backte und Fotos davon machte. Jette klickte sich vorsichtig durch sein Profil, bemüht darum, nicht versehentlich ein uraltes Bild zu liken. Sie sah sich jedes Foto genau an. Achtete auf das, was dahinter lag. Das sympathische Durchschnittschaos von Menschen mit kleinen Kindern. Die harmlose kleine Welt aus Kiefernholz und abwaschbaren Oberflächen, ein wohldosierter Anteil Ikea, vereinzelt Antikes, Erbstücke vielleicht. Die Wände in einem warmen Gelbton gestrichen, Kinderzeichnungen an der Kühlschranktür, ein Herrnhuter Stern, der in einem Fenster hing. Sie stellte sich vor, wo Lukas sich aufhielt in diesem Moment. Im Atelier, in der Kneipe oder zu Hause, mit den Kindern, weil seine Frau noch auf der Arbeit war. *Verheiratet mit* stand auf seinem Profil und dahinter ihr Name. Etwas an dieser Art demonstrativer Zusammengehörigkeit löste ein grundsätzliches Unbehagen in Jette aus. Lukas' Frau hatte ein offenes, weiches Gesicht. Sie war hübsch, aber nicht schön, sie sah ganz normal aus, dachte Jette, eine sympathische Frau mittleren Alters, wie man so sagte, die Figur nicht perfekt, wenngleich sie schlanker war als Jette und größer höchstwahrscheinlich auch, schließlich traf das auf fast alle Menschen zu. Sie trug ihr dunkles Haar offen. Jette klickte sich durch ihre Bilder, die in erster Linie die Kinder zeigten. Es waren nur wenige Aufnahmen, und sie waren ausnahmslos bereits mehrere Jahre alt. Vielleicht hatte es ein Ereignis im Leben der beiden gegeben, das dazu geführt hatte, dass Lukas' Frau aufgehört hatte, ihr Familienleben zu dokumentieren. Jette spürte ein unsinniges Verlangen danach, den Grund zu kennen, wenngleich sie ahnte, dass es ein banaler sein würde. Auf einem Bild saß Lukas im Schneidersitz auf einer Picknickdecke und hielt ein Baby auf dem Schoß, das dem Zeitpunkt der Aufnahme und dem Alter des Kindes nach der Sohn sein musste. In der anderen Hand hielt Lukas eine Bierflasche, er hatte den Kopf zur Seite gedreht und war im Begriff, die Flasche an die Lippen zu setzen, während das Kind ernst und großäugig in die Kamera sah. Lukas' helle Augen, sein zorniger Mund in einem blassen Kindergesicht. Etwas zog sich in Jette zusammen. Sie hatte bisher keine Vorstellung davon gehabt, wie Lukas lebte, wie seine Frau und seine Kinder aussahen, und sie bereute es beinahe, es jetzt zu wissen. Es war einfacher gewesen, solange seine Familie nur als Idee existierte.

Nichts deutete auf seine Kunst hin, lediglich der Link zu seiner offiziellen Homepage, die minimalistisch gestaltet war. Eine kleine Auswahl an Bildern, eine Auflistung seiner Ausstellungen und den Stationen des Studiums mit Zeitangaben: Diplom, Meisterschüler bei, der Name eines Künstlers, der Jette nichts sagte. Sie sah den grünen Punkt neben Lukas' Profilbild und stellte sich vor, dass er in diesem Moment das Gleiche tat wie sie. Dass er am Tresen saß oder auf dem Sofa und durch Jettes Timeline und ihre Fotoalben scrollte. Sie rief ihr eigenes Profil auf, um zu überprüfen, wie es auf jemanden wirkte, der es zum allerersten Mal ansah. Sie versuchte, es mit Lukas' Augen zu sehen, so wie sie neuerdings ihren Körper mit seinen Augen sah. Sie musste daran denken, wie Lukas vor ihr gekniet hatte, an die unerotische Absurdität der Situation. Es fühlte sich gut und schlecht zugleich an, daran zurückzudenken. Es hatte sich auch in dem Moment gut und schlecht zugleich angefühlt.

Jette stand vom Schreibtisch auf und klappte den Laptop zu. Durch das geöffnete Fenster drangen das gleichmäßige nachmittägliche *Bummbumm* der Basketballspieler und das Rufen der Kinder unten im Park. Sie trank einen Schluck kalten Tee aus einer Tasse, die dem Nachlass ihrer Großmutter entstammte. Das war alles, was ihr von Oma Lene geblieben war: ein Stapel Tischdecken und ein altmodisches Porzellanservice mit Goldrand. In der Wohnung nebenan spielte jemand, den Jette noch nie gesehen hatte, wie so oft um diese Zeit, Klavier. Sie musste an ein Gedicht von Erich Kästner denken. Sie mochte die Geräusche ihrer neuen Umgebung, die ihr langsam vertraut wurden. Das Klavierspiel, das kurze, helle *Pling* einer Mikrowelle. Der Mann, der mehrmals am Tag in der Wohnung schräg unter ihr auf dem Balkon stand und verlässlich erst lange und laut hustete, bevor er sich eine Zigarette ansteckte. Sie mochte den Geruch von gebratenem Fleisch, der mittags aus der Wohnung unter ihr heraufzog. Es war erstaunlich, wie viele Leben es gab, die parallel zu ihrem eigenen existierten und zu denen sie keinen Zugang hatte. Auf der Arbeitsfläche in der Küche lag noch eine Zeile, die Jette am Morgen in der Bäckerei nebenan gekauft hatte. Sie brach die vier kleinen Brötchen auseinander und bestrich eines davon mit etwas Butter. Die Fläche war klein, es wäre praktischer gewesen, größere Brötchen zu kaufen, einfache oder doppelte, wie es sie hier gab. Aber es gefiel Jette zu sagen: *Ich hätte gern eine Zeile*. Ich hätte gern drei Zeilen, vier oder fünf, ab wann war es ein Gedicht? Ich hätte gern ein Gedicht. Nebenan übte ein Mensch Klavier, dachte Jette und ging zum Bücherregal, um das gelbe Buch herauszusuchen und die Zeilen nachzulesen.

Am Tag zuvor hatte sie während der Arbeit in der Videothek den Namen *Lukas Rademacher* in das Suchfeld der Datenbank eingegeben und festgestellt, dass es ein Konto gab, das 2006 eingerichtet worden war. Sie hatte sich die Titel der Filme durchgelesen, die er bisher ausgeliehen hatte, in den letzten Jahren nur noch sporadisch und überwiegend Kinderfilme, in weiter zurückliegenden Jahren ein paar Arthouse-Sachen, viel Jarmusch, Truffaut und den einen oder anderen Klassiker der gehobenen Hollywoodunterhaltung. Am 21. Oktober 2015 hatte er die *Zurück in die Zukunft*-Trilogie ausgeliehen, was Jette mit Zärtlichkeit erfüllte. Was sie der Datenbank ebenfalls entnommen hatte, war Lukas' Adresse.

Es war ein milder Abend, ideal für einen kleinen Spaziergang. Jette lief am Kanal entlang, vorbei an einer Gruppe Rentner, die Boule spielten, und Jugendlichen, die auf einer Tischtennisplatte saßen und Bier tranken. Eltern, die versuchten, Kinder von der Rutsche fortzulocken, die steil den Hang hinabführte und kurz oberhalb des Kanals endete. Jette lief durch ein Industriegebiet, an eingezäunten Brachen und verfallenen Fabriken, aus deren Dächern Birken wuchsen, vorbei. Am rostigen Metall der Zäune verblassten Ankündigungen längst vergangener Konzerte. Sie überquerte einen riesigen Parkplatz zwischen Supermärkten, einem Baumarkt, einem Fitnessstudio. Immer weiter geradeaus, bis es wieder wie ein Viertel aussah, in dem Menschen lebten. Nachkriegsbauten mit dicken Wänden und kleinen Fenstern, eine Tankstelle, ein Laden, an dessen Schaufenster in verblasster Neonfolie die Wörter *Döner Kebab Asia Imbiss* prangten. Es war keine schöne Gegend, dachte Jette, in der Lukas wohnte, aber nachdem sie eine kleine Brücke überquert und eine Ansammlung von Glas- und Altkleidercontainern passiert hatte, tat sich ein Viertel mit Kleingärten entlang des Kanals und geschlossenen Reihen sanierter Jugendstilhäuser auf. Eine blau gestrichene Holzbank vor einem Haus in der Abendsonne, Fahrräder, die an den Fassaden lehnten, eine Allee von Linden entlang der Kopfsteinpflasterstraße. Die gepflegten Mittelklassewagen und das eine oder andere mit schweren Schlössern gesicherte Lastenrad verrieten, wer hier zu Hause war. Alle paar Meter stand ein Pappkarton vor den Häusern, *Zu Verschenken* darauf geschrieben, Bücher und Kinderkleidung darin. Jette bog in die Straße ein, in der Lukas wohnte. Sie hatte sich keine Ausrede zurechtgelegt, was sie in diesem Teil der Stadt verloren habe, für den Fall, dass sie ihm über den Weg laufen sollte. Sie beschloss, sich unwissend zu geben, sollte er plötzlich vor ihr stehen. Sie war schließlich neu in der Stadt, und sie ging gern zu Fuß, es war ja wohl nicht verboten, einen Spaziergang zu machen, an einem der ersten milden Abende des Jahres. Kurz bevor sie vor seinem Haus angekommen war, verlangsamte sie ihren Schritt. Sie blieb vor der braunen, mit Schnitzereien verzierten Holztür stehen und las Lukas' Nachnamen an seinem Klingelschild. Es war nur *ein* Name: seiner, der seiner Frau und der ihrer Kinder. Jette lief weiter, die Straße hinunter und einmal um den Block, an einer Eisdiele vorbei. War dies der Ort, an dem Lukas seinen Kindern Eis kaufte? Ein Spielplatz hinter dichten Hecken, dahinter das helle gleichmäßige Klackklackklack eines Tischtennisballs. War das der Spielplatz, auf dem Lukas am Wochenende saß, Zeitung lesend auf einer Bank, während seine Kinder im Sandkasten spielten? Es gelang ihr nicht, ihn sich so vorzustellen. Als Jette fast an der Ecke angekommen war, an der sie den Block einmal umrundet hatte, stand eine Haustür offen. Sie sah sich um, es war niemand zu sehen. Einem spontanen Impuls folgend betrat sie das Haus. Auf halber Treppe zum obersten Stockwerk, wo nur noch das Dachgeschoss kam, stand eine ausladende Monstera vor einem kleinen, halbrunden, mit buntem Glas verzierten

Fenster. Jette zählte die Häuser. Das vierte in der Reihe war malerisch von Efeu überwuchert, und auf dem Balkon im dritten Stock stand eine Frau und rauchte eine Zigarette. Jette nahm ein Monsterablatt zwischen ihre Finger und fuhr die Kanten entlang. Die Frau auf dem Balkon stand reglos da, die Hand mit der Zigarette von sich weg haltend wie einen Fremdkörper, während sie gedankenverloren in die Ferne starrte. Jette brauchte einen Moment, um zu realisieren, dass es sich um Lukas' Frau handelte. Sie trug eine graue Strickjacke, die sie mit der freien Hand über der Brust zusammenhielt. Jette verspürte den Impuls, sich zu ducken. Sie stellte sich das Leben vor, das Lukas' Frau führte, ein Leben in kuscheligen Jacken aus Biowolle, weil sie Wert auf diese erwachsene Geborgenheit legte und sie sich leisten konnte. Alles hatte seine Ordnung: das warme Licht aus der Wohnung hinter ihr, das Vogelhäuschen am Balkongitter. Der Familienname am Klingelschild, der nicht immer ihrer gewesen war, den sie angenommen hatte, um eine Einheit mit Lukas zu bilden, die auch die Kinder einschloss, die zum Zeitpunkt ihrer Namensänderung nur als Idee existiert hatten. Ein Mädchen und ein Junge, in dieser Reihenfolge, mit vier Jahren Abstand, alles ordentlich kalkuliert. Jette setzte aus der Erinnerung an die Bilder, die sie auf Facebook gesehen hatte, eine Wohnung zusammen, ein gemütliches Sofa, ein Kühlschrank, an dem Tuschezeichnungen hingen, Kinder, die Kuchen backten. Sie konnte die Wohnung beinahe riechen, den Duft von Ökokosmetik und frischem Kaffee, oder vielleicht doch eher Kräutertee, bestimmt war Lukas' Frau vernünftig genug, um nach 18 Uhr kein Koffein mehr zu sich zu nehmen. Einzig die Tatsache, dass sie rauchte, erstaunte Jette, es passte nicht in das Bild, das sie sich von ihr gemacht hatte.

Sie lief denselben Weg zurück, den sie gekommen war. Auf der kleinen Brücke hatte sich eine Traube von Menschen gebildet, Kinder schoben aufgeregt ihre Köpfe durch die Metallstreben, um eine Familie von etwas, das vielleicht Bisamratten waren, zu beobachten, die die Steintreppen am Ufer hinauf krabbelten und völlig ohne Scheu einzelne Möhren und Brotkanten von den Menschen entgegennahmen. Jette dachte an Lukas' Frau, die ein wenig verloren ausgesehen hatte. Vielleicht genoss sie lediglich einen seltenen Moment der Ruhe. Jette hatte Mühe, sich den Alltag mit zwei kleinen Kindern vorzustellen, aber sie ging davon aus, dass er zermürbend war, anstrengend, langweilig, vielleicht auch schön. Sie dachte an Lukas, der wahrscheinlich noch im Atelier war um diese Zeit. Sie wusste, dass er oft noch einmal losging, wenn seine Frau am Nachmittag von der Arbeit kam, und dass er nach der Arbeit lieber in die Kneipe ging als direkt nach Hause, und das sagte Jette alles, was sie über seine Ehe wissen musste. Lukas hatte ihr vor einer Weile seine Nummer gegeben, aber sie hatte ihn niemals angerufen, weil sie sich vorstellte, dass er neben seiner Frau auf dem Sofa saß und sich würde rechtfertigen müssen. Dass er sie anlügen würde, behaupten, es sei Henner. Sie holte ihr Handy heraus und wählte Lukas' Nummer. Es klingelte eine Weile, bevor er ranging. Er hörte sich weit weg an, sein *Hallo?* klang irritiert, und Jette dachte, dass er ihre Nummer womöglich gar nicht eingespeichert hatte. Vielleicht war seine Frau eine von denen, die das Handy ihres Mannes kontrollierten. Sie kam sich plötzlich albern vor.

Hi, sagte sie. *Ich bin's. Kannst du sprechen?* Eine dumme Frage, sie schämte sich in dem Moment, da sie die Worte aussprach. *Ja*, sagte Lukas. *Was ist denn?*

Jette wusste nicht, was sie antworten sollte. Seine Stimme klang fremd, sonderbar kühl, der Raum, in dem er sich befand, hallte. Sie stellte sich sein Atelier vor, vielleicht hatte sie ihn beim Malen unterbrochen, sie konnte förmlich das Terpentin riechen. *Ich dachte*, sagte Jette und kniff die Augen zusammen vor Scham, *vielleicht könnten wir uns heute Abend sehen?*

9.

Lukas stand im Treppenhaus vor den Briefkästen und hielt sein Handy in der Hand. Er war im Begriff, das Gespräch zu beenden, aber Jette war ihm zuvorgekommen, nachdem er gesagt hatte, er wisse noch nicht, wie sein Abend aussehen würde. Er war rangegangen, während er den Briefkasten geöffnet hatte, das Handy zwischen Ohr und Schulter geklemmt. Ein Schwall Werbeprospekte war ihm entgegengekommen, den er versuchte, mit der Brust aufzufangen, dann rutschte ihm die Klopapierpackung hinunter, die er unter den Arm geklemmt hatte, und die Prospekte verteilten sich auf dem Fußboden. Er hatte Jette versprochen, sich später zu melden. Lukas starrte auf Evas Nachricht auf dem Sperrbildschirm. Er hatte sie nicht angeklickt, damit sie nicht wusste, dass er sie bereits gesehen hatte. Er versuchte, sich nicht verrückt zu machen, es konnte alles Mögliche sein, worüber sie mit ihm sprechen wollte. Er stellte die Einkäufe in dem Fahrradanhänger ab, der vor der Tür zum Keller stand, und verließ das Haus wieder.

Moustafa stand vor seinem Laden und rauchte, als Lukas um die Ecke bog. *Na, meiner*, sagte Moustafa. Er kam aus Halle, und wenn er gefragt wurde, wo er herkam, sagte er: *Aus Halle*, und die Leute guckten komisch. Einmal war Lukas dabei gewesen, als jemand Moustafa genau diese Frage gestellt und genau so reagiert hatte, wie Moustafa es beschrieben hatte, und Lukas hatte in sich hinein gegrinst. Er hatte Moustafa nie gefragt, wo er *eigentlich* herkam. Auch wenn er es gern gewusst hätte. An der Wand hinter der Kasse, über den Tabakwaren, hing eine Flagge, die die gleichen Farben hatte wie die Reichskriegsflagge. Das traf auf viele arabische Länderflaggen zu, nur kleine Details, Symbole in der Mitte und die Anordnung der Farben unterschieden sie voneinander, aber das kapierten die Leute nicht, sagte Moustafa. Deshalb kauften manchmal auch Nazis bei ihm ein, weil sie, wenn die Tür offen stand, die Flagge von Weitem sahen und ihn für einen von ihnen hielten. Und dann wunderten sie sich, weil er nicht wie einer von ihnen aussah. Im Laden roch es nach Shisha, Putzmittel und frischem Kaffee, französischer Hip-Hop lief leise im Hintergrund. Lukas nahm sich ein Ur-Krostitzer aus dem Kühlschrank und bat Moustafa um eine Zigarette. Sie hatten einen Deal, Lukas kaufte alle paar Wochen eine Schachtel Zigaretten, die Moustafa für ihn hinter dem Tresen deponierte und Lukas auf Verlangen einzeln aushändigte, wenn er abends auf ein Feierabendbier vorbeikam. Was er öfter tat, wenn er es geschafft hatte, nicht in den Dorfkrug zu gehen, und eigentlich nach Hause wollte und sich dennoch, kurz bevor er dort ankam, das Gefühl in ihm breitmachte, dem, was ihn dort erwartete, nüchtern nicht gewachsen zu sein. Moustafa verstand ihn, er hatte drei Kinder, und seine Frau rief ihn beinahe stündlich an. *Mousti, kannst du mal dies, Mousti, kannst du mal das, Mousti, wann kommst du nach Hause*, sagte Moustafa und lachte.

Lukas stellte sich vor den Laden, trank sein Bier, zündete sich die Zigarette an und sah das Licht hinter den Dächern verschwinden. Immerhin, dachte er, war er heute nicht im Dorfkrug. Immerhin traf er sich heute nicht mit Jette. Je länger ihr letztes Treffen zurücklag, desto unwirklicher erschien es ihm. Sie waren sich in den vergangenen Wochen ein paarmal zufällig begegnet, meistens wenn er abends mit Henner am Tresen versackt war. Irgendwann tauchte Jette auf, nicht jedes Mal, aber immer häufiger. Wenn es sich ergab, nahm er sie spontan mit ins Atelier. Es ging nicht von ihm aus, er hatte das Gefühl, nur zu reagieren. Sie war es, die sich nahm, was sie wollte, was ihm gefiel. Er ging nie mit zu ihr nach Hause. So konnte er, wenn Eva fragte, wo er war, sagen, er sei noch im Atelier gewesen, und musste nicht lügen. Zwanzig Jahre waren eine lange Zeit, dachte er, sein und Evas halbes Leben. Natürlich hatte es Fehltritte gegeben. Ein paarmal hatte er im betrunkenen Zustand mit einer Frau, die er danach nie wiedergesehen hatte, im Dorfkrug auf dem Klo rumgemacht, und einmal, vor sehr vielen Jahren, mit einem Mann. Es hatte alles nichts bedeutet. Bis auf das eine Mal. Vor zehn Jahren hatte Lukas ein Aufenthaltsstipendium gehabt, in einem kleinen Schloss in einem Dorf in Brandenburg. Zusammen mit einem finnischen Komponisten, einer japanischen Filmemacherin, ein paar deutschen und österreichischen Schriftstellern und einer amerikanischen Tänzerin. Jemand hatte auf eBay einen GameCube erstanden, und sie hatten nächtelang Mario Kart gezockt und sämtliche Ingmar-Bergman-Filme gesehen, im Original mit englischen Untertiteln, und nach dem Abendessen im Schlossgarten Boule gespielt. Einmal in der Woche nahmen sie den Bus des

Hausmeisters, fuhren in die nächstgelegene Kleinstadt, zum einzigen Supermarkt, und kauften kistenweise Bier, Wein und Schnaps. Sonntags kamen Touristen, die ihnen neugierig beim Leben zusahen und in der Orangerie aufgetauten Kuchen aßen und dünnen Filterkaffee tranken. Wenn sie nachts durchs Dorf spazierten, schlugen hinter jedem Tor die Hunde an. Der Finne trank, wie Lukas nie wieder jemanden hatte trinken sehen, nicht einmal Henner. Die Japanerin war immer unterwegs mit ihrer Kamera, lief durch das Dorf, hielt ihr Mikrophon über Zäune in die Gesichter der Menschen und ließ sich Geschichten erzählen, die sie nicht verstand, die Lukas ihr später ins Englische übersetzte: von dem hundertjährigen Förster und vom schönen Ingo, der eines Tages verschwunden und vermutlich von Wildschweinen getötet worden war. Die amerikanische Tänzerin hieß Laura und machte erstaunliche Dinge mit ihrem Körper. Lukas' Atelier befand sich außerhalb des Schlosses in einem weißen Kubus am Waldrand. Nachts trappelten die Hirsche vorbei. Dort hatte er angefangen, Tiere zu malen. Sein Zimmer im Anbau, den sie den Gesindetrakt nannten, war eine winzige Kammer, die nach DDR roch, oder so, wie Lukas sich vorstellte, dass es in der DDR gerochen haben musste. Es war einfach und gut. An Laura hatte er gemocht, dass sie keine gemeinsame Sprache hatten. Dass er in seinem fehlerhaften, schiefen Englisch, das in erster Linie aus amerikanischen Fernsehserien stammte, Dinge zu ihr sagen konnte, die er in seiner Muttersprache niemals hätte sagen können. Alles war magisch und surreal, die dichten schwarzen Wolken von Mücken, als sie einmal mitten im Rotkäppchenwald auf einer Lichtung lagen, in einer Konzentration, wie er sie nie zuvor oder danach gesehen hatte – und gespürt, am nächsten Tag, an jeder Stelle seines Körpers. Er dachte an die von einer untergegangenen Armee im Wald zurückgelassenen Panzer und an den kleinen Segelflughafen, in dessen Gaststätte es riesige Schnitzel gab. An Lauras panische Angst vor Zecken, nach denen er ihren Körper abends absuchen musste, jedes Mal, wenn sie im Wald gewesen waren, was er ausgiebig tat. Manchmal war er später mit dem Google-Street-View-Männchen durch St. Cloud, Minnesota, gelaufen, vorbei an Baseball spielenden Jugendlichen am Fluss, und hatte sich das Leben ausgemalt, das er dort mit Laura hätte haben können. Ein einfaches Leben, sowohl im Sinne von simpel als auch im Sinne von leicht.

Es war still in der Wohnung, als Lukas nach Hause kam. Er sah erst nach Ada und dann nach Leo, blieb einen Moment vor ihren Betten stehen und betrachtete seine schlafenden Kinder, die es, wäre er Laura damals in die USA gefolgt, niemals gegeben hätte. Ein jäher Schmerz stach ihn kurz und verebbte wieder. Er dachte daran, wie Ada sich über die Liedzeile *Wie schön, dass du geboren bist, wir hätten dich sonst sehr vermisst* aufgeregt hatte, weil man, wie sie altklug erklärt hatte, nicht vermissen konnte, was es nicht gab. Eva hatte ihr zugestimmt, Leo hatte es nicht verstanden, und Lukas hatte gedacht, dass es nicht stimmte. Dass man eine Ahnung von etwas haben konnte, was es hätte geben können. Und ein diffuses Gefühl dazu, das vielleicht kein Vermissen war, sondern lediglich eine Sehnsucht, ohne zu wissen, wonach. Als er seine Jacke auszog und im Flur an die Garderobe hängte, stand Eva plötzlich im Türrahmen zur Küche und sah ihn an, mit diesem Blick, der verriet, dass sie einerseits etwas gegen ihn in der Hand und andererseits bereits eine Flasche Wein geöffnet hatte. Er gab ihr einen Kuss, der ein wenig länger dauerte als ein normaler Begrüßungskuss, legte seine Hand kurz auf ihren Bauch und ging an ihr vorbei in die Küche. Es war kühl, die Balkontür stand offen, Evas Glas, schon fast leer, stand auf dem kleinen Teakholztisch, eine Wolldecke lag auf der Bank. Lukas nahm sich ein Weinglas aus dem Schrank, eines der großen, bauchigen, die ihnen seine Eltern vor einigen Jahren zu Weihnachten geschenkt hatten und von denen inzwischen nur noch zwei übrig waren. Er hatte die Gläser selbst im Internet bestellt, von dem Geld, das seine Eltern ihm überwiesen hatten. Sie mochten es nicht, lediglich Geld zu verschenken, sondern wollten immer, dass Lukas und Eva es für etwas Bestimmtes ausgaben. Also bestellte er ihnen zuliebe für die Kinder die Dinge, die sie sich vom Weihnachtsmann wünschten, und für Eva und sich irgendetwas, das er seinen Eltern zeigen konnte und das sie mit Wohlwollen betrachten würden. Lukas schnitt ein Stück Käse in Scheiben und öffnete ein Glas Feigensenf. Toastete ein paar Scheiben Brot, schenkte sich ein Glas Wein ein und roch daran. Eva saß schon wieder auf dem Balkon, ihr Glas vor der Brust haltend, den Blick in die Dunkelheit gerichtet. Lukas war erleichtert, dass sie trank; einen Moment hatte er gedacht, sie könne schwanger sein. Der Wein war vorzüglich, seine Eltern hatten ihm zum Geburtstag eine Kiste geschickt, von einem Öko-Weingut aus der Provence, wo sie im Herbst oft hinfuhren. Freunde von ihnen hatten dort ein Haus, ein ehemaliger Kollege seines Vaters, Chefarzt im Ruhestand. Lukas wehrte sich nicht gegen diese Art von Zuwendungen, auch wenn er sich manchmal vorkam, als imitiere er ein Leben, das gar nicht seines war. Mit der Einbauküche hatte es angefangen, dachte er, vor zehn Jahren hätte ihn niemand überzeugen können, das Nettojahresgehalt eines mittelmäßig verdienenden Künstlers in eine Einbauküche zu investieren. Weil es ihm nicht eingeleuchtet hätte, so viel Geld auszugeben für etwas, das man auch selbst bauen konnte oder gebraucht viel billiger bekam. Aber natürlich war es praktisch. Also hatten sie sich eine Einbauküche ausgesucht, sie hatten versucht, es ironisch zu tun, wie sie ein paar Jahre später ironisch einen Kleingarten angemietet hatten, weil es plötzlich alle taten. Vielleicht war es einfach so, dachte er. Irgendwann wollte man besseren Wein, besseren Käse, besseren Kaffee aus einer besseren Maschine. Besseres Öl, besseres Brot, das man mit besseren Messern schnitt. Irgendwann war man froh, wenn es nachts still war, ob man schlafen konnte oder nicht. Es war gar nichts dagegen zu sagen, dachte Lukas, und trotzdem sehnte er sich manchmal zurück in die Jahre, in denen alles billig sein durfte und laut. Die erste gemeinsame Zeit mit Eva, die Jahre ohne Kinder, die Einfachheit ihrer Mahlzeiten und ihrer Einrichtung. Eva verstand diesen Gedanken nicht, oder vielmehr ließ sie ihn Lukas nicht durchgehen, weil er es in ihren Augen immer zu leicht gehabt hatte.

Er trug das Brot, zwei kleine Teller und das Brett mit dem Käse auf den Balkon und setzte sich Eva gegenüber. Sie legte automatisch ihre Füße in seinen Schoß und sah ihn an, mit diesem sadistischen Zug in den Augen, den sie hatte, wenn sie es genoss, ihn noch einen Moment hinzuhalten. Wenn sie wusste, dass er wusste, dass er in Schwierigkeiten war, aber nicht, warum. Wenn sie ihn kurz zappeln ließ, um zu sehen, ob er womöglich versehentlich noch etwas ganz anderes ausplauderte. Er trank einen tiefen Schluck Wein und begann, Evas Füße zu massieren, was sie, wenn er Glück hatte, besänftigte und was, wenn er noch mehr Glück hatte, später zu Sex führen würde. Eva holte ein kleines Päckchen aus der Tasche ihrer Wolljacke und warf es auf seinen Teller. Es dauerte einen Moment, bis Lukas begriff. Es war das Tütchen Gras, das Jette ihm gegeben hatte, an dem Abend, als sie sich kennengelernt hatten. Er hatte nichts gesagt, hatte es Henner schenken wollen, da er selbst keine Verwendung dafür hatte, aber dann hatte er nicht mehr daran gedacht. Lukas musste unwillkürlich lachen. Das war nicht die Reaktion, die Eva erwartet hatte, und er sah die Irritation in ihrem Blick, aber er war so erleichtert, dass er nicht einmal versuchte, sich zu rechtfertigen. Diese kleine Schuld konnte er wirklich auf sich nehmen. Eine Stellvertreterschuld, er würde jetzt nicht sagen *Es ist nicht so, wie du denkst*, denn es war gleichzeitig harmloser und viel schlimmer, als Eva dachte. Er würde sich diesen Schuh anziehen, würde seine Strafe antreten für etwas, das er nicht getan hatte, als Buße für etwas, das er doch getan hatte. Er war sich des platten Protestantismus seiner Eltern bewusst, der ihn in solchen Momenten einholte, und wünschte, er hätte diesen Gedanken mit Eva teilen können. Lukas bestrich eine Scheibe Käse dünn mit etwas Feigensenf. Der Senf kam aus Bayern und sah teuer aus, er war ein Geschenk von Friederike und Gregor gewesen, die Leipzig als kulinarische Wüste bezeichneten. *Leider, immer noch*, hatte Friederike gesagt, als würde sie sich an DDR-Zeiten erinnern. *Das Baby ist übrigens da*, sagte Eva, als hätte sie seine Gedanken erraten, *rate mal, wie es heißt. – Ich weiß nicht*, sagte Lukas, *ist es schlimm?* Er spürte eine Vorfreude, weil er bereits in Evas Augen las, dass es unfassbar schlimm war. Otis ging noch, dachte er, obwohl es diese Serie auf Netflix gab, in der die Hauptfigur Otis hieß. Als Gregor das erste Mal nach Otis' Geburt bei ihnen in der Wohnung gewesen war, hatte er Lukas' Plattensammlung durchsucht und triumphierend eine Platte von Otis Redding herausgezogen, und kurz hatte Lukas gedacht, dass er ihn immer unterschätzt hatte.

Kommst du nie drauf, sagte Eva, nahm sich ein Stück Brot und schenkte sich Wein nach. *Ich gebe dir einen Tipp: Er hat seinen Sohn nach dem größten Arschloch unter der Sonne benannt. – Adolf?*, fragte Lukas. Eva schüttelte den Kopf. *Ich korrigiere mich: noch lebendes Arschloch.* Lukas dachte nach. *Donald?* Das Spiel machte ihm Spaß. Eva schien das Gras schon beinahe vergessen zu haben. *Wladimir?* Eva hob eine Augenbraue und nickte anerkennend. *Nicht schlecht*, sagte sie. Als es ihm bereits auf der Zunge lag, brach es aus ihr heraus, und sie riefen es beide gleichzeitig und viel zu laut in die angebrochene Nacht hinein: *Elon.* Eva schlug sich die Hand vor den Mund, ihre Augen wanderten zum Balkon nebenan, und Lukas hoffte, dass Gregor schlief und nicht hörte, wie Eva so sehr lachen musste, dass sie sich verschluckte und ihr der Wein in die Nase stieg. Lukas beugte sich vor und klopfte Eva auf den Rücken, und als sie aufgehört hatte zu husten, zog er sie an sich und küsste sie, mit Zunge, was sonst nur noch beim Sex vorkam. Sie schmeckte sauer, nach Wein und ein wenig nach Zigarette, aber vielleicht bildete er sich das nur ein. Er stand auf, nahm sein Glas und zog Eva hinter sich her, durch die Küche und den Flur ins Wohnzimmer. Er suchte eine bestimmte Platte aus dem Regal, Nina Simone, und auf der Platte ein bestimmtes Stück, *Sinnerman*, es war ihr Running Gag, oder eigentlich war es seiner. Eva schmollte jedes Mal ein bisschen, obwohl Lukas wusste, dass sie im Grunde auch darüber lachen konnte, dass sie bis vor nicht allzu langer Zeit immer laut und inbrünstig mitgesungen hatte und, als Ada einmal fragte, was das Wort bedeutete, gesagt hatte: *Zimt*. Lukas stellte sein Glas im Bücherregal ab und fing an, um Eva herumzutanzen. Er konnte sich nicht erinnern, wann er das letzte Mal getanzt hatte, außer beim Eltern-Kind-Turnen mit Leo im Sportverein. Sie tanzten eine Weile, mitten im Wohnzimmer, erst in albernen, weitschweifenden Bewegungen, dann enger, Eva legte ihr Gesicht an seinen Hals und atmete ihn ein, ein seltener, jäher Anflug von Intensität, die er vermisst hatte, und er drückte sie an sich und hoffte, dass der Moment möglichst lange andauern würde, aber dann hielt sie abrupt inne, als sei ihr gerade etwas wieder eingefallen, das sie dringend zu erledigen hatte, und verließ den Raum.

Er brauche Zeit für sich, hatte er zu ihr gesagt, damals in Brandenburg, und sie hatte ihm Zeit gegeben. Hatte ihn erst am Ende seines zweimonatigen Aufenthaltsstipendiums dort besucht. Er war an den Wochenenden nicht nach Hause gefahren, obwohl sie es so vereinbart hatten. Die Zeit dort verging in einem anderen Tempo, und er hatte sich angenehm aus der Welt gehoben gefühlt. Hatte sich gewöhnt an die ereignisarmen, stillen Tage und die ereignisreichen, stillen Nächte. Er hatte so viel gearbeitet wie nie davor und nie danach, und vielleicht war es das, was er am allermeisten vermisste.

Nach sechs Wochen tauchte Eva überraschend dort auf, rief ihn vom zwanzig Kilometer entfernten, nächstgelegenen Bahnhof aus an. Er nahm den Bus des Hausmeisters und holte sie ab. Sie war seltsam still, er sah zu, wie sie sich wie ein Fremdkörper durch die Räume und den Schlosspark bewegte, und er dachte plötzlich, dass sie gekommen war, um ihn zu verlassen. Dass sie ihm gleich sagen würde, dass sie jemanden kennengelernt hatte, und plötzlich spürte er eine Beklemmung, wie er sie vielleicht noch nie empfunden hatte. Aber stattdessen überreichte sie ihm ein Geschenk, eine kleine blaue Schachtel, um die sie eine rote Schleife gebunden hatte, und als er sie öffnete, brauchte er einen Moment, um zu begreifen, dass das schmale Plastikding darin ein Schwangerschaftstest war. Laura verhielt sich angemessen, zog sich in ihr Studio oder in den Wald zurück, und als Lukas ihr ein paar Tage später, nachdem er Eva wieder zum Bahnhof gebracht hatte, in einem letzten Moment postkoitaler Leichtigkeit gestand, dass er Vater werden würde, freute Laura sich so ehrlich mit ihm, dass er gekränkt begriff, dass sie sich, anders als er, nie eine gemeinsame Zukunft ausgemalt hatte. Zwei Jahre später sah er auf Facebook ein Foto von ihr mit einem etwa einjährigen Kind auf dem Arm, was ihn kurz beunruhigte.

Als Lukas in die Küche kam, saß Eva über den Tisch gebeugt, den Rücken zu ihm. Es sah aus, als weinte sie, und er überlegte, ob er zu ihr gehen und sie berühren oder ihr Raum geben sollte, aber dann sah er die Tabakpackung, die Blättchen und das Tütchen Gras, das er schon wieder vergessen hatte. Eva drehte sich grinsend zu ihm herum und präsentierte ihm einen perfekt gedrehten Joint.

Es überraschte ihn, dass Eva nicht husten musste, nachdem sie auf dem Balkon den Joint angezündet und einen tiefen Zug genommen hatte. Sie zogen abwechselnd, in meditativer Konzentration. Eva legte den Kopf an seine Schulter, und er roch an ihrem Haar. Er wusste, dass sie sich manchmal nach dem Haarewaschen Apfelessig über den Kopf kippte, das war einer dieser Beauty-Tipps von Friederike. Er wusste sehr vieles über seine Frau, dachte er, aber nicht alles. Beispielsweise hob sie jetzt einen kleinen umgedrehten Terrakottatopf an, auf dessen Untersetzer ein paar ausgedrückte Kippen lagen, die nicht von ihm stammten. Es erregte ihn, wie sie gedankenverloren in den Rosmarinstrauch fasste, der als einziges Kraut den Winter überstanden hatte. Wie sie einen Zweig berührte, ihn langsam durch ihre geschlossene Hand gleiten ließ, dann an ihrer Hand roch und Lukas dabei ansah, mit diesem Glanz in den Augen, den er lange nicht gesehen hatte, eine Mischung aus Spott und Zärtlichkeit. Er wollte ihr sagen, dass er sie liebte. Er hatte es lange nicht gesagt, so lange, dass er sich nicht mehr an das letzte Mal erinnerte. Es hatte Zeiten gegeben, in denen er darauf geachtet hatte, es einmal täglich zu sagen, weil er glaubte, dass Frauen Wert darauf legten, es einmal täglich zu hören. Eva hingegen war immer schon sparsam gewesen mit großen Worten, was ihn lange verunsichert hatte. Aber irgendwann hatte er verstanden, dass sie diese Art von Versicherung nicht brauchte, weil sie über ein unerschütterliches Grundvertrauen verfügte. Wenn er es dennoch gesagt hatte, lautete ihre Antwort oft: *Davon gehe ich aus*, oder *Das will ich dir auch geraten haben*, und obwohl er wusste, dass es scherzhaft gemeint war, wünschte er sich manchmal, sie würde einfach einmal sagen: *Ich dich auch.*

Elon, sagte Eva leise gedankenverloren in die Dunkelheit hinein, und sie sahen sich an und brachen gleichzeitig in ein Gekicher aus, das so unverhältnismäßig lange andauerte, dass er es der kritischen Kombination der Substanzen zuschrieb. Eva hörte überhaupt nicht mehr auf, lachte immer lauter, und er versuchte, sie zu küssen, damit sie die Kinder nicht weckte. Aber da stand Ada bereits in der Balkontür, mit wütendem Blick und zusammengekniffenen Augen, und sagte im gleichen strengen Tonfall, in dem Lukas es sonst zu ihr sagte, wenn sie mit Leo stritt: *Ihr seid zu laut!*

Lukas trug Ada zurück in ihr Bett und stopfte die Decke um sie herum an den Seiten ganz fest, wie sie es gern hatte, *Mumie machen*, nannte sie das, seit Lukas' Eltern ihr letztes Jahr zum Geburtstag ein Buch über das alte Ägypten geschenkt hatten. Ada seufzte einmal herzzerreißend laut, drehte den Kopf auf die Seite und schloss die Augen. Lukas legte vorsichtig eine Hand auf der Decke ab, spürte, wie sich der kleine Körper hob und senkte, und dachte, was für ein Wunder es war, dass es sie gab. Die Vorstellung, dass sie groß wurde, sich veränderte, ihm entglitt, schmerzte ihn. Ihre Geburt hatte er verpasst. Es war nicht seine Schuld gewesen, Eva hatte es ihm trotzdem nicht verziehen. Es war sehr früh morgens losgegangen, der Morgen eines Tages, dem eine schwierige Nacht mit viel Alkohol vorangegangen war, eine Verkettung unglücklicher Umstände, an denen im Wesentlichen Henner schuld gewesen war. Aber Lukas hatte ihm keinen Vorwurf gemacht, er hatte es auf sich genommen, verspätet und verkatert im Krankenhaus zu erscheinen. Zu seiner Verteidigung war zu sagen, dass Ada es für eine Erstgeborene ungewöhnlich eilig gehabt hatte.

Als er sich vorsichtig erhob, drehte Ada sich zu ihm um, öffnete die Augen und fragte: *Papa, welche Farbe hat für dich Montag? – Blau*, sagte Lukas, ohne zu zögern. Erst relativ spät im Leben war ihm aufgefallen, dass nicht für alle Menschen bestimmten Tagen bestimmte Farben zugeordnet waren. Lange bevor ihm der Ausdruck *blue monday* das erste Mal begegnet war, hatte er Montage als dunkelblau empfunden, so, wie ihm auch der Januar dunkelblau erschien. Ada nickte. *Und Dienstag? – Grün*, sagte Lukas, *mein Dienstag ist grün, wie der Februar und wie die Blätter der Bäume in unserer Straße, wenn man im Frühling aus dem Fenster sieht*. Eine wilde Freude erfasste ihn. Es war genau diese Art von Gesprächen, für die es sich gelohnt hatte, Kinder in die Welt gesetzt zu haben. Ada nickte wieder. *Und Mittwoch?* Während der März fliederfarben war, hatte Lukas den Mittwoch immer als orange empfunden. Es beglückte ihn, dass seine Tochter den Sinn für diese Dinge teilte. *Orange*, sagte er, *Mitt-*

woch ist orange. Er hatte mit Eva einmal ein Gespräch über Synästhesie geführt, und sie hatte ihn nur verständnislos angesehen. Es war interessant, dachte er, wie viele Dinge man als selbstverständlich hinnahm, bevor man feststellte, dass sie nicht für jeden Menschen galten. Eva war beispielsweise, bevor sie mit Lukas zusammengekommen war, nicht mit dem Phänomen Spargel-Pipi vertraut gewesen, was sie in einem sehr albernen Moment vor vielen Jahren herausgefunden hatten, als sie gerade zusammengezogen waren. Dafür konnte sie ihre Zunge einrollen und mit den Nasenflügeln wackeln, was wiederum Lukas nicht gelang. *Mein Mittwoch ist aber lila*, sagte Ada, drehte sich auf die Seite und schloss die Augen. *Und welche Farbe hat dein Donnerstag?*, fragte Lukas, für den Donnerstage knallrot leuchteten, genau wie der April. Da es mehr Monate als Wochentage gab, bekam der Sommer lauter Extrafarben in verschiedenen Gelbtönen, ein zitronengelber Juni, ein ockerfarbener Julei, ein rostroter August, bevor sich der Winter farblich wieder mit dem Wochenende in die Dunkelheit synchronisierte. Ein hellgrauer Freitag und September, ein brauner Samstag und November, ein schwarzer Sonntag und Dezember. Während es Lukas logisch erschien, dass die düsteren Monate ebensolche Farben hatten, war ihm bisher nie aufgefallen, dass ausgerechnet das Wochenende die dunkleren Töne evozierte. Er hätte gern erfahren, welche Farben Adas Wochenende hatte, heimlich hoffte er, dass es helle, fröhliche wären, aber sie murmelte nur noch etwas Unverständliches ins Kissen, bevor ihre Atemzüge wieder lang und gleichmäßig wurden.

Im Badezimmer hing ein dezenter Zitrusduft in der Luft. Lukas berührte Evas Handtuch und stellte fest, dass es feucht war. Dass sie vor dem Zubettgehen geduscht hatte, war normalerweise ein sicheres Zeichen, dass sie noch Sex wollte. Selbst wenn sie bereits im Bett lagen und Lukas spontan nach ihr tastete, kam es vor, dass sie noch einmal aufstand und im Badezimmer verschwand. Lukas bedauerte diese Unterbrechungen, er mochte es, wenn sie nach sich selbst roch und schmeckte, nicht nach künstlicher Zitrone oder künstlicher Vanille. Frauen machten sich viel zu viel Stress, dachte er. Als er ihr einmal gesagt hatte, dass sie das für ihn nicht tun musste, hatte sie ihn ausgelacht und gesagt, sie täte es für sich, aber er wurde das Gefühl nicht los, dass es trotzdem an ihm lag.

Leo hatte sie hier zu Hause bekommen, in dieser Badewanne, über der jetzt auf einer Hängevorrichtung große und kleine Unterhosen und Socken trockneten. Eine Entscheidung, die Lukas nicht verstanden hatte, aber Eva hatte es so gewollt. Sie hatte vieles über Hausgeburten gelesen, und obwohl Lukas sich im Krankenhaus, umgeben von Ärzten, Medikamenten und modernster Technik wohler gefühlt hätte, überließ er ihr die Entscheidung. Gegen Evas Argument, dass er, als sie, wie sie es formulierte, das letzte Mal sein dickes Kind aus sich herausgepresst hatte, noch nicht einmal anwesend gewesen war und dass anzunehmen war, dass er sein eigenes Haus im betrunkenen Zustand wenigstens rechtzeitig finden würde, hatte er nichts vorzubringen gehabt. Früher hatten sie manchmal Sex in der Badewanne gehabt, danach nie wieder. Er wusste nicht, ob es an der Assoziation lag, den Bildern in seinem Kopf, oder einfach daran, dass sie zu alt dafür geworden waren, an unbequemen Orten Sex zu haben. Oder daran, dass sie überhaupt nur noch selten miteinander schliefen. Er war sich nicht sicher, wann es aufgehört hatte. Das Knutschen hatte als Erstes nachgelassen. Ihre täglichen Berührungen beschränkten sich auf Begrüßungs- und Verabschiedungsküsse, darauf, dass Eva ihn zur Seite schob, wenn er im Weg stand, oder ihre Füße in seinen Schoß legte, weil es bequem war. Wenn er im Vorbeigehen nach ihr griff, sie aus einer Laune heraus an sich zog oder seine Hand unter ihr T-Shirt schob, was ihr früher gefallen hatte, war ihre Reaktion inzwischen meistens eine abwehrende. Weil keine Zeit war, die Kinder anwesend, oder Eva ihn bezichtigte, von etwas ablenken zu wollen. Er hob den Arm, roch prüfend an seiner Achsel und entschied sich dagegen, unter die Dusche zu springen. Putzte sich gründlich die Zähne, benutzte sogar Zahnseide, eines dieser Dinge, die ihm zu selten einfielen, er merkte es daran, dass er wie jedes Mal leichtes Zahnfleischbluten bekam. Er spülte sich gründlich den Mund aus und stellte die Zahnbürste in seinen Becher. Sie hatten getrennte Zahnputzbecher, jedes Familienmitglied einen eigenen, akkurat aufgereiht auf dem schmalen Regal unter dem Spiegel, weil Eva es nicht leiden konnte, wenn er aus Versehen ihre Zahnbürste benutzte oder wenn die Bürsten einander im selben Becher berührten. Sie empfand das als unhygienisch. Ihm einen zu blasen fand sie nicht unhygienisch. Auch wenn er den Eindruck hatte, dass sie es nur ihm zuliebe tat und nicht aus eigenem Verlangen heraus. Er zog sich vollständig aus, knüllte T-Shirt, Jeans und Unterhose zu einem Ball zusammen und zielte nach dem Wäschekorb. Die Jeans blieb mit einem Bein am Rand hängen und rutschte langsam auf der falschen Seite zu Boden. Er beugte sich über das Waschbecken, wusch seine Achseln, sein Gesicht und seinen Schwanz, dann trocknete er sich mit Evas Handtuch ab und bemühte sich, in der Hoffnung, die Zeichen richtig gelesen zu haben, eine prophylaktische Erektion zu produzieren.

Als er ins Schlafzimmer kam, hörte er Eva leise schnarchen. Er blieb am Fußende des Bettes stehen. Durch das Fenster fiel Mondlicht, er drehte sich so, dass der Schatten seiner Latte auf der Wand zu sehen war. Es hatte etwas Majestätisches, dachte er und bedauerte, dass Eva ihn so nicht sehen konnte. Er warf sich absichtlich unvorsichtig neben sie, in der Hoffnung, dass sie aufwachen würde, aber sie drehte sich nur grunzend auf die Seite. Er überlegte, Jette eine Nachricht zu schreiben, vielleicht würde sich ein Dialog ergeben, zu dem er sich einen runterholen könnte. Aber er brachte es nicht fertig, es gab Grenzen. Er blieb auf dem Rücken liegen, starrte an die Decke und wartete darauf, dass seine Erektion nachließ.

10.

Jette stand auf dem Balkon, der in Wirklichkeit nur ein Notausstieg war, und betrachtete den Kirchturm mit der auf kurz nach zwölf stehengebliebenen Uhr, die sie jedes Mal aufs Neue amüsierte, weil sie ihr wie ein Symbol erschien. Wenn man sich sehr weit über das Gitter beugte, konnte man das Kopfsteinpflaster unten auf der Kreuzung erkennen. Für einen Moment fühlte es sich an, als würde das Gitter nachgeben, was vielleicht nur an der Flasche Rotkäppchen-Sekt lag, die Jette früher am Abend beim Spätkauf geholt hatte und die inzwischen fast leer war. Der Gedanke, dass es möglich war, zu springen, war einer, den sie nicht ablegen konnte. Sie stellte sich ihren Körper vor, in eine ihm unangemessene Form gegossen, ein Sack gebrochener Knochen auf der Kreuzung, den grauen unregelmäßig großen Pflastersteinen, auf denen sie mehr als einmal im Regen ausgerutscht war, früher im Jahr, als das Wetter noch so war, dass auch glückliche Menschen an Suizid dachten. Aber vielleicht stimmte das nicht. Vielleicht dachten glückliche Menschen nicht an solche Dinge, der Mann vom Fahrradladen beispielsweise, der oft rauchend auf den Stufen vor seinem Laden saß und der ihr leidtat, wenn sie sich vorstellte, dass er sie so fände. Und überhaupt, dachte Jette, durfte man sich als Schriftstellerin erst dann das Leben nehmen, wenn man ein zu hinterlassenes Werk geschaffen hatte, das einen dazu berechtigte, als solche bezeichnet zu werden. Sie prostete dem Himmel zu, dem Kirchturm mit seiner unnützen Uhr, den Dachluken des gegenüberliegenden Hauses, auf denen sich das letzte Licht spiegelte. Ein wenig ärgerte sie sich über sich selbst, über das Klischee, das es war, an Geburtstagen Sekt zu trinken, als gäbe es etwas zu feiern. Sie hatte einmal gelesen, dass man in anderen Kulturen Geburtstage nicht feierte, weil es bedeutete, dem Tod ein Jahr näher gekommen zu sein. So gesehen wiederum ein guter Grund zu feiern, dachte Jette und nahm einen tiefen Schluck.

Der Tag hatte wie in jedem Jahr mit einem Anruf ihrer Mutter begonnen, die sie geweckt hatte, um ihr mitzuteilen, dass sie an diesem Tag im Jahr 1982 um diese Zeit bereits in den Wehen gelegen habe. Wie jedes Jahr ertrug Jette es stoisch, legte das Handy beiseite und stellte den Lautsprecher an. Während sie sich den ersten Kaffee zubereitete, lauschte sie Tines Monolog, den Jette nach all den Jahren hätte mitsprechen können. Versuchte wegzuhören, während sie sich ihren Haferbrei kochte und einen Apfel in kleine Würfel schnitt, als ihre Mutter sich in allzu anschaulichen körperlichen Details erging. Kurz hatte Jette darüber nachgedacht, die Einstellung ihres Facebook-Profils zu ändern und ihr Geburtsdatum öffentlich zu machen, sodass Lukas es sehen und ihr gratulieren könnte. Sie hatte es bleiben lassen. Immerhin wusste man so wenigstens, wer von sich aus daran gedacht hatte. Obwohl das auch nicht stimmte; sie war sicher, dass ihr Vater beispielsweise ihren Geburtstag im Kalender seines Blackberrys gespeichert hatte, das ihn daran erinnerte, seiner Tochter eine Sprachnachricht zu schicken. Jette hasste Sprachnachrichten. Aber immerhin hatte er nicht angerufen, wie er es früher getan hatte, und sich gemeldet mit einem lässigen *Ich bin's*, als riefe er öfter als zwei- oder dreimal im Jahr an.

Jette schob sich bäuchlings über das Fensterbrett zurück in die Wohnung, den Arm mit der Sektflasche vorsichtig voran, ließ sich auf den Fußboden fallen, atmete einmal tief durch und hörte die Nachricht im Liegen ab. *Ich bin's*, sagte die Stimme ihres Vaters. *Ich wollte dir zum Geburtstag gratulieren. Du bist bestimmt unterwegs und lässt dich feiern. Schau doch mal auf dein Konto. Bis bald!* Ihr Vater war ein typischer Vertreter seiner Generation, dachte Jette. Nämlich der allerersten in diesem Land, dem Westteil zumindest, die im Grunde nichts auszustehen gehabt hatte. Geboren in den letzten Jahren der sogenannten goldenen Fünfziger, in denen alles wieder einigermaßen hergestellt und wiederaufgebaut worden war. Nach einer Wirtschaftswunder-Kindheit in den Sechzigern und der darauffolgenden sorglosen Prä-Aids-Jugend in den Siebzigern hatte ihr Vater als junger Erwachsener in der gesättigten Helmut-Kohl-Bundesrepublik der Achtzigerjahre eine Familie gegründet. Wenn Jette an ihren Vater dachte, hatte sie das goldene O der Tchibo-Bohne auf dem Porzellanbecher mit den vielen Ecken vor Augen. Den Stehtisch in diesem kleinen, hässlichen Bungalow in der Fußgängerzone in Altona. Aus irgendeinem Grund war dies der Ort, an dem die Übergabe des Kindes, also Jettes, stattfand. Weil ihre Mutter irgendwann entschieden hatte, Jettes Vater nicht mehr in ihre Wohnung zu lassen, und somit fortan das

Kind, also Jette, auf neutralem Boden zu übergeben war. Ihr Vater rauchte und trank schwarzen Kaffee, während Jette ihren Kakao am Kindertisch trank, der in Wirklichkeit eine Taschenablage war. Wenn es gut lief, gab es eine warme, fettige Rosinenschnecke dazu. Ihr Vater neigte dazu, Jette Süßes zu gewähren in einem Maße, mit dem ihre Mutter nicht einverstanden war. Weil das Kind nämlich fett genug war. *Das Kind ist echt fett genug, Manni*, sagte Tine, als sei Jette abwesend oder taub, und wedelte empört den Zigarettenrauch aus ihrem Gesicht, den ihr damals noch einigermaßen frischgebackener Ex-Mann ihr entgegenpustete.

Es waren diese seltsam genauen Erinnerungsflashs, die Jette an ihrem Geburtstag verlässlich überkamen. Sie setzte die Flasche an und versuchte, im Liegen zu trinken. Der letzte Schluck Sekt schwappte über ihr Gesicht, lief ihren Hals hinunter und in den Kragen ihres T-Shirts hinein. Sie ließ die leere Flasche über das Laminat rollen und schloss die Augen. Es stimmte, was das Internet sagte, wenn man über dreißig war, musste man sich ab und an einfach flach auf den Fußboden legen, um die Welt zu ertragen. Da sie sich noch immer nicht betrunken genug für diesen Tag fühlte, stand sie wieder auf und ging ins Badezimmer. Sie zog das nasse T-Shirt und die Jogginghose aus und rasierte sich die Beine, die Achseln und, wo sie schon einmal dabei war, auch den Rest, denn die Hoffnung starb bekanntermaßen zuletzt.

Die Nacht war mild und voller Menschen, als sie aus dem Haus trat. Menschen, die eine Sorglosigkeit ausstrahlten, um die Jette sie beneidete. Ein Zustand, der ihr immer schon vollkommen fremd gewesen war: dieses grundsätzliche Nichtverzweifeln an der Welt. Vor dem Dorfkrug standen Leute in kleinen Gruppen auf dem Gehweg oder hockten auf dem Asphalt vor den Fenstern auf umgedrehten Bierkisten, die offiziell nicht als Sitze galten. Weil das Ordnungsamt den Laden auf dem Kieker hatte, hatte Raik gesagt. Es grämte ihn, dass die Konkurrenz ihre Tische bis nach Mitternacht draußen lassen durfte. Das Ordnungsamt reagierte nur auf konkrete Beschwerden, und anscheinend beschwerte sich niemand über die Konkurrenz, aber irgendjemand beschwerte sich regelmäßig über Raik. Dabei war er nicht derjenige, der tatenlos zugesehen hatte, wie sein Laden zum Hauptdrogenumschlagpunkt des Viertels geworden war, hatte Raik gesagt und eine zackige Kopfbewegung die Straße hinunter gemacht. Das konnte hier nicht jeder von sich behaupten, hatte Raik gesagt und Motörhead angemacht, um sich abzureagieren. Jette lief ganz langsam vorbei, damit Lukas, sollte er am Tresen sitzen und gerade zufällig hinaussehen, sie entdecken und sich fragen würde, warum sie heute nicht hereinkam. Sie wollte, dass er sich Gedanken machte, über ihr anderes Leben, das ohne ihn stattfand und von dem er nichts wusste. Auch wenn es dieses andere Leben nicht gab. Die Flaschensammlerin hastete in einem T-Shirt mit der Aufschrift *follow your dreams* an Jette vorüber. An der Fassade des Theaters prangte in Neonlettern das Wort *Lust*. Das *t* hob sich ab, leuchtete in hellerem Rot als die restlichen Buchstaben, war vermutlich vor nicht allzu langer Zeit ausgetauscht worden. Jette hatte vor Kurzem erst begriffen, dass es eine Kunstinstallation war. Sie lief die Straße hinunter, an der *Sorge*, dem *Glück* und der *Mühe* vorbei. Jette glaubte sich zu erinnern, dass an einem Ende der Straße die *Angst* und am anderen der *Trost* lauerte, und irgendwo hatte sie einmal die *Liebe* gesehen. Sie verspürte plötzlich das Bedürfnis, sich zu vergewissern, dass sie noch da war. Das Projekt erinnerte sie an eine alte Leuchtinstallation am Times Square, von der sie kürzlich im Internet ein Foto gesehen hatte, *protect me from what I want*, sie hatte den Namen der Künstlerin vergessen. Was sie gern als Vorwand genommen hätte, Lukas eine Nachricht zu schicken, aber sie wollte nicht verzweifelt wirken. Darüber hinaus begegnete Lukas Konzeptkunst jeglicher Art mit einer konservativen Herablassung.

Die ersten zehn Google-Treffer hatten mit dem Placebo-Song zu tun. Als sie weiter runterscrollte, fand sie einen zwanzig Jahre alten Artikel über Jenny Holzer und ihre Installation aus dem Jahr 1982, ein eigenartiger Zufall, der Jette wieder daran erinnerte, dass heute ihr Geburtstag war, was sie kurz erfolgreich verdrängt hatte. Sie hoffte, dass Lukas ihr schreiben würde, wie er es manchmal, viel zu selten und sehr spät am Abend tat. Oft sah sie seine Nachricht erst am nächsten Morgen, und sie hatte mit der Zeit gelernt, dass es keinen Sinn machte, ihm dann noch zu antworten, weil der Moment längst verstrichen war, die Nacht vorbei, der Alkohol verflogen, und Lukas zurück in seinem Tagesmodus, der sich in jeder Hinsicht vom nächtlichen unterschied.

Sie lief bis zur Kreuzung am Felsenkeller und auf der anderen Straßenseite zurück. Als sie wieder auf Höhe des Dorfkrugs angelangt war, fand sie die Liebe. Blass und unscheinbar hing sie, leicht zu übersehen, an der

Fassade der alten Fabrik. Jette holte ihr Handy hervor und fotografierte die Leuchtschrift, dann überquerte sie mit schnellen, entschlossenen Schritten die Straße.

Lukas saß auf seinem Stammplatz in der Ecke. Jette spürte ihren Puls ansteigen, ein jähes Gefühl von Beschleunigung im ganzen Körper, über das sie sich ärgerte; sie gönnte ihm diese Reaktion nicht. Sie stellte sich an die untere Seite der Bar, den Boden des Us, über Eck zu Lukas, der ihr grüßendes Nicken erwiderte, wie immer ohne irgendetwas im Blick, das verriet, ob er sich freute, sie zu sehen, oder nicht. Jette bestellte ein Hausbier. Die Frau hinter dem Tresen schien neu zu sein, Raik war nicht da. Der Raum war ungewohnt leer, es war zu warm, die meisten Leute hatten sich vor dem Laden versammelt. Nachdem sie ihr Bier entgegengenommen hatte, ging Jette zu Lukas hinüber und setzte sich auf den leeren Barhocker neben ihm, vor dem kein Glas stand. Sie konnte also davon ausgehen, dass er allein war. Sie hatte immer noch Angst, ihm zusammen mit seiner Frau zu begegnen, obwohl das nicht wahrscheinlich war. Nicht hier, jedenfalls. Im Konsum vielleicht, oder am Sonntagnachmittag an der Eisdiele, mit den Kindern. Jette holte ihr Handy heraus, rief das letzte Foto auf, hielt es ihm hin und sagte: *Ich habe die Liebe gefunden. – Herzlichen Glückwunsch*, sagte Lukas und stieß sein Glas an Jettes. Sie war versucht, diese Steilvorlage zu nutzen und eine Anspielung auf ihren Geburtstag zu machen, ließ es jedoch sein. Sie trank einen Schluck, stellte das Glas wieder ab. Es war gut, nebeneinander am Tresen zu sitzen, so war man nicht gezwungen, sich in die Augen zu sehen.

Lukas trank sein Bier aus und legte den Deckel auf das leere Glas, dann stand er auf und verschwand Richtung Toiletten. Etwas war schief; aber sie wusste nicht, was. Jette zählte innerlich langsam bis zehn, dann rutschte sie vom Barhocker und folgte ihm. Lukas schwankte ein wenig, als er aus der Tür trat, und Jette machte einen Schritt auf ihn zu und legte ihr Gesicht dorthin, wo es am liebsten lag. Unter halbherzigen Abwehrversuchen ließ er sich von ihr zurück in die Kabine schieben. *Wir müssen damit aufhören*, sagte er, während Jette ihre Hände unter sein T-Shirt schob und nach seinen winzigen Brustwarzen suchte. Sie hatte sich daran gewöhnt, dass Lukas solche Dinge sagte, er brauchte es, sie gesagt zu haben. Sein Körper sprach eine deutlichere Sprache. Sie öffnete seine Gürtelschnalle und schob ihre Hand in seine Hose. Dieser Körperteil, der seines Besitzers Worte eindeutig Lügen strafte, faszinierte sie. Plötzlich schwoll die Musik aus der Bar an, sie war von Klassik zu Heavy Metal gewechselt. Jemand rüttelte an der Kabinentür, die Musik wurde wieder leiser, eine Tür fiel krachend ins Schloss. *Moment*, rief Lukas, schob Jette von sich und schloss hektisch seine Gürtelschnalle. Henner stand grinsend am Pissoir, sein glasiger Blick schwenkte halb amüsiert, halb anerkennend zwischen der Kabinentür, in der Jette stand, und dem Waschbecken im Vorraum, an dem sich Lukas jetzt auf eine, wie Jette dachte, passiv-aggressive Art die Hände wusch, hin und her. *Hab ich euch die Tour vermasselt?*

Während Lukas seinen Pullover anzog, machte Jette der Barfrau ein Zeichen. Die ließ sich Zeit. Wie lange konnte man brauchen, um die Rechnung für ein Bier fertig zu machen? Lukas war schon an der Tür, wo er glücklicherweise jemanden traf, aufgehalten und in Small Talk verstrickt wurde. Jette hatte die Hoffnung noch nicht ganz aufgegeben, ihn einzuholen, wenn diese Tussi endlich mal in die Gänge käme. Da stand Henner plötzlich hinter ihr, machte Zeichen über ihren Kopf hinweg, lenkte die Barfrau jetzt auch noch ab. Lukas war schon fast durch die Tür. Er hatte sich nicht von ihr verabschiedet. Jette sagte zu Henner: *Ich habe heute Geburtstag*, sie wusste nicht, warum sie es sagte, und sie schämte sich in dem Moment, da sie die Worte aussprach, und dachte gleichzeitig, dass sie bei Henner gut aufgehoben waren. Und wie traurig es dennoch war, es überhaupt sagen zu müssen. Weil es sonst niemanden gab, in diesem Laden, dieser Stadt, in diesem Leben, das sie jetzt führte, den es kümmerte, dass sie Geburtstag hatte. Henner sah sie großäugig an und umarmte sie dann plötzlich heftig und stumm. Er roch nach Alkohol, auf diese Art, die nichts damit zu tun hatte, wie viel er heute getrunken hatte, sondern tiefer saß, einem aus jeder Pore entgegendünstete. Es fühlte sich trotzdem nicht unangenehm an. Dann ließ er sie wieder los, haute mit der Faust auf den Tresen, schrie *Eine Runde auf mich* und pfiff erstaunlich laut durch die Zähne. Jette sah zu Lukas hinüber, der ihren Blick erwiderte. Er hatte die Umarmung gesehen, das konnte sie an seinem Gesicht ablesen. Henner ging mit ausladenden Schritten zu ihm hinüber, legte eine Hand in seinen Nacken und schob ihn mit sanfter Gewalt zurück an den Tresen. Damit wäre das geklärt, dachte Jette. Es amüsierte sie, wie Lukas gehorchte und schicksalsergeben wieder an der Bar Platz nahm. Die Barfrau schob ein rundes Tablett auf den Tresen, unter großem Hallo wurden die Schnäpse verteilt, angestoßen, hinuntergekippt. Die Wärme, die durch Jettes Speiseröhre rollte, erinnerte sie daran, dass sie nicht zu Abend gegessen hatte.

Zu viele Schnäpse später liefen sie schweigsam nebeneinander durch die stillen Straßen. Sie hatten nicht darüber gesprochen, ob sie noch ein Stück gemeinsam am Kanal entlanggehen oder ob Lukas den direkten Weg nach Hause nehmen würde. Was hieße, dass er in die andere Richtung gemusst hätte. Aber er war Jette gefolgt, und sie wagte nicht, es zu thematisieren. Sie war betrunken und konzentrierte sich darauf, geradeaus zu gehen. Sie hätte sich gern an Lukas' Arm festgehalten, aber er lief mit einem Meter Abstand neben ihr her, wie immer darauf bedacht, ihr nicht zu nahe zu kommen. Diese Stadt war nicht so groß, wie man dachte, jeder kannte jeden, und *Ehe du dichs versiehst*, hatte Lukas einmal gesagt, *sind dein bester Freund und dein größter Feind ein Paar*. Seine Paranoia hatte, nachdem Henner sie heute Abend auf dem Klo erwischt hatte, eine neue Qualität erreicht. Als Lukas ihn vorhin gefragt hatte, wie spät es sei, und Henner ihm auf die Schulter gehauen und geantwortet hatte: *Viertel nach Scheidung*, hatten alle gelacht, auch Lukas. Er hatte sich bemüht, es sich zu verkneifen, es war ihm nicht gelungen. Es hatte Jette einen Stich versetzt, sie mochte ihn so nicht. Sie musste an seine Frau denken. Auch nachdem sie vor Jettes Haustür einen Abschied angetäuscht hatten, der dann doch keiner wurde, nach dem kurzen, echten Schreckmoment, als sie ihren

Schlüssel nicht gleich fand, und der ausgestellten Zerrissenheit, mit der Lukas ihr schließlich die Treppen hinauf folgte, hatte sie an seine Frau gedacht. Und selbst jetzt noch, als sie Lukas' Jeans aufknöpfte und ihr der dezente, bereits vertraute Weichspülergeruch entgegenschlug; ein Gruß aus dem wahren Leben. Jette bedauerte, dass seine Hose keinen Reißverschluss hatte, sie hatte sich vorgestellt, wie sie einen solchen mit den Zähnen öffnen würde, wie sie es einmal in einem Film gesehen hatte. Auch wenn das womöglich falsche Hoffnungen geweckt hätte.

Bei Rossmann in der Elsterpassage hatte sie bereits vor einigen Wochen eine Packung Kondome gekauft. Es war das erste Mal in ihrem Leben gewesen, und sie dachte an die Scham, die sie vor zwanzig Jahren dabei empfunden hätte, als ihre Klassenkameradinnen diese Portemonnaies hatten, in denen es ein extra Fach für genau ein Kondom gab, und sie sich stolz erzählten, wenn sie das Fach hatten auffüllen müssen und wegen welchem Typen. Sie hatten immer Typen gesagt, weil sie nicht mehr Jungs sagen wollten und Männer sich noch falsch anhörte, in Bezug auf die schlaksigen, pickeligen Gestalten in Baggy Pants, aus denen die blau-weiß karierten H&M-Boxershorts guckten.

Lukas schüttelte heftig den Kopf, als Jette ein Kondom aus der Schachtel fischte und es ihm vors Gesicht hielt. *Warum nicht?*, sagte Jette, zog seine Boxershorts herunter und berührte seinen halbsteifen Schwanz. Sie wollte es jetzt hinter sich bringen, um der Erfahrung willen. Und weil es etwas war, was sie verbinden würde: dass

Lukas für alle Zeiten der erste Mann wäre, mit dem sie geschlafen haben würde, so, wie es vor vielen Jahren eine erste Frau gegeben hatte, von der Jette damals fälschlicherweise annahm, dass sie die einzige bliebe. Nicht aus romantischen Gründen, sondern weil sie nicht gewollt hatte, dass ihre Mutter recht behielt. *Ich kann nicht*, sagte Lukas, und das war die Wahrheit. Jette spürte, wie er unter ihrem Griff zusammenschrumpfte. *Nimm ihn in den Mund*, schlug Lukas vor. *Nee*, sagte Jette, *sorry*. Sie dachte, wie erstaunlich leicht es ihr fiel, Nein zu sagen. Und wie gut es war, dass sie jetzt erst mit Männern anfing, sie hätte ihm in ihren Zwanzigern diesen und jeden anderen Gefallen getan. Und sich dabei schlecht gefühlt. Oder sie hätte es geschafft, Nein zu sagen, und sich erst recht schlecht gefühlt. Alle Frauen sollten ihre ersten sexuellen Erfahrungen mit Frauen machen und frühestens mit dreißig auf Männer umsteigen, dachte Jette. Wenn überhaupt.

Als Lukas sein Gesicht zwischen ihren Brüsten vergrub, sah sie eine winzige kahle Stelle an seinem Hinterkopf aufscheinen. Sie legte ihre Hände auf seinen Kopf und drückte ihn abwärts, er protestierte gespielt, tat jedoch, wie ihm geheißen. Kurz bevor sie kam, schob sie seinen Kopf fort. Sein Schwanz sah schon wieder etwas hoffnungsvoller aus, und sie riss die Folie mit den Zähnen auf und holte das Kondom heraus. Lukas stöhnte, es klang gequält. *Nicht*, sagte er leise und legte die Hände auf sein Gesicht. Jette zögerte, sie wusste nicht, ob das zum Spiel gehörte. Sie hatte es sich einfacher vorgestellt. Sex war genau genommen die eine Sache in der Hetero-Welt, die sie sich immer als wesentlich unkomplizierter ausgemalt hatte. Von der Gefahr, kleine Menschen zu produzieren, einmal abgesehen. Sie seufzte und legte sich neben Lukas, ohne ihn zu berühren. Es war so ein Moment, in dem sie es bedauerte, nicht zu rauchen. *Ich bin ein schlechter Mensch*, sagte er, theatralisch an die Decke starrend, und Jette verstand nicht, was er damit sagen wollte. Und natürlich ging direkt das Kopfkino los, gleich Fantasien von Mord und Totschlag, wenn einer so etwas sagte. *Ich betrüge meine Frau*, sagte Lukas, als würde ihm das erst in diesem Augenblick klar werden. *Ach*, sagte Jette spöttisch, *sag bloß*, und versuchte, ihn zu küssen, aber er wandte sich ab, setzte sich auf, verharrte einen Moment auf dem Rand der Matratze, den Rücken zu ihr. *Wenn ich gewusst hätte, wie kompliziert das mit euch Kerlen ist, hätte ich auch bei den Frauen bleiben können*, sagte Jette. Lukas drehte sich um, ehrlich entgeistert. *Was soll das denn heißen? Bist du eigentlich …? – Ich habe keinen Vertrag unterschrieben*, unterbrach Jette ihn, legte ihre Hand auf seine und tippte mit dem Finger an seinen Ehering: *Im Gegensatz zu dir.*

11.

Der Duft von frisch gebrühtem Kaffee und frisch geduschten Körpern wehte ihm entgegen, als Lukas die Wohnungstür aufschloss. Er konnte spüren, wie sich etwas veränderte, als er die Tür hinter sich ins Schloss drückte. Eine plötzlich eintretende Stille, die abrupte Abwesenheit von Stimmen und Geschirrklappern. Im Türrahmen zur Küche blieb er stehen und betrachtete das Bild, das sich ihm bot: seine Familie am Frühstückstisch. Leos blonder Schopf und Adas dunkler, Evas Haare noch feucht vom Duschen, glatt und strähnig zurückgekämmt. Wie sie vor ihren Schüsseln saßen, das alte Service von Lukas' längst verstorbener Großmutter, Zwiebelmuster friesisch blau. Alles schien so perfekt. Fehlte nur der Golden Retriever, dachte Lukas und hielt die Papiertüte mit Croissants hoch, die er mitgebracht hatte. Die Kinder ließen ihn spüren, dass etwas schief war, reagierten verhaltener, als er es von ihnen gewohnt war. Er ließ sie abwechselnd ihre kleinen Nasen in die Tüte stecken. Leo, der Croissants liebte, griff vorsichtig hinein und nahm sich eines, Ada schüttelte den Kopf. Eva saß reglos, kerzengerade, hielt ihre Kaffeetasse mit beiden Händen, die Ellbogen auf den Tisch gestützt. Sie sah Lukas an, mit einem beängstigend ausdruckslosen Gesicht. Er registrierte, dass für ihn kein Teller gedeckt worden war. Dass Eva nicht mit ihm gerechnet hatte, oder ihm zumindest zeigen wollte, dass sie nicht mit ihm rechnete, heute Morgen nicht und überhaupt im Grunde schon lange nicht mehr, konnte er verstehen, aber es schmerzte ihn, dass die Kinder sich offenbar nicht für ihn eingesetzt hatten. Dass sie nicht darauf bestanden hatten, für ihn mitzudecken. *Wo warst du, Papa?*, fragte Ada streng. *Arbeiten*, sagte Lukas. Eva sagte nichts. Leo hatte den Mund voll. Lukas spürte, dass nicht einmal die Kinder ihm glaubten. Er nahm sich eine Tasse aus dem Schrank und schenkte sich Kaffee ein. Immerhin hatte Eva eine ganze Kanne gemacht. Lukas spürte plötzlich einen brutalen Hunger. Er nahm sich ein Croissant, biss die Spitze ab und tunkte es in seinen Kaffee. Eva drängte die Kinder, ihre Taschen zu holen und sich die Schuhe anzuziehen. Leo protestierte, ließ sich aber überreden, als er das angebissene Croissant in seine Brotbüchse packen durfte. Als die Kinder die Küche verlassen hatten, stand Eva auf und sah Lukas über die Tischplatte hinweg an. Er registrierte irritiert, dass er Angst hatte. Er hatte Angst vor seiner Frau. Sie fing an, das Geschirr zusammenzuräumen, hielt dann plötzlich inne und sagte mit ruhiger, sachlicher Stimme: *Ich habe heute Nachmittag eine Konferenz, es könnte lange gehen, ich hoffe, du hast daran gedacht, dass du Leo abholst*. Lukas nickte. Er hatte nicht daran gedacht, er konnte sich nicht erinnern, dass sie darüber gesprochen hatten. *Klar*, sagte er, *kein Problem*. Er war ja flexibel, er konnte immer, seine Arbeit war nicht so wichtig, und seine Arbeitszeiten wurden nicht von einer Schulleitung diktiert, mit der er nicht konkurrieren konnte. Darüber hinaus war er in diesem Moment absolut nicht in der Position, Eva einen Wunsch abzuschlagen. Sie ging an ihm vorbei, und er streckte den

Arm aus, legte den Kopf in den Nacken und griff nach ihr, bekam nur den Zipfel ihres T-Shirts zu fassen, sie machte sich los. Okay, sie war sauer, das konnte er verstehen. Es war nicht gut, dass die Kinder es mitbekommen hatten, das durfte nicht passieren. Er hatte plötzlich große Lust auf Orangensaft, er trank den ganzen Rest direkt aus der Flasche, die vor ihm auf dem Tisch stand. Leo kam noch einmal zurück, um Tschüss zu sagen und ihn zu umarmen, und Lukas hielt kurz inne, aus Sorge, dass ihm ein fremder Geruch anhaftete. Aber Leo würde das nicht auffallen, dachte er und nahm ihn in den Arm, wuschelte ihm durch das Haar. Leo nahm ihn so, wie er war, dachte Lukas, das war das Schöne an Kindern, bis zu einem gewissen Alter jedenfalls, das Ada so langsam zu erreichen schien. *Kommt ihr endlich*, hörte er Eva unwirsch aus dem Treppenhaus rufen. Leo blieb an der Tür noch einmal stehen, legte seine Hand dorthin, wo die Bleistiftstriche verrieten, wie viel er schon wieder gewachsen war, und sah Lukas mit großen Augen an, bevor er sich losriss. Ein Gefühl der Erleichterung breitete sich in Lukas aus, nachdem er die Wohnungstür ins Schloss krachen gehört hatte. Er würde einfach duschen und dann schlafen gehen und dann mal sehen. Er aß noch ein Croissant, trank seinen Kaffee aus, ließ den Frühstückstisch, wie er war, und ging ins Badezimmer.

Er schlief fast fünf Stunden, danach fühlte er sich deutlich besser. Er stand auf, duschte noch einmal, zog sich frische Sachen an, kochte sich einen starken Espresso, den er mit kalter Milch und ganz vielen Eiswürfeln aus einem Glas trank, wie so ein Hipsterarschloch, dachte er, aber es war tatsächlich sehr erfrischend. Der Balkon lag um diese Tageszeit noch im Schatten, und Lukas setzte sich nach draußen, legte die Füße auf das Gitter zwischen zwei Blumenkästen und schloss die Augen. Ein leichter Wind wehte ihm um den Kopf. So ließ es sich aushalten. So schlimm wie befürchtet war sein Kater gar nicht. Er hatte schon wieder Hunger. Die Erinnerung an letzte Nacht überkam ihn bruchstückhaft, und er bedauerte es, Eva nicht sagen zu können, worauf er ihr zuliebe verzichtet hatte.

Er ging in die Küche und nahm einen Rest ungarischer Salami aus dem Kühlschrank, den sie in einer extra Tupperbox verstauten, seit Ada vor Kurzem verkündet hatte, keine Tiere mehr essen zu wollen, und darauf bestand, dass von nun an Fleisch getrennt von anderen Lebensmitteln aufbewahrt wurde. Leo aß ohnehin fast nichts, außer Croissants, Grießbrei, Gurken, Salamipizza und einer bestimmten Sorte Joghurt, dessen Verpackungsdesign sich vor einer Weile geändert hatte, wonach Leo sich geweigert hatte, ihn anzurühren, und ein Theater gemacht hatte, als wolle man ihn vergiften. Lukas hatte daran gedacht, was ihm als Kind geblüht hätte, wenn er solch einen Aufriss wegen eines Joghurtbechers gemacht hätte. Er hatte eine eigenartige Wut auf Leo empfunden und sich dabei selbst plötzlich und beschämenderweise an seinen Vater erinnert. Als Eva aufgegeben, auf der Suche nach dem letzten Joghurtbecher im alten Design den gelben Sack durchwühlt und kurzerhand den Joghurt aus dem neuen in den alten Becher gefüllt hatte, war es Lukas zu viel geworden, und sie hatten heftig gestritten. Aber letztlich hatte er nachgegeben, und seither wusch

Eva den immer gleichen, alten Joghurtbecher nach jeder Nutzung heimlich aus, fischte ihn sogar aus dem Müll, wenn Leo ihn selbst dort hineingeworfen hatte, und Lukas sah gleichermaßen fassungslos und schadenfroh dem Tag entgegen, an dem Leo auffallen würde, dass das Logo darauf immer blasser wurde. Lukas nahm sich einen Joghurt und ging zurück auf den Balkon. Er machte das viel zu selten, um diese Tageszeit, einfach einmal nur so dasitzen. Ein paar Stunden blieben ihm noch, bis er Leo abholen musste. Dann würde Ada nach Hause kommen, er würde etwas mit ihnen unternehmen, vielleicht ein Eis essen gehen oder in den Park. Er würde das wieder hinkriegen. Der kühle Wind, der ihm angenehm um den schweren Kopf strich, löste ein dezentes Heimweh in ihm aus. Er freute sich darauf, dass sie im August wieder nach Sylt fahren würden. Sie fuhren immer nach Sylt, immer im August, die Kinder liebten es, und Lukas war es im Grunde auch recht. Eva mochte die Ostsee lieber, weil sie dort als Kind mit ihrer Familie gewesen war. Er würde das Haus verkaufen, dachte er, wenn seine Eltern nicht mehr lebten. Es beschämte ihn kurz, so zu denken. Andererseits war es der Lauf der Dinge, dass man seine Eltern überlebte. Wenn er es schaffte, es zu veräußern, bevor die Flut es sich holte, würde er sicher noch eine siebenstellige Summe dafür bekommen. Eine absurde Vorstellung. Er könnte seine Geschwister auszahlen und sich und Eva von dem übrigen Geld ein Häuschen an der Ostsee kaufen.

Am Zaun der Kita hatten die Erzieherinnen laminierte Schilder aufgehängt, um die Autofahrer, die am Straßenrand parkten, darauf hinzuweisen, dass die Kinder manchmal mit Steinen warfen und für Schäden am Lack keine Haftung übernommen würde. Es hatte eine Diskussion darüber gegeben, am Elternabend, manche waren dagegen gewesen. Lukas musste jedes Mal grinsen, wenn er an den Schildern vorbeiging. Sie hatten so etwas erfrischend Passiv-Aggressives im Ton, was von Yvonne, der Erzieherin, die das mit den Schildern initiiert hatte, vielleicht nicht intendiert gewesen war. Drei Mütter standen in der Nähe, die auch auf ihre Kinder warteten und sich über ihre Schuhe unterhielten. Die eine hatte neue Sandalen, die von den anderen bewundert wurden. Es waren ganz normale Sandalen, dachte Lukas. Aber sie hatte ein schönes Kleid an, das ihren Hintern betonte. Die Frauen strahlten ihn an. Er kannte diese Blicke, es waren die gleichen, die ihm auf dem Spielplatz zuteilwurden, oder im Park, immer dann, wenn er mit den Kindern allein unterwegs war. Dabei gab es hier im Viertel relativ viele Väter, die ihre Kinder abholten, Freiberufler wie er, oder Studenten, nicht nur solche wie Gregor, der Otis nie abholte, weil er immer erst spät aus der Firma kam. Als Mann brauchte man bloß aufzutauchen und wurde gefeiert, dachte Lukas, es war ihm ein bisschen unangenehm, aber insgeheim auch recht. Und vielleicht lag es auch einfach nur an seiner Sonnenbrille, oder daran, dass er seinen Bart besonders lange nicht getrimmt hatte.

Die neue Erzieherin, deren Namen er sich nicht merken konnte, kam heraus, einen trägen Leo vor sich her schiebend. *Oh*, rief sie enthusiastisch, *dein Papa holt dich heute ab!* Quod erat demonstrandum, dachte Lukas. Er hob Leo hoch und setzte ihn sich auf die Schultern.

Wie heißt die neue Erzieherin, Leo?, fragte er im Gehen. *Rate mal*, sagte Leo. *Das ist aber schwer, du musst mir einen Tipp geben. – Fängt mit L an*, sagte Leo. *Lisa? – Ähäh. – Lena? – Nö. – Laura? – Elvira!*

Lukas lachte. *Können wir heute Pizza holen?*, fragte Leo. *Klar*, sagte Lukas, *aber erst mal ein Eis, okay? – Okay*, sagte Leo.

Zu Hause räumte Lukas die Küche auf, stellte die Spülmaschine und die Waschmaschine an, goss die Balkonpflanzen. Ließ Ada, die aus der Schule gekommen war, zusammen mit Leo eine Folge *Pippi Langstrumpf* gucken. Die Kinder vergaßen alles um sich herum, sobald der Fernseher lief, wie gebannt starrten sie auf den Bildschirm, Ada ließ sogar zu, dass Leo sich an sie kuschelte. Lukas schnitt einen Apfel klein, gab die Schnitze in eine Plastikschale und stellte sie den beiden hin. Wie in Trance griffen sie danach und schoben sich die Stücke in den Mund, sogar Leo, der eigentlich kein Obst aß. Lukas nutzte den Moment und schlich sich kurz aus dem Haus, zu Moustafa hinüber, um sich eine Zigarette und ein Konterbier zu genehmigen. *Alles gut, meiner?*, fragte Moustafa. Lukas nickte. *Muss ja*, sagte er, entfernte den Kronkorken mit dem Feuerzeug, prostete Moustafa zu und zündete sich die Zigarette an. Er stellte sich auf die andere Seite des Ladens, die im Schatten lag. Natürlich war nicht alles gut, aber es wäre seltsam, das zu sagen, dachte er. Es gab im Grunde keine Möglichkeit, ehrlich zu antworten auf diese Frage, die einem so oft gestellt wurde und eigentlich keine war. Niemand wollte jemals wirklich wissen, wie es einem ging, dachte Lukas. Alle wollten immer nur eine Bestätigung, dass alles gut war, dabei war nie alles gut, und es war auch nie alles schlecht. Wie sein Schwiegervater sagen würde: Es gab Schlimmeres.

Als er zurückkam, tauchte Pippi gerade ins Meer und begegnete unter Wasser einem Hai. Leo quietschte vor Schreck und rutschte noch näher an Ada heran, die ihm in beschwichtigendem Tonfall erklärte, das sei in Wirklichkeit gar nicht gefährlich, da wären ja noch der Regisseur und das Kamerateam dabei. Lukas musste den Kindern ein Eis versprechen, um sie vom Sofa zu bekommen. Sie trotteten matt hinter ihm her, die Straße hinunter zur Eisdiele an der Ecke. Saßen nebeneinander auf der Mauer und leckten im Zeitlupentempo an ihren Kugeln, Leo war nicht schnell genug, Eis tropfte auf sein T-Shirt, natürlich hatte er sich Schokolade ausgesucht. Ada hatte bereits gelernt, außen herum zu lecken, um das Tropfen zu verhindern. Sie demonstrierte es Leo an seinem Eis, und Leo fing an zu schreien, das sei sein Eis, sie dürfe das nicht. *Papa!*, rief Ada mit theatralischer Geste und sah sich bestätigungsheischend nach Lukas um. Leo heulte. Lukas begriff diesen ewigen Futterneid nicht. Als gäbe es nicht immer für alle genug von allem. Eine Tram fuhr vorbei. *Guck mal, Leo, eine Straßenbahn*, sagte Lukas kraftlos. Er bereute es, sich nicht ein zweites Bier mitgenommen zu haben, oder wenigstens eine kalte Cola.

Im Park war es angenehm schattig und kühl. Sie liefen den langen schmalen Weg entlang, der über die kleine Brücke und an der Rennbahn vorbei zum Spielplatz führte. Leo maulte, weil er nicht laufen wollte, aber Lukas blieb hart, nahm ihn nicht auf die Schultern, seine Kopfschmerzen waren zu groß, das Konterbier hatte nicht geholfen. Vielleicht wurde er einfach alt, dachte er. In den letzten Jahren vertrug er immer weniger, und schon seit einer Weile hielten die Kater zwei Tage an. Sobald der Spielplatz in Sichtweite war, kam wieder Leben in die Kinder, und sie rannten um die Wette zum Klettergerüst, natürlich gewann Ada, war schon oben, hing kopfüber in den Seilen. Ada war waghalsig, aber man musste sich keine Sorgen um sie machen, dachte Lukas, noch nicht. Ihm graute vor dem Moment, ab dem sich ihr Körper verändern und die Blicke der Jungs, der Männer sogar, anziehen würde. Er hatte einmal halb im Spaß zu Eva gesagt, er hoffe, dass Ada lesbisch werden würde, und Eva hatte ihn verständnislos angesehen. Ob er sich klar sei, was es bedeutete, anders zu sein als die anderen, ob er das seiner Tochter wirklich ernsthaft wünschte?, hatte Eva gefragt, die, wie sie ihm einmal gestanden hatte, eine Sehnsucht in sich trug, die sie, soweit er wusste, nie ausgelebt hatte; ob aus Mangel an Gelegenheit oder um seinetwillen, war ihm nicht klar. Ihm gefiel die Vorstellung Evas mit einer anderen Frau, auch wenn er sich über das Klischee, das es war, ärgerte. Sie hatten sich damals, als *The L-Word* erschienen war, gemeinsam die erste Staffel angesehen, und obwohl natürlich ausnahmslos alle Figuren außerirdisch schön und erfolgreich waren, worüber Eva sich aufgeregt hatte, war die Serie wirklich gut, dachte Lukas, nicht nur wegen der Sexszenen, wegen der Henner sie empfohlen hatte. Er schlenderte zum Kiosk hinüber und stellte sich in die Schlange. Sein Handy vibrierte in der Hosentasche, er holte es heraus und sah eine Nachricht von Jette auf dem Display. Was ihn daran erinnerte, dass er die Vorschau der Mitteilungen unbedingt ausstellen sollte. Jettes Nachricht enthielt nur das Wort *hey*, mehr nicht. Das schmale Mitteilungsfenster prangte direkt über dem Foto von Eva und den Kindern, das ihm als Bildschirmhintergrund diente. Es war ein altes Foto und eines seiner liebsten, er hatte es seit Jahren nicht ausgetauscht. Es war in ihrem ersten Urlaub zu viert entstanden, Leo war zum Zeitpunkt der Aufnahme noch ein zahnlos strahlendes Baby, Ada etwa so alt, wie Leo jetzt war. Evas Gesicht war von Jettes Nachricht verdeckt. Lukas löschte sie. Er kaufte ein Bier für sich und Apfelschorle für die Kinder, setzte sich auf eine Bank, die am Rand des Spielplatzes im Schatten lag, und antwortete Jette. *Hey*, schrieb er zurück. *Alles gut?* Sofort wurde Jette als online angezeigt. Es dauerte eine Weile, bis sie tippte, dann offenbar innehielt, wieder tippte, wieder innehielt. Dann war sie plötzlich offline, und eine Weile geschah nichts. Vielleicht war auch bloß die Verbindung schlecht, dachte Lukas und schob das Handy zurück in die Hosentasche. Er ließ seinen Blick über den Spielplatz schweifen, das Klettergerüst, die Schaukeln und die Rutsche, er konnte seine Kinder nicht sehen. Der Platz war groß und unübersichtlich. Er lehnte sich zurück und schloss die Augen. Einen Moment später kamen sie angerannt, warfen sich auf ihn, atemlos und verschwitzt, tranken gierig abwechselnd von der Apfelschorle, Ada rülpste absichtlich laut und Leo lachte sich halbtot. Lukas lachte auch. Eva würde das nicht tun, dachte er, aus pädagogischem Prinzip, sie war den ganzen Tag umgeben von rülpsenden Teenagern, die widerlicher waren als rülpsende Kinder. Rülpsende Kinder waren eigentlich entzückend, dachte Lukas, vor allem, wenn es seine waren.

Von der Parkbühne schallte Musik herüber, als sie zurückliefen. Lukas dachte, dass er auch mal wieder Bock auf ein Konzert hätte. Die Kinder waren vorgerannt bis zur Brücke. Früher, vor den Kindern, hatten Eva und er oft mit ihren mitgebrachten Bierflaschen auf einer Decke vor der Parkbühne gesessen. *Papa, dürfen wir bis zum Elfenbaum rennen?*, brüllte Ada. *Okay, aber du passt auf Leo auf, hörst du! – Okay*, rief Ada, und die beiden flitzten davon. Es erstaunte Lukas immer wieder aufs Neue, wie viel Energie Kinder hatten. Er erinnerte sich nicht daran, selbst jemals mehr als die allernötigste Energie für irgendetwas aufgebracht zu haben. Sein Handy vibrierte, eine Nachricht von Jette: *geht so*. Lukas war nicht sicher, ob und wie er darauf antworten sollte. Er hatte keine Lust auf eine Diskussion. Er löschte die Vorschau, steckte das Handy zurück in die Tasche und rief *Ada!* Keine Reaktion. Er rief noch einmal, etwas lauter jetzt: *Ada! – Jaha*, kam es genervt irgendwo aus dem Bärlauchwald zurück. Lukas liebte den Geruch, der sich im Frühling ausbreitete und sich, wenn es geregnet hatte, über das ganze Viertel legte und bei offenen Fenstern bis in ihre Wohnung zog. Eva behauptete, ihr würde schlecht davon.

Als Lukas am Elfenbaum angekommen war, hockte Ada versunken davor und betrauerte eine tote Amsel, die vor der kleinen Tür lag, die jemand in den Baumstamm geschlagen hatte. Es sah aus, als hätte der Vogel auf Einlass gewartet und sei darüber verstorben. *Warum ist der tot*, sagte Ada. *Ich weiß es nicht*, sagte Lukas, *vielleicht war er schon alt. – Wir müssen ihn begraben*, sagte Ada und fing an, mit den Händen ein Loch auszuheben, gerade groß genug, dass ein Vogelkörper hineinpasste. *Und dann machen wir ihm einen Grabstein und stellen ihn hier auf, okay, Papa? – Klar*, sagte Lukas, *warum nicht. Du, wo ist denn eigentlich Leo? – Dahinten*, sagte Ada und warf einen Arm in eine unbestimmte Richtung. Lukas stand auf und sah sich um. Wahrscheinlich hatte Leo irgendwo etwas gefunden, in das er sich vertieft hatte. Lukas lief ein paar Schritte den Waldweg hinauf, bis dort, wo der asphaltierte Weg kreuzte und die ersten Häuser zu sehen waren. Ein paar Fahrräder fuhren vorbei. *Leo!*, rief Lukas und lauschte. Er hörte nichts, außer fernes Gebell von der Hundewiese. Leo hatte Angst vor Hunden. Lukas animierte Ada, die den Vogel in ein von ihr ausgehobenes Loch gelegt und notdürftig mit Erde bedeckt hatte, zum Weitergehen und versprach ihr, dass sie morgen wiederkommen und einen Grabstein aufstellen würden. Ada hüpfte aufgedreht neben ihm her und erklärte, wie sie den Stein zu verzieren gedachte. *Du musst R.I.P. daraufschreiben*, sagte sie, *das gehört so bei Gräbern*. Lukas nickte. Es stresste ihn ein wenig, dass Leo so weit vorgelaufen war, er wusste genau, dass er das nicht sollte. Dort, wo der Weg hinaus auf die Lichtung führte, vor dem Biergarten des mexikanischen Restaurants, wo der Park endete und das Viertel begann, stand der Clown, der oft an dieser Stelle jonglierte und riesige Seifenblasen steigen ließ. Ada rannte hin und ließ sich zwischen den anderen Kindern auf die Wiese fallen. Lukas rief *Leo!* Aber es kam keine Antwort, nur ein weißer Hund blieb stehen und sah ihn irritiert an, bis sein Frauchen nach ihm pfiff. Lukas schärfte Ada ein, sich nicht vom Fleck zu rühren, und lief den schmalen Pfad entlang, an den Rückseiten der Gärten der Einzelhäuser vorbei, an der Kirche und dem Haus mit dem seltsamen weißen Turm, das seit Jahren verlassen aussah. Er hatte einmal gehört, dass jemand dort eine private Sternenwarte unterhielt, er wusste nicht mehr, woher er diese Information hatte und ob sie der Wahrheit entsprach. Der Weg führte an dieser Stelle wieder hinaus aus dem Park, zur Grundschule auf der linken und den roten Häusern der Himbeersiedlung auf der rechten Seite. Von der Hauptstraße drang ein langgezogenes Hupen herüber. Lukas lief zurück, wieder in den Park hinein. Vor der hohen Hecke mit dem Turm dahinter blieb er stehen, betrachtete die kleinen, in das dicke Gemäuer geschlagenen Fenster, die schwer aussehende, mit Eisenbeschlägen verzierte Holztür. Eine wilde Fantasie überfiel sein Gehirn, er versuchte, sie nicht zuzulassen. Er lief zurück, rannte jetzt, rief Leos Namen ab und zu nach links und rechts, bis er wieder auf der Lichtung angekommen war, wo Ada saß und über den Clown lachte, dem gerade seine Bälle auf den Kopf gefallen waren. Lukas zog Ada zu sich, sie protestierte, er packte sie an den Armen, mit ungewollter Heftigkeit. *Ada, hör mir zu, wo hast du Leo zuletzt gesehen?* Ada zuckte die Schultern, was Lukas wütend machte. *Denk bitte nach*, sagte er beherrscht, *wo war Leo, als du ihn das letzte Mal gesehen hast*, und Ada machte eine unsichere Geste entlang des Waldrands. *Du bleibst hier*, sagte Lukas und rannte. Er rannte in den Wald hinein, den Weg hinunter, den sie gekommen waren, er rief immer lauter, beim Elfenbaum blieb er stehen. Der kleine Haufen frischer Erde lag noch da, wie Ada ihn hinterlassen hatte.

Lukas rannte weiter geradeaus bis zur Brücke über den Fluss, er lief nach links, am Fluss entlang, bis er zu dem anderen Spielplatz kam. Auch dort war Leo nicht. Eine Gruppe Jugendlicher spielte Fußball, ein paar junge Männer machten mit freien Oberkörpern Kraftübungen am Klettergerüst, aus einer Bluetoothbox tönten elektronische Beats. Lukas schwitzte. Er holte sein Handy heraus. Es war kurz vor sechs, es würde noch etwa drei Stunden hell sein. Es war wichtig, das zu wissen, dachte Lukas, er sah ein Szenario vor seinem inneren Auge vorbeirauschen, in dem ihn jemand danach fragen würde. Jemand, der eine Uniform trug.

Auf der Sachsenbrücke saßen Menschen mit Bierflaschen in den Händen am Kantstein, ein älterer Mann auf einem Klapphocker spielte Gitarre, Kinder tanzten barfuß auf dem Asphalt, es sah unerträglich friedlich aus. Lukas fühlte eine brennende Leere im Kopf. Er suchte auf seinem Handy ein Foto von Leo heraus, das aktuellste, auf dem Leo in seinem blau-grün gestreiften Schlafanzug auf dem Sofa saß und ernst in die Kamera schaute, Teddy unter den Arm geklemmt. Teddy war eigentlich ein Hase. Evas Eltern hatten ihn Leo zur Geburt geschenkt, er war sein allerliebstes Kuscheltier. Seine Ohren hingen in langen dünnen Fäden herab, weil Leo die Angewohnheit hatte, ihn in die Armbeuge zu klemmen und mit dem Daumen über die Ohren zu schrubben, sodass inzwischen kaum etwas von ihnen übrig war. Lukas ging auf die Gruppe zu und sprach eine Frau an, die eine dieser weiten Stoffhosen trug, die seine Mutter Türkenhosen nannte, auch wenn seine türkischen Freunde die letzten waren, die solche Hosen tragen würden. *Entschuldigung*, sagte er und hielt ihr das Handydisplay unter die Nase, *haben Sie diesen Jungen gesehen?* Die Frau schaute sich das Bild an, dann sah sie zu ihm auf und schüttelte lächelnd den Kopf. *Er heißt Leo*, sagte Lukas, *mein Sohn, er ist verschwunden*, und die Frau hörte auf zu lächeln, wippte aber weiter im Takt der Musik von einem nackten Fuß auf den anderen. Sie nahm Lukas das Handy aus der Hand und lief damit zu den Kindern, zeigte ihnen das Bild. Dann brachte sie es wieder zurück, strich Lukas über den Arm und sagte, er solle sich keine Sorgen machen, Leo würde bestimmt bald wieder auftauchen. Lukas lief wie paralysiert den breiten Asphaltweg hinunter, am Kreisel vorbei, wo Busse und Wohnmobile parkten. Er sah einen älteren Mann in kurzen Hosen und weißen Tennissocken in Trekkingsandalen in einem alten Hymer-Mobil verschwinden. Die Vorhänge in den Fenstern waren rundherum zugezogen. Lukas ging langsam sehr nah an dem Wagen vorbei. Er überlegte, an die Tür zu klopfen, als sie plötzlich aufflog und eine ältere Frau lachend herauskam. Er lief weiter, immer geradeaus, an einem anderen Spielplatz vorbei, auf den sie nicht mehr gingen, weil er, wie Ada sagte, für Babys war. Zurück zu seinem Ausgangspunkt, in der Hoffnung, seine Kinder dort in trauter Eintracht zu finden, auf ihn wartend, vorwurfsvoll, hungrig. Er malte sich die Erleichterung aus, die er empfinden würde, in dem Moment, da er um die Ecke biegen und Leo sehen würde. Sie würden Pizza holen, wie er es versprochen hatte, und irgendwann würde Eva nach Hause kommen, und die Wohnung wäre aufgeräumt und sauber, die Kinder gebadet und in ihren Schlafanzügen. Er dachte daran, wie Leo roch, nachdem er gebadet hatte. Sie wären satt und müde, er würde ihnen ein Buch vorlesen, sie würden noch eine Weile über Dinosaurier fachsimpeln. Er würde Eva vorschlagen, den Rest Pizza im Ofen warm zu machen, aber sie würde sie kalt essen. Er würde die Kinder ins Bett bringen und eine Flasche Wein aufmachen, er würde sich bei Eva entschuldigen, vielleicht würden sie Sex haben. Er würde Jette nicht wiedersehen, dachte er. Das war sein Einsatz, im Ablasshandel mit Gott, an den er nicht glaubte, oder dem Teufel, an den er noch weniger glaubte. Wenn Leo jetzt auf der Wiese an der Ecke auf ihn wartete, wenn alles gut war, würde er Jette nicht wiedersehen. Ihm war schlecht, und er verspürte das dringende Bedürfnis, sich auf den Fußboden zu legen.

Als Lukas um die Ecke bog, lag die Wiese, auf der eben noch der Clown seine Jonglierkünste vorgeführt hatte, verlassen da. Vom Biergarten des Mexikaners schwappte das viel zu heitere Geplapper viel zu vieler Menschen herüber. Lukas spürte von sehr tief innen eine ungekannte Panik anrollen, die ihm vom Hinterkopf unter der Schädeldecke entlang über die Stirn kroch und ihm die Augen zudrückte. Und er gab dem Bedürfnis nach, er tat es einfach, legte sich ins Gras, dort, wo der Clown gestanden hatte, die Reste des Seifenwassers schimmerten noch als blasser Regenbogen zwischen den Gänseblümchen. Lukas rollte sich auf die Seite, schob die Handflächen zwischen die Knie und schloss für einen Moment die Augen. Als er sie wieder öffnete, stand Ada vor ihm, die kleinen Füße in den kleinen Sandalen fest im Gras, die kleinen Fäuste in die Seiten gestemmt, und Lukas dachte, wie gut es war, dass es sie gab, dass er nicht alles verloren hatte.

12.

Ein Graureiher stand reglos auf einem Ast, der aus dem Elsterbecken ragte. Eva lehnte ihr Fahrrad an die Mauer und setzte sich auf die warmen Steinplatten. Die letzten Sonnenstrahlen zogen sich langsam über die Wipfel der Bäume des gegenüberliegenden Ufers zurück und tauchten den restlichen Tag in ein gnädiges Licht. Im Schatten der ausladenden Linde saßen Menschen in kleinen Gruppen beieinander. Bald würden die Ferien beginnen. Für Eva bedeutete das: Zeugniskonferenzen, Elternabende, all die Dinge, die sie an ihrem Beruf nicht mochte. Die letzten träge sich dahinziehenden Wochen, in denen die Kids zu nichts mehr zu motivieren waren. Eva wusste, nach den Ferien würde alles anders sein, würden sie anders sein. Einige würden in den sechs Wochen wachsen, hätten plötzlich einen Flaum auf der Oberlippe, eine neue Frisur oder einen völlig anderen Kleidungsstil. Manche würde sie noch ein weiteres Jahr begleiten, auf dem Weg zum Abitur, mit anderen würde sie wieder einmal von vorn beginnen, würde ihr Bestes geben, den gleichen Stoff dem nächsten Jahrgang nahezubringen. Den nächsten Pubertierenden, die genau wie alle vor ihnen zu alt waren, um Evas Autorität bedingungslos anzunehmen, und noch nicht alt genug, um zu begreifen, dass Lernen sich lohnte, dass es ein Privileg war. Es gab nur wenige, die das verstanden, eine Handvoll höchstens pro Jahrgang. Fast immer waren es solche, die auf eine Art isoliert waren. Die Lauten, die über allem standen und es sich leisten konnten, im Unterricht mitzumachen, ohne ihr Gesicht zu verlieren, weil sie nicht nur in Mathe, sondern auch in Sport glänzten und dabei auch noch gut aussahen. Oder die ganz Leisen, die ohnehin nichts zu verlieren hatten, die die Schulzeit absaßen wie eine Gefängnisstrafe. Weil sie wussten, dass sie es nur noch ein paar Jahre aushalten mussten, bis sie sich endlich aussuchen konnten, wie und mit wem sie ihre Zeit verbrachten. Letztere würden ihr Potenzial später entfalten, zu einem Zeitpunkt, den Eva nicht mehr mitbekäme. Die Hübschen und Sportlichen hatten ihren Höhepunkt meistens bereits in der Oberstufe erreicht, manchen von ihnen würde im Leben vielleicht nichts Aufregenderes mehr passieren, als der oder die Beliebteste ihres Jahrgangs gewesen zu sein, aber das wussten sie nicht. Und das war gut so, es brauchte solche und solche auf der Welt, um die Ordnung der Dinge zu erhalten. Dachte Eva, die selbst keine von ihnen gewesen war. Sie hatte es in ihrer Schulzeit geschafft, sich im unsichtbaren Mittelfeld zu bewegen, gleichzeitig einigermaßen gut und einigermaßen beliebt zu sein, ohne negativ aufzufallen. Lukas hatte ihr einmal, am Anfang ihrer Beziehung, erzählt, dass er zu den Stillen, den weniger Beliebten gehört hatte, und es hatte sie erstaunt. Er hatte ihr Fotos gezeigt, in dieser Phase nach den allerersten Anfängen, als sie die Asservatenkammern ihrer Herzen geöffnet hatten. Fotos aus seiner Schulzeit, ein dünner, schüchterner Junge mit langen Haaren, der Grunge hörte, Comics zeichnete und Skateboard fuhr. Sie erinnerte sich an das eigenwillige Gefühl, das sie beim ersten Betrachten dieser Bilder überkommen hatte, das Bedürfnis, dieses Kind, das Lukas gewesen war, zu beschützen.

Eva unterdrückte den Impuls, auf ihr Handy zu sehen, und registrierte belustigt, wie schwer es ihr fiel. Wie automatisch der Griff in die Tasche, das Bedürfnis, nicht eigentlich nach Kommunikation, aber nach der Versicherung, dass alles in Ordnung war. Aber es gab nichts, das nicht warten konnte, heute war Lukas zuständig. Ein Vorteil am Schuljahresende war, dass er öfter zu Hause war. Weil sie eine Abmachung hatten, weil er wusste, dass es in diesen Tagen bei ihr manchmal länger dauern konnte, und sie sich darauf verlassen können musste, dass er präsenter war als sonst. Sie hatte behauptet, sie habe heute Nachmittag eine Konferenz. Sie hatte angefangen, manchmal zum Ausgleich Konferenzen zu erfinden, hier und da eine mehr, als tatsächlich stattfanden. Es war einfacher, als zu sagen, dass sie Zeit für sich brauchte. Es schien ihr ein legitimerer Grund, fernzubleiben, weniger egoistisch, denn Lukas wusste, dass sie Konferenzen hasste. Meistens war es schließlich andersherum; oft schrieb Lukas ihr, er arbeite noch, und sie stellte sich vor, wie er mit Henner am Tresen saß, während er die Nachricht tippte. Am Anfang hatte es Eva wahnsinnig gemacht, wenn sie das Gefühl beschlich, dass Lukas sie anlog. Weil sie geglaubt hatte, dass es bedeutete, dass er sie für dumm hielt oder immerhin naiv. Aber nicht alles erzählen sei nicht gleichbedeutend mit lügen, hatte Lukas einmal zu ihr gesagt, und da hatte sie begriffen, dass es nicht immer zwangsläufig um die Wahrheit ging. Dass er nicht erwartete, dass sie ihm glaubte, sondern dass sie sich auf die Verabredung einließ, dass dies die Version war, die er für sie ausgewählt hatte.

Eva zog die Schuhe aus, streckte die Füße ins Gras und rupfte mit den Zehen ein paar Halme aus. Einatmen, ausatmen. An diesem Ort ging es besser, trotz des Staubs, der beständig aufgewirbelt wurde, wenn Fahrräder vorbeifuhren. Einen kurzen Moment noch, dachte Eva. Eine kleine Weile am Rand dieser Wiese sitzen und auf das Wasser schauen, Zeit haben. Jemand hatte einmal gesagt, man könne Zeit nicht besitzen, man könne sich Zeit lediglich nehmen. Sie wusste nicht mehr, wer es gewesen war, mit Sicherheit jemand, der keine Kinder hatte. Weiter hinten auf der Wiese saßen Menschen im Schneidersitz im Kreis, die Rücken gerade, die Augen geschlossen, alle waren weiß gekleidet. Sie hatte die Gruppe hier schon öfter gesehen, und Eva fragte sich, ob sie auch mit Yoga anfangen sollte. Es gab so viele Dinge, die sie tun würde, wenn sie die Zeit dazu fände. Konnte man Zeit finden, wenn man danach suchte? Und durfte man sie sich dann nehmen, sodass man sie letztendlich doch besaß? Eva schloss die Augen, setzte sich in den Schneidersitz, legte die Hände mit den Handflächen nach oben zeigend auf ihre Knie, Daumen und Zeigefinger aneinander, wie sie es bei den Leuten in Weiß beobachtet hatte. Wie schwer es war, einfach nur da zu sein. Früher hatte sie das besser gekonnt, vor den Kindern. Lukas konnte es immer noch, er lebte im Moment, wie er gern betonte, es war seine Ausrede für alles. Wenn er etwas vergaß, eine Verabredung nicht einhielt oder später als ausgemacht nach Hause kam. Aber in letzter Zeit spürte Eva eine Abwesenheit in ihm, etwas schien ihn zu beschäftigen. Etwas oder jemand. Es war nur eine Ahnung, ein vages Gefühl, das sie jedoch normalerweise nicht täuschte. Lukas vergaß, dass sie ihn zu gut kannte. Dass sie die Feinheiten spürte, die minimalen Veränderungen in seinen Bewegungen und Berührungen, ein anderer Tonfall, ein Zögern, ein abschweifender Blick; sie hätte nicht sagen können, was es genau war. Nicht alles erzählen war nicht gleichbedeutend mit lügen. Für gewöhnlich wartete sie, dass es vorbeiging. Es war noch immer vorbeigegangen. Sogar damals, als sie wirklich kurz geglaubt hatte, ihn zu verlieren, an diese Amerikanerin, deren Name zwischen all den anderen immer so verdächtig beiläufig fiel. Manchmal fragte Eva sich, was aus ihnen geworden wäre, wäre sie damals nicht schwanger gewesen. Und nach Brandenburg gefahren, in dieses Haus, das man zu DDR-Zeiten angeblich *Erholungsstätte der Intelligenz* genannt hatte. Um Lukas mitzuteilen, dass er Vater werden würde, persönlich und auf für Evas Verhältnisse hochromantische Art. Lukas schien zu glauben, sie hätte das mit der Amerikanerin nicht bemerkt. Trotz der winzigen Verschiebungen zwischen ihnen. Etwas war eingedrungen in die Zwischenräume des Ungesagten. Vielleicht war es einfach nicht möglich, eine Langzeitbeziehung zu führen, ohne sich ab und an die Bestätigung zu holen, dass es mit jemand anderem auch nicht einfacher war. Solange er nach Hause kam. Das hatte Lukas tatsächlich einmal zu ihr gesagt, mit diesem bedeutungsschwangeren Ton, den er als romantisch empfand: dass er, egal was war, immer nach Hause kommen würde. Als sei das nicht das Mindeste, dachte Eva. Heute aber hatte das Ungesagte eine neue Qualität erreicht. Heute Nacht war Lukas zum ersten Mal nicht nach Hause gekommen. Eine Welle der Wut durchfuhr sie, als sie daran dachte, wie er nach Kneipe stinkend in der Tür gestanden und die Unverschämtheit besessen hatte, Croissants mitzubringen, als sei er schon und nicht noch immer wach und fort gewesen.

Sie stieg auf ihr Rad und fuhr weiter, am Stadion und am Klärwerk vorbei, unter der kleinen Brücke durch, hinter der die Stadt ausfranste. Am Fluss entlang, vorbei an Schafen, die in den Auen standen, bis irgendwann nichts mehr kam als Wiesen und Wald. Für eine ganze Weile begegnete ihr niemand. Eva spürte ein Gefühl in sich anrollen, das sie in letzter Zeit öfter überkam: die Lust, einfach weiterzufahren und nicht mehr umzukehren. Sie spielte Eventualitäten im Kopf durch, die Möglichkeit, krank zu sein und die Familie allein lassen zu müssen. Oder, eine ungeheuerliche Vorstellung: nicht krank zu sein und sie trotzdem allein zu lassen.

Als Kind hatte Eva sich manchmal ausgemalt, sie läge im Sterben. Hatte sich vorgestellt, wie die Familie sich an ihrem Bett versammelte, das in Wirklichkeit damals noch das obere des Doppelstockbettes war, das sie mit Juri teilte. Weil man sich um dieses nicht so gut versammeln konnte, auch nicht in der Vorstellung, da es zu hoch war und an der Wand stand, änderte Eva es im Kopf zu einem großzügigen Doppelbett, gleich dem im Schlafzimmer ihrer Eltern, aber mit einer durchgehenden Matratze, ohne Besucherritze, wie die Eltern den Spalt zwischen den Matratzen nannten, den weder Eva noch Juri zu diesem Zeitpunkt noch besuchten. Sie hatte sich das Leid ausgemalt, das über ihre Familie gekommen wäre, das Bereuen jeder ungerechten Behandlung, und dabei eine tiefe Zufriedenheit empfunden. Im Gegensatz zur Mutter hatten der Vater und Juri ihr in der Vorstellung jedoch leidgetan, und erst heute fragte sie sich, was es war, das Frauen oft so hart sein ließ zueinander und so nachsichtig mit den Männern. Ob sie Leo genauso bevorzugte, wie ihre Mutter Juri bevorzugt hatte, und ob sie wirklich zu streng mit Ada war, wie Lukas ihr manchmal vorwarf. Der wiederum den Eindruck erweckte, dass er mit Leo weniger anfangen konnte. Lukas ließ es sich nicht anmerken, weil er so nicht sein wollte, weil er immer ein Korrektiv im Kopf hatte, es eigentlich besser wusste. Aber auch er kam nicht gegen seine Erziehung an. Es war absurd, wie viel man falsch machen konnte als Eltern, dachte Eva und verspürte ein jähes Bedürfnis, ihre Mutter anzurufen und um Verzeihung zu bitten oder ihr wenigstens zu sagen, was sie noch nie gesagt hatte: dass sie es jetzt begriffen hatte. Dass sie verstand, was es bedeutete, Mutter zu sein. Dem Gedanken, eine schlimme Krankheit zu haben, haftete damals noch nichts Bedrohliches an, im Gegenteil, eher etwas Interessantes, weil sie sich wie die meisten Kinder noch für unsterblich hielt. Weil es die Angst noch nicht gab, die erst später kommen sollte und die nicht mehr weggegangen war seit Berlin. Eva fragte sich, was gewesen wäre, hätte sie sich ihr entgegengestellt, sie weggeatmet, wie es ihr heute manchmal in Ausnahmefällen für kurze Momente gelang. Sie dachte an den Beamten, der ihr geraten hatte, das Schloss auszutauschen. Sie hatte nicht auf ihn gehört. Sie hatte damals weiter Vorlesungen besucht und im Café gearbeitet.

Das Bezirksamt hatte ihr einen neuen Personalausweis ausgestellt. Sie hatte den Ersatzschlüssel von Frau Yilmaz verwendet, einen weiteren gebe es nicht, hatte der Holländer aus Neuseeland geschrieben und dass sie sich keine Sorgen machen solle.

Es hatte damit angefangen, dass Eva nachts von einem Geräusch geweckt wurde. Einer Tür, die ins Schloss fiel, vielleicht im Treppenhaus, Nachbarn, die spät nach Hause kamen. Am nächsten Morgen fehlte ein Zwanzig-DM-Schein, von dem sie sicher war, ihn am Abend zuvor auf dem Tisch liegen gelassen zu haben. Es war natürlich möglich, dass sie sich irrte. Als sie ein paar Tage später nach Hause kam, nachdem sie den ganzen Tag in der Bibliothek verbracht hatte, hing ein Geruch in der Wohnung, der nicht ihrer war. Der Geruch nach billigem Aftershave aus dem Drogeriemarkt, wie viele junge Männer es verwendeten. Vielleicht bildete sie es sich nur ein. Sie öffnete den Kühlschrank, um sich das Bier herauszunehmen, das sie sich für den Abend aufbewahrt hatte, als Belohnung nach einem langen Tag des Lernens; aber es war nicht mehr da. Die letzte Bierdose stand nicht in dem Fach in der Tür, neben der Milch, wo sie ganz sicher am Morgen noch gewesen war. Eva ging ins Schlafzimmer und legte sich auf das Bett. Nicht verrückt werden, dachte sie mit einem brennenden Gefühl unter der Kopfhaut, es gab für alles eine Erklärung. Sie drehte das Gesicht ins Kissen, auch dieses roch auf dieselbe Art fremd. Ihr Blick schweifte durch den Raum und fiel auf die oberste Schublade der Kommode, in der sich ihre Unterwäsche befand. Die Schublade stand einen Spaltbreit offen. Es war nicht Evas Art, sie offen stehen zu lassen, zu groß war die Sorge um Kleidermotten, die ihre Mutter ihr eingeschärft hatte.

Sie begann, sich nach der Uni in Cafés aufzuhalten oder in der Bibliothek, ziellos durch die Straßen zu streifen, um nicht zurück in die Wohnung zu müssen. Wo sie es nicht mehr wagte, Licht zu machen, weil sie sich beobachtet fühlte. Sie blieb im Dunkeln oder ließ die Rollläden herunter, und irgendwann machte sie sich nicht mehr die Mühe, sie zwischendurch hochzuziehen. Herr Yilmaz stand im Herbst weiterhin im Hof unter ihrem Fenster und rauchte, und seine Anwesenheit beruhigte Eva. Aber dann kam der Winter, ein Winter, wie sie in Berlin eben waren. Es hörte auf, dann fing es erneut an. Sie wachte nachts auf, mit dem Gefühl, nicht allein zu sein. Die Aura eines anderen Menschen hing noch im Raum, und ihre Schlafzimmertür stand einen Spaltbreit offen, obwohl Eva sicher war, sie vor dem Schlafengehen geschlossen zu haben. Sie fand Dinge nicht oder an den falschen Orten wieder. Es war, als würde ein Geist ihre Wohnung mitbewohnen. Einmal erzählte sie Tomek von ihrem Verdacht, dass jemand in ihrer Wohnung gewesen sei, und Tomek lachte, das bilde sie sich ein. Sie war unkonzentriert bei der Arbeit, der Chef wurde zunehmend ungehalten. Eine Art Lähmung machte sich in ihr breit, die sich ausdehnte und dazu führte, dass sie nichts mehr ertrug. Den Chef nicht, mit seinen sexistischen Sprüchen, und die Gäste, die ihr immer unverschämter erschienen, den Lärm der Stadt, die Dunkelheit, die betrunkenen Horden vor ihren Fenstern. Den Görlitzer Park, um den sie fortan einen Bogen machte. Sie hatte das Gefühl, nicht atmen zu können, und ihr war ständig schlecht. Von dem Geruch der Broilerbude, an der sie vorbeimusste, der abgestandenen Luft in der vollen U-Bahn. Den Menschen im Allgemeinen. Das Gefühl ging nicht weg, auch nicht, als sie mit Herrn Yilmaz' Hilfe doch noch das Schloss ausgetauscht und die Verschiebungen der Dinge aufgehört hatten. Sie verließ die Wohnung nur noch, um zur Arbeit zu gehen, blieb der Uni fern. Kaufte im türkischen Supermarkt an der Ecke Haferflocken, Milch, Orangensaft und Fladenbrot, so viel, wie sie auf einmal tragen konnte, um nicht so bald wieder hinauszumüssen. Das Badezimmer war zu ihrem Lieblingsraum geworden, da es keine Fenster hatte und somit der einzige Ort in der Wohnung war, an dem sie sich sicher fühlte. Fast täglich ließ sie die Badewanne randvoll laufen und legte sich auf den Grund, solange sie die Luft anhalten konnte; sie hatte das Gefühl, die Welt nur noch unter Wasser zu ertragen.

Am Auensee machte Eva kehrt, fuhr zurück Richtung Stadt und bog an der Jahnallee ab ins Waldstraßenviertel. Die Praxis lag in einem Hinterhaus, Eva stellte ihr Fahrrad im Durchgang neben ein paar anderen ab und lief über den Hof, zu dem einstöckigen Gebäude, einer Art Gartenhaus mit einer großen Tür aus ockerfarben getöntem Glas, flankiert von ausladenden Pflanzen in blauglasierten Terrakottakübeln. *Dipl.-Med. Beate Hoffmann*, stand auf dem Schild neben der Tür. Eva hatte bei ihrer Suche darauf geachtet, weil *Dipl.-Med.* darauf hindeutete, dass Frau Hoffmann zu DDR-Zeiten studiert hatte. Was wiederum hieß, dass sie nicht jünger sein konnte als Eva, die sich nur schwer daran gewöhnte, dass sie immer öfter Ärzten gegenübersaß, die jünger waren als sie. Es bedeutete auch, dass Frau Hoffmann nicht aus dem Westen kam, und das konnte von Vorteil sein oder auch von erheblichem Nachteil, es kam ganz darauf an.

Beate Hoffmann war eine große, schmale Frau, die ihr graues Haar in einem geflochtenen Zopf trug, einen schwarzen Rollkragenpullover und eine schimmernde Brosche auf Höhe des linken Schlüsselbeins. Sie nahm Evas Hand und zog sie mit überraschend festem Druck ruckartig zu sich heran, sodass Eva einen stolpernden Schritt auf sie zu und in den Raum hinein machte. Wahrscheinlich war das Absicht, dachte sie, eine Methode, die jemand auf Fortbildungen als cleveren Trick verkaufte, um den Patienten ein Gefühl von Entschlossenheit und Führung zu vermitteln. Das grüne Ledersofa, auf dem ihr bedeutet wurde, Platz zu nehmen, stand mit dem Rücken zum Fenster; auf dem Glas klebten von talentlosen Kinderhänden gestaltete Herzen und Schmetterlinge. Frau Hoffmann hielt ein Klemmbrett auf den Knien und einen Kugelschreiber in der Hand. Eva wartete darauf, dass sie etwas sagte oder ihr eine Frage stellte, aber sie sah sie bloß aufmerksam an, bis Eva den Blick abwandte und ihn durch den Raum schweifen ließ. Links von ihr stand ein wuchtiger antiker Schreibtisch, auf dem in einem Rahmen das Bild eines jungen Mannes zu sehen war. Sie fragte sich, ob das Foto aktuell war und ob Frau Hoffmanns Sohn davon wusste. Sie dachte an Leo, versuchte, sich ihn vorzustellen, wie er aussehen würde, wenn er in dem Alter war. Sie konnte ihn sich nicht als Erwachsenen vorstellen.

Was bedrückt Sie denn?, fragte Frau Hoffmann mit sanfter Stimme. Window Color bedrückt mich, dachte Eva. Individuelle Arbeitsplatzgestaltung bedrückt mich.

Diese Frage gestellt zu bekommen. Sie sagte: *Wenn ich die Antwort darauf wüsste, wäre ich wahrscheinlich nicht hier*, und Frau Hoffmann nickte empathisch und machte sich eine Notiz.

Damals, nach Berlin, hatte Eva zum ersten Mal darüber nachgedacht, eine Therapie zu machen. Weil dieses Gefühl einer diffusen Bedrohung nicht wegging, auch nicht, als sie kapituliert und ihren Vater angerufen hatte, damit er sie zurück nach Hause holte. Sie hatte ihm nichts von den Vorfällen erzählt, zu groß war ihre Sorge, dass er sich bestätigt sähe. Dabei war ja im Grunde nichts passiert. Es gab Schlimmeres. Sie hatte sich geschämt, hatte das Gefühl gehabt, kein Recht auf eine Therapie zu haben, ihre Kindheit war nicht schlecht genug gewesen, ihr war nichts Außergewöhnliches widerfahren, kein konkretes Ereignis, über das sie in einer Therapie hätte sprechen können. Was heute nicht anders war, aber die Zeiten hatten sich geändert, sie hörte die anderen Mütter auf dem Spielplatz, die Kolleginnen im Lehrerzimmer auf lockere Art Sätze wie *Also mein Therapeut sagt immer* ins Gespräch einfließen lassen, und in Lukas' Kreisen gehörte es ohnehin dazu, in Therapie zu sein. Manchmal machte er sich darüber lustig, und vielleicht war das der Grund, weshalb sie ihm von diesem Besuch nichts gesagt hatte. Er hätte es nicht verstanden, dachte Eva und fühlte sich trotzdem ein wenig, als würde sie ihn betrügen. Sie überlegte, ob das ein guter Einstieg wäre: zu sagen, dass ihr Mann nichts davon wusste, dass sie hier war. Das machte schließlich ein ganzes Fass an Problemen auf, da hätten sie erst mal eine Weile zu tun. Aber sie wollte Lukas nicht zum Gegenstand dieser Sitzung machen. Sie wollte einmal über sich sprechen, mit einer Person, zu der sie keine Beziehung hatte und vor der ihr nichts unangenehm sein musste, weil die dafür bezahlt wurde, dem Haus und den beiden Wagen davor nach zu urteilen ganz ordentlich sogar. Aber wer wusste, was ihr Mann beruflich machte; sie trug einen Klunker an der rechten Hand, der vielleicht ein Ehering war.

Das solltest du auch mal ausprobieren, hatte Friederike gesagt, die keine Therapie, sondern ein Coaching machte. Was, wenn Eva es richtig verstanden hatte, im Grunde das Gleiche war, nur dass die Krankenkasse es nicht bezahlte und dass es von einer wesentlich weniger qualifizierten Person angeboten wurde. Friederike hatte Eva davon erzählt, als sie sich zufällig an den Mülltonnen im Garten trafen, aber Eva hatte es schon aus ihren Instagram-Storys gewusst.

Frau Hoffmann erklärte die verschiedenen Therapieformen, die zur Verfügung standen: Gesprächstherapie, Verhaltenstherapie, Psychoanalyse, wobei sich Eva eine Psychoanalyse unter rein körperlichen Gesichtspunkten als die bequemste Therapieform ausmalte, denn wenn sie es richtig verstanden hatte, würde sich diese im Liegen abspielen. Es schien jedoch auch die zeitintensivste zu sein und außerdem etwas, das nicht jedem zustand, offenbar war es die Königsdisziplin, und man musste, wenn Eva es richtig verstanden hatte, schon einen gehörigen Dachschaden mitbringen, den sie ihrer wikipediabasierten Selbstdiagnose zufolge vermutlich doch nicht hatte. Verhaltenstherapie kam für sie absolut nicht infrage, die Vorstellung, dass sie von Frau Hoffmann Hausaufgaben bekäme, löste in ihr den Wunsch aus, schreiend davonzurennen. Sie dachte an die Szene in den *Sopranos*, in der Tony seiner Therapeutin gegenüber ausrastet und ihr als Entschuldigung einen Korb Dr.-Hauschka-Produkte schickt. Lukas und sie hatten die Serie geliebt, sie hatten sich damals alle sechs Staffeln auf DVD ausgeliehen in der kleinen Videothek im Viertel. Frau Hoffmann machte den Eindruck, als würde sie Dr.-Hauschka-Produkte ebenfalls zu schätzen wissen, wie die Therapeutin in den *Sopranos*, deren Name Eva nicht mehr einfiel, sie nahm sich vor, ihn später zu googeln.

Warum sind Sie hier?, fragte Frau Hoffmann, eine einfallslose Umformulierung ihrer Eingangsfrage, dachte Eva. Sie hatte das Gefühl, ihr eine Geschichte anbieten zu müssen, eine Begebenheit aus ihrem Leben erzählen, die stellvertretend war für die Gesamtsituation, so, wie Tony Soprano es tun würde. Das Leben war einfacher, wenn jemand anderes das Drehbuch schrieb, dachte Eva, und dass das gar kein unorigineller Gedanke war. Sie überlegte einen Moment, ihn laut zu äußern. Stattdessen erzählte sie davon, wie sie auf dem Weg hierher im Richard Wagner-Hain angehalten und auf der Mauer gesessen hatte, um auf das Wasser zu sehen. Dass sie ihrem Mann gegenüber eine Konferenz erfunden hatte. Sie registrierte, wie Frau Hoffmanns Augenbrauen sich einen winzigen Millimeter aufeinander zubewegten, und spürte, wie lächerlich es klang. Vielleicht funktionierte Therapie genau so, dachte Eva. Man musste die Dinge nur laut äußern, dann merkte man es direkt selbst. Sie erzählte, dass sie sich ein Eis gekauft hatte, und von dem seltsam schlechten Gewissen, das sie überfiel, wenn sie ohne ihre Kinder ein Eis aß. Frau Hoffmann nickte, und Eva wusste nicht, ob sie ihr begreiflich machen konnte, was sie meinte. Vielleicht war der junge Mann auf dem Bild nicht ihr Sohn, sondern ihr Liebhaber. Vielleicht hatte Frau Hoffmann keine Kinder und konnte jederzeit völlig ungeniert Eis essen. Eva hatte heute gar kein Eis gegessen, aber darum ging es nicht. Es war nur ein Beispiel. Worum es genau ging, wusste sie allerdings selbst nicht. Weil sie nun schon einmal am Reden war, erzählte sie von diesem Gefühl, das sie manchmal überkam, dem Wunsch, alles hinzuwerfen. *Man fühlt sich ja nicht vierzig*, sagte sie abschließend und dachte, dass das zwar ein schöner Satz war, womöglich jedoch ein wenig pathetisch rüberkam, aber Frau Hoffmann nickte anerkennend. Eva hatte das Gefühl, sich gut zu schlagen in diesem Spiel. *Außer im Rücken*, warf sie hinterher, um die Situation ein wenig aufzulockern, aber Frau Hoffmann lachte nicht. Dr. Melfi! So hieß die Therapeutin von Tony Soprano. Dr. Melfi lachte auch niemals. Eva hatte plötzlich große Lust auf ein Eis, Mango oder Zitrone. Was sie nicht sagte, war, dass sie in letzter Zeit immer öfter an dieses andere Leben dachte, das sie hätte haben können, wenn sie damals in Berlin geblieben wäre. Ein Leben, von dem sie zwar nicht genau sagen konnte, wie es hätte aussehen können, nach dem sie aber trotzdem manchmal eine absurde Sehnsucht verspürte. Sie war zurück nach Leipzig gegangen, kurz darauf hatte der Zufall ihr Lukas vorgestellt, und die Angst war, seit es ihn gab, ein wenig kleiner geworden. Lukas kennenzulernen war ihr wie eine Rettung vorgekommen, das hatte sie damals gedacht, auch wenn sie sich im Rückblick für diesen Gedanken schämte.

Es hatte eine Weile geholfen. Bis Eva verstand, dass die Liebe einen nicht rettete, weil kein Mensch einen anderen retten konnte. Sie schielte zur Uhr, die über der Tür hing. Sie hatte eigentlich keine Lust, ihre komplette Lebensgeschichte zu erzählen, und wünschte sich, einfach abkürzen zu können, zu dem Punkt, an dem sie gemeinsam feststellten, dass ihre Mutter an allem schuld war. *Manchmal denke ich*, sagte Eva, *dass es besser gewesen wäre, wenn wir die Kinder früher bekommen hätten. – Warum denken Sie das?*, fragte Frau Hoffmann interessiert. Eva holte Luft und sagte: *Dann hätten wir es jetzt bereits hinter uns.* Frau Hoffmann notierte etwas, und Eva spürte eine minimale Wut darüber in sich aufsteigen, ohne sagen zu können, weshalb. *Ich meine nur*, sagte sie, *die Kinder wären ja nicht aus der Welt*. Sie hatte das Gefühl, sich für ihre Gedanken rechtfertigen zu müssen. *Sie wären einfach bereits flügge und unabhängig, das ist schließlich eine schöne Vorstellung. Oder etwa nicht?* Ihr war bereits klar, dass von Frau Hoffmann keine Antworten zu erwarten waren. *Mir fällt auf, dass Sie im Plural sprechen*, sagte Frau Hoffmann. *Glauben Sie, dass Ihr Mann …* Sie zögerte, sah Eva suchend an. *Lukas,* sagte Eva. Frau Hoffmann nickte, *… dass Lukas das genauso sieht? Dass er es auch gern bereits hinter sich hätte? – Tja*, sagte Eva, *das müssten Sie ihn selber fragen.* Und Frau Hoffmann sagte: *Ich frage aber Sie. Was denken Sie?* Es lief absolut genau so ab, wie Eva es sich vorgestellt hatte, und es ermüdete sie. Sie spürte ihr Handy in der Tasche vibrieren und entschied sich dagegen, nachzusehen, Lukas konnte ja wohl einmal einen halben Tag ohne sie auskommen.

Am Ende der fünfzig Minuten, die letztlich erstaunlich schnell herumgegangen waren, einigten sie sich darauf, dass eine Gesprächstherapie das Sinnvollste sei, und Eva fühlte sich wie eine Schülerin, die es geschafft hatte, ihre Lehrerin zu überreden, ihr keine Hausaufgaben zu geben. Sie fuhr die Waldstraße hinunter Richtung Innenstadt, über den Ring, und schloss das Fahrrad an einem Metallbügel vor der Blechbüchse an. Auf dem Freisitz der Milchbar Pinguin setzte sie sich an einen Tisch und bestellte einen großen Becher mit drei Kugeln Eis, Sahne und frischen Früchten. Es war das erste Mal, dass sie allein hierherkam. In ihrer Kindheit waren sie manchmal mit der Familie hier gewesen, an besonderen Tagen, wenn es etwas zu feiern gegeben hatte, und ab und an war ihr Vater mit ihr hergekommen, ohne ihre Mutter und ohne Juri, nur sie beide. Heute gingen ihre Eltern manchmal noch mit den Kindern hierher, wenn Eva und Lukas tagsüber einen Termin hatten oder einen Termin vorschoben, um die Wohnung für sich zu haben, aber Letzteres war schon lange nicht mehr vorgekommen. Die Uhr des Alten Rathauses schlug die volle Stunde, Eva sah zum Turm hinauf und stellte fest, dass sie das Zifferblatt nicht klar erkennen konnte. Sie hatte bisher keine Brille gebraucht, aber vielleicht war es langsam so weit. Sie holte ihr Handy heraus, um nachzusehen, wie spät es war. Auf dem Display wurde, über dem Hintergrundfoto von Ada und Leo am Strand, die Uhrzeit angezeigt, der Tag und das Datum und darunter die Information, dass sie elf verpasste Anrufe und drei neue Sprachnachrichten von Lukas hatte.

13.

Das Rufen eines Greifvogels schrillte durch die Dämmerung. Lukas legte den Kopf in den Nacken und schaute in den schmalen Streifen Himmel hinauf. Der Ruf des Vogels ertönte ein weiteres Mal, vom Waldrand Richtung Stadt ziehend. Lukas' Augen hatten Mühe, das, was vor ihnen lag, klar zu erkennen, als er den Kopf wieder senkte und weiterlief, den Blick abwechselnd links und rechts in das Unterholz gerichtet, das zu beiden Seiten steil die Hänge hinabfiel. Durch das Grün blitzte linker Hand der Asphaltweg auf, zur Rechten Maschendrahtzaun an den Rückseiten der Häuser. Von weiter hinten, wo der Weg endete, brandete der Lärm der Hauptverkehrsstraße herüber. Dort angekommen, blieb Lukas auf dem schmalen Grünstreifen zwischen Fuß- und Fahrradweg stehen. Die Ampel lag etwa fünfzig Meter die Straße hoch, Lukas machte sich nicht die Mühe, diesen Umweg zu nehmen, er lief einfach los, ohne sich umzusehen. Ein wütendes Hupen zog dicht hinter ihm vorbei. Er lief an der Hundeschule vorbei und bog rechts in den Schotterweg ein, der am Fluss entlangführte. Die tief stehende Sonne warf die Schatten der alten Bäume, die längs des Ufers standen, in diagonalen Streifen über den Weg. Lukas dachte an ein Gespräch, das er mit Leo einmal geführt hatte, darüber, ob Zebras weiß mit schwarzen Streifen oder schwarz mit weißen Streifen seien. Leo war regelrecht verärgert gewesen, weil Lukas diese Frage nicht hatte beantworten können. Leos Beharrlichkeit hatte ihn amüsiert, die Wichtigkeit, die er einer solchen Information beimaß.

Er lief weiter, über die Brücke am Teilungswehr und unter den Fernwärmerohren hindurch, die in einer S-förmigen Linie den Fluss überquerten. Am Bahndamm blieb er stehen. Die Schranke war geöffnet. Er dachte daran, wie Leo jedes Mal, wenn sie hier vorbeigekommen waren, schon an der Brückenstraße die Hoffnung geäußert hatte, diesmal zu sehen, wie die Schranke geschlossen wurde und ein Zug vorbeikäme. Nur ein einziges Mal war es wirklich so gekommen, und Lukas erinnerte sich an Leos unbändige Freude, als das Klingeln ertönte, der Metallbügel hinabsank und kurz darauf ein Güterzug vorbeirauschte. An seine eigene Hoffnung, dass es wieder so käme, die er seither jedes Mal verspürte, um diese Freude ein zweites Mal zu erleben. Auch wenn die Situation stressig gewesen war, da Lukas Sorge um Ada gehabt hatte, die schon auf ihrem eigenen Rad fuhr und das Bremsen noch lernen musste. Er hatte sich immer um das falsche Kind gesorgt, dachte er. Weil Ada wild war und waghalsig, ihre Grenzen austestete. Oder eigentlich, und der Gedanke beschämte ihn ein wenig, weil sie ein Mädchen war. Lukas trat zwei Schritte nach vorn und auf die Gleise. Balancierte ein Stück auf der Schiene in die Richtung, aus der er einen Zug vermuten würde, aber es war kein Zug zu sehen.

Versuchen Sie, Ruhe zu bewahren, hatte der Polizist gesagt, ein *Tatort*-Satz. Selbstverständlich nicht, hatte Lukas gedacht, es vielleicht sogar gebrüllt, hinein in das leere Beamtengesicht; er konnte sich nicht erinnern. Die letzten Stunden waren ein wirrer Film in seinem Kopf, aus dem einzelne gestochen scharfe Momente schmerzhaft herausstachen. Was sollte das in diesem Zusammenhang überhaupt heißen: *Ruhe bewahren*, das implizierte doch, dass er über eine Ruhe verfügte, die es zu erhalten galt. Dabei hatte die Ruhe ihn bereits vor Stunden verlassen und erst einer Panik und dann einer seltsamen Leere Platz gemacht.

Er bog nach links ab und lief den Weg entlang, der hinunter ins Flutbett führte. Unter der Eisenbahnbrücke standen Schafe im Kreis auf verbranntem, abgefressenem Gras, eng aneinandergedrängt, die Köpfe unter den Körpern zusammengesteckt, als heckten sie eine Verschwörung aus. Als Lukas die Senke durchquert hatte und auf dem Deich stand, spürte er eine kurze, nostalgische Erleichterung. Eine Konditionierung, die aus seiner Kindheit stammte, aus den jährlichen Sommerurlauben mit seinen Eltern. Später für wenige gemeinsame Jahre auch mit den Geschwistern und noch später, nach einer langen Pause, in der er andere Reiseziele bevorzugt hatte, mit seiner eigenen Familie. Eine Erinnerung, die dazu führte, dass er überall auf der Welt, ganz gleich wie weit im Landesinneren er sich befand, hinter Hügeln, die er hinaufgestiegen war, das Meer vermutete.

Als sein Handy in der Hosentasche vibrierte, fuhr ihm eine Angst unter die Haut, so jäh und gewaltig, dass ihm schwindelig wurde und er sich am Rand des Deiches in das hohe Gras zwischen Disteln und Schafgarbe setzen musste. Jetzt, dachte Lukas. Das war er jetzt. Der Anruf, der das Leben, das er kannte, beenden würde. Er hatte sich auf diesen Moment einzustellen versucht, hatte sein

Handy nicht benutzt, weil der Akku fast aufgebraucht war. Er brachte es nicht fertig, nach Hause zu gehen und Eva in die Augen zu sehen, aber er war sich bewusst, dass er zumindest erreichbar bleiben sollte. Eva war diejenige, die Ruhe bewahrt hatte. Eine groteske Ruhe, die er ihr in einer solchen Situation nicht zugetraut hatte und die ihm beinahe unerträglicher erschien als alles andere. Wie sie mit den Beamten gesprochen hatte, sachlich und gefasst. Wie sie funktionierte und dabei noch nicht einmal vergaß, sich um Ada zu kümmern. Wie sie Lukas angesehen hatte, mit einem Blick, der schon eine Zukunft enthielt, in der nichts jemals wieder gut werden würde.

Es waren nur wenige Stunden vergangen, seit Leo verschwunden war. Stunden, die Lukas wie Tage erschienen. 48, das hatte er einmal gehört, er konnte sich nicht erinnern, ob die Information aus einer seriösen Quelle oder aus einem Fernsehkrimi stammte. 48 Stunden hatte man in der Regel Zeit, um ein verschwundenes Kind zu finden. Fand man es in diesem Zeitraum nicht, war es mit großer Wahrscheinlichkeit tot. Lukas zog mit zitternden Fingern das Handy aus der Tasche und starrte auf den Bildschirm, in Erwartung, Evas Namen zu sehen, das Hintergrundbild, das er für ihren Kontakt eingerichtet hatte, gleich nachdem er das Handy gekauft hatte. Auf dem sie ihn anlächelte, den Kopf leicht zur Seite geneigt. Mit diesem Blick, diesem warmen, leicht ironischen, den er so mochte. Wenn es nicht Evas Nummer war, dann würde es die der Polizei sein, und er war sich nicht sicher, ob das besser oder schlimmer wäre. Er war noch nie von der Polizei angerufen worden. Er hatte Filmszenen im Kopf, die immer auf die gleiche Art abliefen: Polizisten oder Soldaten in Uniform, die an Türen klingelten, aus irgendeinem Grund immer an Einzelhäusern, nie an Mietwohnungen. Die ernsten Gesichter, wenn sie ihre Mützen abnahmen. Military Wifes in Hollywoodfilmen, die bereits anfingen zu schreien, wenn sie die Tür öffneten und die Uniformen sahen, weil allgemein bekannt war, was ihre Anwesenheit zu bedeuten hatte. Der Hintergrund seines Handydisplays war schwarz. Der Nummer, die anrief, war kein Foto zugeordnet, lediglich ein Vorname. Lukas sah sein eigenes Gesicht unscharf gespiegelt und versuchte, dem Namen ein Gefühl zuzuordnen, aber es war keines mehr übrig. Ein Zeichen aus einer anderen Welt. Er verspürte bereits eine Nostalgie dieser Welt gegenüber. Die belanglose, übersichtliche Welt von neulich, in der er nichts gewollt hatte außer Malen, ein kühles Bier, eine feste Berührung, ein lockeres Gespräch und seine Kinder unbeschadet aufwachsen zu sehen. Er hielt das Handy in der Hand, bis die Vibration aufhörte.

Der See spiegelte den wolkenlosen Abendhimmel, ein sanftes Rosa, durch das ein paar Schwimmer und Stand-up-Paddler zogen. Lukas wusste nicht, wie lange er gelaufen war. Auf der Sandfläche und in den Wiesen lagen vereinzelt nackte Menschen, ein paar Kinder spielten am Wassersaum, Kinder in Leos Alter. Es fühlte sich wie eine Bestrafung an, und Lukas ahnte, dass sich möglicherweise jeder Blick in die Welt in Zukunft für ihn so anfühlen würde. Er hatte das Bedürfnis, ins Wasser zu gehen. Was ein seltsamer Euphemismus war für sich ertränken, dachte er. Die vielleicht schwierigste Art, sich umzubringen. Er wollte sich nicht umbringen. Wollte lediglich die Kälte spüren oder überhaupt irgendetwas. Seinen Körper. Und eigentlich, dachte Lukas, wollte er es doch, in diesem Moment, aber er würde es nicht tun. Nicht, solange Leo irgendwo da draußen war. Nicht, solange es Ada gab.

Lukas sah zum Kraftwerk am Südufer des Sees hinüber, zwei Türme, aus denen in geraden Linien Rauchwolken stiegen. Ein vertrauter Anblick. Alles war, wie es sein sollte, dachte Lukas, wie es immer gewesen war, und der Gedanke erstaunte ihn. Wann war er zum letzten Mal hier gewesen? In diesem Sommer noch nicht. Er nahm es sich jedes Jahr vor, und dann schaffte er es mit den Kindern doch nur bis ins Freibad, weil es um die Ecke ihrer Wohnung lag und es dort eine Wiese mit großen alten Bäumen gab, die Schatten spendeten. Und Bademeister, die aufpassten, dass kein Kind verloren ging, wenn die Eltern es versäumten, darauf achtzugeben. Lukas spürte einen Hass auf die Welt, die einfach weitermachte. Auf die Menschen, die Hunde und den See, der so unverschämt friedlich vor ihm lag. Auf seinen eigenen Körper mit seinen bescheuerten Grundbedürfnissen. Er musste dringend pissen, aber er konnte sich nicht entscheiden, nach links zu den Toiletten der Strandbar zu gehen oder nach rechts ins Birkenwäldchen, wo das Gebüsch ihm Sichtschutz bieten würde. Das erste Mal war er mit Eva hier gewesen, vor vielen Jahren, als das mit ihnen noch genauso neu war wie dieser See. Eva hatte ihn hierhergeführt, in das frisch geflutete Tagebaugebiet. Sie hatte ihm dieses Lied von Gundermann vorgesungen, den Lukas bis dahin nicht gekannt hatte. *Und musst du weinen, dann liebe eine Frau, aber liebe keine aus'm Tagebau, die haben harte Hände und ein hartes Herz.* Lukas erinnerte sich mit Wehmut an die Leichtigkeit des Anfangs. Als alles noch offen schien, obwohl es das für ihn längst nicht mehr war. Als Eva noch von etwas Lockerem sprach, nicht ihm gegenüber, aber er hatte sie einmal unfreiwillig belauscht, als sie mit ihrer besten Freundin telefonierte. Das mit ihm sei eher etwas Lockeres, hatte Eva zu Andrea gesagt. Es hatte ihm einen Stich versetzt und seinen Ehrgeiz entfacht, und vielleicht, dachte er später, war es ihr genau darum gegangen. Seitdem war das Gefühl, ihr etwas beweisen zu müssen, nie wieder ganz verschwunden. Man musste nur die Anfänge betrachten, dachte Lukas, es war alles immer schon da.

Er zog sein T-Shirt aus, Schuhe, Socken, Jeans, zuletzt die Unterhose und faltete alles sorgfältig auf einen kleinen Stapel, in einem plötzlichen Bedürfnis nach Ordnung und Übersichtlichkeit. Er war bereits ein anderer, dachte er, der Lukas von gestern, von neulich, von vorher hätte seine Sachen achtlos auf einen Haufen geworfen. Die Kälte griff jäh nach seinen Eiern, als er ins Wasser lief, und er war dankbar für diese klare Empfindung, dieses normale Gefühl. Nachdem er kurz innegehalten und unauffällig ins Wasser uriniert hatte, warf er sich nach vorn und schwamm ein paar kräftige Züge. Dann legte er sich auf den Rücken und streckte alle viere von sich. Wasser lief ihm in die Ohren, er konnte seinen eigenen Atem hören und sah nichts als den schleichend an Farbe verlierenden Himmel über sich. Genau so würde er bleiben, dachte Lukas, dann konnte ihm vorerst nichts geschehen.

14.

Manchmal fragte Jette sich, was andere Leute den ganzen Tag machten. Nicht die Art von Menschen, die in Büros saßen, nach der Arbeit die Kinder aus der Kita abholten, zu Hause das Abendessen zubereiteten, die Kinder ins Bett brachten, die *Tagesschau* guckten und danach irgendeine Schmonzette, die zufällig im Ersten lief, weil sie nicht die Energie aufbrachten, umzuschalten oder aufzustehen. Sondern normale Leute, Menschen wie Jette. Die allein waren, gesegnet, oder, je nach Perspektive, gestraft mit einem gefühlt unendlichen Kontingent an Zeit und dem Drang, etwas zu schaffen, das ihnen während des Schaffensprozesses meistens quälend bedeutungslos erschien. Und das, wenn es erst einmal fertig war, durch seine Existenz idealerweise all die Qualen rechtfertigte. Obwohl Jette Letzteres nicht mit Genauigkeit sagen konnte, da der Roman einfach nicht fertig wurde. Was vielleicht nur daran lag, dass sie nicht in der Lage war, den ganzen Tag still zu sitzen.

Stattdessen lief sie ziellos durch das Viertel. Am Kanal entlang, über die kleine Brücke und an den Resten der sich im hohen Gras verlaufenen Eisenbahnschienen vorbei. Bis zu dem Ort, den sie Hafen nannten, was ein Witz war. Auf dem Rückweg machte Jette an ihrer Lieblingsstelle halt. Dort, wo die Ausflugsdampfer umdrehten, an den Stufen über dem Wasser, auf denen junge Menschen saßen, mit Bierflaschen in den Händen und Pizzakartons auf den Knien. Alle waren jung in dieser Stadt, dachte Jette und registrierte belustigt, dass sie sich selbst in Gedanken ausnahm. Man sah wenig ältere Menschen in dieser Gegend, bis auf die Flaschensammlerin oder den Mann von der Bratwurstbude am Knochenplatz, der Jürgen hieß, Jette fragte sich, warum sie das wusste. Der Knochenplatz hieß nicht wirklich Knochenplatz, aber die Leute nannten ihn so, weil dort, wo jetzt der Spielplatz lag, angeblich früher ein Friedhof gewesen war. Das hatte Lukas ihr erzählt, er hatte einen Witz darüber gemacht, dass er seinen Kindern eingeschärft habe, nicht zu tief im Sand zu buddeln, und sich gleich darauf entschuldigt, dass er von seinen Kindern sprach. Dabei mochte Jette es, wenn er von ihnen erzählte, sie wollte diese Dinge hören, entgegen Lukas' Annahme verletzte es sie nicht.

Sie stellte sich vor, was Lukas in diesem Moment tat. Ob er an sie dachte, ob er sich überhaupt im Detail an letzte Nacht erinnerte. Sie hatte den halben Tag im Bett verbracht, Pizza bestellt und etliche alte Folgen *Grey's Anatomy* angesehen. Zum Durchspülen, sie konnte sich der Stellvertretertränen sicher sein, die ihr bei jeder Folge zuverlässig kamen, und es hatte etwas Befreiendes, zuzusehen, wie die Figuren derart unwahrscheinliche Schicksalsschläge erlitten, dass einem die eigenen Probleme klein und bedeutungslos erschienen. *The wife always knows*, hatte in einer Szene jemand zu George gesagt, der seine Frau Callie betrog, und Jette hätte sich in den Staub werfen mögen.

Stattdessen war sie aufgestanden, hatte geduscht, sich angezogen, einen dritten Kaffee getrunken und das Haus verlassen. Sie hatte sich beherrschen müssen, nicht in den Dorfkrug zu gehen. Es wäre ihr lächerlich erschienen, 24 Stunden später schon wieder dort aufzukreuzen. Trotzdem war es ihr absurd schwergefallen. Sie wollte Lukas sehen, nicht aus einer echten Sehnsucht heraus, lediglich, um sich zu vergewissern, dass alles in Ordnung war. So in Ordnung jedenfalls, wie es das in der generellen Unordnung der Situation sein konnte.

Im Park roch es nach Haschisch und Grillanzünder. Auf der Sachsenbrücke spielte jemand Gitarre, zwischen den Bäumen waren Slacklines gespannt. Jette blieb am Geländer stehen und sah den Fluss hinunter. Nie fühlte ihre Einsamkeit sich fundamentaler an, als wenn sie umgeben von Menschen war. Bis zu einem Grad, da sie den Drang verspürte, sich den Entgegenkommenden in den Weg zu stellen, um zu testen, ob sie nicht möglicherweise tatsächlich einfach unsichtbar geworden war. Vor einigen Jahren, als sie noch dicker gewesen war, hatte sie sich manchmal gewünscht, unsichtbar zu sein. Hatte die Blicke gespürt, die Angriffsfläche, die ihr zu vieler Körper bot. Manche Menschen schienen es als Provokation zu empfinden, dass jemand wie Jette existierte. Aus verschiedenen Gründen. Vor ein paar Tagen hatte ein Kollege aus der Videothek gefragt, ob sie einen Freund habe, als sei es die normalste Frage der Welt, während es in Wirklichkeit eine anmaßende Unterstellung war. Sie hatte, wie immer, verneint. Aber es war ein neues Nein, ein einfacheres, wenngleich das Gefühl, einen Teil von sich zu verschweigen, nicht ganz verschwunden war.

Sie lief den Weg zurück, den sie gekommen war, verließ jedoch die asphaltierte Straße, die schnurgerade durch den Park führte, und bog nach wenigen Metern in einen Waldweg ein. Parallel zum Hauptweg schlängelte sich ein zweiter an der Rückseite der Häuser entlang. Zwischen den beiden Wegen lag ein Gebüsch, durch das ein Trampelpfad führte. Nach einigen Metern erreichte sie eine Lichtung, auf der Sägespäne den Boden bedeckten. In der Mitte hatte jemand Stämme und Äste hochkant aufgerichtet und im Kreis gegen einen Baum gelehnt, sodass eine Art Tipi entstanden war, das auf der gegenüberliegenden Seite eine Öffnung hatte. Innen war es dunkel und roch nach feuchtem Holz. Jette stand still und gab sich dem Gefühl hin, das sie immer überkam, wenn sie allein an einem Ort war, von dem niemand, den sie kannte, wusste, dass es ihn gab. Als ihre Augen sich an die Dunkelheit gewöhnt hatten, fiel ihr auf, dass das Tipi geräumiger war, als sie angenommen hatte. Jemand hatte am Boden eine Sitzgelegenheit errichtet, die aus mehreren kurzen, zurechtgesägten Stämmen bestand, und dahinter lag auf einem Bett aus welkem Laub ein regloser kleiner Körper.

Jette streckte die Hand aus und bekam einen warmen, weichen Arm zufassen. Zu ihrer Erleichterung bewegte sich das Kind und meckerte im Schlaf. Sie hob es auf und trug es zum Spielplatz hinüber, der um diese Zeit leer dalag. Auf einer Bank am Rand des Sandkastens legte sie den schlafenden Jungen behutsam ab und beobachtete, wie er zu sich kam, sich ruckartig aufsetzte und verwundert in die Gegend sah. Eine Spaziergängerin mit einem Schäferhundmischling an der Leine kreuzte den Platz und lächelte Jette zu, wie Frauen es taten, um sich gegenseitig ihrer Harmlosigkeit zu versichern. Ein minimales Taxieren des Kindes und ihrer selbst, die Aufmerksamkeit des Hundes, die einen Moment ebenfalls in ihre Richtung gelenkt wurde und sofort durch einen Wechsel der Leine von der linken in die rechte Hand unterbunden wurde. Keine Sorge, sagte der Blick der Frau. Mein Tier wird deinem Kind nichts tun. Jette hatte das Gefühl, sich in Normalität aufzulösen. Als sei das möglich, als sei dies etwas, das sogar ihr zustoßen könne: ein Kind zu haben. Und dieses Kind hätte einen weiteren Elternteil, mit dem Jette in einer Beziehung wäre. Als sei das nicht eine ganz und gar absurde Vorstellung. In Jettes Kreisen wurde viel über gewollte oder ungewollte Kinderlosigkeit diskutiert. Frauen beschrieben, wie sie sich bewusst dagegen entschieden hatten, ein Kind zu bekommen, aus Trotz der Gesellschaft und ihren veralteten Rollenbildern gegenüber, oder aus Vernunft, des Klimawandels und der dem Untergang geweihten Menschheit wegen. Niemand sprach davon, aus Mangel an Gelegenheit kinderlos zu bleiben. So wie es außer Jette keine Menschen zu geben schien, die nicht aus Überzeugung Single waren oder weil eine lange Beziehung erst kürzlich zu Ende gegangen war, sondern weil es sich bisher einfach nicht ergeben hatte. *Da gibt es ja heute Möglichkeiten*, hatte ihr Vater einmal gesagt und von dem einen schwulen Paar, das er kannte, erzählt, das mit einem lesbischen Paar ein Kind hatte. Es war irritierend, das Wort *Regenbogenfamilie* aus seinem Mund zu hören, sein unverhohlener Stolz darauf, dass er nicht von gestern war. Auch Jettes Mutter fing regelmäßig völlig zusammenhangslos an, über Adoption und Pflegekinder zu sprechen. Die Weltoffenheit ihrer Eltern brüskierte Jette. Immerhin bekam sie auf Facebook immer noch die Art von Werbung angezeigt, die vermutlich alle Frauen im gebärfähigen Alter sahen, für Windeln, Kinderkleidung und, obwohl sie ihren Beziehungsstatus nicht angegeben hatte, Kontaktanzeigen von treuen und ehrlichen Singles. Die treuen und ehrlichen Singles waren erstaunlich oft Polizisten und grundsätzlich Männer.

Wie heißt du?, fragte der Junge vorsichtig, nachdem er sie eine Weile angestarrt hatte. *Jette*, sagte Jette. Er sah sie an, als warte er darauf, dass sie sich erklärte, sich und die Situation, in der sie sich befanden, und die Umstände, die sie hierhergebracht hatten. Umstände, von denen Jette nichts wusste. Sie hatte Angst, dass er zu weinen anfangen, sich fürchten würde vor ihr, einer Fremden. Sie schätzte ihn auf vier, höchstens fünf. Etwas in seinem Gesicht setzte eine Erinnerung frei an ein Foto, das sie auf Facebook gesehen hatte. Dasselbe Kind, ein paar Nummern kleiner, auf dem Schoß seines Vaters, dem es ähnelte. Der gleiche zornige Mund, die gleichen hellen Augen in die Kamera gerichtet. *Und du?*, fragte Jette und hielt unwillkürlich die Luft an, in Erwartung einer Antwort, die sie bereits kannte. *Wie heißt du? – Leopold Rademacher*, sagte er, ernsthaft jede einzelne Silbe betonend.

Wo sind Papa und Ada? – Ich weiß es nicht, sagte Jette, *wollen wir deinen Papa mal anrufen?* Leo nickte. Glücklicherweise war er noch klein genug, um die Dinge hinzunehmen und sich nicht zu wundern, dass sie Lukas' Telefonnummer hatte. Sie holte ihr Handy aus der Tasche, suchte Lukas' Kontakt heraus und stellte den Lautsprecher an. Es klingelte eine ganze Weile, dann *Hier ist die Mailbox von …*, Jette beendete den Anruf, bevor der Piepton kam. Leo starrte sie an. *Ich muss mal*, sagte er. Jette nickte verunsichert. Sie wusste nicht, ob sie ihm würde assistieren müssen. Sie wusste erstaunlich wenig, dachte sie. Erleichtert beobachtete sie, wie er von der Bank rutschte, zum nächsten Baum rannte, seine Hose herunterzog und routiniert gegen den Stamm pinkelte. Es hatte bereits zu dämmern begonnen. Jette fragte sich, wo Lukas war, warum er nicht ans Telefon ging. Vermutlich war er ganz in der Nähe, rannte kopflos durch den Park, wie Jette sich vorstellte, dass sie es täte, wäre ihr ein Kind abhandengekommen. Und wo war überhaupt die Mutter? Etwas zog sich in Jette zusammen, sie dachte an die Möglichkeiten, die sich aus dieser Situation ergaben.

Leo kam zurück, im Gehen die Hose hochziehend, und sagte: *Ich hab Durst*. Jette lächelte. Sie mochte diesen Pragmatismus, den Kinder an den Tag legten, die Fähigkeit, sich einer Situation umstandslos anzupassen, sich zu verlassen auf die einzige erwachsene Person in Sichtweite. Diese Person war, so absurd es sich anfühlte, Jette. Sie war verantwortlich in diesem Moment, obwohl niemand sie gefragt hatte, ob sie das sein wollte. Jette stand auf, klopfte sich den Sand von der Hose und sagte *Okay, Leo, komm*. Als sie sich zum Gehen wandte, spürte sie, wie eine kleine Hand sich in ihre schob, und ein jäher Schmerz fuhr ihr in die Brust, eine Erschütterung über die Gutgläubigkeit dieser Miniaturversion von Lukas. Offenbar hatte niemand Leo beigebracht, nicht mit Fremden mitzugehen.

An der Straßenecke blieb er stehen. *Ich hab Hunger*, sagte er, *heute ist Pizzatag. – Ach so*, sagte Jette. Sie sah auf ihr Handy. *Ich versuche noch mal, deinen Papa anzurufen, ja? – Okay*, sagte Leo. Dieses Mal sprang direkt die Mailbox an. Jette zögerte einen Moment, überlegte, draufzusprechen, ließ es sein. Wieso war Lukas' Handy aus? Sie dachte einen Moment nach. Wenn sie an der Sparkasse abbogen, würden sie zu seinem Haus gelangen. Ob Leo seine Adresse bereits kannte? Ob sie ihn einfach nach Hause schicken konnte, ob er die letzten Meter allein gehen, den Weg finden würde, ob er groß genug war, an die Klingel ranzukommen? Sie konnte sich nicht erinnern, mit wie viel Jahren sie angefangen hatte, Wege allein zurückzulegen. Wahrscheinlich spät, da ihre Mutter alles kontrollieren wollte. Leo lief weiter und zerrte an ihrer Hand. Ein älteres Paar ging langsam an ihnen vorbei, sie hatten sich beieinander untergehakt, das Laufen schien ihnen schwerzufallen. Sie betrachteten Leo, sahen dann mit einem wohlwollenden Lächeln zu Jette auf. Es war erstaunlich, dachte Jette, wie anders die Menschen sie wahrnahmen, wenn sie ein Kind dabeihatte. Dass sie sie überhaupt wahrnahmen. *Da vorne ist der Pizzaladen*, sagte Leo und zeigte mit dem Finger die Straße hinunter, *ich nehm Salami*.

Auf dem kleinen Fernseher, der auf dem Getränkekühlschrank stand, lief Al Jazeera. Eine Gruppe Jugendlicher saß an einem Tisch in der Ecke, die Köpfe tief über ihre Dönerteller gebeugt, und schaufelte schweigend Fleisch und Pommes in sich hinein. Leo klaubte in meditativer Ruhe die Salamischeiben von der Pizza und aß sie einzeln, bevor er die dreieckigen Stücke an der dicken Seite mit zwei Fingern in die Höhe hielt, seinen Kopf darunter schob und von unten abbiss. Jettes Angebot, die Stücke klein zu schneiden und eine Gabel zu benutzen, hatte er entschieden abgelehnt. Käse und Tomatensoße tropften ihm auf die Wange. Jette musste sich beherrschen, es gab diesen Impuls in ihr, wie sie belustigt feststellte, einen Reflex, einzuschreiten, abzuwischen, Ermahnungen auszusprechen. Es funktionierte, dachte sie, man konnte das, wenn es sein musste. Der kleine, dicke Mann in einer über und über mit Mehlstaub bedeckten Schürze, der mit entschlossenen Bewegungen vorportionierte Teigkugeln zu flachen Kreisen rollte, schaute von seinem Arbeitsplatz hinter der Salatbar immer wieder lächelnd zu ihr herüber. Er hatte Jette mit *Ciao, bella* begrüßt, als wäre sie Stammkundin und er Italiener. Sie befürchtete, dass er Leo erkennen und Fragen stellen würde, aber offenbar erkannte er Leo nicht, und er stellte auch keine Fragen, bis auf: *Schmeckt's? – Ja*, sagte Jette, *danke*.

In ihrem Kopf lief ein Film: die Möglichkeit, das Kind einfach mit zu sich nach Hause zu nehmen. Wie lange würde es dauern, bis jemand es bemerkte? Würden Lukas und seine Frau Zettel im Viertel aufhängen, an den Bäumen und Laternenpfählen, mit einem Foto von Leo? Würde der Pizzabäcker an einem dieser Aushänge vorbeikommen und sich an die Frau erinnern, die hier an dem kleinen Tisch im Fenster gesessen und mit dem verschwundenen Kind eine Salamipizza und eine Cola geteilt hatte? Jette fiel ein, dass Leo wahrscheinlich eigentlich noch gar keine Cola trinken durfte. Sie hatte als Kind niemals Cola trinken dürfen, weil sich sonst der Magen auflöste und einem die Zähne ausfielen, wie ihre Mutter ihr glaubhaft versichert hatte. Da war er wieder, dieser Reflex. Es war möglich. Jette könnte ein Kind haben, und diesem Kind würde es gut gehen bei ihr. Es würde sich an sie gewöhnen, weil sie seine einzige Bezugsperson wäre. Kinder, die spät adoptiert wurden oder in Pflegefamilien kamen, konnten das schließlich auch. Kinder verfügten über eine Resilienz, wie Erwachsene sie nur in Horrorfilmen hatten. Jette erschrak über diese Gedanken. Sie holte ihr Handy heraus und machte ein Foto von Leo. Er nahm einen tiefen Schluck aus dem Colaglas, stellte es ab und begann, Würgegeräusche zu machen. *Ist dir schlecht?*, fragte Jette. Leo schüttelte den Kopf, machte weiter und ließ nach einer Weile einen langen Rülpser heraus. Er strahlte. *Hast du gehört, ich hab richtig gerülpst! – Ja*, sagte Jette, *ich hab's gehört. – Papa rülpst auch oft*, sagte Leo, *vom Bier. – Ach*, sagte Jette. *Und deine Mama? Rülpst die auch?* Leo erstarrte, als müsse er darüber in Ruhe nachdenken, schüttelte dann langsam den Kopf. Er ließ das Pizzastück sinken, das er gerade in die Hand genommen hatte, und sagte, kleinlaut und mit einer Bestürzung im Gesicht, als sei ihm gerade etwas Wichtiges wieder eingefallen: *Ich will zu Mama.*

15.

Die Dämmerung war angebrochen, und Eva dachte über Entscheidungen nach. Solche, die sie zu früheren Zeitpunkten in ihrem Leben hätte treffen sollen, und solche, die sie hier und jetzt zu treffen versuchte: keine Angst mehr zu haben. Einen Wein aufzumachen. Lukas zu verlassen. Das mit dem Wein erschien ihr gerade als die einfachste Entscheidung, also fing sie damit an. Sie schenkte sich ein Glas ein und setzte sich an den Küchentisch, ohne Licht zu machen. Sie würde sich morgen früh krankmelden. Die Stille war vollkommen. Ada schlief. Nicht in ihrem Bett, sondern nebenan, auf dem Sofa von Friederike und Gregor. Eva trank das Glas in einem Zug aus, schenkte sich nach und drehte eine Zigarette. Sie fühlte eine Ruhe, die sich nicht gehörte. Eine perverse Erleichterung, dass endlich einmal etwas passiert war. Eine echte Katastrophe. Ein legitimer Grund, sich fallen zu lassen, die Fassung zu verlieren, in Tränen auszubrechen. Eva hatte nichts dergleichen getan; sie wunderte sich selbst darüber.

Als sie die Angst in Lukas' Augen gesehen hatte, eine echte, große, nackte Angst, wie er sie womöglich zum allerersten Mal empfand, hatte sie sich ihm für den Moment so nah gefühlt wie lange nicht mehr. Sie hätte ihn gern in den Arm genommen, aber sie konnte es nicht. Lukas hatte die Angst bisher nicht gekannt, wie Eva sie kannte.

Er war gleichmütig, wie Ada es war, zumindest in den praktischen Dingen, um die Eva sich andauernd sorgte: dass das Gasrohr oder der Waschmaschinenschlauch undicht sein und es einen Brand oder eine Überschwemmung geben könnte; idealerweise beides zugleich, hatte Lukas einmal vorgeschlagen, der sich darüber lustig machte, dass Eva manchmal, wenn sie bereits im Treppenhaus stand, zurückging, um nachzusehen, ob der Herd wirklich aus war, oder eine Hand in den Briefkastenschlitz steckte, um zu überprüfen, ob der Brief auch wirklich hineingefallen war und nicht irgendwo festhing. Es waren diese kleinen Dinge, die eigentlich lächerlichen, vor denen sie sich fürchtete. Meistens reichte es dann, zu atmen, vier Sekunden ein, vier Sekunden aus. Eva trank einen tiefen Schluck, stellte das Glas auf dem Tisch ab, stand auf und öffnete die Balkontür. Es war windig heute, die Wetter-App ihres Handys zeigte an, dass es später in der Nacht regnen würde. Aus der Ferne schallte eine Sirene herüber, Polizei oder Krankenwagen, Eva konnte es nicht sagen. Sie hatte sich nie Gedanken darüber gemacht, ob man das am Klang der Sirene unterscheiden konnte, sie hätte es plötzlich gern gewusst. Es schien ihr wie eine Frage, die Leo stellen würde. Irgendwo war etwas passiert, nicht weit von hier. Irgendwo passierte immer irgendetwas, dachte Eva, meistens anderen Menschen an anderen Orten. Nur dieses Mal nicht.

Als es an der Tür klingelte, durchfuhr es sie. Da war die Angst doch. Hatte sich nur versteckt, kam jetzt hervorgeschossen, um ihr einzureden, dass sie nun kämen, um ihr von dem Unglück zu berichten. Eva war nicht in der Lage, sich Details auszumalen, aber die vage Vorstellung, die sie dennoch hatte, ging eher in Richtung Unfall, vors Auto gelaufen, auf einen Baum geklettert und hinabgestürzt oder im Teich ertrunken. Dass es Menschen gab, die Kindern etwas antaten, wollte nicht in ihren Kopf. Männer. Es waren fast immer Männer. Eva dachte an eine Situation vor vielen Jahren, an den schwarz-weiß bedruckten Zettel, der vom Wetter verwaschen an einem Laternenpfahl hing, das Foto eines verschwundenen Mädchens. Eva hatte davorgestanden, an einem sonnigen Dienstag oder Donnerstag vermutlich, denn in der Innenstadt war Wochenmarkt gewesen, über den sie geschlendert war nach einem Termin bei ihrer Gynäkologin. Den sie gehabt hatte, weil sie einfach nicht schwanger wurde, obwohl sie es seit geraumer Zeit probierten. Der Fall war in den Nachrichten gewesen, Monate zuvor, nach wenigen Tagen hatte man das Mädchen tot aufgefunden. Irgendwann hatte sich ein junger Mann gestellt, ein Achtzehnjähriger, im Grunde selbst noch ein Kind. Eva hatte vor dem Aushang gestanden, am Marktplatz, dort, wo sich Jahrhunderte zuvor die Guillotine befand, an die ein Mosaik aus bunten Pflastersteinen erinnerte. Das Mädchen auf dem Bild lachte, obwohl es zu diesem Zeitpunkt längst tot gewesen war. Eva hatte zum ersten Mal gedacht, dass sie sich damit abfinden konnte, dass es nicht klappte, dass es vielleicht sogar besser war, keine Kinder zu bekommen. Sie hatte Lukas nicht davon erzählt. Etwa ein Jahr später war sie mit Ada schwanger gewesen.

Eva drückte auf den Summer, ohne nachzufragen. Wer auch immer heute Abend unangemeldet vorbeikäme, würde ihr etwas zu sagen haben, das man keinesfalls durch die Gegensprechanlage sagen konnte.

Wahrscheinlich war es ohnehin nur Lukas, der seinen Schlüssel vergessen hatte oder zu faul war, ihn herauszuholen. Sie spürte, wie die Panik angerollt kam, und versuchte, sie wegzuatmen. Ein zwei drei vier, aus zwei drei vier. Dann riss sie entschlossen die Wohnungstür auf, hörte Schritte im Treppenhaus, die Stimme einer Frau, die sie nicht kannte, und eine andere, zartere. Leos Stimme. Am Fuß der Treppe erschien ein fremdes Gesicht, ein zweites, bekanntes dahinter. Eva hielt sich am Türrahmen fest. Sie war nicht in der Lage, sich zu bewegen. Leo stand mit zerknirschtem Blick auf der vorletzten Stufe. *Papa und Ada sind verschwunden*, sagte er. Eva ging in die Knie und breitete die Arme aus. *Ada schläft*, sagte sie. *Und Papa?*, fragte Leo, warf sich in ihre Arme und vergrub das Gesicht in ihrer Schulter. Eva sah zu der Frau, die auf dem Treppenabsatz stehen geblieben war. *Bitte*, sagte Eva und erhob sich. *Kommen Sie doch herein.*

Sie musste Bescheid geben: Lukas, Friederike und Gregor, der Polizei. Mit Letzterer fing sie an, wählte die Nummer auf der Visitenkarte, die der Beamte ihr gegeben hatte. Ja, es ging ihrem Kind gut, es war alles in Ordnung. *Es hat sich alles geklärt*, hörte Eva sich sagen, mit dem Gefühl, dass sich nichts geklärt hatte. Aber das war unwichtig. Leo war wieder da, und das Leben ging weiter.

Die Frau war im Flur stehen geblieben und betrachtete die Fotos an der Wand, die Eva selbst seit Jahren nicht mehr richtig angesehen hatte, wenngleich sie hundertmal am Tag daran vorbeilief. Etwas an ihrer Aufmerksamkeit löste ein dezentes Unbehagen in Eva aus. Sie bemühte sich, ihre Wohnung durch die Augen einer

Fremden zu betrachten. Das Chaos, das diese Räume permanent beherrschte. Dessen sie nicht Herrin wurde, an einem Tag wie heute erst recht nicht. Aber das würde die Frau sicher verstehen. Eva registrierte irritiert, dass sie ihr gefallen wollte. Sie war ihr sympathisch, was vielleicht nur daran lag, dass sie Leo gefunden hatte. Gerettet, dachte Eva, obwohl sie es nicht denken wollte. Sie hatte so viele Fragen, wollte die Geschichte hören, die Leo zu dieser fremden Frau geführt hatte, aber sie war so erleichtert, dass sie gar nichts tun konnte für den Augenblick, als Leo an sich zu drücken, was er einen glücklichen Moment länger als gewöhnlich zuließ, bevor er sich losmachte. Eva schrieb eine Nachricht an Friederike: dass Leo wieder da war, dass es ihm gut ging, dass sie Ada ruhig schlafen lassen sollten, sie würde sie später holen oder morgen früh. Sie dachte an Lukas, der irgendwo da draußen war, wahrscheinlich am Tresen, vermutlich in Panik. Sie hatte die Möglichkeit, ihn zu erlösen, so, wie sie erlöst worden war von dieser Frau, die immer noch in ihrem Flur stand wie ein Fremdkörper, eher Körper als fremd, dachte Eva. Warum dachte sie das? Das Handy vibrierte, eine Nachricht ploppte auf dem Bildschirm auf, Friederike sendete eine Kaskade aus Emojis, Herzen, Smileys, zum Gebet gefaltete Hände.

Ich sollte meinen Mann anrufen, sagte Eva und registrierte einen minimalen Anflug von Unbehagen im Gesicht der Frau. *Ich bin übrigens Eva*, sagte sie, und die Frau nickte, als wisse sie das bereits, und sagte: *Ich sollte jetzt gehen.* Was für ein seltsamer Dialog, dachte Eva. Zu sagen: ich sollte gehen, und es dann nicht zu tun, ich sollte meinen Mann anrufen, ich tue es aber nicht, siehst du, dass ich hier stehe, das Handy in der Hand, ich könnte ihn anrufen, ich hätte ihn sofort anrufen können, als Allererstes, wäre das nicht das Naheliegende gewesen? Aber ich habe es nicht getan, dachte Eva. Etwas in ihr wollte Lukas nicht erlösen, jedenfalls nicht sofort. Sie erschrak über diese Spur von Sadismus, die sie nicht an sich kannte. Die Frau rührte sich nicht, und Eva verspürte den irrationalen Impuls, ihr um den Hals zu fallen; in dem Moment kam Leo nackt aus seinem Zimmer gerannt und sagte, er könne seinen Schlafanzug nicht finden. *Geh schon mal Zähne putzen*, sagte Eva, legte ihre Hand auf Leos Hinterkopf und schob ihn in Richtung Badezimmer.

Möchten Sie vielleicht … Ach, sagte Eva, *ich sag mal, du, oder?* Die Frau nickte. *Möchtest du*, und sie betonte das Du etwas zu stark, was ihr ein wenig unangenehm war, *vielleicht ein Glas Wein?* Sie wartete keine Antwort ab, beeilte sich, ihr bereits benutztes und ein frisches Glas aus der Küche zu holen und den Rest Rotwein auf die beiden Gläser zu verteilen. Als sie zurück ins Wohnzimmer kam, stand die Frau in der Mitte des Raumes und sah sich um. Für einen Moment dachte Eva, dass es ein Fehler gewesen war, eine fremde Person hereinzulassen. Dass sie vielleicht gerade nach etwas Ausschau hielt, das es zu stehlen lohnte. Dann dachte sie, dass es nichts Derartiges in ihrer Wohnung gab, bis auf eine kleine Schachtel silberner Kuchengabeln von Lukas' verstorbener Großtante, die in einer Schublade des Küchenbuffets lagen, dem Familiencomputer, zwei alten MacBooks und einem uralten iPad, auf dem die Kinder Spiele spielten. Die Kaffeemaschine, die nicht so teuer war, wie sie aussah, aber immer noch teuer genug, und Lukas' Plattenspieler, der teurer war, als er aussah, aber das musste man wissen. Vielleicht wusste diese Frau solche Dinge.

Mama!, brüllte Leo, als stünde etwas in Flammen, und Eva stellte die Gläser ab und ging ins Badezimmer, wo Leo sie darüber informierte, dass er mit Kacken fertig war. Es war erstaunlich, wie klaglos er sich ins Bett bringen ließ, nachdem er artig Zähne geputzt und ohne Murren seinen Schlafanzug angezogen hatte. Er schien das Ausmaß der Sorge um ihn nicht zu begreifen, und Eva hatte keine Kraft, eine Diskussion mit ihm zu führen; das hatte bis morgen Zeit. Er war wieder da, und es schien, als hatte er nicht den Eindruck, überhaupt fort gewesen zu sein. Es war alles eine Frage der Perspektive. Sie blieb einen Moment im Dunkeln auf der Bettkante sitzen und lauschte Leos Atem. Etwas fehlte. Ein Gefühl, das sie eben noch ausgefüllt hatte. Die plötzliche Abwesenheit dieses vertrauten Druckes auf der Brust irritierte sie. Sie verspürte eine ungekannte Erleichterung, im wahrsten Sinne des Wortes: das Gefühl, leichter zu sein. Für den Moment, der nicht andauern würde, denn schon kam die Ahnung angekrochen, dass es trotz allem ein Danach geben würde, das genau jetzt begann. Sie konnte von Glück sagen, dass Leo seine Adresse offenbar auswendig wusste, sie erinnerte sich nicht daran, sie ihm beigebracht zu haben; vielleicht hatte Lukas das getan. Bei Ada hatten sie gemeinsam geübt, hatten ihr eingeschärft, was zu tun war für den Fall, dass sie verloren ginge. Man sollte denken, beim zweiten Kind wäre man besser vorbereitet, aber die Wahrheit war, dass man nachlässiger wurde, dachte Eva.

Leo hielt im Einschlafen ihre Hand fest umklammert, und obwohl sie bei ihm sein wollte, lauschte sie ungeduldig auf Geräusche aus dem Wohnzimmer. Fragte sich, was die Frau dort tat. Was sie über Eva dachte. Sie hatte den Drang zu beweisen, dass sie ihr Leben im Griff hatte, auch wenn es nicht danach aussah. Dass nicht sie es gewesen war, die ein Kind verloren hatte. Als sie die Wohnungstür ins Schloss fallen hörte, erschrak Eva. Offenbar war Lukas nach Hause gekommen. Ein schlechtes Gewissen überfiel sie, dass sie ihn noch immer nicht angerufen hatte. Jetzt war es zu spät. Vorsichtig löste sie ihre Hand aus Leos und zog seine Zimmertür hinter sich zu.

Lukas war nicht nach Hause gekommen. Im Wohnzimmer standen die beiden Weingläser unberührt auf dem Tisch, die Frau war verschwunden. Als Eva Lukas' Nummer wählte und sofort die Ansage auf seiner Mailbox hörte, wurde sie von einer spontanen Wut erfasst, die kurz reflexhaft in Sorge umschwenkte und sich dann doch für die Wut entschied. Sie nahm eines der Weingläser und leerte es in einem Zug. Sie spürte den Impuls, es gegen die Wand zu werfen, aber sie tat es nicht, weil es eines der letzten war, das sie hatten, und weil Scherben kein Glück brachten, sondern Schnittwunden, und weil sie funktionierte, wie sie immer funktionierte, dachte Eva. Weil sie nicht war wie Lukas, der sich entzog, wenn es ihm zu viel wurde. Sie holte eine Reisetasche aus der Kammer, ging ins Schlafzimmer und nahm eine Jeans aus dem Schrank, zwei Pullover, drei T-Shirts, einige Paar Socken, Unterhosen, zwei BHs und ein Nachthemd. Im Badezimmer warf sie ihre Zahnbürste in den Kulturbeutel, in dem sich noch ein kleines Fläschchen befand, Duschgel und Shampoo in einem, derart, wie man sie in guten Hotels bekam. Lukas und sie hatten vor zwei Jahren in Hamburg eine Nacht in einem solchen Hotel verbracht. Ihre Schwiegereltern hatten es bezahlt, sie machten das seit ein paar Jahren so. Als sei ihr Haus plötzlich nicht mehr groß genug. Eva hatte dafür kein Verständnis, obwohl sie wusste, dass Geld da war. So jedenfalls sagte Lukas es, was sie ebenfalls aufregte: weil es nicht stimmte, Geld war nicht da, jemand besaß es. Es existierte nicht einfach so, jemand hatte es verdient oder, in diesem Fall, geerbt. Für Lukas war Geld da, wie Sauerstoff da war, den man einatmete, ohne sich dessen bewusst zu sein. Mit diesem Geld wurde ein Hotelzimmer angemietet, in bester Lage, unweit des Hafens, in einer ruhigen Nebenstraße, nahe der Speicherstadt. In diesem Hotelzimmer hatten sie gevögelt wie lange davor nicht und nie mehr danach; die Kinder hatten zum ersten Mal allein bei Lukas' Eltern übernachtet. Sie waren aufgeregt gewesen, ob es gut gehen würde oder ob sie mitten in der Nacht ins Taxi steigen und Leo abholen müssten, aber den Kindern ging es bestens bei Oma und Opa. Eine neue Erfahrung zu diesem Zeitpunkt: dass es ihren Kindern ohne sie gut gehen konnte. In der zweiten Nacht waren sie nach dem Abendessen bei Lukas' Eltern noch über den Kiez geschlendert und hatten sich in einer Bar auf dem Hamburger Berg betrunken. Sie waren zu Fuß zum Hotel zurückgegangen und auf dem kleinen Spielplatz unter dem Michel eine Rutsche hinuntergerutscht wie Kinder und hatten, auf dem kühlen Metall unter dem Sternenhimmel liegend, geknutscht wie Teenager, und das war die schönste Erinnerung dieses ganzen Wochenendes, dachte Eva und drehte das Fläschchen in der Hand. Sie öffnete es, roch daran, es roch schwach nach Lavendel. Lukas hatte sich darüber lustig gemacht, dass Eva es eingesteckt hatte. Sie hatte auch die Badehaube in einer kleinen Pappschachtel sowie ein Tütchen mit Nagelfeile, Wattepads und Ohrenstäbchen mitgenommen. Nichts davon hatte sie je benutzt. Lukas hatte nicht verstanden, dass Eva die Dinge nicht aus Geiz mitnahm, sondern als Andenken. Er hatte eine abfällige Bemerkung gemacht, die mit ihrer Herkunft zu tun hatte, woraufhin sie gestritten hatten. Einer dieser vielen kleinen, unnötigen Streits, die sich immer um etwas Banales drehten, nie um das Eigentliche, dachte Eva. Sie überlegte, das Fläschchen wegzuwerfen, aber sie würde es mitnehmen, jetzt konnte sie es gebrauchen. Als hätte sie damals bereits geahnt, dass dieser Tag käme.

Sie legte das Kulturtäschchen in die Reisetasche und zog den Reißverschluss zu. Ging noch einmal in Leos Zimmer, blieb einen Moment an seinem Bett stehen, lauschte auf seine gleichmäßigen, tiefen Atemzüge. Dann trank sie das zweite Glas Wein aus, trug die beiden Gläser in die Küche, spülte sie ab, rieb sie mit einem Geschirrtuch trocken, stellte sie zurück in den Schrank. Setzte sich im Dunkeln an den Küchentisch und dachte an die Anfänge, weil man immer an die Anfänge dachte, wenn etwas zu Ende ging. Sie hatte in letzter Zeit oft das absurde Gefühl, jemand habe heimlich vorgespult. Wie wenn in Filmen unten eingeblendet wurde: zwanzig Jahre später. Beinahe zwanzig Jahre, eine Zahl, die ihr absurd erschien. Sie wusste nicht, was sie mehr erstaunte: dass sie es so lange mit Lukas ausgehalten hatte oder er mit ihr.

Sie hatten sich auf einer Party getroffen, im Keller der Hochschule für Grafik und Buchkunst, auf die Eva nicht gewollt hatte, weil sie sich aus Studentenpartys im Allgemeinen wenig und Kunststudentenpartys im Speziellen überhaupt nichts machte. Ihre Freundin Andrea hatte sie mitgeschleppt, die kurz zuvor einen Künstler kennengelernt hatte, von dem sie zu dieser Party eingeladen worden war. Viel später einmal hatte Lukas Eva erzählt, wie wahnsinnig cool er sie gefunden hatte, als er sie dort an der Wand gelehnt stehen sah. Als stünde sie über den Dingen. Wie schlecht er sie lesen konnte. Sie hatte sich unwohl gefühlt, damals, sie fühlte sich noch heute fehl am Platz unter diesen Leuten, die sich selbst so interessant fanden, genau wie der Mann, wegen dem sie da waren. Oder besser gesagt: wegen dem Andrea da war, Ronny hieß der, was ja nun schon wieder sympathisch war, dass so einer Ronny hieß, wie ein ganz normaler Kerl. Andrea und Ronny waren danach ein Dreivierteljahr zusammen, bevor sie ihn verließ, weil er ihr zu ostig war, wie sie sagte, und Eva musste ihr recht geben, obwohl Ronny ihr ein bisschen leidtat. Lukas hingegen war überhaupt nicht ostig, er kam ja auch aus dem Westen, und Eva hatte zu diesem Zeitpunkt noch nie mit einem Mann aus dem Westen geschlafen. Aus reinem Zufall, nicht etwa aus Mangel an Gelegenheit. Was sie Lukas auch direkt ins Gesicht sagte, in einer für ihre Verhältnisse unerhörten, seltenen Offenheit, die dem billigen Bier zuzuschreiben war. Dass sie überhaupt erst mit zwei Männern geschlafen hatte, behielt sie für sich. Andrea und Ronny hatten, in Evas Augen, eigentlich ganz hervorragend zueinandergepasst, während sie und Lukas überhaupt nicht zusammenpassten, was sie damals nicht gestört hatte. Sie hatten im Grunde nichts gemeinsam, dachte Eva. Sie hätten sich im Leben nicht getroffen, wäre sie nicht auf diese Party gegangen. Schicksal nannte Lukas das, wenn er einen seiner in den letzten Jahren immer seltener gewordenen romantischen Anfälle hatte. Zufall, dachte Eva. Sie wäre gern eine Person, die an das Schicksal glaubte, aber es gelang ihr nicht.

Ihr erster, irrationaler Gedanke, als sie die Wohnungstür hörte, galt der Möglichkeit, dass die fremde Frau zurückgekommen war. Eva blieb im Dunkeln auf dem Bett sitzen. Sie hörte das vertraute Geräusch des Schlüsselbundes, das auf die Kommode im Flur geworfen wurde, wie immer eine Spur zu laut. Die Art und Weise, wie die Tür ins Schloss gedrückt wurde, ohne die Klinke zu benutzen, was Eva schon immer gestört hatte. Schritte im Flur, absurd vertraut in ihrer Beschaffenheit, unter Hunderten würde Eva diese Schritte erkennen, die nicht zu ihr führten, sondern in Leos Zimmer. Etwas quietschte, offenbar war Lukas auf ein Spielzeug getreten. Sie fand ihn an Leos Bett, im Dunkeln am Fußende sein davongekommenes Kind betrachtend. Eva stieß die Zimmertür ein Stück weiter auf, sodass ein Streifen Licht hineinfiel. Lukas drehte sich zu ihr um. Er sah zerstört aus, dachte sie. Sie konnte den Alkohol bis zur Tür riechen. Als sie sich abwandte, stand er auf und folgte ihr ins Schlafzimmer, wo ihre gepackte Tasche stand, an der Seite des Bettes. Ihrer Seite, die näher am Fenster war als seine, weil er gewöhnlich später ins Bett kam. Wenn er überhaupt kam. Eva blieb am Fußende des Bettes stehen. Wie alles seine Ordnung hatte, dachte sie. Erstaunt, dass es so gekommen war, dass sie sich so ein Leben eingerichtet hatten. In dem jeder seine eigene Bettseite hatte, mit einem identischen Schränkchen daneben, auf dem jeweils eine identische kleine Lampe stand. Wie in einem Hotelzimmer oder einem Hollywoodfilm.

Lukas ließ sich auf seine Seite des Bettes fallen, den Körper zu Eva gedreht. Sie hätte gern gewusst, wo er gewesen war, aber sie war es leid, Fragen zu stellen. Sie konnte sehen, wie alles von ihm abfiel. Sein Kopf sank auf seine Brust, ein Zucken ging durch seine Schultern: Er weinte. Sie hatte ihn Jahre nicht weinen gesehen. Es fühlte sich falsch an, eine Vorwegnahme der Reaktion auf etwas, von dem er noch nichts wusste. Etwas, das er vielleicht ahnte und das sie ihm sagen würde, wäre sie in der Lage, es in Worte zu fassen. Sein Weinen brachte sie aus dem Konzept. Dabei mochte sie es, wenn Männer weinten, seit Argentinien 1990 die Fußballweltmeisterschaft gegen Deutschland verloren hatte. Eva hatte in jenem Sommer mit Juri und ihren Eltern in Holland Urlaub gemacht, in einem Bungalowdorf auf einer der Friesischen Inseln. Auf dem Spielplatz hatten sie sich mit einem anderen Geschwisterpaar angefreundet, das aus Holland kam, ein Mädchen in Evas und ein Junge in Juris Alter. Aber die holländischen Eltern riefen ihre Kinder jedes Mal, wenn Eva und Juri auftauchten, unter einem Vorwand ins Haus, und irgendwann hatte das Mädchen, dessen Namen Eva vergessen hatte, zugegeben, ihre Eltern hätten ihnen verboten, mit Deutschen zu spielen. Evas Eltern waren erschüttert gewesen, als sie ihnen davon erzählte. Ihr Vater hatte es sich nicht nehmen lassen, bei der holländischen

Familie zu klingeln und sich zu erklären. Dass sie nicht aus Nazi-Deutschland kämen, sondern auf der guten Seite waren. *The other Germany*, hatte ihr Vater gesagt, *the good Germany*. Evas Mutter hatte sich geschämt, später am Abend hatte es Streit gegeben, Eva hörte die Eltern noch, als sie im Bett lag und Juri neben ihr längst schlief. Sie hörte ihren Vater auf Helmut Kohl schimpfen, obwohl er diesen, wie sie Jahre später durch eine unbedachte Äußerung ihrer Mutter erfahren würde, in dieser seiner ersten freien Wahl selbst gewählt hatte. Am Abend, als das WM-Endspiel im Fernsehen lief, durften Eva und Juri aufbleiben und es mit ihren Eltern im Wohnzimmer anschauen. Ihr Vater jubelte und umarmte die Mutter, hatte die Teilung in Wir und die Anderen für den Moment vergessen. Die Mutter schloss die Fenster und zog die Vorhänge zu. Dann stand sie auf, räumte den Tisch ab, sammelte die leeren Bier- und Limonadeflaschen ein und sagte, man freue sich eines deutschen Sieges nicht. Eva beobachtete, wie ihr Vater verstummte, und hatte Mitleid mit ihm. Und dieses Gefühl, dieser eigenartige, den Kräfteverhältnissen unangemessene Wunsch, den Vater zu beschützen, würde ihr fortan erhalten bleiben. Im Fernsehen weinten die Argentinier ohne Scham in die Kamera, und das war es, was die elfjährige Eva am meisten beeindruckte: dass erwachsene Männer live im Fernsehen weinten, weil sie ein Fußballspiel verloren hatten.

Lukas schämte sich seiner Tränen ebenso wenig wie die argentinischen Nationalspieler, und das gehörte zu den Dingen, die Eva an ihm liebte, obwohl sie sich gleichzeitig darüber ärgerte. Weil alles, was ihr selbstverständlich schien, an Lukas besonders war. Ein Mann, der emotional war. Der weinte und sich nicht dafür schämte. Der kochen konnte und auch mal einen Abend zu Hause blieb, damit Eva auf den Geburtstag einer Freundin gehen konnte. Wo sie sich dann anhören musste, was für ein Glück sie habe: dass ihr Mann mithalf, im Haushalt und was die Kinder anging. Es ist doch auch sein Haushalt, dachte Eva. Es sind doch zu genau 50 Prozent seine Kinder. Er muss mir nicht helfen, er muss lediglich seine Hälfte auf die Reihe kriegen. Manchmal hatte Eva das Gefühl, alles sei ein Wettbewerb. Um die Gunst der Kinder, darum, wer besser kochte, wer die originelleren Ideen hatte. Wer es geschafft hatte, sich stärker von den eigenen Eltern abzugrenzen. Wer weniger Fehler machte.

Lukas schob eine Hand unter ihr T-Shirt und legte seinen Kopf an ihren Bauch. Sie ließ sich auf seinen Schoß sinken, drückte ihn mit ihrem Körper auf die Matratze, und er ließ es geschehen. Sie lag auf ihm, ein Ohr an seiner Brust, und hörte seinen Herzschlag. Eva spürte, wie sie weich wurde, innen und außen. Eine automatisierte Zärtlichkeit rollte in ihr heran, einem der Situation angemessenen pawlowschen Reflex gleich. Wie ihr Körper nachgab, sich fügte, in Erwartung dessen, was aus dieser Art von Nähe für gewöhnlich resultierte. Eva hatte keine Lust, aber es war besser als Reden. Sie hatten das Reden schon lange aufgegeben und sich auf ihre Körper konzentriert, Versöhnungssex war der einzige, den sie noch hatten in den letzten Jahren. Wie die Bonobos, die Lukas früher oft gemalt hatte. Vielleicht stritten sie deshalb so viel, dachte Eva. Es war ein Ritual geworden. Sie hatten den Moment verpasst, darüber zu sprechen, ob es auch anders sein könnte.

Sie merkte, wie Lukas' Atem sich veränderte, wie seine Umarmung fester wurde. Wie er seine Position justierte, seine Hüfte kreisen ließ, so gut es unter ihrem Gewicht ging. Sie setzte sich auf und zog ihr T-Shirt aus. Sie wusste, er würde es nur einen ungeduldigen Moment aushalten, bevor er sie packen und neben sich auf die Matratze werfen würde. Es hatte etwas Beruhigendes, so genau zu wissen, was zu erwarten war. Den rituellen Klaps am Anfang, den Eva nie verstanden hatte, ein leichter Schlag mit der flachen Hand zwischen ihre Beine, nur ein einziges Mal, nicht unangenehm, aber auch nicht nötig. Sie hatte es verpasst, ihn darauf hinzuweisen, jetzt war es zu spät. Sie konnte ihm unmöglich sagen, dass sie sich seit zwanzig Jahren fragte, was das sollte. Manche Dinge waren erst in der letzten Dekade dazugekommen: Lukas' Gesichtsausdruck, der verriet, dass er heimlich Pornos sah. Die Sätze, die er hören wollte, um in Fahrt zu kommen, oder die Art, wie er seine Gürtelschnalle aufriss, wie ein schnauzbärtiger, brustbehaarter Cowboy in einem Achtzigerjahre-Porno, ohne den Schnauzer und ohne das Brusthaar. Manches war schon immer gleich gewesen, wie diese spezielle Anhänglichkeit, die er hatte, nachdem es mal härter zugegangen war, die oft noch bis zum nächsten Morgen anhielt, als fürchte er, etwas falsch gemacht zu haben. Dabei machte er nichts falsch, manchmal mochte Eva es härter, manchmal nicht. Sie mochte Abwechslung, aber vielleicht konnte man die nach zwanzig Jahren nicht mehr verlangen. Sie waren beide so erleichtert gewesen, dass es nicht ganz aufgehört hatte, dass da immer noch etwas ging, nachdem sie sich darauf geeinigt hatten, dass sie kein weiteres Kind mehr wollten, dass sie nichts mehr riskierten. Heute war Lukas anders, langsamer, es gefiel ihr. Sie ließ ihn machen, fuhr mit der flachen Hand von unten nach oben seinen ausrasierten Nacken entlang, das vertraute Gefühl der widerspenstigen Borsten an ihren Fingern. Sein Gesicht hing über ihrer Schulter, er stöhnte ins Kissen, sah sie nicht an, als er kam, und Eva dachte, dass es so besser sei, dass sie es nicht verkraften würde, ihm in die Augen zu sehen. Dass sie es sonst nicht schaffte.

16.

Lukas ließ seine Stirn auf das Lenkrad sinken, nachdem er den Wagen eingeparkt und den Motor ausgestellt hatte. Nachdem sie heil angekommen waren, oder jedenfalls nicht stärker beschädigt als zuvor, dachte er, und dass er Eva das genau so schreiben würde als Antwort auf ihre Frage. Die sie schon vor einer halben Stunde gestellt hatte. Er hatte ihre Nachricht erst jetzt gelesen, weil er damit beschäftigt war, durch den nachmittäglichen Hamburger Innenstadtverkehr zu navigieren, der ein vormittäglicher hätte sein können, wären sie rechtzeitig losgefahren, immerhin dafür musste er sich heute keine Vorwürfe anhören.

Papa, was ist?, fragte Ada schräg hinter ihm. *Nichts*, sagte Lukas, *alles gut,* schickte Eva, um nicht verzweifelt zu klingen, lieber doch nur ein Daumen-hoch-Emoji und ermahnte Leo, dessen Füße ungeduldig von hinten gegen den Fahrersitz trommelten, eine Spur strenger als gewollt.

Sein Vater hatte ihn am Telefon mehrfach darauf hingewiesen, auf keinen Fall in der Einfahrt zu parken, weil der Platz von der Cateringfirma benötigt würde. Und weil man sich nicht ausmalen wollte, was die Nachbarn dächten, hätte man einen alten Opel Kadett mit Leipziger Kennzeichen in der Auffahrt stehen, dachte Lukas, während er den mit braunem Packpapier und einer roten Schleife umwickelten Rahmen aus dem Kofferraum hievte. Die Kinder liefen vorweg und zerrten in Schlangenlinien gemeinsam den Rollkoffer hinter sich her, Ada belehrte Leo dabei unentwegt in strengem Tonfall, wie es zu machen war und wie nicht. Diese Besserwisserei hatte sie von ihrer Mutter, dachte Lukas. Sie gehörte zu den Dingen, die er nicht vermisste. Evas Art, ihn spüren zu lassen, was er ihrer Meinung nach falsch machte: in letzter Zeit so gut wie alles. Den Versuch, alles richtig zu machen, hatte er bereits vor Jahren aufgegeben. Eva ärgerte sich, wenn alles gut war, sie brauchte es, etwas bemängeln zu können, wahrscheinlich war sie deshalb Lehrerin geworden.

Das Bild, das sich ihm bot, als sie das Haus erreichten, hatte sich seit Jahrzehnten nicht verändert. Während seine Mutter wie jedes Mal mit verschränkten Armen in der geöffneten Tür stand, die ihr ureigene Skepsis im Blick, als traue sie sich nicht heraus oder dem, was auf sie zukam, nicht über den Weg, tigerte Herr Professor wie immer bereits ungeduldig die Einfahrt auf und ab. Lediglich der Moment, bis er die auf ihn zu rennenden Enkelkinder erkannte und hektisch zu winken begann, dauerte bei jedem Besuch eine Sekunde länger, so wie er seine Arme jedes Jahr ein kleines Stück weniger weit ausbreitete und in einem etwas weniger scharfen Winkel in die Hocke ging, um Ada zu begrüßen, die stürmisch auf ihn zu lief. Leo war in ein paar Metern Sicherheitsabstand stehen geblieben, unsicher, ob die offenen Arme auch ihn meinten, ob sie ihn ebenfalls so herzlich einschließen würden; eine Reaktion, die Lukas so sehr nachempfinden konnte, dass es schmerzte.

Lass man, Vaddern, sagte Lukas, den halbherzigen Versuch seines Vaters abwehrend, ihm das Geschenk, das sperrig zwischen ihnen stand und eine Umarmung verhinderte, abzunehmen. Er trug es die Stufen hoch zur Haustür, wo seine Mutter stand und ihm das Gesicht entgegenstreckte, und er beugte sich hinunter und legte seine Wange an ihre, bevor er ihr ins Haus folgte. Ein vertrauter Geruch schlug ihm aus der Diele entgegen, von Chanel N° 5 und Zwiebeln und in Butter gebratenem Fisch und noch etwas anderem, etwas Neuem. Ein Geruch von alternden Körpern oder der Abwesenheit von jungen, dachte er. Seiner eigenen Abwesenheit in diesem Haus, in dem er aufgewachsen war, in dem sich alles am selben Platz zu befinden schien und das sich trotzdem bei jedem Wiedersehen fremd anfühlte. Im Flur stand ein gerade eben noch handgepäckgroßer Aluminiumkoffer, daneben ein Paar teuer aussehende schwarze Stiefeletten. *Sind die Lütten schon da?*, rief Lukas. Er hörte Ada durch die Diele kreischen: *Tante Toni!* Was seine Frage zumindest zur Hälfte beantwortete. Während er seine Schuhe auszog und sie ordentlich neben Tonis platzierte, registrierte er, dass eine Tür offen stand, die seine gesamte Kindheit über geschlossen gewesen war. Die geriffelte Milchglasscheibe, an die er so oft seine Nase gedrückt hatte, um durch die winzigen Luftblasen im vom goldgelben Licht der Schreibtischlampe durchströmten Glas einen Schatten zu erkennen. Um sich zu vergewissern, dass der Vater da war, dass er noch existierte, zwischen seinen Büchern und Aschenbechern. Das Arbeitszimmer befand sich gleich links hinter der Haustür, sodass man diskret hineinschlüpfen konnte, bevor man die geräumige Diele betrat. Man war anwesend und doch nicht ganz da, kaum durch die Tür, gleich wieder verschwunden in einer Art Zwischenraum, in dem man, wenn man Glück hatte, von der Familie unbehelligt blieb. Lukas betrat das Zimmer in dem absurden Gefühl, eine Ordnungswidrigkeit zu begehen, und stellte das Bild an der Wand neben dem Fenster ab.

Er lief auf Socken durch die Diele, den Geräuschen seiner Kinder hinterher, und suchte im Kopf nach einem Gesprächsthema, das unverfänglich genug war für die erste halbe Stunde. Fragen, die man stellen konnte, um Gegenfragen zu vermeiden. Die bevorstehende Feier, die Fahrt hierher, das Wetter, die Nachbarn. Er wunderte sich, dass er nicht gleich auf der Türschwelle mit Evas Abwesenheit konfrontiert worden war. Als hätte er seinen Eltern gesagt, dass sie nicht mitkäme. Er hatte es ihnen nicht gesagt. Es hatte sich nicht ergeben am Telefon, und er hasste Eva dafür, dass sie ihn in diese Position brachte. In der geöffneten Terrassentür stand seine Schwester, in einem Hosenanzug, der zu warm aussah für diese Jahreszeit. Sie sah von ihrem Handy auf und fragte: *Wo ist denn Eva?*

Und Leo, der im selben Moment aus der Küche kam, eine Schale Kekse in den Händen durchs Wohnzimmer auf die Terrasse balancierend, sagte gleichmütig laut und deutlich: *Mama ist ausgezogen.*

Freut mich auch, dich zu sehen, Schwesterherz, sagte Lukas in die betretene Stille hinein und ging auf Toni zu, um sie in den Arm zu nehmen. Als er seine flache Hand auf ihren Rücken legte, spürte er ihre Wirbelsäule an seinen Fingern; sie war noch dünner geworden als beim letzten Mal. Er überlegte kurz still, wann das gewesen war, und dann zur Ablenkung noch einmal laut: *Ist es wirklich schon zwei Jahre her?*

Er folgte Toni, die ihre Socken auszog und barfuß durch den Garten lief, hinunter zum Steg. Sie setzten sich an den Rand und tauchten die Füße ins Wasser. *Erzähl mal*, sagte Toni. Lukas sah ihr an, dass sie vor Neugier fast platzte, Toni hatte Dramen schon immer geliebt. *Das Problem ist …*, sagte er und stockte, weil er eigentlich nicht wusste, was das Problem war. Es wäre einfach, sagen zu können, dass er Mist gebaut hatte. Dass es eine andere Frau gab oder gegeben hatte, die ihm nichts bedeutete, oder jedenfalls nicht genug. Kurz tat ihm der Gedanke leid, und er dachte darüber nach, ob es überhaupt der Wahrheit entsprach. Er wünschte sich beinahe, dass Jette der Grund war, weshalb Eva, wie sie es formuliert hatte, eine Pause brauchte. Es wäre so banal und verständlich gewesen.

Wir verstehen uns nicht mehr, sagte er und betrachtete seine Füße, die leblos aussahen unter der Wasseroberfläche, weiß und seltsam schief. *Also nicht in dem Sinne, dass wir nicht miteinander auskommen. Aber wir begreifen einander nicht.* Es klang pathetisch, dachte er, und er schämte sich ein wenig, es gesagt zu haben, aber es war die Wahrheit. Er fühlte eine jähe Traurigkeit in sich heranrollen und ein großes Verlangen, sie zu betäuben. Er fragte sich, ob es zu früh am Tag war, seinen Vater zu bitten, einen Wein aufzumachen. Auf der Terrasse tauchte Leos Schopf hinter der halbhohen Mauer auf und wieder ab, während Ada am Tisch saß und sich mit ihrer Großmutter unterhielt. Herr Professor war nirgends zu sehen.

Eva ist ausgezogen? Das heißt, sie hat sich getrennt?, fragte Toni. Wenn er sich nicht täuschte, lag ein minimaler Anflug von Anerkennung in ihrer Stimme, der Lukas einen Stich versetzte. Ein Respekt für Eva, die aufrichtige Verwunderung darüber, dass sie es geschafft hatte, sich zu trennen. Sich *endlich* zu trennen, dachte Lukas. Er hatte immer den Verdacht gehabt, dass die meisten Menschen in seinem Umfeld, seine Familie eingeschlossen, heimlich der Meinung waren, Eva hätte etwas Besseres verdient als ihn.

Streng genommen war sie nicht richtig ausgezogen, auch wenn es sich so anfühlte. Vielmehr zogen sie beide wochenweise aus und wieder ein. Wenn Eva bei den Kindern war, schlief Lukas im Atelier. Was keine Dauerlösung sein konnte, denn die Terpentindämpfe, in denen er sich tagsüber aufhielt, waren zu giftig, um auch noch die Nächte darin zu verbringen. Eva hatte ihn neulich erst danach gefragt, weil sie die Rolle derjenigen, die sich kümmerte, nicht ablegen konnte, sosehr sie sich auch bemühte, den Anschein zu erwecken, nicht mehr verantwortlich zu sein. Ob das nicht schädlich sei, rund um die Uhr? Die Tatsache, dass sie sich um seine Gesundheit sorgte, hatte Lukas Hoffnung gemacht. Genau wie die Spur von Eifersucht, die er aus ihrer Frage heraushörte, das Bedürfnis, zu wissen, wo und mit wem er seine Nächte verbrachte. Er hätte gern Andeutungen gemacht, dass es jemanden gab, aber es schien ihm kontraproduktiv. Außerdem hatte er in letzter Zeit gar nicht bei Jette übernachtet. Er konnte das gerade nicht, oder vielleicht wollte er es nicht. Aber er wollte, dass Eva wusste, dass er könnte, wenn er wollte. Von der Außenalster drang das martialische, dumpfe Schlagen einer Trommel herüber und die Anfeuerungsschreie des Steuermannes vom Drachenboot der Burschenschaft am anderen Ufer.

Menschen verstehen einander grundsätzlich nicht, sagte Toni, die solche Dinge sagen konnte, ohne dass es pathetisch klang. Lukas hätte sie gern gefragt, wie es ihr ging, aber er wusste, sie würde ausweichend antworten, sarkastisch, wie sie es immer tat. Sie schien grundsätzlich davon auszugehen, dass es ihn ohnehin nicht interessierte. Dabei war das nicht wahr. Warum war dieses Kind so verkorkst, dachte er, ja, er hatte Kind gedacht, er würde immer Kind denken, auch wenn Toni inzwischen über dreißig war und im Monat etwa halb so viel verdiente wie Lukas im Jahr, Evas Gehalt nicht mitgerechnet. Wenn sie sich scheiden ließen, würde Eva ihm womöglich Unterhalt zahlen müssen. Dieser Gedanke war ihm bisher noch nicht gekommen, und er erfüllte ihn mit einer ungekannten Mischung aus Wut und Scham, gefolgt von einer anderen, einer Scham um der Scham willen. Er war doch nicht so, dachte er. Sie waren doch nicht diese Art Paar, sie standen doch über den Dingen. Waren sie überhaupt noch ein Paar? Eine Pause, hatte Eva es genannt, und eine Pause war kein Ende, sondern per definitionem ein Innehalten, ein Ausruhen; in jedem Fall etwas, nach dem es weiterging.

Als die Stimme seines Vaters von der Terrasse herüberschallte, besann sich Lukas darauf, dass er nicht auf Unterhalt seiner eventuellen Ex-Frau in spe angewiesen war, aber der Gedanke brachte keine Erleichterung. Er musste sich nicht umdrehen, um zu wissen, mit wem sein Vater sprach. Herr Professor hatte immer schon für jedes seiner Kinder einen eigenen Tonfall reserviert, und dieses spezielle, fremdelnde Lachen, diese Mischung aus Spott und Nachsicht, aus Abneigung und unsicherer Zärtlichkeit war seit jeher für den Jüngsten reserviert gewesen. *Ach*, rief Toni, während sie sich rückwärts auf dem Steg ausstreckte, den Kopf in den Nacken legend, *auch schon da?*

Hanno sprang die Wiese herab und landete mit einem kraftvollen Satz zwischen ihnen. Er boxte Toni in die Seite und deutete den scherzhaften Versuch an, sie ins Wasser zu werfen. Seine Haare waren noch länger geworden, aber er war offensichtlich nicht auf die Idee gekommen, sie zur Feier des Tages zu waschen. *Na*, sagte Toni, nahm ihn in den Schwitzkasten und rieb ihre Fingerknöchel über seinen Scheitel, wie sie es früher getan hatte, solange sie größer gewesen war als er. *Warste noch kurz die Welt retten?*

Hat Herr Professor auch gerade gefragt, sagte Hanno und holte eine Packung Tabak aus seiner Hosentasche. Er rollte die Augen und begann sich eine Zigarette zu drehen.

Und, sagte Lukas, *warste?*

Und bei dir so?, fragte Hanno, während er seine Taschen nach einem Feuerzeug abklopfte. *Hab gehört, deine Olle hat dich rausgeschmissen?*

Lukas griff nach Hannos Arm. Sein ursprünglicher Impuls war, es scherzhaft zu tun, wie Hanno zuvor mit Toni, nur anzudeuten, was er nicht wirklich vorhatte. Aber die

Wut, die ihn erfasste, war größer und klarer als gedacht. Es war ganz leicht. Ein Schubs, und sein kleiner Bruder, der lange schon nicht mehr kleiner war, aber immer noch deutlich weniger kräftig, lag im Wasser. *Mann, ey, spinnst du!*, rief Hanno, während er sich auf den Steg zurückschwang. Lukas lachte. Zum ersten Mal seit Tagen, seit Wochen vielleicht sogar, war ihm zum Lachen zumute. Toni lachte auch und streckte ihm die Hand entgegen, sie klatschten sich über Hannos Kopf ab. Es fühlte sich gut an. Früher waren Toni und Hanno eine Einheit gewesen, und mit den Eltern hatten sie eine Familie gebildet, in der Lukas nicht mehr vorkam. Wenige Jahre nachdem Lukas ausgezogen war, hatte die Nachbarin seiner Eltern ihnen ein selbst getöpfertes Schild zu Weihnachten geschenkt: *Hier wohnt Familie Rademacher*, darunter vier Personen, ein Mann, eine Frau, ein Junge und ein Mädchen. Der Junge und das Mädchen waren gleich groß, und Lukas war sich sicher, dass es Toni und Hanno sein sollten, weil die Nachbarin, die ihnen das Schild geschenkt hatte, das Haus nebenan erst kurz zuvor geerbt hatte und Lukas noch nie begegnet war. Er traute seinen Eltern zu, dass sie seine Existenz unerwähnt gelassen hatten, immerhin gab es damals die Enkelkinder noch nicht und somit keinen Grund, von Lukas zu erzählen oder ihn auch nur ein zweites Mal in Leipzig zu besuchen. Er hatte beim Reinkommen vorhin nicht darauf geachtet, ob es das Schild noch gab. Bei seinem letzten Besuch vor zwei Jahren hatte es wie eh und je neben der Eingangstür gehangen.

Sei froh, dass ich mein Handy nicht in der Tasche hatte, sagte Hanno wütend, während er sein T-Shirt auszog und es über Tonis Kopf auswrang. Toni sprang kreischend auf.

Wieso, sagte Lukas. *Hast du etwa inzwischen etwa ein Smartphone?*

Um Gottes willen, rief Toni, *die werden doch von den Mächten der Finsternis abgehört!*

Hanno lief mit feucht schmatzenden Schritten zurück zum Haus. Sein Bruder hatte die gleiche blühende Fantasie wie Evas, dachte Lukas, nur vom anderen Ende des politischen Spektrums her. Einen kurzen Moment tat Hanno ihm leid, und Lukas hoffte, dass er Wechselklamotten dabeihaben und sich nicht erkälten würde.

Auf der Terrasse hibbelte Leo aufgeregt auf und ab, in den Händen ein Ungetüm aus schwarzem Plastik. *Wann können wir das endlich fliegen lassen?* Lukas brauchte einen Moment, um zu begreifen, dass es sich um eine Drohne handelte. Er dachte automatisch daran, was Eva dazu sagen würde. Es konnte ihm egal sein, es war ihm nicht egal. Eva wäre empört, und sie hätte recht.

Na, na, antwortete sein Vater, der auf dem Boden hockte, über die Gebrauchsanweisung gebeugt. *So schnell schießen die Preußen nicht!* Lukas sah, wie es hinter Leos kleiner Stirn arbeitete, wie er sich bemühte, eine Antwort auf seine Frage hinter den Worten zu finden. Lukas hatte selbst erst als junger Erwachsener begriffen, dass sein Vater ständig in Militärfloskeln sprach: der Ausruf *Zapfenstreich!*, wenn es Zeit war, schlafen zu gehen, *Abmarsch*, wenn es galt, irgendwohin aufzubrechen, die Aufforderung, sein Zimmer *auf Vordermann zu bringen*, oder *Klarschiff* zu machen.

Toni, rief seine Mutter aus der Tiefe des Hauses, *hilfst du mir mal in der Küche!* Niemals würde sie ihn das fragen, dachte Lukas, obwohl er gerade ebenso nutzlos herumstand, am Rand der Terrasse, die Hände in den Hosentaschen, und seine Kinder beaufsichtigte, die keiner Aufsicht bedurften. Eva hatte ihn mehr als einmal darauf aufmerksam gemacht. Sie würde es, wäre sie hier, mit Sicherheit auch heute tun, dachte Lukas. Würde aus Prinzip sitzen bleiben, wenn ihre Schwiegermutter sie um Hilfe bat, und Lukas fragend ansehen. Und er würde aufstehen und seiner Mutter in die Küche folgen, die ihn wieder fortschicken würde, weil Männer ihrer Meinung nach nicht in die Küche gehörten. Er würde sich im Flur herumdrücken oder auf der Toilette sitzen, obwohl er nicht musste, und eine ihm angemessen erscheinende Anzahl von Minuten auf sein Handy starren, bevor er den Kopf noch einmal in die Küche strecken und fragen würde, ob er etwas mit hinausnehmen könne. Seine Mutter würde ihm die schwerste der Schüsseln in die Hände drücken, und er würde damit auf der Terrasse erscheinen wie jemand, der sich nützlich gemacht hatte. Einmal, als Eva und er noch nicht lang zusammen waren und Lukas nach dem Essen aufgestanden war und genau wie seine Mutter und Eva begonnen hatte, das Geschirr abzuräumen, hatte sein Vater ihn abgehalten mit den Worten *Lass das doch die Damen machen*. Lukas hatte Evas Augen sich auf eine neue Art weiten gesehen und sich derart geschämt, dass er nichts darauf hatte erwidern können. Was Eva ihm vorhielt, später im Bett und in aller Ausführlichkeit noch einmal am nächsten Tag, auf der Rückfahrt nach Leipzig. Dabei war es ein Satz, der zwar vielleicht in ihrer Familie nicht fallen würde, nach dessen Maxime aber letztlich dennoch gehandelt wurde. Auch Evas Vater stand vom Tisch auf, wenn das Essen beendet war, ohne einen Gedanken an den Abwasch zu verschwenden. Der Satz war danach zu einem geworden, den Eva oft ironisch gegen ihn verwendete. *Lass das doch die Damen machen*, sagte sie spöttisch, wenn er einmal nicht aufgeräumt oder vergessen hatte, einzukaufen, und ihr anfänglich noch beinahe zärtlicher Spott hatte sich mit den Jahren in eine regelrechte Wut verwandelt, auf Lukas' Herkunft, seine Familie, auf ihn selbst. Aber heute hatte Eva keine Meinung, denn Eva war nicht hier, weil sie nicht hatte hier sein wollen. Weil sie aufgehört hatte, Dinge zu tun, die sie nicht tun wollte, wie sie ihm kürzlich an den Kopf geworfen hatte; er hatte sie gefragt, was genau sie damit meinte, und keine Antwort erhalten. Lukas überließ Toni ihrem Schicksal, setzte sich auf den Rand der Mauer und sah seinem Vater zu, der unbekümmert in seiner hellen Leinenhose auf den Terrassenfliesen hockte, die Beine in einer Art und Weise vom Körper abgewinkelt, die unbequem aussah und nicht seinem Alter entsprechend. Lukas holte sein Handy heraus, machte ein Foto und widerstand dem Reflex, es Eva zu schicken. Er legte den Kopf in den Nacken und sah an der weißen Fassade hinauf zur Mansarde, in der sein Kinderzimmer gewesen war, bevor es Tonis Zimmer wurde. Es war auch nach Tonis Umzug nach Oxford und dann nach Zürich und schließlich nach Brüssel immer Tonis Zimmer geblieben, genau wie Hannos Zimmer noch immer Hannos Zimmer war, wenngleich auch er nach einem Freiwilligenjahr in Schottland inzwischen in Heidelberg studierte und nur noch selten nach Hause kam. Vielleicht lag es an diesen konservierten Kinderzimmern, in die sie zurückkehren konnten, dass seine Geschwister immer noch *nach Hause* sagten, wenn sie hierherkamen. Lukas dachte längst nicht mehr an dieses Haus, diesen Garten und diese Stadt, er dachte an seine Wohnung in Leipzig, wenn er *zu Hause* dachte. An seine Kinder und an seine Frau. Er hatte es immer gemocht, zu sagen: meine Frau. Es war ihm egal, dass es besitzergreifend klang und konservativ, wie Eva fand, die er außerhalb von Ämtern und Arztpraxen niemals *mein Mann* sagen hörte, wenn sie über ihn sprach. Da sie allerdings schon vor Jahren wie für so viele Dinge auch für Ämtergänge und Arztbesuche eine perfekte Arbeitsteilung etabliert hatten, hörte er es sie im Grunde gar nicht mehr sagen. *Hättest ja Nein sagen können*, hatte er ihr entgegnet, als sie diesen Einwand das erste Mal vorgebracht hatte. Sie hatte nicht Nein sagen können, weil er nicht gefragt hatte. Ein Heiratsantrag wäre ihm albern erschienen, eines dieser leeren Rituale, die Menschen brauchten, um sich etwas zu beweisen. Nachdem Eva etwas länger als drei Monate schwanger gewesen war und es also feststand, dass es wirklich ein Kind geben würde, hatte er irgendwann einmal beiläufig gesagt: *Dann können wir ja eigentlich auch heiraten*, und Eva hatte gesagt: *Stimmt*. Ihr schien es damals naheliegend, es war, was man an einem bestimmten Punkt im Leben tat. Genau deshalb war es für Lukas das Verrückteste, das er sich hatte vorstellen können. Er hatte Eva nicht geheiratet, weil, sondern obwohl die Eltern es erwarteten.

Alter, sagte Hanno, der offensichtlich keine Wechselsachen dabeihatte. *Hast du das Bild schon gesehen? – Welches*, sagte Lukas grinsend, abgelenkt von Hannos Erscheinungsbild. Er trug ein gestärktes weißes Oberhemd ihres Vaters, wie dieses vermutlich noch nie getragen wurde: offen, die Ärmel nachlässig hochgekrempelt, darunter ein Feinrippunterhemd, das am Bauch schlackerte, und eine Anzughose, die er mit einem Ledergürtel auf dem mit Sicherheit bis heute unbenutzten letzten Loch festgezurrt hatte. In Kombination mit den strähnigen Haaren und dem ihm eigenen Alabasterteint sah er aus wie ein Rockstar am Morgen danach. Er warf einen Blick auf die Drohnensituation, murmelte *Krasser Scheiß*, setzte sich neben Lukas auf die Mauer und drehte sich eine Zigarette. Lukas dachte darüber nach, zu erwähnen, wie gut er diesen Gürtel kannte. Es gab vieles, was er seinen Geschwistern nie erzählt hatte; um sie zu schützen, hatte er lange gedacht, um die Eltern zu schützen, dachte er inzwischen. Um die Rolle zu spielen, die ihm in dieser Familie zugedacht war. Er hatte Eva davon erzählt, lange nachdem sie seine Eltern kennengelernt hatte, im Selbstverteidigungsmodus eines Streites, in dem es wieder einmal darum gegangen war, dass er, Evas Meinung nach, zu unversöhnlich sei; da hatte er es einmal herausgeschrien, und es hatte ihm gutgetan, wie betroffen es sie für den Augenblick machte.

Wie finden wir eigentlich das Bild?, sagte Toni, eine Kaffeekanne etwas zu schwungvoll auf dem Tisch abstellend. *Wie absurd ist das bitte*, sagte Hanno. *Oder?*, sagte Toni und quetschte sich zwischen die beiden. Eine Weile saßen sie so, wie sie als Kinder gesessen hatten, die Extremitäten überlappend in dieser speziellen, vollkommen asexuellen körperlichen Distanzlosigkeit, die nur zwischen Geschwistern möglich war.

Welches Bild denn?, fragte Lukas noch einmal, von einer unguten Ahnung befallen. *Na, das Porträt*, sagte Hanno und zündete das an, was dem Geruch nach offenbar keine normale Zigarette war. *Haste nicht gesehen? Hängt überm Esstisch. – Du bist furchtlos, kleiner Bruder*, sagte Toni voll ehrlicher Anerkennung, schnappte Hanno den Joint aus den Händen und zog kräftig daran. *Checken die doch eh nicht*, sagte Hanno schulterzuckend. Lukas stand auf und ging ins Haus. Über dem Esstisch, wo die letzten zehn Jahre der Blumenstrauß gehangen hatte, über den er sich die letzten zehn Jahre geärgert hatte, hing jetzt stattdessen ein in Öl gemaltes, fotorealistisches Porträt seines Vaters. Der Stil trug keine Handschrift, die ihm etwas sagte, ebenso wenig wie die Signatur, die er nicht entziffern konnte. Der Rahmen sah teuer aus, er war wahrscheinlich das Teuerste an dem Ganzen. Es war einfallslos, ordentlich, dekorativ. Die Art von Bild, die ein durchschnittlicher Bewerber an der Kunsthochschule abliefern würde.

Na, was sagt der Kenner?, sagte sein Vater, plötzlich hinter ihm stehend. *Es ist*, sagte Lukas, sich zusammenreißend, um nicht *nett* zu sagen, *gut getroffen*. *Man erkennt dich sofort*, das war ein wertfreies Urteil und schließlich der Wahrheit entsprechend. *Der Künstler ist ein Freund von mir*, sagte sein Vater nicht ohne einen leisen Stolz in der Stimme, und Lukas musste nicht fragen, um zu wissen, dass der Künstler, in Lukas' Kopf in Anführungszeichen, ein pensionierter Zahnarzt war, dessen Namen er vergessen hatte, dem er auf dem letzten runden Geburtstag seines Vaters den ganzen Abend aus dem Weg gegangen war, weil er ihn in ein Gespräch über die alten Meister hatte verwickeln wollen. *Ein Geburtstagsgeschenk?*, fragte Lukas, betroffen, dass es noch eine zweite Person im Leben seines Vaters gab, die auf die Idee gekommen war, ihm ein Porträt von sich selbst zu schenken. Jemand, der ihn ebenso gut kannte, um zu wissen, dass er eitel genug war, sich dieses über den Esstisch zu hängen und dafür sogar das einzige sich in seinem Besitz befindliche Bild seines immerhin beruflich malenden Sohnes abzuhängen. *Kann man so sagen*, sagte sein Vater lächelnd. *Von mir an mich selbst! – Du hast das in Auftrag gegeben? – Na ja, der Hans ist wie gesagt ein Freund von mir, und ich wollte ihn unterstützen*, sagte sein Vater abwiegelnd. *Das war schon lange ein Traum von ihm*, sagte die Mutter, die in diesem Moment an der Tür vorbeiging, einen Käsekuchen auf der guten Kristallplatte vor der Brust balancierend. *Einmal porträtiert zu werden. – Ach so*, sagte Lukas, *schade, dass es niemanden in der Familie gibt, der das hätte machen können.*

Sein Vater wandte sich zur Tür. Lukas konnte den Blick nicht von dem Bild lösen. Es war offensichtlich nach einem alten Foto seines Vaters gemalt, er meinte sich an die Vorlage zu erinnern. Er verkniff es sich, zu fragen, was er dafür bezahlt hatte, auch wenn er es gern gewusst hätte, aber es war mit Sicherheit eine lächerliche Summe; entweder lächerlich hoch, weil es keine Rolle für seinen Vater spielte, oder lächerlich niedrig, weil es keine Rolle für Hans spielte. Lukas kämpfte gegen ein Gefühl, das er selbst nicht einordnen konnte. Es war nicht direkt Eifersucht. Er hätte es nicht fertiggebracht, diese Art von Bild zu malen, seinem Vater ein bestelltes Denkmal zu bauen. Er wäre trotzdem gern gefragt worden, aus Prinzip. Er ging hinaus auf die Terrasse, wo seine Mutter gerade den Käsekuchen anschnitt, stellte sich an die Mauer und ließ seinen Blick den Garten hinab bis hinunter zum Kanal schweifen. Noch keine Stunde war er hier und fühlte sich schon drei Meter kleiner, so gesehen war alles beim Alten. Er vermisste es, dieses Gefühl mit Eva teilen zu können, auch wenn er ahnte, dass sie einen Weg gefunden hätte, es zu relativieren.

Noch ist Polen nicht verloren, sagte sein Vater, der plötzlich neben ihm stand, bedeutungsschwanger, mit dem linken Arm eine vage Kreisbewegung andeutend, während er von der Terrasse hinab in den Garten sah wie ein Schlachtherr über das Feld. Lukas wusste, dass er das Schlachtfeld meinte, das Lukas' Ehe war. Sein Vater streckte den Arm aus, um die Hand auf Lukas' Schulter abzulegen, ließ sie dort liegen und drückte dreimal kurz und beherzt zu. Es wäre verlockend gewesen, so etwas wie Rührung zu empfinden ob dieses minimalen Akts von Zuwendung. Er dachte an ein anderes Mal, als sie hier ebenso beieinandergestanden hatten, an genau derselben Stelle, der Vater links, er rechts von ihm, vor relativ genau einem Vierteljahrhundert: an Lukas' sechszehntem Geburtstag hatte Herr Professor ihn zu sich ins Arbeitszimmer gerufen. Er schenkte ihm ein Glas Whiskey ein, und sie gingen mit den Gläsern in den Händen auf die Terrasse, stellten sich an die Mauer und sahen hinunter in den Garten. Lukas hatte seinen Vater eingeholt, sie waren seit Kurzem gleich groß. Toni und Hanno spielten unten auf dem Rasen entzückend selbstvergessen miteinander. Herr Professor räusperte sich und sagte, Lukas sei jetzt, wie er sich ausdrückte, Mannes genug, er würde ihn künftig nicht mehr körperlich züchtigen, das sei sein persönliches Geburtstagsgeschenk an ihn. Und Lukas sagte sehr ruhig und ohne seinen Vater anzusehen: *Wenn du die Lütten je anrührst, schlage ich dich tot.*

17.

Wenn Eva die Augen schloss und sich konzentrierte, schaffte sie es, sich einzubilden, das gleichmäßige leise Rauschen in der Ferne seien Wellen, die auf einen Strand liefen. Sie versuchte sich diesen Strand vorzustellen, ein Karibikklischee aus weißem Sand und Palmen, die dicht über den Boden wuchsen, dahinter ein leuchtendes Blau. Ein Bild, das sie nur aus der TUI-Werbung kannte, die im Reisebüro des Viertels im Fenster hing, weil es sie in derart weite Fernen nie gezogen hatte; nur eines der Dinge, die sie in letzter Zeit angefangen hatte zu bedauern. Sie wäre gern eine Person, die es in die Ferne zog.

Ein lautes Hupen holte sie zurück auf den vertrockneten Rasen der Wirklichkeit, auf dem sie im Schneidersitz saß, verdeckt von den Tannen am Ende des Grundstücks, hinter denen einen guten Kilometer entfernt die Autobahn rauschte. Die hohen Hecken zu allen Seiten waren der ausschlaggebende Grund, weshalb sie sich im vorigen Jahr für diesen Garten entschieden hatten. In der Parzelle ihrer Kindheit hatte man wie auf dem Präsentierteller gesessen, was ihre Eltern nicht zu stören schien. Die sozialistische Strenge, oder, wie Lukas sagen würde, Blockwartmentalität, mit der die Kleingartenkolonien dieser Stadt heute noch von denselben Leuten geführt wurden, war berüchtigt. Dieser Verein schien jedoch eine Ausnahme zu sein, wie Friederike und Gregor, von denen sie damals den Tipp bekommen hatten, begeistert erzählt hatten. Viele junge Familien, wenig Deutschlandflaggen, ein Vorstand, der die Satzung großzügig auslegte, sich nicht darum kümmerte, was man auf dem eigenen winzigen Stück Grund anpflanzte und was nicht. Lukas hatte große Pläne gehabt, die Fläche, die ein Beet hätte werden sollen, um den Kindern die Abläufe der Natur näherzubringen, war immerhin umgegraben, einige Johannissträucher waren versetzt, Sonnenblumen nicht gepflanzt, sondern von selbst gewachsen; für Tomaten hatte es noch nicht gereicht. Auf der schattigeren Seite wucherte ein wildes, störrisches Kraut, dessen Namen Eva nicht kannte, und dort, wo die Terrassenplatten aufhörten und der Rasen anfing, der unverwüstliche Rosmarin. Es war ihr erster Frühling in diesem Garten gewesen in diesem Jahr, und sie hatten sich ernsthaft vorgenommen, etwas aus dem Ort zu machen. Aber es war immer etwas dazwischengekommen, die Zeit war nie genug, der Weg dann doch ein Stück zu weit ohne ein Auto, das sie nicht hatten und nicht wollten, und der Frühling war wie in jedem Jahr unbemerkt in einen Sommer übergegangen. Es war Lukas gewesen, der diesen Garten gewollt hatte. Eva hatte von Anfang an gedacht, dass es ein Fehler war. Obwohl der Abstand, dem Zustand und der Dringlichkeit, mit der die Erben des Vorpächters ihn hatten loswerden wollen, geschuldet, sensationell niedrig gewesen war.

Eva versuchte, an gar nichts zu denken, einfach nur anwesend zu sein, den Moment zu spüren, wie das Buch, das aufgeschlagen vor ihr lag, es befahl. Einatmen, halten, ausatmen. Die Handflächen auf den Knien nach oben gedreht, Daumen und Zeigefinger aneinandergelegt, die

Augen geschlossen. In den Bauch atmen, stand da, wohinein denn sonst, dachte Eva. Sie spürte ein Ziehen im unteren Rücken. Es war ungewohnt, so lange gerade zu sitzen. Das Mantra, mit dem die Yogaübung einzuleiten sei, hatte sie auswendig gelernt, es war nicht schwer, *Ong Namo, Guru Dev Namo*; dreimal wiederholt, gefolgt von einem sogenannten Schutzmantra. Eva brachte es nicht über sich, die Worte laut vor sich her zu sagen, während sie ihre Handflächen wie zum Gebet aneinanderlegte und vor der Brust zusammendrückte.

Der Vorpächter war ein alter alleinstehender Mann gewesen, dessen Spuren im Preis inbegriffen waren. Die Zinnkrüge, die oben auf der Schrankwand aufgereiht standen, hatten sie gelassen, wo sie waren. Eva hatte sie wegräumen wollen, auch wenn sie nicht gewusst hatte, wohin, aber Lukas wollte sie noch eine Weile behalten, aus dieser Überlegenheit heraus, die er als Faszination tarnte und mit der er sich allem widmete, was er aus seiner Kindheit in seinem Deutschland nicht kannte. Eva hatte sich darauf eingelassen, sie hatte auf den Moment gewartet, da der Witz sich abnutzen und sie die Krüge hätte verschwinden lassen können, aber sie hatten sich nach einer Weile genauso unbemerkt im Blickfeld festgetreten wie der Schwibbogen, der jetzt ganzjährig im Fenster stand, hinter einer vergilbten Spitzengardine auf einer Plastestange, die bei jeder versehentlichen Berührung herunterfiel. Die sie eines Tages austauschen würden, wenn sie diese Hütte endlich ernsthaft aus- und umräumen, renovieren, neu einrichten würden. Sie hatten sich dieses Vorhaben immer wieder bestätigt, in Nebensätzen dahingesagt, wie so viele Man-müsste-Mals und

Man-könnte-Dochs. Wenn, dann. Es war zu einer Art Mantra geworden, auch ein Schutzmantra, wenn man so wollte, dachte Eva. Eines, das sie davor schützte, sich mit sich selbst zu beschäftigen, weil es immer einen Vorrat an Dingen gab, mit denen man sich theoretisch irgendwann einmal beschäftigen würde, gäbe es nicht all die anderen Dinge, mit denen man praktisch bereits beschäftigt war. Ein nicht unbeachtlicher Teil ihres Lebens war über die Jahre in diesem schwarzen Loch der theoretischen Beschäftigungen verschwunden, weil es immer genügend Sachen gab, die keinen Aufschub duldeten. All die blutigen Knie und laufenden Nasen, die Bauchschmerzen und verstauchten Arme, Schulaufführungen, Friseurtermine, Kindergeburtstage. Einatmen, halten, ausatmen.

Ein Halbsatz im Gespräch mit dem Sohn des Vorpächters hatte suggeriert, dass sein Vater hier gestorben war. Vielleicht war er im Garten plötzlich zusammengebrochen oder beim Heckeschneiden von der Leiter gefallen. Womöglich war er einfach nicht mehr aufgewacht, als er einmal hier übernachtet hatte, wie Eva es seit einigen Wochen tat, im Schlafsack auf dem aufblasbaren Gästebett, den Teddy-Hasen neben ihr, den Leo ihr geliehen hatte, damit sie nachts nicht so allein war; ein kritischer Moment, der sie Kraft gekostet hatte. Sie hatte damals nicht so genau wissen wollen, was mit dem alten Mann geschehen war, und auch Lukas hatte nicht nachgehakt, wenngleich Eva gespürt hatte, dass es in ihm arbeitete. Sie hatten sich vielsagend in die Augen gesehen, aber dann nie darüber gesprochen, auch später nicht, als der Sohn des Vorpächters sichtlich erleichtert wieder abgefahren war und sie für einen Moment auf der Terrasse standen, den Blick auf die Tannen am Ende des Grundstücks gerichtet, hinter denen die Autobahn vor sich hin rauschte. Lukas hatte den Arm um sie gelegt, er hatte zufrieden ausgesehen, und Eva erinnerte sich an die Beklemmung, die sie empfunden hatte. Sie hatte dennoch, aus Konditionierung oder dem Bild zuliebe, den Kopf an seine Schulter sinken lassen und dabei den Eindruck gehabt, sich selbst von außen zu betrachten, in diesem Moment, der vielleicht bereits der Anfang vom Ende gewesen war. Es war ein ganz ähnliches Gefühl wie das, was sie an ihrem vierzigsten Geburtstag gehabt hatte. Seitdem hatte sie einen wiederkehrenden Traum, der immer gleich ablief: Sie rannte eine Treppe hinauf, die, sobald sie oben ankam, unter ihr wegbrach. Wie in einem Actionfilm schaffte sie es immer gerade so, auf die nächste Plattform zu gelangen, von der aus sie weiter emporsteigen musste, über eine nächste Treppe. Ein schier unendliches Treppenhaus, das sich, sobald sie das nächste Stockwerk erreichte, auflöste. Nachdem sie diesen Traum zum ersten Mal gehabt hatte und Lukas davon erzählte, hatte er ihr einen begeisterten Vortrag über den Zusammenhang von Super Mario und Buster Keaton gehalten und von einer Ausstellung berichtet, die er vor Jahren in Berlin gesehen hatte. Vor Kurzem war dieser Traum wiedergekehrt, und als Eva in der folgenden Woche Frau Doktor, wie sie ihre Therapeutin im Geiste nannte, obwohl diese keinen Doktortitel hatte, davon erzählte, fasste die es so zusammen: *Sie kommen dahin, wo Sie hinwollen, aber dann können Sie nicht mehr zurück.* Dieser Satz hatte sich in Evas Kopf eingenistet und mit ihm ein Gefühl von Vergeblichkeit, das sie nicht mehr loswurde. Zu ihrem eigenen Erstaunen hatte sie begonnen, sich auf die Therapiestunden zu freuen, die jetzt zweiwöchentlich stattfanden, dem Wechsel von Kinderwoche und Nichtkinderwoche geschuldet. All diese neuen Vokabeln in ihrem Leben: Kinderwoche. Nestmodell. Es würden womöglich bald weitere dazukommen: Aufenthaltsbestimmungsrecht. Düsseldorfer Tabelle. Eva kannte diese Begriffe von Freundinnen und Kolleginnen, sie hatte nicht damit gerechnet, sie jemals auf ihr eigenes Leben anzuwenden. Sie genoss es, dass es eine Person gab, die ihr zuhörte, ohne dass sie den Gefallen zurückgeben musste. Die dafür bezahlt wurde, und das nicht einmal von ihr selbst. Die Lukas nicht kannte und ihn nicht verteidigte, im Gegenteil. Eva hatte das Gefühl, dass Frau Doktor den Herrn Lukas, wie sie ihn nannte, nicht leiden konnte, auch wenn sie professionell genug war, wenigstens zu versuchen, es sich nicht anmerken zu lassen. Eva empfand eine leise Genugtuung, wenn sie Frau Doktor so über ihn sprechen hörte. *Der Herr Lukas*, das klang ein wenig spöttisch und distanziert. Fast wie ein Fremder, wie jemand, der nur am Rande vorkam, der ihr Leben wie ein Gast betrat, und so war es momentan auch. Der Spuren hinterließ im Nest. Eva ertappte sich dabei, wie sie diese Spuren verfolgte, wenn sie nach einer Woche in der Laube zurückkehrte, den Browserverlauf des Familiencomputers kontrollierte und welche Serien er auf Netflix sah; Dinge, die ihr früher nicht in den Sinn gekommen wären. Sie war nie eifersüchtig gewesen. Sie war immer eifersüchtig gewesen, aber sie gestand es sich nicht zu, danach zu handeln. Es wäre ihr kleinlich erschienen, albern und darüber hinaus sinnlos. Sie war davon überzeugt, dass eine gute Beziehung nicht nur auf dem beruhte, was man von sich preisgab, sondern ebenso auf dem, was man einander verschwieg. Sie hatte Jahre gebraucht, um das zu begreifen.

Evas Knie knackten unmissverständlich, als sie aufstand, um sich ein Glas Wasser zu holen. Sie meinte, den Geist des Vorbesitzers im Haus zu spüren, nicht auf eine unangenehme Art, sie stellte ihn sich vor wie einen Engel, der von seiner Wolke auf sie herabsah. In Lukas' Gegenwart konnte sie das Wort Engel nicht aussprechen, ohne dass er jedes einzelne Mal grinsend *geflügelte Jahresendfigur* rief. Sie drehte den Wasserhahn auf, starrte eine Weile auf das dünne Rinnsal, das im Abfluss verschwand, und fragte sich, ob es irgendwann aufhören würde, dass Lukas sich in jeden ihrer Gedanken drängte. Ob es stimmte, dass man halb so lang, wie eine Beziehung gedauert hatte, brauchte, um über sie hinwegzukommen. Ob sich immer noch jeder zweite oder dritte ihrer Gedanken auf Lukas beziehen würde, wenn Ada volljährig wäre und Leo ein launischer Teenager.

Eva hörte das Tor quietschen. Über den zugewucherten, schmalen Steinplattenweg, der zwischen Hecke und Haus entlang in den hinteren Teil des Gartens führte, kam in dem tapsigen Gang eines alten Mannes ihr Vater. Sah sich orientierungslos um, die schiefe Körperhaltung nicht allein dem prall gefüllten Leinenbeutel geschuldet, der an seiner rechten Schulter hing. Eva dachte, dass er auch einmal Yoga ausprobieren sollte, dass sie sich jedoch hüten würde, es ihm anzutragen. Was der Bauer nicht kennt, dachte sie, und dass das schon wieder ein

Lukas-Satz war. Ihr Vater blieb vor ihr stehen, presste die Lippen aufeinander und nickte, als hätte sie etwas gesagt. Als er ihr den Beutel reichte, registrierte sie ein leichtes Zittern seiner Hand. So ist das, dachte Eva und nahm den Beutel entgegen. *So ist das,* sagte ihr Vater und folgte ihr ins Haus, wo sie Äpfel, Bananen, einige Packungen *Heiße Tasse* und eine 500-Gramm-Tüte Bauernschnitten auspackte, die Eigenmarke vom Kaufland. Ihre Eltern mussten sie für komplett lebensunfähig halten, dachte Eva. Die rote Thermoskanne, die mehrere Staatsformen überlebt hatte. *Kaffee*, sagte ihr Vater, *hat die Mutter gekocht*. Eva wartete darauf, dass er ihr Grüße ausrichtete, serviert mit einer Ausrede, warum die Mutter nicht mitgekommen war. Sie betrachtete die Lebensmittel, und ein kurzer Anflug von Rührung überkam sie: dass es nicht aufhörte, dass dieser Versorgungsdrang dem Nachwuchs gegenüber niemals nachließ.

Ada sagt, du wohnst jetzt hier im Garten, sagte er mit einer Mischung aus Ungläubigkeit und Spott in der Stimme, nachdem er ihr den Rücken zugewandt hatte, um die Zinnkrüge auf der Schrankwand einer genauen Betrachtung zu unterziehen. Sie könnte sie ihm schenken, dachte Eva, dass sie darauf noch nicht gekommen war. Er würde sich vermutlich ernsthaft darüber freuen, und die Mutter war ja ohnehin schon beleidigt. Sie betrachtete die altersfleckigen Hände, die hinter dem krummen Rücken nervös den leeren Leinenbeutel wrangen, und stellte sich vor, was wäre, wenn ihr Vater am Ende allein bliebe, wie der alte Mann, der jetzt als geflügelte Jahresendfigur wohlwollend von seiner Wolke herabsah, weil endlich einmal jemand seine Sammlung würdigte. Sie wünschte sich, dass es nicht ihr Vater wäre, der übrig bliebe, sondern ihre Mutter. Weil er einer Generation von Männern angehörte, die immer schon und immer noch alles an ihre Frauen abgaben. Sie erinnerte sich an die letzten Jahre ihres spät verwitweten Großvaters, die Hilflosigkeit eines Mannes, der einen VEB geleitet, sich jedoch im Leben keine Mahlzeit selbst zubereitet und keinen Knopf selbst angenäht hatte. Sich hatte Eva auch immer als diejenige gesehen, die übrig bliebe. Weil sie davon ausging, am Ende allein zu sein. Weil sie glaubte, dass Lukas ohne sie nicht zurechtkäme. Aber sie ahnte, dass das nicht der Wahrheit entsprach. Sie hatte keine Lust, diesen Gedanken zu Ende zu denken. Es war niemand gestorben. Ihre Eltern lebten, sie lebte, und Lukas lebte, und sie kamen klar, weil es das war, was sie taten. Weil sie keine andere Wahl hatten, so einfach war das.

Ich soll dich natürlich schön von der Mutter grüßen, sagte ihr Vater.

Lass mich raten, sagte Eva, *sie hat heute einen Termin? Friseur? Arzt? Oder ist bei Kaufland die Butter im Angebot?* Eva wusste, dass sie ungerecht war, aber es verletzte sie, dass ihre Mutter nicht das Bedürfnis hatte, sie zu sehen. Nicht, dass Eva sie hätte sehen wollen, es ging ums Prinzip. Eine Mutter, dachte Eva, sollte doch, und dann fiel es ihr auf. Was eine Mutter sollte und, vor allem, was nicht, hatte ihre Mutter ihr am Telefon erklärt. *Glaubst du, für mich war das ein dauerndes Vergnügen mit deinem Vater, mit euch? Da rennt man doch nicht gleich davon!* Sie konnte sich vorstellen, wie sie Lukas bemitleideten. Es half nicht, dass sie ihm nichts vorzuwerfen hatte, nichts bis auf die Summe der einzelnen

Teile. Die Sache mit Leo war gut ausgegangen, das war am Ende alles, was die Eltern interessiert hätte, wenn Eva es über sich gebracht hätte, ihnen davon zu erzählen. Aber das hatte sie nicht. So viel Loyalität war noch vorhanden, und außerdem ging es nicht darum. Worum es ging, konnte sie nicht sagen. Sie war es leid. Das hatte sie letzte Woche zu Frau Doktor gesagt: *Ich bin es einfach leid gewesen. – Was genau*, hatte Frau Doktor gefragt, und Eva hatte eine ganze Weile nachgedacht und gesagt: *Das Leben, das wir führen. Miteinander, ohne einander, aneinander vorbei. Diejenige, die ich mit Lukas bin*. Später war ihr dieser kitschige Spruch eingefallen, den sie einmal im Internet gelesen hatte: dass es galt, den Menschen zu finden, der dir half, die bestmögliche Version deiner selbst zu sein. Sie hatte in den letzten Jahren, ohne es begründen zu können, das immer stärkere Gefühl, dass Lukas sie zur schlechtestmöglichen Version ihrer selbst machte.

Der Kaffee, den die Mutter gekocht hatte, war erwartungsgemäß dünn. Ein Erkennen flackerte in den Augen ihres Vaters auf, als er einen der verstaubten Klappstühle auseinanderzerrte und mit der Hand über das verblichene Blumenmuster strich. *Ich habe leider keine Milch*, sagte Eva und goss sich selbst einen Schluck Hafermilch in ihren Kaffee, mit der sie ihrem Vater nicht zu kommen brauchte, wie er mit Sicherheit sagen würde, also kam sie ihm nicht damit. Sie hatte begonnen, sich probehalber vegan zu ernähren, Ada zuliebe, aber vor allem weil der alte Kühlschrank hier in der Laube kaputt war und Milchprodukte zu schnell schlecht wurden. Sie saßen schweigend nebeneinander auf den alten Klappstühlen aus der Laube ihrer Kindheit, schauten auf die Tannen am Ende des Gartens und tranken den dünnen Kaffee, der in den Plastebechern zu schnell abkühlte. Eva dachte, dass ihr Vater der einzige Mensch war, mit dem sie so schweigen konnte. Weil es nichts zu sagen gab, was irgendetwas einfacher gemacht hätte. Weil es nie etwas zu sagen gegeben hatte zwischen ihnen, das sie einander hätte näherbringen können, als dieses friedliche gemeinsame Schweigen es konnte. Eva erinnerte sich nicht, wann sie das letzte Mal zusammen allein gewesen waren, ohne die Kinder, mit denen es unmöglich war zu schweigen, ohne den strengen Blick der Mutter, die längst angefangen hätte, ungefragt irgendetwas zu reinigen, ohne Lukas' ängstlich-bemühten Small Talk, der die Unsicherheit ihrer Eltern gegenüber Menschen wie ihm immer noch persönlich nahm. Sie spürte, dass ihr Vater innerlich Anlauf nahm, dass er mit sich rang. Sie dachte darüber nach, wie sie ihm das Gefühl vermitteln konnte, dass er nichts sagen müsse, und setzte ein Gesicht auf, das für Schüler reserviert war, die ihre Hausaufgaben nicht gemacht hatten, weil die Eltern sich gerade trennten, oder nicht an die Tafel kommen wollten, weil sie unter den Blicken der anderen litten. Sie konnte sehen, dass er sich Sorgen machte, und wenngleich es übertrieben schien zu behaupten, dass sie diesen Zustand genoss, war es doch eine interessante Wendung der Dinge, dass ausnahmsweise sie das Sorgenkind war und nicht ihr Bruder mit seinen Ideen, wie ihr Vater es nannte. Juris Ideen waren nicht seine, also Uwes, und sie waren genau genommen nicht einmal Juris, sondern stammten aus dem Internet, wie der Vater sagte, mit einer Betonung, die das Wort Internet in Anführungszeichen steckte, als sei dessen Existenz umstritten. Dabei gehörte das Internet an sich zu den wenigen Dingen, an deren Existenz Juri nicht zweifelte.

Ihr Vater schüttete den letzten Schluck kalten Kaffee in den Rosmarin und sagte unvermittelt in die von der Autobahn zerrauschte Stille hinein: *Könnt ihr euch nicht verstehen.*

Könnt ihr euch nicht verstehen, keine Frage, eine Ansage.

Könnt ihr euch nicht einfach verstehen.

Das hatte er früher schon seufzend gesagt, wenn Eva und Juri sich gezankt hatten und nicht damit aufhören wollten, wenn Juri theatralisch auf dem Schoß der Mutter gesessen und berichtet hatte, auf welche Weise Eva ihm Unrecht tat.

Denkst du, dein Vater und ich hatten keine solche Phasen?, hatte die Mutter am Telefon gesagt. Es hatte Eva erstaunt, aber sie hatte versucht, sich das nicht anmerken zu lassen. Ihre Eltern waren ihr trotz allen Zänkereien immer wie eine unauseinanderdividierbare Einheit erschienen. Dass sie überhaupt angerufen hatte, war erstaunlich. Ihre Eltern riefen sie genauso wenig an wie Lukas' Eltern, mit Ausnahme von Geburtstagen. Weil der Prophet zum Berg käme, nicht andersherum, wie Lukas' Vater einmal ernsthaft gesagt hatte. Wie sein Sohn hatte auch ihr Schwiegervater die Angewohnheit, die Wahrheit zu sagen, indem er diese ins Lächerliche zog.

Nein, sagte Eva und sah ihren Vater an, bis er ihren Blick erwiderte. *Offensichtlich können wir das nicht*, und sie stand auf und holte den Gartenschlauch, um irgendetwas zu tun zu haben. Sie spürte eine Wut in sich anrollen, auf Lukas, der die Kinder zu ihren Eltern mitgenommen und sich deren Auto geliehen hatte, um zu seinen Eltern nach Hamburg zu fahren und ihnen bei der Gelegenheit offenbar die ganze Geschichte erzählt hatte, oder jedenfalls seine Version davon. Wie auch immer diese aussah. Sie konnte sich nicht vorstellen, wie Lukas über sie sprach, wenn sie nicht dabei war. Wenn sie dabei war, sprach er nicht über sie. Er war nicht wie Gregor, einer dieser Männer, deren Humorrepertoire von amerikanischen Stand-up-Comedians abgeschaut war und im Wesentlichen darauf beruhte, wie schrecklich es war, verheiratet zu sein, wie sehr sie ihre Frauen hassten, oder Frauen im Allgemeinen. Friederike schien sich daran nicht zu stören, weil Gregor es, wie sie Eva gegenüber einmal gesagt hatte, ja nicht so meinte, und Eva hatte gedacht, dass es sie trotzdem stören würde. Dass es sie erst recht störte, stellvertretend für Friederike.

Ihr Vater erhob sich, faltete die Hände auf dem Rücken und schritt die Hecken ab, bückte sich in die Beete oder das, was einmal Beete werden sollten. Schüttelte den Kopf, sah zu Eva hinüber, sah wieder weg. Als hätte er beschlossen, dass es nicht der richtige Zeitpunkt war, sie auf die offensichtlichen Missstände in ihrem Garten hinzuweisen, wenn er sie gerade auf die noch offensichtlicheren Missstände in ihrem Leben im Allgemeinen hingewiesen hatte. Nicht, dass es hier wie dort eines Hinweises bedurfte.

Na ja, sagte ihr Vater und schlug sich mit den Handflächen gegen die Oberschenkel, *so ist das*. Beginn und

Abschluss einer Konversation, die nicht stattgefunden hatte. Die noch nie stattgefunden hatte, dachte Eva. Etwas in ihr verspürte den Wunsch, dieses kleine Stück Grün einfach sich selbst zu überlassen, es nur ab und an zu gießen, damit es nicht völlig vertrocknete, und sich weiterhin zu sagen, dass sie im nächsten Jahr etwas pflanzen würden. Und es dann nicht zu tun und sich einzureden, dass sie es nicht geschafft hatten, dass sie es aber sicher im kommenden Jahr anders machen würden, um dann so weiterzumachen und immer weiter, und der Garten würde nicht leben und nicht sterben, und ab und an würde unverhofft etwas Schönes blühen, das, wie die Sonnenblumen, ganz von allein entstanden war. Aus einem Impuls von außen, der versehentlichen Hilfe eines Nachbarn oder eines Vogels, der sein Mittagessen hatte fallen lassen. Es war die perfekte Metapher für ihre Ehe, dachte Eva und musste lachen über diese Gedanken. Ihr Vater, der jetzt vor ihr stand und sie ansah, lachte auch, ohne zu wissen, worüber, er lachte mit ihr, erleichtert, dass seine Tochter das Lachen nicht verlernt hatte. *Na ja*, sagte er, im Unklaren lassend, ob sich die folgende Aussage auf den Garten oder auf Evas Leben bezog: *Gibt Schlimmeres*. Eva richtete den Gartenschlauch auf ihn. Ihr Vater machte einen erstaunlich agilen Satz nach hinten, strauchelte, fing sich, sah ungläubig an sich herab. Dann sah er wieder auf, und für einen Moment war Eva neun Jahre alt und ihr Vater kurz davor, ihr eine zu schallern, bevor ihm einfiel, dass Ohrfeigen für den Sohnemann reserviert waren. Sie stellte das Wasser ab und ging hinein, um ihm ein Handtuch zu holen. Zum Glück war Sommer, dachte sie. Noch wenige Wochen, dann wären die Ferien vorbei, und sie würde eine Lösung finden müssen für die Zeit, die kam. Für erst mal, für alles. Und sie würde eine Lösung finden, weil es das war, was sie tat. Weil sie keine andere Wahl hatte, so einfach war das.

18.

Der Geruch von Pizza lag in der Luft, der von den Familienvätern ausging, die freitagabends ihre Kinder in der Videothek parkten und nebenan die telefonisch aufgegebenen Bestellungen einsammelten, um dann mit riesigen flachen Pappkartons in den Händen zurückzukehren. Obwohl es für Jette seit Jahren keine Rolle spielte, welcher Tag es war, da sie in allen Jobs an Wochenenden und Feiertagen hatte arbeiten müssen, wurde sie dieses spezielle Wochenendgefühl nie ganz los. Vor dem Indie-Regal standen zwei ineinander verschlungene junge Körper, die seit einer halben Stunde jede einzelne Hülle herausnahmen, sich die Zusammenfassung auf der Rückseite durchlasen und die Hülle unentschlossen wieder zurückstellten. Jette verspürte eine heftige, grundlose Verachtung. Im Gegensatz zu allen Menschen, die sie kannte, hatte sie das Alleinsein immer als Standardeinstellung empfunden. Ob man einen anderen Menschen traf, der zu einem passte, hing von einer so absurden Kette unwahrscheinlicher Zufälle ab, dass es ihr ein Rätsel war, wie Menschen zueinander fanden. Sie ahnte, dass andere Leute das mit dem Passen nicht so eng sahen. Die meisten Menschen schienen Beziehungen zu suchen, wie man eine Wohnung suchte. Am besten, man hatte die nächste schon klargemacht, bevor man den alten Vertrag kündigte, als käme das Singledasein der Obdachlosigkeit gleich.

Jette holte ihr Handy hervor und rief den WhatsApp-Dialog mit Lukas auf, wie sie es mehrmals am Tag tat, um zu sehen, ob er online war. Um ihm zu schreiben, obwohl er nicht online war, und es dann doch nicht zu tun, weil sie ihm nichts zu sagen hatte. Vor ein paar Tagen hatte Lukas ihr ein Foto geschickt, auf dem eine Bratpfanne zu sehen war, die auf dem Herd stand, in der sich eine Mischung aus Reis und verschiedenen undefinierbaren Gemüsesorten befand, unterschrieben mit der überflüssigen Information, dass er gerade kochte. Die Vorstellung, dass Lukas zu Hause am Herd stand, mit einem Holzspatel in einer Pfanne rührend, bestimmt beschichtet, bestimmt nicht billig, und dabei so zufrieden mit sich war, dass er auf die Idee kam, ein Foto davon zu machen, es jedoch nicht wie ein normaler Mensch auf Social Media postete, sondern es Jette schickte, löste etwas in ihr aus, das sie nicht benennen konnte. Als sei dies etwas, das sie taten, als hätten sie ein Verhältnis, in dem solche Dinge Platz fanden. Jette hatte das Foto bis zur Unkenntlichkeit herangezoomt und jedes Detail betrachtet, die Flasche Olivenöl im Hintergrund, das teure aus dem Bioladen. Die gleiche Ikeaschüssel, wie ihre Mutter sie besaß. Die Gewissheit, dass Lukas gerade einmal einen Moment für sich hatte und dass sie es war, an die er in diesem Moment dachte, löste eine Sehnsucht in Jette aus, gegen die sie machtlos war. Nach einem Alltag, in dem man abends kochte, weil es sich lohnte zu kochen, wenn mehr als eine Person am Abendbrottisch saß. Zugleich machte es sie wütend, dass Lukas in der Lage war, ihr so achtlos ein Bild zu schicken, das ihr in seiner nackten Normalität intimer erschien als ein Dickpic.

Der Laden hatte sich ein wenig geleert, und Jette nutzte die Gelegenheit, die Kaffeemaschine sauber zu machen, in der Hoffnung, dass nicht irgendjemand um diese Zeit noch einen Hafermilch Latte bestellte. Auf der Innenseite des Tresens klebte ein Post-it, auf dem die Chefin zur Geburtstagsfeier in ihrem Garten einlud, die vermutlich bereits in vollem Gange war. Jette hatte eigentlich keine Lust, aber sie hatte noch nicht zu Abend gegessen, und das Post-it versprach Bier und Gegrilltes, also gab sie – nachdem sie das Knutschpärchen zweimal darauf hingewiesen hatte, dass sie demnächst schließen würde, und es sich nach langem Hin und Her für *Zurück in die Zukunft* entschied, alle drei Teile, was Jette derart milde stimmte, dass sie ehrlicherweise darüber Auskunft gab, dass sich der dritte Teil nicht lohnte – die Adresse, die auf dem Post-it vermerkt war, in Maps ein, schloss den Laden ab und fuhr mit dem Fahrrad durch den Park Richtung Süden.

Die Chefin wohnte in einem dieser typischen Leipziger Altbauten mit rotgelben Klinkern und dunkelgrün gestrichenen Fensterrahmen, die trotz ihrer Jugendstilfassaden eine gewisse Bescheidenheit ausstrahlten. Jette durchquerte den von Kinderwagen und Fahrradanhängern flankierten Hausflur und betrat den Garten mit dem Gefühl vorauseilender Erschöpfung, das sie immer überkam, wenn sie zum ersten Mal an einem Ort war und nicht wusste, was sie erwartete. Der Garten war groß und angenehm unübersichtlich. Links von der Tür stand ein Tapeziertisch, der überquoll von Salatschüsseln, Broten, Suppentöpfen und Kuchen. Ein Gefühl der Überforderung breitete sich in Jette aus, das sie an Buffets grundsätzlich überfiel. Sie riss lediglich ein Stück von einem Baguette ab und nahm sich ein lauwarmes Bier aus einer Kiste, die unter dem Tisch stand. Das Bier war bio, die Musik gedämpft, die Menschen waren Kinder, die in einer lauten Schar durch den Garten rannten, oder Erwachsene, die sehr erwachsen aussahen. Im Baum hingen bunte Lampions, am anderen Ende des Gartens stand eine Feuerschale. Jette erkannte unter den Leuten, die sich darum gruppiert hatten, zwei ihrer Kollegen und ging zu ihnen hinüber. Auf dem Weg dorthin kam ihr die Gastgeberin entgegen. Jette hielt ihrer Chefin die Bierflasche zum Anstoßen hin, aber Anke hatte gerade kein Getränk in der Hand, sondern ein Geschenk, das schwer aussah und Jette peinlich daran erinnerte, dass sie selbst mit leeren Händen gekommen war. Sie sagte *Happy birthday, Chefin*, und Anke lachte und sagte *Ach hallo, cool, dass du noch gekommen bist, war viel los heute? Entschuldige mich*, und verschwand in der Menge. Jette stellte sich ans Feuer zu Jay und Silent Bob, wie sie ihre Kollegen im Stillen nannte, weil sie den beiden tatsächlich ein wenig ähnelten. *Sag mal, wie ist denn das so, wenn man einen Roman schreibt*, sagte Konne, der eigentlich Konrad hieß und sein offenes kariertes Flanellhemd und das verwaschene T-Shirt mit dem brüchigen *Jaws*-Druck darunter vermutlich so lange unironisch getragen hatte, bis es vor einer Weile versehentlich wieder cool geworden war. Konne hatte sich überlegt, dass er auch mal ein Buch schreiben könnte. Er habe da eine Fantasygeschichte im Kopf. Jette starrte ins Feuer, während er in einen Monolog über Drachen und Amazonen verfiel. Sie war sicher, dass Konne noch nie eine Freundin gehabt hatte. Vor einer Weile hatte es eine Kundin gegeben, die er verehrte, er hatte sich ihre Handynummer aus der Datenbank gezogen und ihr zweifelhafte Nachrichten geschrieben, was neben einem Wutanfall der Chefin dazu geführt hatte, dass besagte Kundin nicht mehr in der Videothek auftauchte. Das Cover-Artwork seiner imaginären Fantasyromane hatte Konne schon entworfen, es sollte eine mehrbändige Reihe werden. *Willste mal sehen*, sagte er und holte sein Handy heraus. Jette sah zu Silent Bob hinüber, der eigentlich Adrian hieß und verschwörerisch die Augen verdrehte. Es war Adrian, der sie vor Kurzem gefragt hatte, ob sie einen Freund habe, was Jette erstaunt hatte, weil sie sich nicht erinnerte, dass er jemals zuvor das Wort an sie gerichtet hatte. Sie wäre gern noch einmal gefragt worden, um anders darauf zu antworten. Ein vages *Es gibt da jemanden,* oder *It's complicated*, irgendetwas, das ansatzweise der Wahrheit entsprach und sie ein wenig interessanter machte. Konne scrollte konzentriert durch die Fotos in seinem Handy, im Wesentlichen Memes und Screenshots, wie Jette durch einen Seitenblick feststellte. Sie holte ebenfalls ihr Handy heraus und aktivierte dabei versehentlich die Kamerafunktion. Kurz starrte ihr fremdes Gesicht sie an, orangerot vom Feuer beschienen, aus unvorteilhafter Perspektive. Sie drehte die Kamera um und machte ein Foto der Flammen, die gleichmäßig und formschön vor sich hin loderten, öffnete WhatsApp und schickte das Bild an Lukas. Er sollte sehen, dass sie ein Leben hatte, das ohne ihn auskam. Sie hatte seine Nachricht von vor ein paar Tagen noch nicht beantwortet, hatte nichts zu seiner Reispfanne gesagt, weil ihr nicht einfiel, was sie möglicherweise dazu sagen könnte, dass er zu Hause war und kochte, wie der gute Ehemann und Vater, der er war, und währenddessen in Hör- und / oder Sichtweite seiner Frau Fotos an Jette schickte, seine – was, Geliebte? War es das, was sie war? Jette fand, dass Geliebte eine absurde Bezeichnung war für eine Person, die offensichtlich nicht geliebt wurde. Die nur die zweite Geige spielte. Oder die dritte, oder vierte, sie konnte nicht mit Sicherheit sagen, dass sie die Einzige war. Sie wäre gern die Einzige für Lukas gewesen, zumindest die einzige Andere.

Oma Lene hatte einmal gesagt, es gäbe 73 verschiedene Arten von Liebe auf der Welt, sie habe sie alle gezählt. Sie alle aufzuzählen hatte sie leider jedoch keine Zeit gehabt, weil sie nach den Kartoffeln sehen, die Wäsche aufhängen, die Nachrichten im Radio hören musste. Es war Jette also nichts übrig geblieben, als zu glauben, dass es 71 Arten gab, auf die sie nicht geliebt wurde. Immerhin war sie auf eine Art von Oma Lene geliebt worden und, auch wenn es ihr schwerfiel, es sich einzugestehen, auf eine andere vermutlich von ihrer Mutter. Die übrigen würden noch kommen, hatte Jette damals gedacht.

Die Zwillinge rannten vorbei, Ankes Töchter, sie trugen identische, altmodische Kleider. Jette fragte sich, ob die *Shining*-Referenz Absicht war, und im selben Moment hörte sie Jochen, Ankes Mann, vom Buffet her rufen: *Alexa!*, gefolgt von etwas, das Jette akustisch nicht verstand. Sie dachte ok, wow, das gibt's nicht, sie haben es tatsächlich durchgezogen, aber dann ging die Musik weiter, und Jette begriff, dass Jochen mit seiner Bluetooth-Box gesprochen und nicht etwa seine Töchter nach

Figuren aus einem Stanley-Kubrick-Film beziehungsweise Stephen-King-Roman benannt hatte. *Ach, die Olsenbande*, sagte Konne und lachte. *Die Grady Twins*, sagte Adrian, und Jette fühlte sich ihm für den Moment verbunden. Adrian war gar nicht unattraktiv, dachte sie, man kam nur nicht gleich drauf. Sie wusste nicht viel über ihn und überlegte, ob er jemals eine Freundin erwähnt hatte oder einen Freund, es war nicht auszuschließen, obwohl ihr Gaydar bei ihm nicht ansprang. Aber nachdem sie sich dieses Jahr selbst derart überrascht hatte, war sie dazu übergegangen, bei diesem Thema nichts mehr auszuschließen, und darüber hinaus wirkte neben Konne jeder halbwegs gepflegte Mann schwul. Wie um diesen Gedanken zu unterstreichen, hielt er ihr sein Handy unter die Nase, um ihr den Coverentwurf für seine Romantrilogie zu zeigen, eine kämpfende Amazone, deren T-Shirt in Fetzen über ihren Apfelbrüsten hing; immerhin, zeichnen konnte er.

Jettes Handy vibrierte, Lukas antwortete ihr mit einem Foto, blauer Himmel über der Krugkoppelbrücke, Segelboote, die auf der Alster trieben. Rate, wo ich bin, Ausrufezeichen. Dass der Himmel blau war, deutete darauf hin, dass er das Bild schon vor Stunden aufgenommen hatte und somit vermutlich nicht mehr an der Alster, aber jedenfalls in Hamburg war, und Jette spürte eine eigenartige Erleichterung. Zu wissen, wo er sich befand, dass er vermutlich seine Eltern besuchte, und vor allem, dass er nicht in Leipzig war und sie somit nicht befürchten musste, ihm zu begegnen. Beziehungsweise, dachte sie: dass sie ihn nicht verpasste. Dass sie in Ruhe hier sein konnte, wo er nicht war, ohne darüber nachdenken zu müssen, ob er zu Hause bei seiner Familie war oder ob er ohne sie im Dorfkrug am Tresen saß.

Sie stellte ihre Bierflasche ab und folgte den Schildern, die den Weg zum Klo wiesen, der nach oben in die Wohnung führte. Der Schlüssel steckte von außen in der Tür, eine Vertrauensseligkeit, die Jette erschütterte. Im Flur brannte Licht, das Bad war frei, niemand außer ihr war in der Wohnung, und sie genoss den Moment der Stille und genierte sich gleichsam, sich in den fremden Räumen zu bewegen. Es roch nach Essen und sah aus, wie Jette es sich vorgestellt hatte. Sie nahm sich die Zeit, einen Blick in jedes Zimmer zu werfen, verharrte einen Moment im Wohnzimmer vor dem Bücherregal, betrachtete die Rücken der Bildbände, die Bastelarbeiten der Kinder, das gigantische *2001: A Space Odyssey*-Poster über dem Sofa. Als sie Stimmen vor der Wohnungstür vernahm, schlüpfte sie ins Badezimmer und schloss die Tür hinter sich ab. Ein großer Spiegel hing so, dass sie sich in Gänze sehen konnte, während sie auf der Toilette saß, und sie ließ ihren Blick durch den Raum schweifen, an einer bunten Reihe Handtücher, einer Großpackung Waschpulver, einer erstaunlichen Menge an Shampooflaschen auf dem Wannenrand vorbei und dachte an einen Satz, den Oma Lene einmal gesagt hatte: dass es zwei Sorten Menschen auf der Welt gab, die, die zu zweit waren, und die, die allein waren. Es überstieg Jettes Vorstellungskraft, wie es sein musste, ein Leben in der permanenten Anwesenheit eines anderen zu führen. Die Anstrengung, die darin lag, jede Kleinigkeit mit diesem Menschen absprechen zu müssen: was man zu Abend essen würde, welche Waschmittelmarke man kaufte, wer wann wo welches Kind abholte. Andererseits ahnte sie, dass diese Art der Existenz womöglich mit einer Leichtigkeit einherging, die der Umstand mit sich brachte, nicht jede Entscheidung allein treffen zu müssen. Vielleicht, dachte Jette, hoben sich die Anstrengung und die Leichtigkeit auf. Sie konnte es sich nicht vorstellen, wie es wäre, einen anderen Körper beinahe so gut zu kennen wie den eigenen. Die unfassbare Intimität, jemandem beim Kinderkriegen zuzuschauen oder, schlimmer noch, ein Kind zu gebären, während jemand zusah. Sie versuchte, sich ein Leben auszumalen, in dem sie täglich berührt wurde, von einer Person, die seit zwanzig Jahren dieselbe war. All die *Guten-Morgen-, Bis-später-, Bin-wieder-da-, Bitte-danke-, Schlaf-gut-*Küsse und -Umarmungen, die einem, wie Jette nur vermuten konnte, so selbstverständlich waren, dass man sie nicht hinterfragte, geschweige denn zu schätzen wusste. Berührung war etwas, das in ihrem Leben nur selten verfügbar war und das ihr, wenn es einmal für eine kurze Weile doch verfügbar war, so unerhört und kostbar erschien, dass sie es nicht genießen konnte, ohne daran zu denken, dass es womöglich bald wieder aufhörte. Das Unerträgliche war, dass man nie wusste, ob es bereits aufgehört hatte oder ob es ein nächstes Mal geben würde, und dass nicht sie es war, sondern Lukas, dem es zustand, diese Entscheidung zu treffen.

Vor der Badezimmertür unterhielten sich zwei Frauen gedämpft miteinander, *Toll, dass es noch geklappt hat*, sagte Anke, *schade, dass dein Mann nicht mitgekommen ist.* Was die andere Frau antwortete, ging im Rauschen der Toilettenspülung unter. Jette wusch sich die Hände, überlegte einen Moment, an welchem Handtuch sie sie abtrocknen sollte, und entschied sich für das, das am wenigsten benutzt aussah.

Im Flur, ihr zugewandt, stand Anke mit einer dunkelhaarigen Frau. Die Frau sagte, *Lukas ist mit den Kindern bei seinen Eltern, aber ich soll euch schön grüßen*, dann drehte sie sich unvermittelt um und sah Jette an. Jette dachte: Ehe du dichs versiehst, sind dein bester Freund und dein größter Feind ein Paar. *Ach*, sagte Lukas' Frau und sah ehrlich erfreut aus. *So sieht man sich wieder!*, und Jette sagte, *Das Bad ist frei* und stürzte zur Wohnungstür.

19.

Eva starrte auf ihre Füße, die auf Quadraten aus Marmorimitat der billigsten Sorte standen. Alles, was sie denken konnte, war, wie hässlich Lukas diese Fliesen fände. Fliesen, auf denen nie sein nasses Handtuch liegen würde. Sie sah sich in dem etwas verschnittenen, aber immerhin: Tageslichtbad um und versuchte, sich die furnierten Pressholztüren und die Halogenstrahler in der abgehängten Decke wegzudenken. Dinge, bei deren Anblick Lukas das Gesicht verziehen würde. Und er hätte recht. Wie so viele Leipziger Häuser war auch dieses Anfang der Neunzigerjahre auf die Schnelle saniert worden, mit schlampig verlegtem Laminat und der obligatorischen, alpinaweiß gestrichenen Raufasertapete.

Der Makler, ein kleiner Mann in einem schlecht sitzenden Anzug, hatte Schweißperlen auf der Stirn, seit sie zu Fuß durch ein Treppenhaus, das dezent nach Katzenpisse roch, in den dritten Stock gestiegen waren. Eva hatte sich kurzatmige Entschuldigungen angehört, dass es in diesem Haus keinen Aufzug gab, und erleichtert an die Stromrechnung gedacht. Sie folgte ihm durch leere Räume und sah Kunststoffverschalungen vor Heizungsrohren, die über Putz verliefen, Heizkörper, von denen der Lack platzte, schief angebrachte Steckdosen und Lichtschalter auf ungleichen Höhen. Lukas würde es hassen, dachte Eva. Die Fensterrahmen waren nicht aus

Holz, sondern aus Kunststoff, dafür würden sie vermutlich besser schließen. An solche Dinge dachte Lukas nicht. Eva sah hinunter in einen unspektakulären, ruhigen Hof. Ein abgestecktes Rechteck aus Maschendrahtzäunen, die Rückseite einer Garage, ein Birnbaum und eine Magnolie. Auf dem blauen Deckel der Papiertonne sonnte sich eine Katze. Ein guter Ort, um vorerst zu verschwinden. Sie stellte sich vor, wie schön es wäre, aus dem Fenster zu sehen, wenn die Bäume im Frühjahr blühten. Die Vorstellung, in einem Dreivierteljahr noch immer hier zu wohnen, erschien ihr weder unrealistisch noch beängstigend. Es würde gehen, dachte Eva. Es reichte aus.

In der Küche zeigte der Makler stolz auf die, wie er betonte, nigelnagelneue Spüle, eine dieser weißen, den billigsten, die es im Baumarkt gab, mit den dazu passenden Hängeschränken und einem von der Höhe nicht ganz dazu passenden Elektroherd. Letzterer war nicht nigelnagelneu, um die Platten herum hatten Jahrzehnte überkochender Milch braune Ringe in die Emaille gebrannt. Kratzspuren deuteten darauf hin, dass die Vormieter einen halbherzigen Reinigungsversuch unternommen und aufgegeben hatten. Eva dachte mit einem kurzen Anflug von Wehmut an die Ceranfelder und Vollholzarbeitsflächen und Schubladen mit Soft-Close-Mechanismus in ihrer Küche. Sie sah auf den rot-weiß karierten PVC-Boden hinunter und dachte an die alten geliebten Schachbrettkacheln in ihrer Wohnung. In Lukas' Wohnung. Sie hatte nicht daran gedacht, zu bleiben und ihn zu bitten, auszuziehen. Sie hatte daran gedacht, aber es schien ihr unstimmig, sie hatte den Gedanken verworfen.

Sie wollte diejenige sein, die ging. Diese Wohnung könnte, so absurd der Gedanke schien, ihre erste ganz und gar eigene sein, mit dem ersten Mietvertrag, auf dem einzig ihr Name stand. Sie war aus dem Plattenbau, in dem sie aufgewachsen war, nach Berlin gezogen, in die Ladenwohnung des Holländers in Kreuzberg 36, und von dort früher als geplant nach Leipzig zurück, in eine 1-Raum-Wohnung in den Meyer'schen Häusern, die ihr Vater für sie angemietet hatte. Dort wohnte sie noch, als sie Lukas kennenlernte, dessen Art zu wohnen das Gegenteil von Evas war. Sie mochte seine damalige WG, sechs Zimmer mit Ofenheizung in einer unsanierten Gründerzeitvilla. Lukas' riesiger Raum, mit abgewetztem Fischgrätparkett, Flügeltüren und einem von ihm selbst gebauten Hochbett, um dessen Pfosten dschungelartig Efeututen rankten. Der Kohleofengeruch, der im Winter nie ganz aus den Klamotten verschwand, den Lukas liebte, weil er ihm nicht vertraut war, weil er ein ganz anderes Leben antäuschte als das, das er kannte. Lukas gönnte sich den Luxus des Einfachen, weil er es konnte, und als er keine Lust mehr darauf hatte, als er sich plötzlich doch nach einer Zentralheizung sehnte, nach einer Einbauküche und einem Sofa, derart, wie man es idealerweise nur einmal im Leben kaufte, sagte er seinen Eltern Bescheid.

Ich würde die Wohnung nehmen, sagte Eva und versuchte, begeistert und gleichzeitig verzweifelt genug zu wirken. Ein leichter Schweißgeruch ging von dem Makler aus, sie hätte ihm gern gesagt, dass er um Gottes willen das Jackett ablegen solle bei diesen Temperaturen. Sie holte ihr Handy heraus und hielt es so, dass er das Foto auf dem Display sehen konnte, Ada und Leo, viel jünger, als sie inzwischen waren. *Für meine Kinder und mich. Wissen Sie, mein Mann und ich,* sie legte eine theatralische Pause ein und sah zum Fenster. Dann sah sie ihm in die Augen, *Es wäre wirklich gut, wenn ich sehr schnell etwas finde. Wo doch die Schule bald wieder losgeht.* Das Lächeln verschwand aus seinem Gesicht, er schob sein randloses Brillengestell mit dem Mittelfinger auf der Nase zurecht und nickte unsicher. Sie konnte sich vorstellen, dass er sich eine Geschichte ausmalte, in der Lukas nicht gut wegkam. Er war jünger als sie, um die dreißig, und er trug keinen Ehering. Vermutlich glaubte er daran, dass er es einmal besser machen würde, so wie sie und Lukas daran geglaubt hatten, mit dieser restjugendlichen Arroganz, die Menschen in dem Alter noch hatten. Eva drehte eine langsame Runde durch den Raum, sah sich alles noch einmal genau an. Sie spürte seinen Blick auf ihrem Körper und ließ ihm den Moment; er sollte sich ruhig wie ihr Retter fühlen.

Die Hitze stand in den Straßen, als sie das Haus verließ, in dem der Makler zurückgeblieben war, der noch einen weiteren Termin hatte, sich aber, wie er versprochen hatte, ganz bald melden würde. Eine junge Frau kam ihr entgegen, offensichtlich schwanger, und Eva beobachtete eifersüchtig, wie sie vor dem Haus stehen blieb und an der Fassade hinaufsah. Gegen eine Schwangere, dachte Eva, hätte sie keine Chance. Schwangere lösten etwas aus in den Menschen, gegen das nichts ankam. Ihre zweite Schwangerschaft war anstrengender gewesen als die erste, obwohl alle gesagt hatten, dass es andersherum sein würde. Die letzten Monate waren eine Qual, es war ein heißer Sommer gewesen, vor dem Herbst, in dem Leo geboren wurde, heißer noch als dieser.

Eva lief ein Stück am Kanal entlang, stieg eine steile, schmale Steintreppe hinauf und überquerte den Freisitz eines Restaurants, in dem sie und Lukas ein einziges Mal essen gewesen waren. Sie hatten drinnen an einem kleinen Tisch vor einem großen Fenster gesessen und auf das Wasser hinuntergesehen, Lukas hatte gerade ein großes Bild verkauft, sie hatten darauf angestoßen. Es lag eine Leichtigkeit über diesem Moment, wenn sie jetzt daran zurückdachte, obwohl sie nicht mit Sicherheit sagen konnte, ob sie diese Leichtigkeit damals empfunden hatte. Es war die Zeit, als sie einmal im Monat zu zweit ausgingen. Friederike und Gregor hatten sie auf die Idee gebracht, sie machten das auch so, *Date Night*, hatte Friederike es genannt und ihr alle vier Wochen das Babyphone über den Hausflur gereicht. Anfangs hatten Lukas und sie sich darüber lustig gemacht, wie über fast alles, was Friederike und Gregor taten. Hatten sich vorgestellt, wie die beiden Termine ausmachten für diese Abende, für Essen gehen, oder ins Kino. Oder für Sex, hatte Lukas vorgeschlagen, und sie hatten gemeinsam darüber gelacht, wie unerotisch es wäre, einen bestimmten Tag, eine bestimmte Uhrzeit dafür festzulegen und sich in den Kalender zu schreiben. Lukas hatte Gregors Stimme imitiert und sich vorgestellt, wie er sich aus einem Meeting mit den Worten *Entschuldigung, ich muss jetzt los, ich habe heute Sex mit meiner Frau* verabschiedete. Eva hatte gelacht, um Lukas einen Gefallen zu tun, aber insgeheim hatte sie gedacht, dass sie, wenn sie sich zum Sex verabreden würden, wenigstens wieder regelmäßig welchen gehabt hätten.

Vor der Eisdiele hatte sich eine lange Schlange gebildet, und Eva fühlte sich leicht bei dem Gedanken, einfach daran vorbeigehen zu können, sich nicht eine halbe Stunde in der Hitze anzustellen und keine Diskussion darüber führen zu müssen, ob es eine oder zwei Kugeln, mit oder ohne Streusel gab. An der nächsten Ecke bog sie in die Seitenstraße ab und stand nach wenigen Metern vor Ankes Laden. Das Licht fiel schräg auf die großen Schaufenster, in denen sich die Straße spiegelte. Eva blieb eine Weile im Schatten auf der gegenüberliegenden Seite stehen und sah unschlüssig hinüber. Die Tür war geöffnet, und vor der Videothek standen zwei alte Kinosessel an die Mauer gelehnt, ein kleiner runder Metalltisch daneben, eine weiße Porzellantasse darauf.

Drinnen war es überraschend kühl, Eva fröstelte, als sie in der Mitte des Raumes stand und sich umsah. Die Musik war ein wenig zu laut, aber sie gefiel ihr. Eine Band, die sie früher gern gehört hatte, der Name fiel ihr nicht ein. Sie hatte bis gestern Abend nicht gewusst, dass dieser Laden der Frau ihres Kollegen Jochen gehörte. Eva war seit Jahren nicht mehr hier gewesen, und sie wunderte sich ein wenig, dass es überhaupt noch Videotheken gab. Es sah noch aus wie damals, roch leicht feucht nach Keller und Staub, nach einer anderen Zeit. *Themen-Spezial* stand über einem Metallregal, Eva betrachtete die Cover der DVD-Hüllen, einige wenige, die ihr etwas sagten, *Jules und Jim*, *Ken Park*, *Die Träumer*. Letzteren hatte sie damals mit Lukas im Kino gesehen. Sie erinnerte sich bruchstückhaft an einen Film über junge Menschen, die gern Filme sahen und sie manchmal nachspielten. Einer der Schauspieler hatte sie an

Adam erinnert, den Engländer aus Berlin. In der einzigen Szene, die sie noch deutlich in Erinnerung hatte, stand dieser Mann am Herd, eine Zigarette im Mund, und briet Eier, während die Frau, die seine Schwester war, hinter ihm auf dem Küchenfußboden mit dem anderen Mann schlief, nachdem sie ein Foto von sich in seiner Unterhose gefunden hatte. Etwas an dieser Szene hatte Eva damals abgestoßen und gleichzeitig erregt. Der Film wurde in der synchronisierten Fassung gezeigt, wie es in den Nullerjahren noch in den meisten Kinos Leipzigs üblich war, worüber Lukas sich aufgeregt hatte. Er war jemand, der Filme prinzipiell im Original sah, es entsprach dem Bild, das er von sich hatte. Sein Englisch war gut genug, sein Französisch nicht ganz, aber es war ihm gleich, er sah auch japanische, koreanische oder tschechische Filme im Original mit Untertiteln. Am liebsten solche, die drei Stunden gingen und nur aus Dialogen bestanden, wo man, wenn man einmal kurz wegsah, die Handlung nicht mehr begriff. Es gehörte zu den Dingen, in denen er unbeirrbar war, was Eva viele Jahre gefallen hatte und irgendwann nicht mehr.

Das abrupte Ende der Musik riss sie aus ihren Gedanken. Sie sah zum Tresen, hinter dem die Frau von neulich, die Frau von gestern Abend, aufgetaucht war und Eva offenbar noch nicht bemerkt hatte. Sie suchte ein neues Lied aus, eine Live-Aufnahme, die mit Applaus begann, gefolgt von einer kurzen Stille, dann einer dunklen Frauenstimme: Nina Simone. Lukas' Lieblingssängerin. Er war überall, dachte Eva, er musste sich in alles hineinmengen. Die Frau hieß Jette und arbeitete hier seit einem guten halben Jahr, das hatte Eva gestern Abend von Anke erfahren, nachdem sie sich im Garten erfolglos nach ihr umgesehen hatte. Dass sie neu in der Stadt war und ein Buch schrieb, waren die wenigen Dinge, die Anke zu berichten gewusst hatte. Sie schien sich nicht über die Maßen für ihre Mitarbeiterin zu interessieren, und Eva hatte sich bemüht, nicht den Eindruck zu erwecken, dass sie sich ihrerseits übermäßig für Jette interessierte. Sie hatte Sorge, dass es seltsam wirkte, auch wenn sie nicht hätte sagen können, warum. Sie hätte die Geschichte mit Leo erzählen können, die ihr inzwischen beinah wie eine Anekdote aus einer anderen Zeit erschien, etwas, das sich gut erzählen ließ, in einer Runde am Feuer, unter angetrunkenen Kollegen. Aber aus irgendeinem Grund wollte sie darüber nicht sprechen. Weil es ein schlechtes Licht auf sie warf, dachte sie, auf Lukas, auf sie beide. Weil es der Auslöser gewesen war für alles, was danach kam. Das Ende von etwas. Oder vielleicht im Gegenteil: der Anfang von etwas, das noch vor ihr lag. Etwas Neuem, das nur ihr gehörte.

Die Frau drehte sich um und sah Eva mit einem erschrockenen Gesichtsausdruck an. *Hi*, sagte Eva. Mehr fiel ihr für den Moment nicht ein. *Hi*, antwortete Jette. Nina Simone sang *Mr. Bojangles*, Eva dachte darüber nach, eine Bemerkung zu machen über die Musik, aber ihr fiel nicht ein, was darüber zu sagen wäre. Außer dass sie schön war. Die Musik. Jette wiederum hatte so ein Gesicht, das sich einem nicht gleich erschloss. Eva begutachtete den Kuchen in der Vitrine, die auf dem Tresen stand, um nicht zu sehr in dieses Gesicht zu sehen. Möhrenkuchen, vegane Zitronentarte, glutenfreie Schokoladentorte. Sie spürte, dass Jette sie anstarrte. Als sei es ungewöhnlich, dass um diese Zeit jemand den Laden betrat, oder als sei es ein grotesker Zufall, dass sie sich hier wiedersahen, an ihrem Arbeitsplatz, und zum dritten Mal in so kurzer Zeit. Wenn sie erst seit Kurzem in Leipzig lebte, wusste sie noch nicht, dass diese Stadt kleiner war, als man dachte, wenn man die Randgebiete nicht mitzählte, Stadtteile wie der, in dem Eva aufgewachsen war und in die Menschen wie Jette sich selten verirrten. Davon abgesehen war es natürlich kein Zufall, aber das musste ja niemand wissen, dachte Eva. *Ich wollte mich noch bei dir bedanken, wegen neulich*, sagte sie. Jette nickte. *Da nicht für*, sagte sie, und Eva horchte auf. Die minimale nordische Färbung in ihrer Stimme irritierte sie. Sie wünschte sich, dass Jette aus Bayern käme, aus Österreich oder zur Not aus Berlin, jedenfalls von einem Ort, der nichts mit Lukas zu tun hatte. *Da nicht für*, das war ein Satz, den ihr Schwiegervater häufig sagte. Der heute siebzig wurde, wie ihr plötzlich wieder einfiel, er würde ihren Anruf erwarten, sie durfte es nicht vergessen. Sie hatte ihm schon vor Tagen eine Karte geschickt. Hatte ihm gratuliert und in Andeutungen erklärt, dass sie nicht mitkäme, dass es ihr leidtäte, dass sie ihm eine schöne Feier wünsche. Alles andere würde Lukas inzwischen erzählt haben, dachte Eva. Vielleicht sollte sie lieber doch nicht anrufen. Vielleicht hatte ihr Schwiegervater – mit dem sie sich immer gut verstanden hatte, besser als Lukas selbst, der noch immer ständig am Kämpfen war, obwohl es nichts mehr zu gewinnen gab – sie längst schuldig gesprochen. Der Gedanke tat ihr leid. Sie überlegte, Jette einfach zu fragen, warum sie gestern Abend einen Polnischen gemacht hatte, und auch neulich schon, nachdem sie Leo nach Hause gebracht hatte; aber sie traute sich nicht. Stattdessen sagte sie: *Ich würde ein Stück Zitronentarte nehmen und einen Cappuccino mit Hafermilch.* Jette nickte und wandte sich der Kaffeemaschine zu. Eva blieb unschlüssig vor dem Tresen stehen, betrachtete Jettes Rücken, ihren Hinterkopf, den Ansatz ihres Nackens, die feinen, blonden Härchen auf leicht geröteter Haut. Sie suchte nach einer geistreichen Formulierung, die sie ins Kreischen der Kaffeemaschine hätte einwerfen können. Einem Gesprächsthema, das unverfänglich wäre, aber so unverfänglich nun auch wieder nicht. Sie dachte kurz darüber nach, warum sie so beständig bemüht war, sich keine Blöße zu geben. Die Kaffeemaschine verstummte, Jette drehte sich abrupt um, eine minimale Irritation im Blick. *Setz dich ruhig*, sagte sie, *ich bring es dir raus*, und Eva nickte, ging nach draußen und setzte sich auf einen der Kinosessel, legte ihren Arm auf den Metalltisch und zog ihn hastig wieder fort, weil die Oberfläche glühend heiß war von der Sonne. Es war ihr immer seltsam erschienen, sich allein in ein Café zu setzen, mitten am Tag. Es leuchtete ihr nicht ein, für eine Tasse Kaffee ein Vielfaches von dem auszugeben, was sie kostete, würde man sie sich zu Hause zubereiten. Dazu das beinahe anrüchige Gefühl, Zeit zu vergeuden, die sie eigentlich nicht hatte. Sie nahm sich vor, es in Zukunft öfter zu tun.

20.

Lukas stand an einem der mit weißem Stoff bespannten Stehtische, die den Garten der Länge nach flankierten, eine Tasse und ein Glas vor sich. Er trank abwechselnd Kaffee und Wein, in einem unklaren Bedürfnis nach Kontrolle einer- und Maßlosigkeit andererseits. Auf der Terrasse hatte sich ein Streichquartett installiert. Zwei ältere Männer und eine junge Frau, die ihre Instrumente mit zärtlicher Geste an die Hälse legten, sich zu ihnen herabneigten wie zum Kopf eines Kindes, das es zu trösten galt. Lukas hätte auf die Entfernung nicht sagen können, welches unter ihnen die Bratsche war. Am Cello eine Frau in seinem Alter, das Instrument zwischen ihren Beinen. Er war angetrunken genug, es ein bisschen erotisch zu finden. Wie bei jedem Anblick einer Cellistin musste er an Man Rays *Le Violon d'Ingres* denken. Eine Kommilitonin aus der Fotoklasse hatte das Bild damals nachgestellt. Alle hatten geglaubt, die F-Löcher wären nur aufgemalt gewesen, aber als sie im Sommer mit ein paar Leuten nackt im Cossi schwimmen waren, hatte Lukas sie aus nächster Nähe gesehen und festgestellt, dass sie sich tatsächlich hatte tätowieren lassen. Es hatte ihr den Spitznamen Kiki eingebracht. Henner hatte gesagt, sie von hinten zu nehmen wäre vermutlich, als würde man ein Cello ficken, und darüber spekuliert, ob sie dabei Bach oder Brahms stöhnen würde. Herausgefunden hatte er es, soweit Lukas wusste, nie.

Das Streichquartett spielte Vivaldi. Lukas hatte immer gedacht, dass es einmal eine Zeit gäbe, in der er sich intensiver mit klassischer Musik beschäftigen würde. So wie er immer an ein Später geglaubt hatte, das nach seinem fünfzigsten Geburtstag lag, in dem er mehr reisen würde. Natürlich hatte er sich Eva an seiner Seite vorgestellt, obwohl Eva die nächsten zwanzig Jahre nur in den Schulferien würde reisen können. Jetzt sah er sich in seinem Später allein. Vielleicht mit den Kindern. Nächste Woche würden sie das erste Mal ohne ihn in den Urlaub fahren, und er wusste nicht, wohin mit sich. In zwei Wochen wären die Ferien zu Ende, Ada würde wieder in die Schule gehen und Eva auch, der Sommer wäre vorbei und der Alltag zurück. Alles wäre wie immer, nichts wäre wie immer, aber Eva würde einfach weitermachen, weil es, wie sie sagen würde, das war, was sie tat. Lukas sah fassungslos aus der Ferne zu, wie ihr Leben ohne ihn funktionierte, während er sich fühlte, als hätte man ihm einen Arm abgehackt, und zwar den rechten. Alles mit links zu machen war nicht so einfach, wie es sich anhörte.

Durch die in kleinen Gruppen beieinanderstehenden Gäste seines Vaters arbeitete sich ein gedrungener, kahlköpfiger Mann zu ihm vor. Lukas erkannte ihn zu spät, um die Flucht zu ergreifen. Hans stellte sich zu ihm, *Na, min Jung, wie geiht di dat?*, haute ihm auf die Schulter und fing übergangslos an, von einer Ausstellung zu erzählen, die er kürzlich gesehen hatte. Lukas trank sein Weinglas in einem Zug leer und sah sich nach einer Möglichkeit um, sich zu entschuldigen. Eine Kellnerin trug langsam ein volles Tablett durch den Garten, schritt die

Grüppchen ab, ohne sich aufzudrängen. Sie war auf eine simple Art schön, blass, zierlich, die schwarzen Haare zu einem strengen Pferdeschwanz zurückgebunden. Als sie in der Nähe seines Tisches ankam, lächelte sie ihn auf eine undurchsichtige, professionelle Art an. Sie war höchstens Mitte zwanzig, er stellte sich vor, dass sie Jura oder Medizin studierte, das hier war nur ein Gelegenheitsjob, von einer Zeitarbeitsfirma vermittelt, Mindestlohn plus, wenn man Glück hatte, ein gutes Trinkgeld. Lukas nahm sich vor, dafür zu sorgen, dass sie Glück haben würde. Weil er es konnte, dachte er, und etwas daran beschämte ihn. *Entschuldigung*, sagte er, als sie schon fast an ihnen vorbei war, und zeigte auf den Champagner. *Darf ich?* Sie streckte ihm wortlos lächelnd das Tablett entgegen. Hans lachte. *Natürlich darfst du!*, beugte sich vor, griff zwei Gläser und drückte Lukas eines davon in die Hand. Lukas wollte sich bei der Kellnerin bedanken, aber sie hatte sich bereits abgewandt.

Ich habe mich ja in den letzten Jahren auch der Malerei zugewendet, sagte Hans und sah Lukas erwartungsvoll an. *Vielleicht hast du das Porträt gesehen, das im Esszimmer hängt? Das war quasi einer meiner ersten Gehversuche.* Er grinste zu dieser als Bescheidenheit getarnten Prahlerei und drehte nervös den Stiel der Champagnerflöte zwischen Daumen und Zeigefinger. *Nein,* log Lukas, *ist mir nicht aufgefallen. – Kannst es dir ja mal ansehen*, sagte Hans, *und sag mir ruhig ehrlich, was du davon hältst. – Okay*, sagte Lukas, *mach ich.* Die Kellnerin hatte ihre Runde beendet und war mit einem Tablett leerer Gläser an der Bar angekommen, wo ihr Kollege, ein großer, schöner dunkelhäutiger Mann, einen guten Witz gemacht zu haben schien, während er routiniert mit einer Champagnerflasche hantierte; die Kellnerin schüttelte sich vor Lachen. Lukas trank sein Glas in einem Zug aus und wandte sich Hans zu, der begonnen hatte, über abstrakte Kunst in Abgrenzung zur gegenständlichen zu referieren. Lukas hasste den Begriff abstrakte Kunst. Es schwang eine Wertung mit, wo immer er verwendet wurde. Als sei Kunst nur als solche zu verstehen, wenn sie nicht zu begreifen war. Typen wie Hans kamen sich kultiviert vor, wenn sie etwas nicht verstanden, weil sie nicht verstanden, dass sie verarscht wurden. *Was ist denn der Gegenstand der Malerei?*, sagte Lukas. *Farbe und Form. Das ist alles.* Hans nickte zögernd. *Sobald etwas nicht realistisch ist, wird es als abstrakt bezeichnet. Dabei ist doch eigentlich alles abstrakt. Ein Porträt, ob das eines Menschen oder das eines Tieres, ist doch ebenso abstrakt, ist genau genommen sogar eine viel höhere Form der Abstraktion,* sagte Lukas und realisierte, dass er betrunken war. *Weil aus diesen beiden Komponenten, Form und Farbe, etwas entsteht, das zu sein vorgibt, was es eigentlich nicht ist*, sagte Lukas, entschuldigte sich, nahm die beiden leeren Gläser vom Tisch und steuerte die Bar an. Er hatte sich diese Sätze vor Jahren zurechtgelegt. Zurechtlegen lassen, besser gesagt, von einem seiner Professoren, der inzwischen verstorben war. Er war nicht sicher, ob er sich die Worte noch glaubte, aber für Typen wie Hans reichten sie meistens.

Als Lukas an der Bar eintraf, trug die Kellnerin gerade ein mit Champagnergläsern gefülltes Tablett die Stufen zur Terrasse hinauf. Ihre Bewegungen hatten etwas Tänzerinnenhaftes. Er musste kurz an Laura denken, wie er manchmal immer noch an sie dachte: eine Möglichkeit, die er verpasst hatte. Vielleicht würde er ihr einmal schreiben. Er hatte sich noch nicht daran gewöhnt, dass das neuerdings erlaubt war: weil er theoretisch Single war. Ein Wort, das er nicht erinnerte, je im Bezug auf sich selbst verwendet zu haben.

Die zwei älteren Damen vor ihm in der Schlange bestellten kichernd einen Hugo und einen Aperol Spritz und versuchten den Kellner in bruchstückhaftem Englisch in Small Talk zu verwickeln. Er war wirklich sensationell schön, dachte Lukas. Er dachte das selten bei Männern, und etwas in ihm zensierte dieses Gefühl, wenn es sich doch einmal aufdrängte. Er versuchte es zuzulassen. Es gab Menschen, die einfach objektiv betrachtet schön waren, das anzuerkennen war nicht schwul, es war einfach eine Tatsache. Und selbst wenn, dachte Lukas. Der Kellner antwortete den Damen höflich in akzentfreiem Deutsch, und Lukas schloss die Augen vor Fremdscham.

Die Streicher waren verstummt, hatten ihre Instrumente in die Schöße sinken lassen, während Herr Professor neben seiner Frau am Kopf der Gartentreppe eine Kuchengabel gegen sein Champagnerglas schlug. Die Gespräche im Garten verstummten, alles drehte sich um, trat näher, hörte zu. Lukas bestellte ein Bier und ließ den Blick über den Rasen schweifen. Er blieb kurz an Toni hängen, die mit verschränkten Armen unter der Zierkirsche stand. Lukas versuchte, seinem Vater zuzuhören, aber er verstand ihn kaum und konnte sich schlecht konzentrieren. Etwas in seiner Brust schwoll warm an, als er Ada und Leo die Stufen von der Terrasse hinaufrennen und im Haus verschwinden sah.

Die Gäste klatschten, offenbar hatte Herr Professor seine Rede beendet, in für seine Verhältnisse kurzer Zeit. Das Buffet war eröffnet, die Streicher spielten weiter, alles setzte sich langsam in Bewegung und strebte der Terrasse zu. Ein allgemeines Raunen hob an, als zwei Kellner ein großes Silbertablett herbeitrugen, auf dem, garniert mit Äpfeln und Trauben, auf einem Bett aus grünem Salat ein Spanferkel lag. In seinem Maul steckte eine Zitrone. Die Schnauze lag auf seine Vorderpfoten gebettet, als ruhe es sich lediglich einen Moment aus. Es hatte etwas auf makabre Art Friedliches. Die rötlichbraun gebackene Haut war rautenförmig eingeritzt und glänzte fettig. Jemand hatte es witzig gefunden, ihm ein paar rote und gelbe Paprikaringe über die verkohlten Öhrchen zu stülpen. Die Kellner stellten das Tablett auf einem offenbar eigens zu diesem Zweck in der Mitte des Buffets errichteten Podest ab. Die Gäste standen im Halbkreis darum herum und applaudierten, als hätte irgendwer hier eigenhändig das Biest erledigt. Lukas fragte sich, woher dieser unbedingte Wille zur Dominanz über schwächere Geschöpfe kam, der dem Menschen eingeschrieben schien.

Von links schob sich auf Hüfthöhe ein Schopf in sein Blickfeld: Ada, die sich durch den Dschungel der erwachsenen Körper schlug, unwirsch die langen Gliedmaßen im Weg mit ihren Armen teilte, wie lästiges Geäst, das ihr den Pfad versperrte. Lukas folgte ihrem Blick, der sich kurz suchend umsah und schließlich am Buffet hängen blieb. Er sah das Entsetzen in ihren Augen und wollte zu ihr gehen, sie ablenken, bewahren vor dem Anblick. Aber es war zu spät. Er sah, wie sie Luft holte, sah ihren kleinen Körper in einer Anspannung, als setze sie zum

Sprung an. Dann schrie Ada. Sie schrie, wie er sie seit Jahren nicht hatte schreien hören, ein erstaunlich lauter Schrei, der nicht abriss. Die Menschen drehten sich um, die Streicher verstummten, Lukas erwartete, dass die Champagnergläser zerbersten würden, so hell und hoch und klar war Adas Schrei. Dann rannte sie. Ada sprintete auf das Buffet zu und riss an dem weißen gestärkten Tischtuch, das unter dem Spanferkeltablett lag und sich in gleichförmigen Falten über den Rest des Tisches ergoss. Eine Salatschüssel aus Edelstahl fiel scheppernd zu Boden, ihr mayonnaiselastiger Inhalt ergoss sich mit einem Klatsch auf die Fliesen. Das Schwein rollte schwerfällig vom Tablett auf die Seite und blieb am Rand des Tisches liegen, alle viere in die Luft gestreckt. Früchte kullerten in alle Richtungen über den Terrassenboden; die Zitrone, die im Maul des Tieres gesteckt hatte, eierte gemächlich über die Fliesen und kam unmittelbar vor Lukas' Füßen zu liegen.

Für Sekunden lag ein kollektives Luftanhalten über dem Garten. Lukas' Augen folgten Ada, die ins Haus gerannt war, und trafen auf den Blick seines Vaters. *Jetzt ist wirklich Polen offen*, dachte Lukas erheitert. In diesem Moment setzte das Streichquartett wieder ein, spielte, als sei nichts gewesen, und wie auf ein Zeichen ging alles weiter, wandten die Gäste sich kopfschüttelnd lachend ab, nahmen ihre Gespräche wieder auf. Nur Herr Professor bewegte sich nicht, er sah zu Lukas herüber; die Verachtung in seinen Augen jedoch bereits unschärfer, weniger bedrohlich, als Lukas sie kannte. Sämtliche Kellner eilten herbei, stellten in Windeseile alles wieder her, säuberten die Fliesen, kehrten Scherben auf und arrangierten das Schwein in seine Ausgangsposition zurück. Es konnte Leuten wie ihnen nichts geschehen, dachte Lukas und bückte sich nach der Zitrone. Es war Personal da, das sich kümmerte, die Drecksarbeit machte. Mit stoischem Gleichmut, es wurde schließlich nach Stunden bezahlt und hatte mit Sicherheit groteskere Dinge gesehen auf Feiern wie diesen, bei Leuten wie ihnen, dachte Lukas und steckte die Zitrone zurück ins Schweinemaul. Das Streichquartett spielte nicht mehr Vivaldi, jetzt hörte er es: Sie spielten *Nearer, My God, to Thee*, und Lukas wurde von einer großen Heiterkeit erfasst. Es war perfekt. Er sah sich um, ob irgendjemand den Witz verstand, ob es überhaupt als Witz gemeint war oder ob dieser filmreife Moment nur für ihn existierte. Ein Moment, den er hätte teilen mögen, er würde später zu den Musikern gehen und sich bedanken, er wollte ihnen zeigen, dass er verstanden hatte. Er trank sein Bier aus und gab sich dem Gefühl hin, dass die Außenwelt für einen kurzen Augenblick mit seiner eigenen chaotischen Innenwelt in bestem Einklang war. Dann drückte er einem der Kellner die leere Bierflasche in die Hand und ging ins Haus, um Ada zu suchen.

21.

Jette starrte die Frau an, die draußen vor dem Fenster saß und ihren Kaffee trank und ihren Kuchen aß, als sei es das Normalste auf der Welt. Lukas' Frau, die so sympathisch und harmlos wirkte, dass Jette fast umkam vor Scham und dabei ironischerweise nicht aufhören konnte, an Lukas zu denken. An den seifigen Geruch seines Halses und daran, wie sein Bart beim Küssen leicht an ihren Lippen rieb. An seine Zunge in ihrem Schoß und seinen verlässlich darauf folgenden Schuldmonolog; wie er von ihr abließ, sich abrupt abwandte und Jette hinauskomplimentierte, sie jedoch, als sie schon in der Tür stand, plötzlich noch einmal zurückhielt, seine Hand in ihre Hose schob und seine Finger in ihr vergrub, als suche er etwas, das er dort vorher vergessen hatte.

Sie sah zu, wie die Frau, deren Namen sie wusste, inzwischen sogar offiziell, da sie ihn ihr selbst genannt hatte, den sie aber nicht einmal zu denken imstande war, sich erhob und ihr Geschirr hereintrug. Sie blieb vor dem Tresen stehen und fragte, wo sie es abstellen dürfe, und Jette streckte wortlos die Hände aus und nahm es entgegen, brachte es in die Küche und räumte es in die Spülmaschine. Möglicherweise hatte noch nie ein Mensch auf der Welt langsamer eine Spülmaschine eingeräumt. Die Frau war trotzdem noch da, als Jette zurückkam. Sie stand vor dem Themen-Spezial-Regal und rief: *Kannst du mir etwas empfehlen? – Sehe ich so aus?*, murmelte Jette. Etwas in ihr bedauerte die Situation. Könnte sie nicht einfach irgendeine Person sein, der Jette einen Gefallen getan hatte? Es wäre so eine schöne Geschichte. Wie habt ihr euch kennengelernt? – Ich habe ihr Kind gefunden und es ihr zurückgebracht. Es könnte der Anfang einer langen Freundschaft sein. Und es war ja schließlich nicht so, dass Jette bereits zu viele Freundinnen hatte in dieser Stadt. Die Frau war vom Themen-Spezial- zum Queer-Regal gewechselt, das sich in der hintersten, etwas versteckten Ecke neben der Toilettentür befand, was auch immer Anke damit sagen wollte. Wenigstens standen die queeren Filme nicht mit den Pornos zusammen, wie in dieser Videothek in Hamburg, wo Jette früher Filme ausgeliehen hatte, was vielleicht nur daran lag, dass sie hier im HAL 9000 keine Pornofilme hatten.

Jette hatte sich eine Situation wie diese ausgemalt, seit sie Lukas' Frau zum ersten Mal gesehen hatte, von Weitem, aus der Sicherheit eines dunklen Treppenhauses. Der unnötige Impuls, sich zu ducken, überkam sie noch immer. Damals unnötig, weil die Frau nichts von Jette gewusst hatte, heute unnötig, weil sie etwas in ihr sah, das nicht der Wahrheit entsprach. Was genau das eigentlich war, war Jette nicht klar. Einerseits hatte Jette mit ihrem Mann rumgemacht, andererseits hatte sie ihr Kind gefunden und es nicht behalten, sondern ordnungsgemäß abgeliefert, das glich sich doch aus, dachte Jette, jetzt waren sie doch quitt. Etwas in ihr wollte sich offenbaren. Sie spürte eine seltsame Sehnsucht nach dieser Person, die vielleicht nur eine Form von Überidentifikation war. Eifersucht war es nicht. Jettes Eifersucht war streng hierarchisch, sie fügte sich in bestehende Strukturen, respektierte die Menschen, die vor ihr da waren. Sie mochte es hingegen nicht, wenn jemand nach ihr kam und ihr etwas streitig machte. Sie war Einzelkind; sie war es nicht gewohnt, ihr Spielzeug zu teilen.

Hättest du vielleicht Lust, etwas trinken zu gehen?, fragte die Frau, während sie langsam auf den Tresen zukam. Sie müsste jetzt Nein sagen, dachte Jette. Das wäre richtig. Sie hatte die Wohnung verlassen, nachdem sie Leo nach Hause gebracht hatte, ohne ein Wort zu sagen, sie hatte Ankes Party verlassen, ohne sich zu verabschieden. *Ich schulde dir schließlich etwas*, sagte die Frau. Nein, dachte Jette, ich schulde dir etwas. Ich habe mit deinem Mann geschlafen, dafür habe ich dir dein Kind zurückgebracht, jetzt lass mich in Ruhe.

Sie hatte nicht mit Lukas geschlafen, jedenfalls nicht im landläufig-heteronormativen Sinne des Wortes, und vielleicht hatte er recht, vielleicht war es nicht richtig fremdgehen, wenn er ihn nicht reinsteckte. Sie hatte ihn ausgelacht, als er ihr diese Logik dargelegt hatte. Aber womöglich hatten die beiden eine Abmachung, irgendwelche seltsamen Regeln, was ging und was nicht, was erlaubt war, wie weit es gehen durfte. Eine festgelegte Anzahl an Treffen, pro Monat, pro Jahr. Diese absurde Pärchenlogik, die Menschen sich zurechtlegten, die einmal zufällig jemanden gefunden hatten, der es mit ihnen aushielt, und die trotzdem den Hals nicht vollkriegten, dachte Jette. Die einander nicht reichten, sondern immer noch jemanden nebenbei brauchten, eine Person, die nicht so wichtig war. Jemanden wie Jette. Möglicherweise war sie doch ein kleines bisschen eifersüchtig.

Und deine Kinder?, fragte sie. Das war eine wirklich bescheuerte Frage, dachte Jette und schämte sich direkt. Würde man einen Mann so etwas fragen? *Die sind mit ihrem Vater im Norden.* Mit ihrem Vater?, dachte Jette. Im Norden? Mit ihrem Vater, nicht: mit meinem Mann. Interessant. Die Frau stand jetzt direkt vor ihr und las sich seelenruhig den Text auf der Rückseite der DVD-Hülle durch, die ein Kunde auf dem Tresen hatte liegen lassen. Dann sah sie zu Jette auf und sagte: *Wann hast du Feierabend?*

Oma Lene hatte einmal erzählt, wie sie Jettes Großvater kennengelernt hatte. Sie hatte in dem Friseursalon, in dem sie ihre Lehre machte, eine Stammkundin gehabt, die oft von ihrem Sohn sprach, der erst kürzlich aus französischer Gefangenschaft zurückgekehrt war, in der Brotfabrik am Fließband Arbeit gefunden hatte und aufgrund des allgemein knappen Wohnraums wieder bei seiner Mutter eingezogen war. Er sei oft einsam, ihr Otto, sagte die Kundin, die Lenes Schwiegermutter werden sollte, und fragte, ob Lene und ihre Kollegin Gisela auf dem Nachhauseweg nicht einmal bei ihr klingeln wollten. Otto würde sich über ein wenig Gesellschaft sicher freuen. Alles in Lene sträubte sich gegen diese schamlose Offensichtlichkeit, aber Gisela sagte, als die Kundin unter der Trockenhaube saß und in einer Illustrierten blätterte, es sei schlecht fürs Geschäft, einer Stammkundin einen Wunsch abzuschlagen. Und als die Lockenwickler entfernt, die Frisur vollendet war und Lene schon den Besen holte, fragte Gisela: *Wem von uns beiden würden Sie denn raten, als Erste hinzugehen?* Lene sah im Spiegel, wie Gisela unwillkürlich die Brust herausstreckte und sich über die Schürze strich, die ganz schwarz war, weil am Vormittag die Kohlen geliefert worden waren. Ottos Mutter betrachtete die beiden eine Weile mit abwägender Gründlichkeit und sagte schließlich: *Ich sag mal Lene. – Hätte sie mal gesagt: Gisela*, sagte Oma Lene, als sie Jette die Geschichte ein halbes Jahrhundert später erzählte, und lachte ihr trockenes Lachen. *Dann wäre das aber alles ganz anders, tja nun.* Und das war wieder so ein Moment, dachte Jette, einer dieser vielen, der ihre Existenz hätte verhindern können. Wenn Ottos Mutter gesagt hätte: *Gisela*. Aber sie hatte Lene gesagt, und so war Lene nach der Arbeit am Bahnhof Barmbek ausgestiegen und hatte bei Otto und seiner Mutter geklingelt. Drei Mal, wie sie es verabredet hatten, als Zeichen.

Jette drehte den Schlüssel zwei Mal im Schloss herum und rüttelte zur Sicherheit prüfend an der Klinke. Dann holte sie ihr Handy heraus und tippte ein paar Stichwörter in die Notizapp, für den Roman. Zur Komik und Tragik, die darin lagen, dass sie auf der Welt war, weil ihre Urgroßmutter auf eine spontane Frage spontan geantwortet hatte. Gedanken an die Generationen von Menschen, die dieser eine Satz verhindert hatte. Die es vielleicht hätte geben können, wenn sie gesagt hätte: *Ich sag mal Gisela*. Die Geschichte der Zufälle ging noch weiter. Nachdem Lene bei Otto geklingelt hatte, waren sie spazieren gegangen und hatten sich für das kommende Wochenende verabredet. Um drei Uhr nachmittags am Bahnhof Barmbek. Dort hatte Lene gestanden, am Sonnabend, in ihrem besten Kleid, und wer war nicht da? Am Montag klingelte das Telefon im Salon, und Otto war dran. *Tja*, sagte er, *du bist ja nicht gekommen. – Wieso bin ich nicht gekommen*, sagte Lene entrüstet, *du bist nicht gekommen!* Wie sich herausstellte, hatte Otto wiederum am Sonntag um drei am Bahnhof Barmbek gestanden und auf Lene gewartet, die wütend zu Hause auf dem Bett lag und seit vierundzwanzig Stunden darüber nachdachte, wie sie Otto den Marsch blasen würde, falls sie ihn je wiedersähe. Was sie eigentlich nicht vorgehabt hatte.

Jette sah die Straße hinunter. Sie mochte die kugelförmigen Laternen, ein Relikt aus einer anderen Zeit. Aus einem anderen Land, das nun schon lange das gleiche Land war. Als sie in der Straßenflucht, von der Hauptstraße her kommend, Lukas' Frau auf sich zukommen sah, fühlte sie eine Mischung aus Freude und Bedauern. Es wäre möglich gewesen, diese Situation zu vermeiden. Sie hätte ihr eine falsche Uhrzeit nennen oder den Laden etwas eher schließen und einfach nach Hause fahren können. Hätte es wie ein Missverständnis aussehen lassen oder behaupten können, es sei etwas dazwischengekommen. Wie damals bei Lene und Otto, die einander beinahe verpasst hatten. Eine geschlagene Stunde lang, hatte Oma Lene gesagt, hatte sie sich am Bahnhof die Beine in den Bauch gestanden. Aber am Ende hatten sie sich gefunden, und dann gab es Jettes Mutter, und dann gab es Jette, und jetzt war es zu spät. Jetzt war es, wie es war, dachte Jette, wie es vielleicht sein sollte. Eva winkte, und Jette steckte das Handy in die Tasche, winkte zurück und ging ihr entgegen.

22.

Dies war wieder einmal eine dieser Konferenzen, die eine E-Mail hätten sein können, dachte Eva. Es ging um die 10b. Es ging oft um die 10b, aber dieses Mal ausnahmsweise nicht um den schwachen Notendurchschnitt, die deswegen infrage stehende Klassenfahrt oder ein nicht eingehaltenes Handyverbot. Dieses Mal ging es darum, dass gleich zwei Schüler *innen* – wie Jochen und einige andere Kollegen, ausschließlich männliche, sagten, mit aggressiver Überbetonung des Glottisschlags – mit neuen Pronomen angesprochen werden wollten. Sie hatten sich nach den Sommerferien in jedem Fach mit ihren neuen Namen vorgestellt. Finn, den Eva bis vor den Ferien als Finja gekannt hatte, hatte die Situation in wenigen Sätzen erklärt, die anderen hatten applaudiert. Dann hatte er sein Referat über Margaret Hamilton, die Apollo 11 und die NASA gehalten, und die anderen hatten noch einmal Beifall geklatscht, es war ein sehr gutes Referat gewesen, Eva hatte ihm eine Eins gegeben.

Im Lehrerzimmer hatte sich eine Gruppe gebildet, in der Jochen zu den Jüngeren gehörte, die immer am großen Tisch in der Ecke saßen und seit einer Weile vom demonstrativen Nicht-Gendern zum demonstrativen Gendern übergegangen waren. Eva wartete auf den Moment, da sie es derart auf die Spitze trieben, dass ihnen selbst nicht mehr auffiel, dass sie es eigentlich ironisch meinten.

Die Hafermilch war sauer geworden, wahrscheinlich war die Packung seit vor den Ferien geöffnet. Eva goss den dickflüssigen Brei ins Waschbecken und öffnete eine neue. Sie wettete mit sich selbst, dass Jochen sich, wie er jeden Moment ganz ehrlich sagen würde, nicht mehr auskannte. In der Mitte des Konferenztisches stand eine Dose mit Plätzchen, die selbst gebacken aussahen. Wer backte bitte schön im Sommer Plätzchen? Bestimmt Jochens eifrige Referendarin, die wie immer an seiner Seite klebte. Sie gehörte zu den Menschen, die ihre Körpersprache nicht im Griff hatten, man merkte an der Art, wie sie sich permanent intuitiv in seine Richtung neigte, dass sie in Jochen verknallt war. Sie kam frisch von der Uni, und es erstaunte Eva, dass es immer noch Menschen gab, die sich für diesen Beruf entschieden. Sie würde das wahrscheinlich nicht noch einmal tun.

Also ich kenne mich nicht mehr aus, sagte Jochen, *das sage ich ganz ehrlich*, und schwenkte konzentriert den Rest Kaffee in seiner Tasse herum, bevor er ihn runterstürzte wie ein ekelerregendes Medikament. Die Riege der Ewiggestrigen nickte zustimmend und krümelte schweigend den Tisch voll.

Du als Deutschlehrer kannst doch eigentlich froh sein, dass die Kids heutzutage überhaupt wissen, was Pronomen sind, sagte Eva. *Früher konnten sie mit diesem Begriff nichts anfangen, und das war dir auch nicht recht. Jetzt haben sie ihn derart verinnerlicht, dass sie ihn sich in ihre Insta-Bios schreiben.* Sie sah Jochen an, dass er nicht wusste, was das Wort Insta-Bio bedeutete. Sie griff in die Dose und nahm sich ein Plätzchen. Es war saftig und schmeckte interessant, nach Zitrone und einem

Hauch Lavendel. Eva nickte der Referendarin anerkennend zu, die ihr iPad vor der Brust umklammert hielt, auf dessen Cover ein Aufkleber prangte. Eva musste den Kopf ein wenig neigen, um die Schreibschrift zu entziffern: *Sei frech und wild und wunderbar*. Sie verschluckte sich beinahe an ihrem Plätzchen. Sie wusste genau, was dieser Typ Frau in Jochen auslöste. Sie war das Gegenteil von Anke und im Grunde auch das Gegenteil von Eva, und vielleicht war es genau das, was Jochen an ihr mochte. Früher hatte ihm etwas anderes gefallen. Eine kurze Erinnerung überfiel sie, an die Klassenfahrt nach Amsterdam vor sechs Jahren, die Jugendherberge im Vondelpark. Das Gras, das sie den Kids abgenommen hatten und zusammen rauchten, am letzten Abend am offenen Fenster in Jochens Zimmer, weil es schließlich zu schade war, es wegzuwerfen. Sie hatte Jochen überreden müssen, aber er hatte sich zu ihrer Überraschung gefügt. Sie hatten eine einzige Nacht miteinander verbracht, sie hatten nie darüber gesprochen. Am nächsten Tag waren sie nach Hause gefahren, wo Anke mit den Zwillingen wartete und Lukas mit Ada. Mehrere Kolleginnen, ausschließlich weibliche, hatten Eva damals gefragt, wie sie ihr Kleinkind für eine ganze Woche zu Hause lassen könne, niemand hatte Jochen dieselbe Frage gestellt.

Jochen war danach noch eine Zeit lang ein Sehnsuchtsmensch für sie gewesen, und irgendwann war er es nicht mehr. Die Sehnsucht nach ihm war nach und nach abgeklungen, bis sie irgendwann vollständig erloschen war und im Rückblick so unglaubwürdig, dass Eva meistens selbst vergaß, dass es sie einmal gegeben hatte. Inzwischen war es so lange her, dass es ihr gar nicht mehr wahr erschien. Sie hatte nicht einmal mehr ein schlechtes Gewissen Anke gegenüber, und eigentlich hatte sie nie eines gehabt; was ging sie anderer Leute Beziehung an. Sie konnte sich nicht daran erinnern, was ihr damals an Jochen gefallen hatte. Die Knopfaugen vielleicht, das Jungenhafte. Dass er einer dieser Kerle war, denen man sofort ansah, wie sie als Kind ausgesehen hatten. Und dass er ganz anders war als Lukas. Eva hatte zu verschiedenen Zeiten ihres Lebens Sehnsuchtsmenschen gehabt, die meisten von ihnen waren Frauen gewesen. Eine Kollegin, die inzwischen nicht mehr an der Schule war. Eine Frau, die ein paar Häuser weiter wohnte, die sie auf der Straße grüßte, ohne sagen zu können, woher sie sich kannten. Eine Erzieherin aus Adas Kita. Diese beinahe Fremden, für die man möglicherweise alles stehen und liegen lassen würde, sollte sich die Frage stellen, aber die Frage stellte sich nicht. Und das war gut so, dachte Eva. Manche Menschen brauchte man genau dort, wo sie waren, und jede Verschiebung dieser Position würde die Verhältnisse ins Chaos stürzen.

Die Wohnung war leer, als Eva eintraf. Lukas hatte ihr eine Nachricht geschrieben, dass es später werden würde. *Sorry*, schrieb er, *sind noch am See, fahren gleich los*. Eva wusste, wie lange es dauern würde, vom See bis hierher, mit Leo, der neuerdings nicht mehr im Kindersitz saß, sondern auf seinem eigenen Fahrrad fuhr, das Adas altes Rad war. Es würde lange dauern, dachte Eva und spürte eine Erleichterung, dass sich das Wiedersehen hinauszögerte. Dass sie einen Moment für sich hatte, in dieser Wohnung. Sie lief unschlüssig durch die Räume.

Ein eigenartiges Gefühl von Fremdheit überkam sie, als sie die minimalen Veränderungen betrachtete, die Lukas vorgenommen hatte, unbewusst vielleicht, aus Nachlässigkeit oder einem spontanen Impuls. Das Sofa stand einen halben Meter weiter rechts. Eva kämpfte gegen den Drang, es wieder an seinen alten Platz zu rücken, es erschloss sich ihr nicht, welchen Grund Lukas gehabt haben konnte, es zu verschieben.

In der Nische zwischen Kühlschrank und Tür standen sechs leere Weinflaschen. Auf dem Balkon ein Kasten Bier, in dem auch fast alle Flaschen leer waren. Es störte sie, dass Lukas trank, wenn er mit den Kindern allein war. Im Kühlschrank fand sie mehrere Joghurtbecher einer neuen Marke, die sie nie gekauft hatten. Lukas hatte ihr vor ein paar Tagen ein Foto geschickt, auf dem Leo ungerührt den Joghurt aus einem dieser Becher löffelte. Darunter den Smiley, der eine Sonnenbrille trug, den Lukas immer dann verwendete, wenn er stolz auf sich war.

In der Kammer auf halber Treppe sah beruhigenderweise alles genauso aus wie immer. Eva griff in den Schlittschuh und fasste ins Leere. Ihr erster Gedanke war, dass Lukas ihr Versteck gefunden und ihren Tabak an sich genommen hatte, und eine Mischung aus Wut und Scham kroch in ihr hoch, aber dann fasste sie in den anderen Stiefel und zog die Packung heraus. Durch die geschlossene Wohnungstür nebenan hörte sie Elon schreien, Otis quengeln und Friederikes Stimme: *Otis, du gehst jetzt Zähne putzen, ich sage es nicht noch mal!*

Es dauerte einen Moment, bis die Tür aufging, nachdem Eva geklingelt hatte. Friederike stand da, das schreiende Baby auf dem Arm. *Brauchst du Hilfe?*, sagte Eva. *Nee,* sagte Friederike. *Also ja. Aber weißt du, was ich dringender brauche?* Im Hintergrund brüllte Otis, und Gregor huschte durch den Flur, er sah gestresst aus, trug noch Büroblau. *Kannst du mal*, sagte Friederike unwirsch, und Gregor verschwand im Badezimmer. Eva hörte ihn auf Otis einreden, dessen Schreie in ein weinerliches Schluchzen übergingen. Friederike drehte sich zu ihr um und rollte demonstrativ die Augen. *Halt mal*, sagte sie und drückte das Baby in Evas Arm. Eva legte den kleinen Körper an ihre Schulter, er war warm und leicht und hörte auf zu schreien, als sie ihr Gesicht an das verschorfte Köpfchen hielt und vorsichtig einatmete. Er roch, wie alle Babys rochen, und dieser Geruch war etwas, das sie vermisste. Sie hatte plötzlich eine Szene vor Augen: Lukas, der bäuchlings auf dem Bett lag und die vor ihm liegende, wenige Tage alte Ada anhimmelte. *Es hat Füße!*, hatte er erstaunt ausgerufen und fasziniert die kleinen, runden Babyfüßchen geküsst. *Unser Kind hat Füße, Eva!* Die Erinnerung war eigenartig klar und seltsam schmerzhaft.

Friederike kam zurück, im Gehen einen viel zu großen Kapuzenpullover mit dem RB-Leipzig-Logo auf der Brust überziehend, den Eva bisher nur an Gregor gesehen hatte, sonntags, wenn er das Büroblau gegen Jogginghose und Adiletten tauschte und im Garten irgendetwas zersägte. Friederike hielt triumphierend eine Flasche Rosé in die Höhe. *Ich habe abgepumpt*, sagte sie grinsend. *Die Kinder kommen gleich heim*, sagte Eva. *Okay*, sagte Friederike schulterzuckend. *Wir gehen eh zu dir, hier hält man es ja nicht aus.* Dann nahm sie ihr zu Evas Bedauern das Baby ab und drückte es Gregor in die Hände, der gerade mit offenem Hemd und nassen Haaren aus dem Badezimmer kam, wo Otis' Gejammer wieder in ein lautes Heulen übergegangen war.

Sie stießen an, ohne zu sagen, worauf, obwohl Friederike normalerweise darauf bestand. *Worauf stoßen wir an?*, war eine typische Friederikefrage, in dem Moment, da sie ihr Glas erhob. Vielleicht fiel ihr gerade nichts ein, auf das es sich anzustoßen lohnte. Eva hätte gern gesagt: *Auf Elon*, aber sie brachte es immer noch nicht fertig, diesen Namen auszusprechen. Stattdessen fragte sie, wie es Friederike ging, wie es lief mit Gregor, mit den Kindern. Sie hätte gern ein wenig fremdes Drama gehört, aber Friederike wollte ausnahmsweise nicht über sich reden, sie wollte wissen, wie die neue Wohnung war. Eva sagte, sie sei eher minimalistisch, bei diesem Wort hellte sich Friederikes Miene auf. *Es ist ja nur eine Übergangslösung*, sagte Eva. Sie versuchte es so zu sagen, dass nicht nur Friederike es glaubte, sondern auch sie selbst. *Für erst mal, solange wir das mit dem Nestmodell ausprobieren.* Dass es natürlich keine Dauerlösung sei, dafür sei die Wohnung zu klein. Friederike trank einen tiefen Schluck Wein und schaute seltsam betreten an ihr vorbei, und für einen Moment dachte Eva, dass sie ihr etwas vorenthielt. Dass sie irgendetwas wusste, das Lukas betraf und das Leben, das er führte, wenn Eva nicht hier war. Sie hätte gern danach gefragt, aber sie hatte Sorge, dass Friederike es ihm erzählen würde.

Du tropfst, sagte Eva und zeigte auf Friederikes Brust. In Höhe des rechten Bullen hatte sich ein nasser Fleck auf dem Baumwollstoff gebildet. *Ach ja*, sagte Friederike seufzend, wischte sich über den Busen und zog den Pullover aus. *Ist eh zu warm.* Eva schenkte sich Wein nach. Der Wein war als vegan gelabelt, und Eva überlegte, was an Wein möglicherweise unvegan sein konnte.

Du siehst gut aus, sagte Friederike, nachdem sie Evas Gesicht eine Weile betrachtet hatte, anerkennend und ein wenig überrascht. *Danke,* sagte Eva. Sie hätte das Kompliment gern zurückgegeben, aber Friederike sah maßlos erschöpft aus und zu blass für den Sommer, obwohl ihr das eigentlich stand, dachte Eva. Darüber hinaus gehörte Friederike zu denen, die eigentlich immer gut aussahen. Die grundsätzlich gut aussahen. Solchen Menschen musste man es nicht sagen, dachte Eva, sie wussten es ohnehin. Sie sah das Misstrauen in Friederikes Blick. Es war offensichtlich, dass sie nicht damit gerechnet hatte, dass Eva gut aussehen würde. Dass es möglich war, gut auszusehen in der Lebenssituation, in der Eva sich befand. Sie hatte das Gefühl, sich rechtfertigen zu müssen, und hörte sich sagen: *Ich habe jemanden kennengelernt*. Warum sagte sie das? Sie nahm einen Schluck Wein und stellte ihr Glas auf dem Tisch ab. Friederike stellte ihr Glas daneben und richtete sich auf. *Wer, wie, was, wieso, weshalb, warum,* sang sie. *Erzähl! – Ach,* sagte Eva, abwinkend. *Es ist, ich weiß nicht, es ist nichts, eigentlich.* Sie hätte es nicht sagen sollen. *Wie habt ihr euch kennengelernt?* Eva dachte nach. *Auf einer Feier*, sagte sie. *Bei einem Kollegen von mir, eine Gartenparty.* Das entsprach nicht der Wahrheit und war doch nicht ganz gelogen. *Die Frau meines Kollegen und diese Person arbeiten miteinander*, es klang seltsam, dachte Eva.

Es war schwierig, kein Pronomen zu verwenden. Glücklicherweise bestand in der Schule bisher keines von den Kids darauf, ganz ohne Pronomen angesprochen zu werden, Jochen würde zusammenbrechen, dachte Eva. Sie grinste bei der Vorstellung. *Du strahlst ja richtig*, sagte Friederike nachdenklich. *Der scheint dir gutzutun.* Eva korrigierte sie nicht. Sie stellte sich vor, wie Friederike Lukas gegenüber Andeutungen machen würde. Wie sie ihn im Treppenhaus traf, ihre Hand auf seinen Oberarm legte, wie sie es immer tat. Wie Lukas reflexartig den Bizeps anspannte. Wie Friederike ihm tief in die Augen sah und sagte: *Weißt du es schon?* Es war Unsinn. Es gab nichts zu wissen.

Als Friederike sich nachschenkte, befürchtete Eva, dass sie aus der Sache nicht mehr rauskam, aber dann wurde sie von der Klingel erlöst. Es war nicht Lukas mit den Kindern, der vor der Tür stand, sondern Gregor mit dem brüllenden Baby auf dem Arm. Er ging grußlos an Eva vorbei, direkt ins Wohnzimmer, und blieb vor dem Sofa stehen, manisch in den Knien wippend, vor Friederike, die ihr Glas abstellte, und sagte: *Nicht dein Ernst, oder?*

Eva goss den restlichen Wein aus Friederikes Glas in ihres und trat auf den Balkon. Ein angenehmer Nebel umgab sie, in diesem letzten Augenblick der Stille, der jeden Moment vorüber sein würde. Sie sehnte sich danach, eine ganze Nacht lang Wein zu trinken und bis in die frühen Morgenstunden durchzuquatschen, wie sie es mit Andrea früher getan hatte. Es war eines dieser Dinge, die aufgehört hatten mit den Kindern. Die Freundschaft mit Andrea war nicht vorbei. Die Abstände, in denen sie sich sahen, wurden lediglich immer größer, seit es Ada und Leo gab; aber das war im Grunde bei all ihren Freundschaften so. Sie hatte es in den ersten Jahren bedauert und sich irgendwann damit abgefunden. Sie wurde das Gefühl nicht los, dass Andrea, die keine Kinder hatte und noch immer ein Leben lebte, das sich nur unwesentlich von dem unterschied, das sie einmal geteilt hatten, für Evas Alltag kein Verständnis aufbrachte. Eva hatte ihr bisher nicht von der Trennung erzählt. Sie hatte seit einigen Monaten nichts von Andrea gehört, bis auf den kurzen, obligatorischen Gruß zum Geburtstag. Etwas hielt Eva davon ab, sich bei ihr zu melden. Die Vorstellung, dass Andrea sich bestätigt sähe.

Eva überlegte, Jette eine Nachricht zu schreiben. Sie suchte nach einem Vorwand, traute sich nicht, sich einfach so bei ihr zu melden. Sie stellte sich vor, dass Jette später vorbeikäme, wenn Ada und Leo schliefen. Sie hatten sich ein paarmal getroffen, seit Eva mit den Kindern von der Ostsee zurück war. Waren spazieren gegangen, hatten auf den Stufen am Kanal gesessen. Sie waren im Kino gewesen, als Lukas mit den Kindern auf Sylt war. Hatten in der Schauburg am Adler einen Film gesehen, den Jette hatte sehen wollen, den Eva anstrengend gefunden hatte, was sie ihr nicht gestand. Aber sie hatte es genossen, fast zwei Stunden lang neben ihr im Dunkeln zu sitzen. Eva malte sich aus, wie sie hier auf dem Sofa miteinander Wein trinken würden, den sie vom Späti holen müssten, weil diese Flasche fast leer war. Es würde spät werden, Jette könnte auf dem Sofa schlafen, oder neben Eva im Bett. Nein, das wäre seltsam. Sie könnten beide auf dem Sofa schlafen.

Ihr Handy vibrierte, eine Nachricht von Lukas: *Sind in zehn Minuten da*. Eva seufzte, stellte ihr Glas ab und suchte die Tabakpackung, die sie im Flur auf der Kommode hatten liegen lassen, Blättchen und Filter. Sie zog ein Blättchen aus der Packung, klemmte es zwischen Mittel- und Zeigefinger der linken Hand, während sie mit der rechten die Tabakpackung öffnete. Auf der Innenseite klebte ein kleiner Zettel. Darauf stand in Lukas' Handschrift geschrieben: *Ich liebe Dich.*

23.

Nachdem er vor der Haustür zunächst reflexhaft suchend in seine Tasche gegriffen hatte, entschloss Lukas sich, lieber zu klingeln. Er wusste, dass Eva es hasste, wenn sie, was auch immer sie gerade tat, unterbrechen musste, weil er, wie sie sagen würde, zu faul war, seinen Schlüssel herauszuholen. Aber es erschien ihm passender, sich anzukündigen. Sich und die Kinder, die sie eine Woche lang nicht gesehen hatte und die er ihr in einem überreizten und übermüdeten Zustand übergeben würde. Er wollte ihr Raum geben, dachte er, um sich zu sammeln, während er einen quengelnden Leo die Stufen hinaufschob. Er wusste nicht, ob Eva sich überhaupt sammeln musste. Ob es ihr ähnlich ging wie ihm, oder ob es sie kaltließ, ihn zu sehen. Die Kinder ließen sie zum Glück nicht kalt, und Lukas achtete darauf, nicht vorwegzugehen, wie er es früher getan hatte, sondern hinter ihnen; damit sein Gesicht nicht das Erste war, auf das Evas Blick traf, diesen fremden, verhärteten, den sie neuerdings für ihn reserviert hatte und den er schwer ertrug. Ein wenig hatte er auch aus Furcht geklingelt, sie zu überraschen in einer Situation, die ihnen beiden unangenehm wäre. Er hatte keine konkrete Vorstellung davon, was für eine Situation das sein sollte. Er wusste überhaupt nichts mehr über das Leben, das sie führte, dachte er.

Eva stand mit verschränkten Armen in der geöffneten Wohnungstür, den Blick nicht auf ihn, sondern auf Ada gerichtet, die grußlos an ihr vorbeistürmte, den Rucksack im Flur abwarf und in ihrem Zimmer verschwand. Das war neu, und es erstaunte Lukas. Er hatte dieses Verhalten erst in einigen Jahren erwartet. Kurz überkam ihn der Impuls, etwas zu sagen; als sei es seine Aufgabe. Er sah es eigentlich nicht als seine Aufgabe an, aber er fürchtete, dass Eva das anders sah. Dass sie jedes Fehlverhalten der Kinder fortan ihm zurechnete. *So gehst du nicht mit deiner Mutter um, mein Freund*, hätte sein Vater gesagt. Und ihm eine Kopfnuss verpasst. Und Lukas hätte gebrüllt: *Ich bin nicht dein Freund*. Was der Wahrheit entsprach, weshalb sein Vater darauf nichts zu erwidern gehabt hätte. Leo hingegen stürzte sich theatralisch in Evas Arme und brach spontan in Tränen aus. Es war ein klagendes Weinen, in dem sich alles entlud. Die Anstrengung einer Woche, in der er oft geweint hatte, vor allem an den ersten Abenden. Weil er die Mama so vermisste, wie er sagte. Gegen Ende schien er sich an Evas Abwesenheit gewöhnt zu haben, die letzten Abende lief es richtig gut, und Lukas war erleichtert gewesen. Jetzt schien Leo wieder einzufallen, wie unzufrieden er mit der Gesamtsituation war, und Lukas beneidete ihn darum, sich diesem Gefühl so hingeben zu können. Er wäre auch gern in der Lage dazu. Er würde sich am liebsten auch heulend in Evas Arme stürzen, dachte er.

Nachdem Leo ein Glas Apfelsaft getrunken und ausnahmsweise eine Handvoll Gummibärchen bekommen hatte, obwohl es abends eigentlich keinen Zucker mehr gab, verschwand er im Badezimmer und putzte sich, wie es die Bedingung war, besonders gründlich die Zähne. Eva klopfte an Adas Tür, ging zu ihr hinein, und Lukas stand herum wie Falschgeld, wie seine Mutter sagen würde. Er fühlte sich fehl am Platz in seiner eigenen Wohnung. Es war lächerlich. Er ging in die Küche, um sich ein Glas Wasser zu holen. In der Spüle standen zwei benutzte Weingläser. Sein Blick fiel auf die leeren Flaschen in der Ecke, die er vergessen hatte, zum Container zu bringen, Eva würde mit Sicherheit eine Meinung dazu haben. Auf der Arbeitsfläche stand eine Flasche, die ihm nicht bekannt vorkam, ein teuer aussehender Rosé von einem Biowinzer aus der Pfalz, mit geschmackvoll gestaltetem Etikett. Lukas nahm sich ein Glas aus dem Schrank und füllte es mit Leitungswasser. Es war wie immer ein wenig zu warm, aber er wusste, dass noch Eiswürfel im Gefrierfach waren, er hatte sie selbst gestern Abend aufgefüllt. Weil dies gestern Abend noch sein Revier gewesen war und es ab jetzt nicht mehr wäre, für eine ganze Woche; er konnte sich nicht daran gewöhnen. Er brach die Eiswürfelpackung energisch auf, es knackte. Er mochte dieses Knacken, weshalb er lieber den Eiswürfelbehälter aus Hartplastik benutzte, während Eva immer diese weichen Silikondinger nahm, von denen sie mehr hatten, als sie jemals brauchten.

Nachdem Leo seine Zähne geputzt und seinen Schlafanzug angezogen hatte, holte er das Krokodilspiel aus seinem Zimmer, trug es ins Wohnzimmer und bestand darauf, dass sie alle zusammen noch eine Runde spielten, bevor Lukas ging. Denn das würde er; er würde gehen.

Gehen müssen, dachte er, und als Leo fragte, wohin, wusste er keine Antwort. Nicht nach Hause, denn sein zu Hause war hier. Eigentlich, dachte er. Auch wenn es sich gerade nicht so anfühlte. Eva hingegen hatte sich ein neues, ein anderes geschaffen, ein Übergangszuhause, wie sie es den Kindern gegenüber genannt hatte. Er wusste nicht, ob es ihn hoffen lassen sollte, dass sie offenbar keine Endgültigkeit empfand in Anbetracht der Situation. Es war schließlich denkbar, dass nach dem Übergangszuhause ein nächstes käme, möglicherweise ein größeres, schöneres; aber finde mal dieser Tage eine schöne, große Wohnung in dieser Stadt, dachte Lukas bitter und gleichzeitig ein wenig erleichtert. Er wollte nicht, dass Eva eine schöne, große Wohnung fand, weil sie bereits eine hatte, dachte er, diese hier nämlich. *Ins Atelier*, sagte er schließlich. *Ich gehe gleich ins Atelier. – Willst du noch ein Bild malen?*, fragte Leo. *Ja,* sagte Lukas. *Ich will noch ein Bild malen.*

Es war gelogen. Er würde heute nicht mehr malen, er hatte seit Wochen nicht richtig gearbeitet. Er fühlte neuerdings, wenn er vor der Leinwand stand, eine Leere, die sich auf ihn übertrug, in ihn eindrang und ihn erstarren ließ. Darüber hinaus gab es gerade nichts, das ihm erschaffenswert erschienen wäre. Aber er hielt sich gern im Atelier auf, hörte Musik, trank Bier oder rauchte einen mit Henner. Davon abgesehen wusste er nicht, wohin er sonst gehen sollte.

Leo packte das Spiel aus, ein Plastikkrokodil mit bizarren Proportionen, wie Lukas bereits als Kind eines gehabt und vor einer Weile auf einem Flohmarkt wiederentdeckt hatte. Das Spiel bestand darin, dass man dem Tier, das angeblich an Zahnschmerzen litt, mit einer Zange wahllos Zähne zog; erwischte man den kranken Zahn, schnappte das Maul zu. Eva hatte bemerkt, dass es jeder Logik entbehrte, dass das Krokodil erst zuschnappte, wenn man den kranken Zahn erwischte. Wenn sie das Krokodil wäre, hatte sie gesagt, als sie das Spiel zum ersten Mal zu viert gespielt hatten, würde sie zuschnappen, wenn man ihr gesunde Zähne zog.

Lukas überkam ein Gefühl maximaler Beklemmung bei der Vorstellung, im Wohnzimmer beieinanderzusitzen, Eva und er auf dem Sofa, die Kinder vor dem niedrigen Couchtisch kniend, Ada wie immer fokussiert und ernst, Leo aufgeregt auf und ab hippelnd, und ein Gesellschaftsspiel zu spielen, wie sie es früher getan hatten. Es war, was er sich am sehnlichsten wünschte und was er gerade am wenigsten wollte. Die Simulation eines gewöhnlichen Abends einer durchschnittlich glücklichen Familie. Waren sie das? Waren sie es gewesen, jemals oder in letzter Zeit? Er hatte sich diese Frage nie gestellt. Es war nicht auszuhalten, aber er würde es aushalten; selbstverständlich würde er das. Eva warf ihm einen langen Blick zu, als er aus der Küche kam, mit einer der letzten vollen Bierflaschen, die er zu seiner Erleichterung in der fast leeren Kiste auf dem Balkon gefunden hatte. Sie brauchte gar nicht so zu gucken, dachte er. Sie schaute in letzter Zeit auch immer tiefer ins Glas. *Ada will nicht mitspielen*, sagte Eva, und Lukas zuckte die Schultern, er verstand sie. Er wollte auch nicht mitspielen. Nicht bei Kroko-Doc und nicht bei Evas Spiel. Über der Sofalehne hing ein Kapuzenpullover, den Lukas nicht kannte, er hob ihn an, um ihn zur Seite zu legen. Eine Männergröße, das RB-Logo, er überlegte, an wem er ihn gesehen hatte. *Du fängst an, Papa*, sagte Leo. Lukas nahm die Zange und zog dem Krokodil einen Zahn. Es hielt still. Leo atmete hörbar aus. *Jetzt ich.* Das Bier war warm, es war Lukas gleich. Eva setzte sich neben ihn auf das Sofa, so weit von ihm entfernt, wie die Sitzfläche es zuließ. Sie sah ihn von der Seite an, während Leo im Zeitlupentempo die Zange in das Krokodilmaul führte. Wenn Lukas sich nicht täuschte, lag etwas Mildes in ihrem Blick. Er reichte ihr die Bierflasche, sie trank einen Schluck, setzte zu hastig ab, der Schaum stieg im Flaschenhals hoch und trat schäumend aus der Öffnung. Eva reagierte schnell genug und stülpte ihre Lippen darüber, um das Überlaufen zu verhindern. *It's a boy!*, hätte Lukas gern gerufen, grinsend, wie er es sonst getan hätte. Früher, als alles gut war. Als er solche Sprüche hatte machen können und von Eva höchstens einen milde tadelnden Blick geerntet hätte. Aber er verkniff es sich. Es schien ihm nicht mehr angemessen, eine Vertrautheit, die sie verspielt hatten. Leo ließ den Krokodilzahn auf den Couchtisch klirren und juchzte vor Erleichterung, als das Vieh abermals stillhielt. *Du bist dran, Mama! – Okay*, sagte Eva und gab Lukas die Flasche zurück. Sie beugte sich vor, ihr T-Shirt rutschte ein paar Zentimeter hoch, gab einen Streifen Haut frei, und Lukas unterdrückte den Impuls, seine Hand dort hinzulegen. Eva nahm die Zange, machte Leo zuliebe eine große Show daraus, einen Zahn auszusuchen, zog erst vorsichtig, dann mit einem plötzlichen Ruck. Das Krokodilmaul schnappte zu, und Leo kriegte sich nicht mehr ein vor Schadenfreude. *Du hast verloren, Mama! –*

Ja, sagte Eva nachdenklich, legte die Zange auf den Tisch, strich Leo über den Kopf und sah Lukas an. *Das habe ich wohl.*

Als er unten auf der Straße stand und sein Blick auf Gregors schwarzen SUV fiel, der direkt vor dem Haus parkte, erinnerte Lukas sich plötzlich, woher er den Pulli kannte, der auf dem Sofa gelegen hatte. Er dachte an die beiden leeren Gläser in der Spüle, die Flasche teuren Weins. Rosé auch noch! Das passte zu dem. Eine Missgunst stieg in ihm auf, dass Gregor einen so perfekten Parkplatz gefunden hatte, mit seiner Arschlochkarre. Er stellte sich vor, wie Gregor mit der Flasche wedelnd vor Evas Tür stand, vor *seiner* Tür, dachte Lukas. Wie Gregor mit *seiner* Frau Rosé trank, während Friederike bestimmt schon im Bett war. Wie Eva sich bei Gregor über Lukas beklagte. Das verständnisvolle Gesicht, das Gregor aufsetzte, wie immer, wenn er sich in einer Situation wiederfand, von der er ahnte, dass die sozialen Konventionen bestimmte Regungen und Ausdrücke erforderten und er diese in Ermangelung echten Einfühlungsvermögens imitierte, wie ein drittklassiger Schauspieler in einer deutschen Vorabendserie. Der Lack des Autos war makellos, Lukas betrachtete sein verzerrtes Spiegelbild darin. Er tastete nach seinem Schlüssel. Nein, es war albern.

An der Entenbrücke hielt er kurz an, beugte sich über das Geländer, aber es waren keine Tiere zu sehen. Auf den Stufen saßen zwei Jugendliche und unterhielten sich leise. Lukas mochte diese Spätsommerabende, das spürbare Raunen der Erleichterung, das die Stadt durchfuhr, wenn ein heißer Tag zu Ende ging, auf der Straße wieder

Leben stattfand, die Menschen ihre Fenster aufrissen. Er holte sein Handy heraus und wählte Jettes Nummer. *Du lebst also noch*, stellte sie anstelle einer Begrüßung trocken fest. *Mehr schlecht als recht*, sagte Lukas, er wollte es wie einen Witz klingen lassen, aber es gelang ihm nicht. *Bist du zu Hause? Kann ich vorbeikommen?*

24.

Jette hockte im Badezimmer über dem Spiegel, den sie flach auf die Kacheln gelegt hatte. Sie hatte es immer gemocht, ihr Geschlecht zu betrachten, als Kind schon. Es war das einzige ihrer Körperteile, das ihr einigermaßen normal erschienen war; vielleicht nur, weil sie keine Referenzen hatte, bis sie mit neunzehn zum ersten Mal das Geschlecht einer anderen Frau aus allernächster Nähe betrachtet hatte. Es brannte ein wenig, als sie prüfend einen Finger hineinschob. Der Schmerz war stumpf gewesen, als er in sie eindrang, aber sie hatte sich nichts anmerken lassen, hatte ihn sogar angehalten, weiterzumachen. Sie wollte es endlich hinter sich bringen. Hatte gedacht, wie absurd es war, diese Erfahrung jetzt zu machen, so spät im Leben und auf diese Art. Sie hatte sich nie etwas aus Dildos gemacht; das hatte sie jetzt davon. Lukas hatte das Licht anlassen wollen, sie hatte es ausgemacht. Sie hatte nicht gewollt, dass er ihr Gesicht sah. Er hatte brav bei jedem Schritt in die Dunkelheit hinein gefragt, ob es ihr gefalle, ob sie es so oder lieber so wolle, wie er sie berühren solle, und sie hatte gedacht, wie höflich er war, wie umsichtig, bis ihr aufging, dass es als Dirty Talking gemeint war. Vor vielen Jahren war Jette ein paarmal mit einer Amerikanerin im Bett gewesen, die sie bei einem Job auf einem Filmfestival kennengelernt hatte. Sie hieß Leah, kam aus Portland, Oregon, war doppelt so alt wie Jette und machte sehr explizite, queerpornografische Mockumentarys. Leah hatte permanent gequatscht im Bett, und Jette, die Sex bis dahin nur schweigsam kannte, hatte es zu schätzen gelernt. Sie war froh gewesen, dass sie Englisch miteinander sprachen. Dirty Talking auf Deutsch hingegen war seltsam, dachte Jette. Es funktionierte nicht, Deutsch war einfach keine erotische Sprache. Sie musste sich zusammenreißen, nicht loszulachen bei manchem, was Lukas offenbar als anregend empfand. Am meisten wunderte sie, dass es ihn anmachte, wenn sie Sachen wiederholte, die er ihr vorsagte. Sie tat ihm den Gefallen und sprach die Sätze nach, auch wenn es bedeutete, dass sie ihn anlog, weil sein Schwanz nicht wirklich riesengroß war und sie nicht wirklich klitschnass, und vielleicht war Letzteres das Hauptproblem. Als Jette in dem Alter gewesen war, wo andere Leute ihre ersten sexuellen Erfahrungen machten, war das sogenannte Jungfernhäutchen noch nicht als Mythos enttarnt worden, aber ständig Thema unter ihren Freundinnen, und Jette hatte einmal mehr das Gefühl, dass mit ihrem Körper etwas nicht stimmte. Weil sie problemlos Mittel- und Zeigefinger in sich einführen konnte, bis sie etwas zu fassen bekam, vor dem sie beim ersten Mal erschrak, weil sie es für ein Geschwür hielt, bis das Internet ihr verriet, dass es der Muttermund sein musste. Es war seltsam, ihn zu berühren, er fühlte sich hart und weich zugleich an. Wo genau dieses ominöse Jungfernhäutchen sich befinden sollte, hatte das Internet, das zu diesem Zeitpunkt zu seiner Verteidigung noch in den Kinderschuhen steckte, allerdings nicht abschließend klären können, und so verging für Jette eine weitere Dekade der Unklarheit, bis die Wikipedia-Autoren – mit Sicherheit alles Männer – langsam aufhörten, aus Medizinbüchern des letzten Jahrtausends abzuschreiben. Jette gehörte nicht zu denen, die über solche Dinge sprachen. Sie bewunderte die Freundinnen, die offener damit umgingen, und sie stellte sich vor, wie es sein musste, wenn alles so ablief, wie die *Bravo* es als normal darstellte: Man hatte den ersten Freund, weil man auf einem Zettel, der einem im Unterricht zugesteckt wurde, *Ja* angekreuzt hatte, man machte einen Termin bei der Frauenärztin, man ließ sich die Pille verschreiben, man wartete auf den perfekten Zeitpunkt. Der Junge, der höchstens zwei Jahre älter war und Felix oder Jonas hieß, kümmerte sich um die Kondome, weil das seine Aufgabe war, und weil er nett und wohlerzogen war und intuitiv wusste, was Mädchen wollten, hatte er das Bett mit Rosenblüten dekoriert und Duftkerzen angezündet; die Eltern waren ausnahmsweise allein verreist. Vor dem eigentlichen Akt, dem *richtigen* Sex – weil nur penetrativer Sex zwischen Mann und Frau, beziehungsweise, in diesem Narrativ, zwischen Junge und Mädchen, als richtiger Sex galt, da waren sich *Bravo* und Biologieunterricht einig –, fand das obligatorische, ausgiebige Petting statt, ein Wort, das außerhalb der *Bravo* überhaupt nicht zu existieren schien. An Letztere schickte man danach einen Brief, um sein erstes Mal zu schildern.

Lukas war eingeschlafen, und Jette blieb vor dem Bett stehen und betrachtete ihn, seinen zur Seite gedrehten Kopf, sein schlaff und friedlich daliegendes Geschlecht.

Eine Hand lag auf seinem Bauch, die linke, an der er seinen Ehering trug. Es wunderte Jette, dass er ihn immer noch trug. Eva trug keinen, Jette hatte darauf geachtet, aber nicht danach gefragt. Jette bückte sich nach dem Kondom, das neben dem Bett auf dem Boden lag, vorsichtig, um Lukas nicht zu wecken. Sie hatte Angst, dass er aufwachen und gehen würde; sie wollte, dass er blieb. Es gab keinen Grund mehr, zu gehen. Keine Familie, die auf ihn wartete, keine Uhrzeit, die gerade noch okay oder gerade eben nicht mehr okay war. Keine Ordnung, die durch die aufgehende Sonne wiederhergestellt wurde, die alle Beteiligten auf ihre Plätze verwies. Jette fürchtete, dass Lukas trotzdem gehen würde, auch ohne Grund. Im Badezimmer hielt sie das Kondom gegen das durchs Fenster fallende Mondlicht, bevor sie es in den Mülleimer warf. Es war zunächst ein Problem gewesen, weil Lukas es nicht mehr gewohnt war, wie er entschuldigend sagte. Jette konnte sich Lukas und Eva nicht miteinander vorstellen, nicht beim Sex und auch in keiner anderen Situation. Es gelang ihr nicht, sich auszumalen, wie ihr Alltag aussah. Ausgesehen hatte, bis neulich. Was die beiden im Bett miteinander machten, hatte sie ebenfalls versucht, sich vorzustellen, was daran lag, dass sie sich solche Dinge immer ausmalte, bei fast allen Menschen, die sie traf. Ein wenig interessierte es sie schon, ob Lukas im Bett mit Eva genauso war. Ob er auch zu ihr Dinge sagte, die ihm nüchtern im Hellen nicht über die Lippen kämen. Oder ob diese Dinge für Frauen reserviert waren, bei denen er nichts zu verlieren hatte. Jette stellte sich vor, dass Beziehungssex grundsätzlich kommunikativer war, intensiver, tabuloser auch; aber womöglich war das Gegenteil der Fall, setzte man nichts aufs Spiel, wenn man davon ausging, dass die andere Person am nächsten Tag noch da war und wenn die Kinder im Nebenzimmer schliefen.

In der Küche aß Jette die übrigen Spaghetti, die Lukas gekocht hatte, direkt aus der Pfanne. Es war eine erstaunlich gute Soße, die er aus den Resten zusammengerührt hatte, die er in Jettes Küchenschränken gefunden hatte. Lukas hatte eine ungekannte Entschlossenheit ausgestrahlt, als er früher am Abend vor der Tür gestanden hatte, eine Flasche Wein und eine Reisetasche in den Händen, und gefragt, ob er mal duschen könne. Er hatte Jette die Weinflasche in die Hand gedrückt und die Tasche im Flur abgestellt, wo sie immer noch stand. Offen, ein paar Kleidungsstücke darum herum verteilt, weil er eine frische Unterhose gesucht hatte. Jette hatte ihm zugesehen, wie er einzelne Boxershorts hervorkramte und daran roch, sie wieder zurück in die Tasche warf, bis er eine fand, die den Test bestand. *Ich habe auch eine Waschmaschine*, hatte Jette gesagt, und Lukas hatte genickt und seine schmutzige Wäsche in ihre Waschmaschine geräumt. Dann hatte er eine Zahnbürste hervorgeholt und sie zu Jettes Zahnbürste in den Plastikbecher mit dem *Große Freiheit 36*-Logo im Badezimmer gestellt. Es war eine Entwicklung der Dinge, die Jette einigermaßen aus der Fassung brachte, was sie sich nicht anmerken ließ. Dass sie sich nicht wunderte, schien Lukas nicht zu wundern.

Eva war es gewesen, die Jette anvertraut hatte, dass sie und Lukas in Trennung waren, wie sie es nannte. Es war ihr offenbar nicht schwergefallen, warum sollte es auch. Jette war ein neuer Mensch, der Evas Kenntnis nach nur in Evas, nicht jedoch in Lukas' Leben eine Rolle spielte, wenngleich Jette sich nicht sicher war, ob sie in Lukas' Leben eine Rolle spielte. Aber sie existierte in seiner Welt, so viel immerhin, sie kannten sich, hatten den einen oder anderen Abend miteinander verbracht, die eine oder andere Körperflüssigkeit ausgetauscht, und jetzt hatte er eine Zahnbürste bei ihr, was auch immer das zu bedeuten hatte.

Jette hatte mit dem Impuls gekämpft, sich bei ihm zu melden. Die Vorstellung, dass es ihm schlecht ging, machte etwas mit ihr. Sie war stolz darauf, dass sie es nicht getan hatte. Es fühlte sich gut an, dass er sich gemeldet hatte. Dass er gekommen war, zu ihr und bei ihr, Letzteres zum ersten Mal. Nicht in ihr, das nicht. Sie hatten abgebrochen, weil es sich nicht gut anfühlte, offenbar für sie beide nicht. Lukas schien erleichtert, geradezu erlöst, als sie ihn von sich schob, ihm das Kondom abzog und zum ersten Mal seinen Schwanz in den Mund nahm, wie er es immer gewollt hatte. Sie konnte es jetzt, nachdem er aufgehört hatte, darum zu bitten. Seltsamerweise war er nicht so erfreut darüber, wie sie es sich vorgestellt hatte, vielleicht machte sie es nicht richtig. Dabei war sie vorbereitet, hatte sich schon vor einer Weile im Internet informiert und zur Sicherheit noch einen schwulen Freund in Hamburg angerufen, der ihr bereitwillig ein selbst gedrehtes Video-Tutorial geschickt hatte, das eine Banane beinhaltete. Jette hatte keine Bananen im Haus gehabt, sie hatte eine Salatgurke geschält, die zu dick war und einen Würgereflex ausgelöst hatte. Am Ende hatte Lukas ihren Kopf zur Seite geschoben und sich selbst einen runtergeholt, während sie ihm dabei zusah. Dass er kam, hatte Jette, wenngleich sie nur indirekt daran beteiligt war, als kleinen Triumph verbucht. Als hätte sein Körper kapituliert und ihr endlich zugestanden, was er ihr bisher hatte vorenthalten wollen. Sie hatte eine Rolle Klopapier aus dem Badezimmer geholt und ihm das Sperma vom Bauch gewischt, sie hatte vorsichtig daran gerochen, bevor sie das Papier in der Toilette herunterspülte; es roch, anders als sie erwartet hatte, nach gar nichts.

Als Jette sich vorsichtig wieder neben Lukas legte, öffnete er plötzlich die Augen und sah sie an, mit einem Blick, der für Sekunden nicht zu wissen schien, wo er war, wer Jette war, oder warum sie beide existierten auf dieser Welt; dann wachte der Rest von ihm auf, und er besann sich. Jette dachte, was für ein enormes Zugeständnis es war, dass sie sich ihm so zeigte, obwohl es schon hell wurde. Sich betrachten ließ, denn das tat er jetzt, er drehte sich zu ihr und sah sie lange an. Dann stand er plötzlich auf, ging hinüber zum Schreibtisch, nahm sich einen Bleistift. Öffnete die Schublade des Druckers, zog ein Blatt Papier heraus. Setzte sich auf den Rand des Bettes, nahm als Unterlage ein dickes Buch aus dem Bücherregal, *Das große Buch der vegetarischen Küche*, eines dieser einfallslosen Geschenke von Jettes Vater, bevor er dazu übergegangen war, ihr nur noch Geld zu überweisen. *Draw me like one of your french Girls, Jack*, sagte Jette albern, und Lukas lachte und küsste sie kurz und stürmisch, was ein neues Gefühl auslöste, das mit leichtem Ziehen ihr Brustbein hinaufkroch. Dann hockte er sich auf den Rand der Matratze und begann sie zu zeichnen.

25.

Lukas registrierte fassungslos, dass ein roter Punkt neben dem Objekt klebte. Ein Motivationsspruch, auf ein Stück verbeultes Metall gesprüht, das aussah wie die Hälfte eines Kotflügels. Dass es Menschen gab, die mehrere Tausend Euro für so etwas ausgaben, sollte ihn nach all den Jahren nicht mehr wundern, dachte er. Aber es wunderte ihn immer noch. Er stand in der hintersten Ecke, weit genug weg von seinem Bild, an dem er wochenlang gearbeitet hatte und neben dem kein roter Punkt klebte, und sah aus einem der großen Fenster in den Hof. Es hatte angefangen zu regnen, und die Menschen flüchteten in die Halle, brachten den Geruch von Bratwurst und Petrichor mit, von hastig aufgerauchten Zigaretten und teuren Haarpflegeprodukten. Heute vor zehn Jahren hatte es auch geregnet, am Vormittag jedenfalls; später am Tag war die Sonne doch noch herausgekommen. Sein Handy vibrierte in der Hosentasche. *Sehen wir uns am Wochenende?*, schrieb Jette. Lukas registrierte einen minimalen Anflug von etwas, das vielleicht nur die Aktivierung des Belohnungszentrums seines Gehirns war, als er ihren Namen auf seinem Display las. *Unbedingt*, antwortete er. *Rate mal, was ich dann mit dir mache.* Er spürte noch immer eine kleine Unsicherheit, wenn er solche Sätze schrieb, das Gefühl, eine neue Sprache an ihr auszuprobieren.

Eine Frau kam auf ihn zu, stellte sich neben ihn, legte lächelnd den Kopf schief, als warte sie auf etwas. Sie schien ihn zu kennen, er hatte keine Ahnung, woher. Das passierte ihm in letzter Zeit öfter. Er war sich nicht sicher, ob es bedeutete, dass er langsam berühmt wurde oder einfach nur alt. *Hi*, sagte er vorsichtshalber verhalten. *Hi*, sagte die Frau, *lange nicht gesehen. Was hältst du von Henners Installation?* Lukas seufzte. Henner hatte neben der Eingangstür der Halle ein paar Strohhalme um eine Tube Uhu auf einer ein Quadratmeter großen, mit rot-weißem Absperrband umgrenzten Fläche ausgestreut. *#Sylvester*, nannte er die Installation. *Installation*, sagte Lukas grinsend und malte mit den Fingern Anführungszeichen in die Luft. Die Frau verschränkte die Arme vor der Brust und sah ihn ausdruckslos an. *Ich finde die Aktion genial. Henner steht einfach über den Dingen, er nimmt diesen ganzen Zirkus hier nicht ernst, was man ja auch wirklich nicht kann, wenn man mal ehrlich ist*, sagte sie. Er wartete kurz ab, aber sie schien es ernst zu meinen. Sie war jung, schön, offenbar nicht blöd, und sie war wegen Henner da. Es erstaunte Lukas immer wieder aufs Neue. Kurz war er versucht, zu erwähnen, dass dies im Grunde seine Idee gewesen war. Dass an einem Abend vor einigen Wochen in Henners Atelier zufällig ein paar Halme Stroh, die Henner geistesabwesend aus einem Loch in der Wand gefriemelt hatte, während er sich über irgendetwas echauffierte, neben einer Tube Klebstoff auf dem Boden gelegen hatten. Dass es Lukas gewesen war, der eine Anspielung auf die Anekdote mit Anselm Kiefer und Sylvester Stallone gemacht und im Scherz gesagt hatte, dass Henner daraus doch etwas machen könne.

Und Henner hatte etwas daraus gemacht. Wenn auch nicht viel. *Ich gebe dir recht*, sagte Lukas beschwichtigend. *Für Henner ist alles ein Witz. – Aber es stimmt ja,* sagte sie. *Der Kunstbetrieb: ein Witz. Was als Kunst gesehen wird: ein Witz. Die Preise, die für diese Kunst gezahlt werden: der größte Witz von allen.* Lukas nickte. Diese Art von Gespräch ermüdete ihn. Wahrscheinlich studierte sie noch, er tippte auf Kunstgeschichte oder Kulturwissenschaft, sie wirkte zu unironisch für etwas Kreatives. Frisur und Kleidung zu klassisch, von auf attraktive Art einfallsloser Eleganz; er schätzte, dass sie in ihrer Jugend, also bis vor Kurzem, Leistungssport gemacht, ein unsentimentales Verhältnis zum eigenen Körper hatte und eine Unikarriere anstrebte. Es war Lukas schleierhaft, wie Henner an solche Frauen geriet. Dass er überhaupt dauernd an Frauen geriet. Lukas geriet insgesamt eher selten an Frauen, jedenfalls viel seltener, als er es sich vorgestellt hatte, seit er Tinder und OkCupid installiert hatte. Er hatte in letzter Zeit feststellen müssen, dass die meisten ihn langweilten und, zu seiner grenzenlosen Überraschung, dass er nicht der Typ für unverbindlichen Sex war. Er schämte sich ein wenig dafür, es kam ihm spießig vor. Er wäre gern der Typ für unverbindlichen Sex. Er wäre gern wie Henner, dachte er. An der Wand gegenüber hing ein konvexes Spiegelblech, in der Mauer über dem Waschbecken verplombt, wie in einer Gefängniszelle. *Dann mach doch*, stand mit goldenem Sprühlack darauf gesprüht. Henner durchkreuzte den Raum, eine Rolle Alufolie und eine überdimensionale Tube Klebstoff in den Händen und verschwand Richtung Toiletten. Er hatte für heute noch irgendeine Aktion geplant, und

Lukas dachte, dass er es lieber nicht so genau wissen wollte. Die Frau verabschiedete sich eilig, rannte Henner hinterher, und Lukas sah ihr mit einer Mischung aus Bedauern und Erleichterung nach.

Sein Handy vibrierte, Jette reagierte mit dem Auberginen-Emoji und einem Smiley, der die Zunge herausstreckte. Lukas lächelte in sich hinein. Sie gehörte zu den wenigen, die ihn nicht langweilten. Es hatte sich in letzter Zeit ergeben, dass er den größeren Teil seiner kinderfreien Nächte bei ihr verbrachte. Es waren rauschhafte, arbeitsreiche Wochen gewesen, er war erleichtert, endlich wieder malen zu können, und genoss es, ganze lange Tage allein im Atelier zu verbringen und spät, erschöpft und zufrieden mit sich selbst, bei Jette aufzutauchen. Zu duschen, in ihrer Küche zu sitzen, wo sie Wein tranken und sich gegenseitig auf YouTube Musik und lustige Videos zeigten. Manchmal schliefen sie miteinander, aber nicht immer. Er hatte zu seinem Erstaunen festgestellt, dass es ihm nicht darauf ankam. Dass er dankbar war für Jettes Anwesenheit, die Art, wie sie ihn von hinten umarmte, während sie nebeneinander einschliefen. Er hatte es verlernt, allein zu schlafen. Diese Abende hatten etwas Belangloses und in ihrer Belanglosigkeit Beruhigendes, eine angenehme Ablenkung von der andauernden Abwesenheit Evas und der vorübergehenden Abwesenheit der Kinder, die er an Tagen ohne sie vermisste; zu seinem Erstaunen jedoch bereits nicht mehr so sehr wie zu Anfang. Es war absurd, dachte er, wie schnell man sich an alles gewöhnte. Er fühlte sich immer noch permanent leicht unvollständig, und er hatte den Verdacht, dass dieses Gefühl, sollten die Dinge bleiben, wie sie waren, nie ganz verschwinden würde. Aber es war nicht mehr so schlimm. Man konnte sich auf eine gute Art unvollständig fühlen.

Vor seinem Bild war ein älteres Paar stehen geblieben. Lukas schätzte die beiden zwischen siebzig und achtzig. Sie standen eine Weile reglos versunken da, beugten sich dann gleichzeitig hinab, hielten einander dabei an den Händen, sich gegenseitig stützend. Gingen so nah heran, dass es im Museum piepen würde. Hier piepte nichts. Die Frau hatte etwas entdeckt, auf das sie ihren Mann kichernd hinwies, und er lachte und gab ihr einen Kuss auf die Wange. Ein nostalgischer Schmerz durchfuhr Lukas. Er fotografierte heimlich ihre in geschwisterlicher Ähnlichkeit gekrümmten Rücken, die weißen Lockenköpfe, versunken in Lukas', wie er selbst fand, beste Arbeit seit Langem. Es erschien ihm wie ein Zeichen. Er war versucht, Eva das Foto zu schicken, kommentarlos oder mit dem Satz *Du und ich in dreißig Jahren*, eventuell mit Fragezeichen; aber er traute sich nicht. Er hatte ihr vor einer Woche eine Einladung zukommen lassen und gehofft, dass sie das Datum sehen und begreifen würde. Dass sie auftauchen und sein Bild betrachten würde, das den Titel *Die Einzige* trug. Ein klein wenig hatte er Sorge, dass sie es kitschig fände, aber das würde er aushalten. Er hatte nicht weiter überlegt als bis zu diesem Moment. *Und dann was?*, hatte Henner gesagt und ihn angesehen, wie man ein Kind ansah, das im Begriff war, etwas zu tun, von dem man wusste, dass es schiefgehen würde, von dem man ihm aber nicht abriet, weil man der Meinung war, dass es diese Erfahrung endlich einmal selbst machen musste. *Friede, Freude, Eierkuchen? – Pfannkuchen*, hatte Lukas trotzig gesagt. Aber Henner hatte recht gehabt, dachte er plötzlich; Eva würde nicht kommen. Und sei es nur, weil es regnete und sie die Kinder hatte.

Eva war diejenige, die ihren Hochzeitstag traditionellerweise vergaß. In den ersten Jahren hatten sie gemeinsam darüber gelacht, hatten sich beteuert, dass es nichts bedeutete, dass es lediglich eine Zahl war. Es hatte ihn immer gewundert, dass ausgerechnet sie als Mathematiklehrerin das so sagte: *nur eine Zahl*. Als hätten Zahlen keine Bedeutung, als würden sie nicht für etwas Größeres stehen. Wenn Lukas daran gedacht und Eva überrascht hatte, reagierte sie zu seinem Unverständnis mit den Jahren zunehmend ungehaltener, sagte mit ironischem Unterton Sätze wie: *Du hast gewonnen*. Er verstand sie nicht. Er hatte nicht das Bedürfnis, über sie zu triumphieren. Deshalb war er vor ein paar Jahren dazu übergegangen, so zu tun, als habe er den Tag ebenfalls vergessen. Manchmal hatte er ein Geschenk besorgt, das er vorsichtshalber zurückhielt. Etwas Kleines, das er zur Not noch herausholen konnte, falls sie doch daran gedacht haben sollte, und das er, falls sie nicht daran gedacht hatte, versteckte und für Weihnachten aufhob. Wenn sie dann Tage oder Wochen später eine Bemerkung machte, weil es ihr wieder eingefallen war, hatte er so getan, als hätte er es auch vergessen und als amüsiere ihn das ebenso, und mit ihr zusammen darüber gelacht, auch wenn es ihn insgeheim traurig stimmte. Irgendwo im Schrank lag noch ein Geschenk versteckt, für das er heute keine Verwendung hatte und das er, so, wie die Dinge lagen, vermutlich auch an Weihnachten nicht brauchen würde.

Als der Regen nachgelassen hatte, verließ Lukas die Halle, um sich an der Bar im Hof ein Bier zu holen. Er sah automatisch nach oben, als er das Gelände überquerte, ob Henner vielleicht irgendwo baumelte. Die Sonne brach durch das nasse Laub der Birken, warf ein mildes Licht zwischen die Gebäude, deren Wände bereits eine feuchte Kälte abstrahlten; es war Herbst. Es würde ein Winter kommen, vor dem Lukas sich ein wenig fürchtete. Er hatte sich bisher vor keinem Winter seines Lebens gefürchtet, hatte die rauen Winter seiner Kindheit gemocht, als die Außenalster noch zufror, zwei-, dreimal pro Dekade, und Buden auf dem Eis aufgebaut wurden, an denen man Glühwein und Würstchen kaufen konnte, was seit den Neunzigerjahren nicht mehr gemacht wurde. Der Gedanke, dass seine Kinder diese Dinge wahrscheinlich nicht erleben würden, machte ihn melancholisch; so wie er auch bei jedem Schnee dachte, dass dies vielleicht ihr letzter sei.

Im Hof hatte sich eine Traube von Menschen gebildet, die beieinanderstanden, sahen und gesehen wurden. Lukas holte sich ein Bier und hielt sich im Hintergrund, er hatte keine Lust, sich zu unterhalten. Irgendetwas schien die Aufmerksamkeit der Umstehenden zu erregen. Alles drehte sich plötzlich zur Mitte des Geländes, wo Henner stand, einen selbst gebastelten Aluhut auf dem Kopf, die überdimensionale Klebstofftube in der einen Hand. Seine andere lag auf dem Rücken eines bekannten

Galeristen, offenbar hatte er sie an dessen Jackett festgeklebt. Das war alles, das war die ganze Aktion. Es gab Menschen, die so etwas witzig fanden, dachte Lukas und sah die Frau von vorhin eifrig Fotos machen. Er konnte sich vorstellen, was sie dazu zu sagen hätte: wie Henner auf geniale Art die performative Scheinheiligkeit des Kunstmarktes ad absurdum führte, durch das subtile, aber wirkungsvolle kapitalismuskritische Moment dieser Aktion. Der Galerist schien es gelassen zu nehmen, auch wenn sein maßgeschneidertes Jackett, das mit Sicherheit ein kleines Vermögen gekostet hatte, wahrscheinlich ruiniert war. *Kann mir mal jemand was zu trinken bringen?*, rief er fröhlich. Alles lachte. Jemand reichte ihm ein Getränk. Lukas schickte Jette eine Nachricht: *Henner hat sich gerade an einen Galeristen geklebt.* Sie antwortete: *Wie originell.* Er schrieb zurück: *Originalität ist Henners zweiter Vorname*, und schickte ihr ein Foto von Henners »Installation«. Jette schrieb zurück: *Warum liegt da Stroh?* Lukas grinste. *Du und ich, wir sprechen einfach nicht dieselbe Sprache*, hatte Eva einmal im Streit zu ihm gesagt, und er hatte erwidert: *Wir sind ja auch in verschiedenen Ländern aufgewachsen.* Das stimmte natürlich nicht, obwohl es der Wahrheit entsprach. Aber er wusste, was sie meinte. Jette und er sprachen dieselbe Sprache, dachte er. Er schickte ihr das Foto von den beiden Alten vor seinem Bild und schrieb darunter: *Du und ich in 30 Jahren.* Zur Sicherheit setzte er einen zwinkernden Smiley dahinter.

26.

Jette starrte auf den Handybildschirm. Auf das Foto, das Lukas ihr geschickt hatte, und den Satz darunter. Eigentlich, dachte sie, müsste sie sich jetzt freuen; aber sie freute sich nicht. Im Gegenteil: Seine Worte lösten eine Beklemmung in ihr aus, die sie erstaunte. Es war zu viel, dachte sie. Es war immer zu wenig gewesen, und jetzt war es zu viel. Sie dachte darüber nach, ob sie schlicht den Zeitpunkt verpasst hatte, an dem es ganz kurz genau richtig gewesen war, oder ob es einen solchen Punkt nicht gegeben hatte. Sie war es nicht gewohnt, zu bekommen, was sie wollte, und der Wunsch, schreiend wegzurennen, wenn sie es doch einmal bekam, erstaunte sie. Andererseits war es natürlich wieder typisch, wie ihre Mutter mit Sicherheit sagen würde. Dass Jette ihr Wollen wie eine Behauptung vor sich her trug, die nur so lange galt, bis sie sich mit ihrer Erfüllung würde auseinandersetzen müssen. Oder, wie ihre Mutter es formulieren würde: *Immer was zu meckern.* Dass Lukas seiner Nachricht einen zwinkernden Smiley hinzugefügt hatte, erleichterte sie. Das Bedürfnis, sich eine Hintertür offenzuhalten, konnte sie bestens nachvollziehen.

Die Personen auf dem Foto verdeckten das Bild, das vermutlich jenes war, an dem Lukas die letzten Wochen so intensiv gearbeitet hatte. Er hatte Jette nicht mehr davon erzählt, und sie hatte nicht gefragt, wenn er sehr spät am Abend bei ihr aufschlug, in einem glückseligen Erschöpfungszustand, den sie irrtümlicherweise für Verliebtheit gehalten hatte, bis ihr klar wurde, dass es mit seinem Arbeitsprozess zu tun hatte. Dass es nicht sie, sondern das Malen war, was ihn in diesen entrückten Zustand versetzte. Jette war nicht eifersüchtig, nicht auf die Kunst. Sie verstand ihn. Es gab auch für sie kein besseres Gefühl, als nach einem langen Tag vom Schreibtisch aufzustehen in der Gewissheit, eine Handvoll guter Sätze geschrieben zu haben.

Sie hatte sich immer noch nicht ganz daran gewöhnt, wie viel Raum Lukas plötzlich in ihrem Leben einnahm. Mit welcher Leichtigkeit er sich in ihrer Wohnung bewegte, an ihrem Tisch saß und in ihrem Bett lag, als gehöre er dort hin. Wie er Spuren hinterließ. Sein Revier markierte, wie er manchmal scherzhaft sagte, aber Jette wusste, dass er es in Wirklichkeit ernst meinte. Sie hatte inzwischen begriffen, dass er oft Dinge absichtlich so formulierte, dass sie wie ein Witz klangen, weil er so behaupten konnte, dass er die Wahrheit gesagt hatte, und trotzdem die Möglichkeit hatte, sich zur Not auf einen Scherz herauszureden. Er fragte längst nicht mehr, ob es ihr recht sei, dass er die Nächte jeder zweiten Woche bei ihr verbrachte. Es war ihr recht, weil sie es mochte, für ihn da zu sein, beziehungsweise: weil ihr die Idee gefiel, diejenige zu sein, zu der es ihn zog. Sie mochte das Bild, das er von ihr hatte und das in keiner Hinsicht mit dem übereinstimmte, das sie selbst von sich hatte. Es war, neben dem Sex, das, was sie an Lukas am stärksten anzog: dass er ihr, anders als die allermeisten Menschen, nicht das Gefühl gab, komisch zu sein. Sie wusste nicht, was sie antworten sollte. Sie hatte die Nachricht angeklickt, er würde sehen, dass sie sie gelesen und das Foto gesehen hatte. Sie scrollte durch die verfügbaren Emojis, um eines zu finden, das passte, aber natürlich passte keines. Wenn sie ehrlich war, genoss sie es, am Zug zu sein und nicht auf eine Antwort von ihm zu warten. Ein kurzer, friedlicher Augenblick, in dem Jette sich fühlte, als habe sie die Situation unter Kontrolle.

Sie war nachlässig geworden, zuversichtlicher. Bereitete sich auf die Treffen mit Lukas nicht mehr vor, wie sie es anfangs getan hatte. Putzte ihre Wohnung nicht, als kämen ihre Eltern zu Besuch, verbrachte nicht mehr den halben Tag im Badezimmer, rasierte sich nicht jedes Mal; sie hatte beschlossen, dass er darauf keinen Anspruch hatte. Nicht, dass irgendjemand einen Anspruch darauf hatte, was sie mit ihrem Körper tat, von einer gewissen Basishygiene einmal abgesehen, aber Lukas rasierte sich nirgends, im Gesicht nicht, was Jette begrüßte, und auch an keiner anderen Stelle, was ihr egal war. Sie hatte bei Männerkörpern, wie sie feststellen musste, keine Meinung dazu. Sie war in verschiedener Hinsicht erstaunlich offen für das, was Lukas mitbrachte, er war ihr Präzedenzfall, ihr Prototyp. Seine anfängliche Unsicherheit ihrer heterosexuellen Unerfahrenheit gegenüber war einem verhaltenen Stolz gewichen, den Jette auf die fehlende Vergleichbarkeit schob. Es war die Wahrheit, wenn sie ihm sagte, dass kein Mann sie je besser gevögelt hatte, dass keiner besser küsste, dass er, für einen Mann, erstaunlich zungenfertig war. Trotzdem hatte sie sich vorgenommen, die Sache zu beenden; sie nahm seit Tagen innerlich Anlauf dafür.

Lukas schickte ihr ein weiteres Foto, Henner und ein älterer Mann, vermutlich der Galerist, auf einer Bierbank sitzend. Es rührte sie, dass Lukas ihr Schweigen keine fünf Minuten aushielt, dass er bemüht war, den Dialog in flachere Gewässer zu lenken. Es gab ihr ein angenehmes Machtgefühl. Sie belohnte ihn mit der Frage: *Willst du ein Bild von meiner feuchten Muschi sehen?*

Manchmal träumte sie nachts von Lukas und wunderte sich, wenn sie am Morgen die Augen öffnete und er neben ihr lag. Es war neu, dass jemand am nächsten Tag noch da war. Diese alltäglichen Momente, von denen Jette ahnte, dass sie für andere Menschen völlig normal waren, erschütterten sie noch immer: wie sie im Badezimmer in Unterwäsche nebeneinander am Waschbecken standen und synchron Zähne putzten, bevor sie ins Bett gingen. Wo Lukas auf immer gleiche Art die Decke für sie anhob, rückwärts an Jette heranrobbte und von ihr in den Schlaf gelöffelt werden wollte. Das war in letzter Zeit oft das Einzige, was er wollte, und es irritierte sie maßlos. Sie hatte es sich anders ausgemalt. Hatte in ihrem Kopf das Stereotyp kultiviert, dass Männer grundsätzlich immer wollten, wenn sie auch vielleicht nicht immer konnten, zumal dann nicht, wenn sie so viel tranken wie Lukas. Sein Verhalten passte nicht zu den Nachrichten, die er ihr schickte. Die Fantasie, die er in schriftlicher Form aufbrachte, erstaunte Jette. Die erotische Detailverliebtheit, mit der er ihr stundenlang ausmalte, was er mit ihr machen würde, wenn sie sich das nächste Mal sahen. Es war ihr peinlich, wie sehr sie ihn begehrte. Wie feucht sie wurde, sobald sie seinen seifigen Geruch in der Nase hatte, und die Enttäuschung, die sie spürte, wenn er einfach nur neben ihr lag, auf sein Handy starrte und ihr kuriose Fakten aus dem Internet vorlas. Seit sie Lukas kannte, wusste sie, was es mit dem Infinite-Monkey-Theorem auf sich hatte, dass im Jahr ihrer Geburt die erste Frauen-Fußball-Nationalmannschaft gegründet worden war, dass Cornflakes ursprünglich erfunden worden waren, um Masturbation zu bekämpfen, und dass Zebras schwarz mit weißen Streifen waren und nicht umgekehrt. Die einzigen kuriosen Fakten, mit denen Jette aufwarten konnte, immerhin aus dem Gedächtnis, waren Todesarten berühmter Schriftsteller. Fauser: besoffen auf die Autobahn gerannt, Bachmann: mit Zigarette eingeschlafen, Tennessee Williams: an einem Flaschenverschluss erstickt, Horvath, Jettes Lieblingstod: auf den Champs-Élysées von einem herabfallenden Ast erschlagen. Im Englischleistungskurs hatten sie gelernt, dass Hemingway beim Säubern seines Gewehres verunglückt sei, aber das hatte sie bereits damals für einen Euphemismus gehalten.

Es verunsicherte sie, dass Lukas sie lediglich als Idee zu begehren schien, aus der sicheren Distanz der räumlichen Trennung heraus. Sie stellte sich vor, wo er war, wenn er ihr solche Nachrichten schickte. Wie er auf einer Bank am Rande des Spielplatzes saß, seine Kinder beaufsichtigte und ihr schrieb: *Du hattest noch nie Analverkehr? Das machen wir nächstes Mal!* Nächstes Mal lag er dann neben ihr auf dem Bett und las ihr den Wikipedia-Eintrag über Flatulenzkünstler vor, oder erklärte ihr, während er Tortilla-Chips in Guacamole dippte, dass das Wort *Avocado* vom aztekischen *Ahuacatl* stamme, was *Hoden* bedeute. Das immerhin war eine dankbare

Steilvorlage, um handgreiflich zu werden. Jette erschrak manchmal selbst darüber, wie übergriffig sie Lukas gegenüber war. Niemals würde sie die Grenzen einer Frau derart überschreiten. Aber Lukas schien es zu gefallen, und wenn es ihm nicht gefiel, sagte er das, wie Männer Dinge sagten, deutlich und ein einziges Mal, weil sie davon ausgehen konnten, dass es reichte.

Er antwortete mit drei Ausrufezeichen, und Jette gab bei Google Bildersuche »nasse Katze« ein, machte einen Screenshot von einem unglücklich aussehenden Katzenjungen in der Badewanne und schickte es Lukas.

27.

Bei einem gleichschenkligen Dreieck sind zwei Seiten gleich lang, während die dritte Seite die Basis bildet. Eva starrte auf diesen Satz. Sie hatte Mühe, sich zu konzentrieren, aber der Stapel auf ihrem Schreibtisch wurde nicht kleiner, und sie hatte versprochen, über das Wochenende mit dem Korrigieren fertig zu werden. Den Arithmetikteil hatte sie bereits durchgesehen, jetzt fehlten noch die Textaufgaben, die sie dieses Mal zur Abwechslung gestellt hatte. *Wie viele rechte Winkel kann ein gleichschenkliges Dreieck haben?* Antwort: Jedes Dreieck kann nur einen rechten Winkel haben.

Bis hierhin waren die meisten dabei. Sie waren mit dem Stoff nicht so gut durchgekommen, wie es vor der Klassenarbeit optimal gewesen wäre. Es war nicht einfach, vor einem Raum mit dreißig Pubertierenden Sätze wie *Die Seitenhalbierenden der Schenkel sind gleich lang* zu sagen. Es hatte Eva mehr Kraft gekostet als sonst, sie zur Ruhe zu bringen. Sie war dünnhäutig in letzter Zeit, und es strengte sie an, es sich nicht anmerken zu lassen.

Was ist ein »Goldenes Dreieck«? Antwort: Enthält das Dreieck einen Winkel von 36°, bezeichnet man es als »Goldenes Dreieck«.

Die Arbeit von Odin, dem Klassenkasper, lag aufgeschlagen vor ihr. Er hatte die Aufgabenstellung, ein gleichschenkliges Dreieck zu zeichnen, sehr frei interpretiert.

Hatte mit Bleistift eine nackte Frau skizziert, deren Schenkel gespreizt waren. Ihre seitlich aufgestellten Beine bildeten zwei perfekte gleichschenklige Dreiecke. Die Frisur ähnelte der von Eva. Er hatte ihr unrealistisch große Brüste gezeichnet und zwischen den Beinen einen senkrechten Strich in Klammern. Eva seufzte. Am meisten ärgerte sie, dass sie sich dazu würde verhalten müssen. Dass sie es aus Prinzip nicht unkommentiert lassen konnte, obwohl es das war, was sie am liebsten täte. Es war eine kalkulierte Provokation, ein Grenzen-Austesten, einerseits harmlos, andererseits sexistisch und respektlos. Die Kids waren so frühreif heutzutage, sie konnte sich nicht erinnern, dass sie in dem Alter auf solche Gedanken gekommen wäre. Vielleicht hing es tatsächlich mit dem Internet zusammen, dachte sie und sah ihren Vater vor ihrem inneren Auge euphorisch nicken. Eva wäre allerdings auch später nicht auf den Gedanken gekommen, solche Dinge auf einer Klassenarbeit zu hinterlassen. Auch dann nicht, wenn sie besser hätte zeichnen können, wozu ihr allerdings immer schon jegliches Talent gefehlt hatte. Odin hingegen konnte es leider sehr gut. Unter rein künstlerischen Gesichtspunkten war gegen seine Zeichnung nichts zu sagen. Aber das hier war kein Aktzeichenkurs an der HGB, sondern eine Mathearbeit, und sie nicht sein Modell, sondern seine Lehrerin.

Sie stand auf und ging in die Küche, um sich einen Tee zu kochen. Ihr Blick fiel auf den Familienplaner, der mit Magneten am Kühlschrank befestigt war. Eine Spalte für sie, eine für Lukas, eine für Ada und eine für Leo. Für jeden Monat ein DIN-A4-Blatt, Lukas kopierte die Blätter und heftete sie aneinander wie ein Leporello, das die gesamte Länge des Kühlschranks einnahm und mit den Monaten nach oben eingeklappt wurde, sodass der Kalender über das Jahr immer kürzer wurde. Lukas hatte ihn selbst gestaltet, das war eines dieser Dinge, mit denen er sich zwischen den Jahren beschäftigte, wenn die Abmachung galt, dass er nicht ins Atelier ging, sondern die Zeit exklusiv mit der Familie verbrachte. Jedes Familienmitglied bekam ein Tier zugeteilt, das am Kopf der jeweiligen Spalte, oberhalb des Namens saß. Lukas nahm Wünsche entgegen, und den Kindern war es wichtig, sich selbst ein Tier auszusuchen, jedes Jahr ein neues. Adas Wahl war dieses Mal auf den Schabrackentapir gefallen. Nicht auf irgendeinen, wie sie betont hatte, sondern auf das Exemplar, das sie im Zoo gesehen hatte. Er tat ihr leid, weil er, wie sie fand, seinem Ausdruck nach das traurigste Tier im ganzen Zoo sein musste. Womöglich hatte sie recht, dachte Eva. Er sah jämmerlich aus. Aber vermutlich wurden alle Tiere in Gefangenschaft depressiv. Leo hatte sich einen Triceratops ausgesucht, was sein Lieblingsdinosaurier war, oder Ende letzten Jahres gewesen war, es änderte sich immer mal, und Eva kam nicht mehr mit, seit sie ihn nicht mehr jeden Tag sah. Vor dem geöffneten Küchenschrank überlegte sie eine Weile und entschied sich für Eisenkraut. Sich selbst hatte Lukas einen Kakapo gezeichnet, den er nur deshalb als sein Lieblingstier bezeichnete, weil die Kinder sich jedes Mal totlachten, wenn der Name fiel, und für Eva, die keine Präferenzen und es ihm überlassen hatte, ein Schaf. Es war ein flauschiges, niedliches Schäfchen, immerhin ein weißes, aber sie fragte sich dennoch, was er damit sagen wollte. Sie hatten die Planer der letzten Jahre zum

Andenken aufbewahrt. Sie hatten sie nie wieder angesehen, aber es reichte, wie bei so vielem, dass es möglich wäre, sollten sie einmal das Bedürfnis verspüren. Sie fragte sich, ob Lukas für das kommende Jahr wieder einen basteln oder ob dies der letzte sein würde. Ob sie ihn in ein paar Monaten abnehmen und in den Schrank legen würden, zu den anderen, die sich über die Jahre angesammelt hatten. Und sie sich später einmal, wenn es nicht mehr so wehtat, alle ansehen und durchlesen würden, wie ein Lexikon der unvermeidlichen Dinge.

Eva ließ ihren Blick zum heutigen Datum schweifen. Sie hatten es nicht geschafft, dachte sie. Es war die größte Kapitulation ihres Lebens. Andererseits waren sie immer noch verheiratet. Sie würden später einmal sagen können, dass sie zwanzig Jahre zusammen gewesen waren, die Hälfte davon verheiratet. Eva empfand eine unpassende Zufriedenheit ob der Schönheit dieser Zahlen. Bei ihr und den Kindern waren die Felder des heutigen Tages frei. Lukas hatte eine Ausstellungseröffnung. Er hatte ihr eine Facebook-Einladung geschickt, von der sie sich nicht gemeint fühlte; vermutlich hatte er einfach sämtliche Kontakte angeklickt. Ihr Hochzeitstag war nicht im Familienplaner eingetragen. Nachdem Lukas vor vielen Jahren, als Eva im Begriff gewesen war, den Tag in ihrem eigenen Kalender zu markieren, zu ihr gesagt hatte, das sei ja wohl das Unromantischste, was er je gehört habe, hatte sie es sein lassen. Was dazu geführt hatte, dass sie in den darauffolgenden Jahren in ständiger Angst lebte, den Hochzeitstag zu vergessen, und ihn manchmal tatsächlich beinahe vergessen hätte, und irgendwann, seit den Kindern, vergaß sie ihn wirklich. Ihr selbst wäre es egal gewesen, sie hatte mit dem symbolhaften Zelebrieren bestimmter Tage noch nie etwas anfangen können, in ihrer Kindheit hatte es viel zu viele davon gegeben. Aber sie hatte sich bemüht, weil sie wusste, dass es Lukas etwas bedeutete. Manchmal hatte sie doch wieder daran gedacht, am selben Tag oder einen zuvor, wenn sie das Datum irgendwo gelesen hatte, aber immer öfter hatte sie keine Lust gehabt, den Tag zu feiern. Kein Bedürfnis, Lukas ihre Liebe zu erklären, derer sie sich in den letzten Jahren bereits nicht mehr ganz sicher war. Weil er zu oft abwesend war, sie ihm einmal zu oft hinterhergeräumt hatte. Weil er aufgehört hatte, sie zu fragen, wie ihr Tag gewesen war, und an den Abenden, an denen er doch mal zu Hause blieb, abwesend auf sein Handy starrte, ohne ihr zu erzählen, was sich darin so Interessantes befand. Er begriff nicht, dass sie sich nichts daraus machte, lediglich an symbolischen Tagen mit Aufmerksamkeit überschüttet zu werden. Sie hielt nichts von Geschenken, die ein Anlass vorschrieb, und sie hatte gleich zu Beginn ihrer Beziehung halb im Scherz zu Lukas gesagt, dass sie sich, sollte er es wagen, am Frauentag mit Blumen anzukommen, von ihm trennen würde.

Sie trug die schwere Teekanne vorsichtig zurück an den Schreibtisch. Es gab die Möglichkeit, die Aufgabe als ungültig zu werten oder einen Punkt abzuziehen. Es würde Odin nicht schaden, er war gut in Mathe. Am sinnvollsten erschien es ihr, einen Eintrag ins Hausaufgabenheft zu schreiben, eine Nachricht an die Eltern, aber sie scheute sich davor. Sie hatte die Klasse neu, sie kannte die Eltern noch nicht. Vermutlich war es nicht ratsam, sich mit Leuten anzulegen, die ihren Sohn Odin getauft hatten. Andererseits wollte Eva keine Vorurteile haben, zumal einem Kind gegenüber, das schließlich nichts für die politische Gesinnung seiner Eltern konnte. Es hatte im Kollegium bereits vor einigen Jahren eine Diskussion zu diesem Thema gegeben, weil damals gerade durch die Medien gegangen war, dass es Lehrkräfte gab, die Kinder, bewusst oder unbewusst, aufgrund ihres Vornamens benachteiligten. Allerdings ging es dabei meistens um Namen, die entweder auf Migrationshintergrund schließen ließen oder ein Unterschichtsindikator waren. Sie dachte kurz an Baby Elon und wie es ihm mit diesem Namen einmal ergehen würde. Ob er sich negativ oder womöglich gar positiv auf sein Leben auswirken würde. Oder, was zu hoffen wäre, dass, wenn er einst erwachsen sein würde, niemand mehr wusste, was es mit diesem Namen auf sich hatte. Eva legte Odins Arbeit zur Seite und widmete sich erst einmal den anderen; sie würde sich später mit ihm auseinandersetzen.

Den Satz des Pythagoras konnten wirklich alle fehlerfrei wiedergeben, was Eva erleichterte; aber daran, dieses Wissen anzuwenden und beispielsweise die Hypotenuse zu bestimmen, scheiterten einige bereits. Eva versuchte immer, ihnen beizubringen, nicht nur stumpf Formeln auswendig zu lernen, wie es in ihrer Schulzeit üblich gewesen war, sondern die Bedeutung dahinter auf lebensnahe Beispiele anzuwenden. Man konnte durchaus behaupten, dass dieser Ansatz bei Odin funktioniert hatte.

Die Winkelsumme eines Dreiecks ist immer gleich, nämlich? Das war nun wirklich die einfachste Frage, ein gnädiges Angebot an alle, denen sonst nichts einfiel. Antwort: 180°. *Celsius,* hatte ein Schüler dahinter geschrieben. Sie war sich nicht sicher, ob es ein Witz sein sollte, sie wollte nicht humorlos wirken, aber es war schlicht die falsche Einheit, Punktabzug. Eine Legende fiel ihr ein, die zu ihren Schulzeiten kursierte: dass ein Schüler in einem Aufsatz zum Thema »Was ist Glück?« lediglich einen einzigen Satz geschrieben haben sollte: *Das ist Glück*. Und dafür eine Eins bekommen hatte. Sie wusste nicht, woher die Geschichte stammte, und auch wenn es eine schöne Anekdote war, entsprach sie sicherlich nicht der Wahrheit.

Eva fröstelte. Normalerweise gestand sie es sich ab Oktober zu, die Heizung aufzudrehen, in besonders kalten Jahren oder als die Kinder kleiner waren natürlich bereits früher. In diesem Jahr versuchte sie es hinauszuzögern. Sie öffnete den Kleiderschrank und bückte sich zum Fach mit den Wollpullovern, die sie im Sommer nach ganz unten räumte und im Herbst gegen die noch immer in Kopfhöhe greifbar liegenden T-Shirts tauschte. Ihre rechts, auf zwei Stapeln hintereinander, Lukas' links daneben, bei ihm war es nur ein Stapel. Er trug immer die gleichen Sachen, wie eine Uniform, im Winter am liebsten Troyer aus schwerer Wolle, in Dunkelblau oder Anthrazit, die seine Mutter bei Carl Feddersen in der Deichstraße kaufte. Eva zog den vorderen Stapel heraus, um die Pullover durchzusehen und auf Motten zu kontrollieren. Dazwischen rutschte eine flache schwarze Schatulle hervor. Eva öffnete sie gedankenlos und fand eine Schlangengliedkette darin, mit einem in Silber oder Weißgold eingefassten Türkisstein. Sie starrte das Schmuckstück an.

Lukas hatte Geschmack, das musste sie ihm lassen. Sie klappte die Schatulle zu, legte sie zurück, räumte den Stapel wieder ein und schloss den Kleiderschrank. Wer auch immer die Andere war, Eva hoffte, sie würde sich über das Geschenk freuen.

Es klingelte an der Wohnungstür. Eva ließ Leo herein, der zum Spielen bei Otis gewesen war. *Ich hab Durst*, sagte er und rannte in die Küche. Eva ging hinterher und schenkte ihm ein Glas Wasser ein. Er trank es gierig und geräuschvoll aus. *War es schön bei Otis?* Leo nickte. *Was habt ihr denn gespielt? – Containerschiff*, sagte Leo und wischte sich mit dem Handrücken über den Mund. Containerschiff war das neueste Lieblingsspiel, seit er vom letzten Besuch bei Lukas' Eltern zurück war. Es ging so: Man holte absolut jedes einzelne Spielzeug aus den Regalen und Schränken, das man besaß, und stapelte es sorgfältig auf dem Bett. Dann setzte man sich oben drauf und fuhr auf die Weltmeere hinaus. Leo und Otis verbrachten in letzter Zeit den Großteil ihrer gemeinsamen Nachmittage so, es wurde ihnen seltsamerweise nicht langweilig. Sie saßen zufrieden auf ihrem Schiff und unterhielten sich, ab und an reichte ein Elternteil einen Teller Kekse und zwei Gläser Saft an. Manchmal ging das aber auch nicht, weil das Versorgungsschiff gerade bei Blohm & Voss zur Wartung lag. Waren sie im Hafen angekommen, riefen sie nach den Schleppern. Nur das mit dem Entladen und Verräumen der Fracht klappte noch nicht so gut. *Ich hab Hunger*, sagte Leo. Eva griff einen Apfel aus der Schale auf dem Küchentisch und fing an, ihn zu schälen.

Sie konnte sich nicht erinnern, wann Lukas ihr das letzte Mal Schmuck geschenkt hatte; andererseits trug sie in den letzten Jahren kaum noch welchen. Sie versuchte, sich eine andere Frau vorzustellen, zu der diese Kette passte, aber es gelang ihr nicht. Es hatte etwas Abgeschmacktes, dass sie es auf diese Art herausfand, aber wundern tat es sie nicht. Im Grunde bestätigte es nur einen Verdacht, den sie längst gehabt hatte. Bis vor wenigen Jahren hatte Lukas sich zum Hochzeitstag oder zu ihrem Geburtstag immer etwas einfallen lassen, das wirklich originell war, romantisch und kreativ. Das bewies, dass er sie kannte und in letzter Zeit gut zugehört hatte. Eva liebte seine Ideen, aber gleichzeitig fühlte sie sich enorm unter Druck gesetzt. Beispielsweise hatte sie immer davon gesprochen, einmal mit einem Heißluftballon fliegen zu wollen, woraufhin Lukas ihr zum 30. Geburtstag einen gemeinsamen Flug über Leipzig geschenkt hatte. Es war nicht ganz so romantisch, wie Eva es sich vorgestellt hatte, weil sie die ganze Zeit über große Angst gehabt hatte. Immerhin hatten sie damals noch keine Kinder, die sie durch einen Absturz zurückgelassen hätten. Es war nichts passiert. Lukas freute sich mehr als sie, er freute sich wie ein Kind. Sie hatte einen Heiratsantrag erwartet, es hätte sich wirklich angeboten, und es hätte zu Lukas gepasst, dachte sie. Vielleicht nur, weil Andrea es ihr eingeredet hatte. *Ich verwette meinen Arsch drauf, dass er dir da oben einen Antrag macht*, hatte Andrea gesagt. *Dein Arsch gehört jetzt übrigens mir*, hatte Eva nach ihrer Rückkehr am Telefon verkündet. Andrea war wesentlich enttäuschter gewesen, als Eva es war. Irgendwann hatte Lukas angefangen, nachlässiger zu werden, was sie erleichterte. In den letzten Jahren hatten sie sich zunehmend praktische Dinge geschenkt, von denen sie beide etwas hatten, Gegenstände, die in ihrem Haushalt fehlten. Die meisten davon waren noch hier, Eva hatte nur das Allernötigste in die neue Wohnung mitgenommen.

Ein jäher Schmerz durchzuckte ihre Hand. Sie ließ das Messer fallen. Sie war zu unaufmerksam gewesen, hatte sich in den linken Zeigefinger geschnitten. Der Schnitt war tief; Lukas war es immer wichtig gewesen, dass ihre hochwertigen Messer stets gut geschliffen waren. *Scheiße!*, brüllte sie und steckte den Finger in den Mund. *Sagt man nicht*, rief Leo ernst und kam interessiert näher, um sich das Unglück anzusehen. Eva riss ein Stück Küchenrolle ab, faltete es und presste es auf die Wunde. Es blutete stark und pochte, als hielte sie ihr Herz in der Hand. Sie ließ sich auf den Boden sinken, lehnte den Kopf an die Spülmaschine und schloss die Augen. Die Tränen kamen plötzlich, sie drangen durch ihre geschlossenen Lider und liefen warm ihre Wangen hinunter. Eva spürte eine kleine Hand vorsichtig über ihren Kopf streichen. Sie öffnete die Augen und sah Leo an. Sie konnte sich nicht erinnern, je vor ihm geweint zu haben. Sie erinnerte sich überhaupt nicht, wann sie das letzte Mal geweint hatte. Im Gegensatz zu Lukas weinte sie sehr selten, und dass er es so ungeniert konnte, hatte sie immer erst recht davon abgehalten; selbst darin war er besser. Ihren Eltern zufolge hatte sie bereits als Kind so gut wie nie geweint. *Wir dachten schon, mit dir stimmt was nicht*, hatte ihre Mutter einmal gesagt. Jetzt konnte Eva nicht damit aufhören. Leo pustete energisch auf ihren Finger. Dann sah er sie eine Weile nachdenklich an und sagte schließlich: *Weinst du, weil du traurig bist, dass der Papa nicht da ist?*

28.

Der Geruch des Hausflures, der ihr entgegenschlug, sogar um diese Uhrzeit und bis in den Fahrstuhl hinein, versetzte Eva wie bei jedem ihrer Besuche schlagartig in die Kindheit zurück. Es roch nach gekochtem Kohl, penetrant und süßlich. Sie dachte darüber nach, ob es überhaupt sein konnte, dass hier seit Jahrzehnten rund um die Uhr Kohl gekocht wurde, oder ob der Geruch von etwas ganz anderem herrührte, und dann öffnete sich die Fahrstuhltür und alle Gedanken flohen vor dem Blick ihrer Mutter, die in einem fliederfarbenen Hausanzug in der Wohnungstür stand. *Na, dann kommt mal rein. – Es ist ein Notfall*, sagte Eva, während sie den schreienden Leo im Flur abstellte, der gerade einen Nervenzusammenbruch erlitt, weil Ada auf den Fahrstuhlknopf gedrückt hatte, obwohl Leo bereits beim Betreten des Hauses Anspruch darauf erhoben hatte. In der Stube kämpfte Evas Vater bereits mit dem Ausklappsofa. Er unterbrach seine Tätigkeit, um Ada zu begrüßen, die auf ihn zusprang und berichtete, dass sie mit dem Taxi hergekommen waren. *Na so was*, sagte er, und Eva registrierte, wie ihre Mutter bei dem Wort Taxi eine Augenbraue hochzog. *Danke, dass ihr so spontan einspringt, ich habe etwas Dringendes zu klären*, sagte Eva, und die Augenbraue rutschte noch eine Etage höher. *Teddy ist da drin*, fügte sie hinzu und drückte ihrer Mutter Leos Rucksack in die

Hand. Wenn Eva sich nicht täuschte, war da tatsächlich ein dezenter Anflug von Sorge in ihren Augen. Evas Blick schweifte durch den Raum und blieb an der Pinnwand hängen. Kochrezepte aus dem *Goldenen Blatt* und Kleinanzeigen aus dem *SachsenSonntag*, sorgfältig mit bunten Reißzwecken befestigt. Eine Weihnachtskarte von vor einigen Jahren, auf der Lukas sie alle vier gezeichnet hatte: Eva und er in der Mitte, sich an den Händen haltend, Ada, die von Lukas' ausgestrecktem Arm fröhlich kopfüber in die Gegend baumelte, und Baby Leo, eine Rassel schwingend, in Evas Arm. Rechts unten ein Zeitungsausschnitt, den Eva noch nicht kannte, ein Interview mit Sahra Wagenknecht, vermutlich aus der *Leipziger Volkszeitung*, die ihre Eltern abonniert hatten. Einige Zeilen waren rot unterstrichen und am Rand mit Ausrufezeichen versehen. Manche Leute hatten den Anschluss verpasst und manche hatten ihn aus Prinzip sausen lassen, dachte Eva betrübt.

Viel Glück, rief ihre Mutter ihr nach, nachdem sie sich verabschiedet hatte und schon aus der Tür war. Rief es zu Evas Befremden ganz ohne Ironie in der Stimme; als ahne sie, was ihre Tochter vorhatte. Aber wie sollte sie. Es musste sein, dachte Eva. Es ging so nicht weiter, es musste jetzt endlich einmal Klarheit her.

Sobald sie außer Sichtweite war, verstummte Leo schlagartig, und Eva dachte, während sie auf den Fahrstuhl wartete, darüber nach, warum Kinder sich eigentlich immer denen gegenüber am schlechtesten benahmen, die sich am meisten um sie kümmerten. Und ob ihre Mutter dasselbe gedacht hatte, als Eva klein war. Ob sie es womöglich noch immer dachte.

Sie schrieb die Nachricht im Gehen, während sie aus dem Haus trat, sich nach links wandte, den Weg zwischen den Hochhäusern entlang und vor zur Straßenbahnhaltestelle lief. Die Frage, ob es in Ordnung war, wenn sie noch vorbeikäme, oder ob es zu spät sei. Sie ging davon aus, dass es passte, aber ohne Ankündigung aufzutauchen, traute sie sich nicht. An der Ecke stand der Taxifahrer, mit dem sie hergekommen waren, an die offene Fahrertür gelehnt und rauchte. Er war sehr freundlich gewesen vorhin, hatte, während er die Kindersitze aus dem Kofferraum holte, von seiner Enkelin erzählt, die in Leos Alter war. Er grüßte Eva, und sie blieb stehen und bat ihn spontan um eine Zigarette. *Pause?*, fragte sie. *Feierabend*, sagte er und dann nichts mehr. Eva mochte es, wenn jemand einen gemeinsamen Moment der Stille genießen konnte und sich nicht zu Small Talk verpflichtet fühlte. Sie sah am Haus hinauf, in dem sie aufgewachsen war, spürte die Trostlosigkeit des Ortes, die sie als Kind nicht empfunden hatte; vermutlich, weil dies damals noch kein trostloser Ort gewesen war. Sie fragte sich, ob ihre Eltern in diesem Moment aus dem Fenster sahen und sie beobachteten. Ob sie sich wunderten, dass Eva hier stand und rauchte, mit einem fremden Mann, der so aussah, als ob er längst in Rente sein sollte. Aber die Wohnung lag im sechsten Stock, und die Augen ihrer Eltern wurden nicht besser. *Soll ich Sie wieder mit Richtung Zentrum nehmen?* Eva zögerte, sah auf ihr Handy. Dann nickte sie, ja, warum nicht, in die Richtung musste sie in jedem Fall. *Wo müssen wir denn hin?*, fragte er, als sie im Wagen saßen, Eva ihren Gurt anlegte und er den Motor startete. *Nach Hause?* Ihr Handy vibrierte. Sie öffnete die Nachricht und lächelte. *Nein,* sagte sie. *Nicht nach Hause.*

Eva bedauerte diesen Moment, wenn man zum ersten Mal jemandes Wohnung betrat und sofort alle Bilder, die man sich im Kopf zurechtgelegt hatte, von der Wirklichkeit überschrieben wurden. Sie vergaß augenblicklich, wie sie sich Jettes Wohnung vorgestellt hatte, als sie in ihrem winzigen Flur stand, wo sie sich einen Moment länger und inniger umarmten, als sie es bisher getan hatten. Eva hatte keine Lust mehr, vorsichtig zu sein; sie wollte sich endlich sämtliche Blößen geben. *Wie geht es dir?* Jette hatte diese Art zu fragen, die es nicht, wie bei anderen Menschen, wie eine Floskel klingen ließ. Sie wollte wirklich wissen, wie es ihr ging, dachte Eva, und anstelle einer Antwort brach sie in Tränen aus, das zweite Mal an diesem Tag.

In der Küche schenkte Jette ihr aus einer Flasche, die bereits geöffnet war, Wein in ein kleines Wasserglas. Das musste auch mal wieder aufhören, dachte Eva, dieses ewige Gesaufe; aber nicht ausgerechnet heute. Sie sah sich in Jettes Küche um und fragte sich, wie es war, ein Leben zu haben, das niemandem Rechenschaft schuldete. Jette hatte keine Kinder und auch keine Beziehung, das hatte Eva längst herausgefunden, obwohl sie ab und an Dinge sagte, die den vagen Verdacht in Eva weckten, dass es eventuell doch jemanden gab. Etwas Lockeres, Undefiniertes. Sie versuchte sich daran zu erinnern, wann sie das letzte Mal etwas Lockeres, Undefiniertes mit jemandem gehabt hatte. Seit Jochen nicht mehr, aber das war im Grunde vorbei gewesen, bevor es richtig angefangen hatte, und zählte somit nicht wirklich. Und auch davor nicht, wenn sie ehrlich mit sich war; sie war nicht der Typ für undefinierte Dinge. Sie mochte

Definitionen. Sie brauchte Klarheit. *Heute ist mein Hochzeitstag*, sagte Eva. *Also unserer. Also wäre, oder nein, ist.* Sie spürte schon wieder Tränen kommen und versuchte, sie mit Wein runterzuspülen. Jette fragte nicht, hörte nur zu, schenkte ihr nach. Sah minimal erschüttert aus, wenn Eva sich nicht täuschte, und dieser Blick, diese kaum spürbare Erschütterung weckte Hoffnung in ihr. Sie wechselte das Thema, weg von Lukas, erzählte von der Mathearbeit, von Odin, von dem Beispiel, an das sie hatte denken müssen. Die Anekdote von dem Schüler, der auf die Fragestellung *Was ist Glück?* mit *Das ist Glück* geantwortet hatte. Jette schien nachdenklich. Sie stand auf, holte eine Packung Streichhölzer und zündete die Kerze an, die auf dem Tisch stand. Eva war entzückt, dass Jette Streichhölzer verwendete, es war so wunderbar altmodisch, stilvoll und unpraktisch zugleich. Jette fuhr mit dem Zeigefinger durch die Flamme, wie Eva es als Kind getan hatte, so schnell wie nötig, so langsam wie möglich; einmal hatte sie sich fürchterlich den Finger verbrannt und von der Mutter Ärger bekommen. Selber schuld.

Eigentlich, sagte Jette, *ist Glück letzten Endes doch nichts als die Abwesenheit von Unglück.* Eva nickte. Sämtliche abgewendeten Katastrophen der letzten Jahre zogen im Schnelldurchlauf vor ihrem inneren Auge vorbei, all die verhinderten Unfälle, die unzähligen *Gerade-noch-mal-gut-gegangen-* und *Weniger-schlimm-als-es-aussah-*Momente, die man mit Kindern andauernd erlebte. Leos Verschwinden, dessen einziger Sinn gewesen zu sein schien, dass sie und Jette sich trafen. *Das klingt sehr poetisch*, sagte sie. *Ist das von dir?*

Schopenhauer, sagte Jette und trank ihr Glas in einem Zug aus. Eva folgte ihrem Beispiel. Dann hielt sie ihr das Glas hin, und Jette schenkte ihr nach. Das war der Nachteil an diesen winzigen Ikeagläsern, dachte Eva, dass man ständig nachschenken musste. Wahrscheinlich besaß Jette keine richtigen Weingläser. Weil sie keinen Wert auf solchen Schnickschnack legte, sondern sich mit den einfachen Dingen zufriedengab. Als könne sie Gedanken lesen, stand Jette auf und nahm aus einer braunen Papiertüte ein Brot, das so aussah, wie jemand, der malen konnte, ein Brot malen würde. Jette schnitt ein paar Scheiben ab, tröpfelte Olivenöl auf eine Untertasse und gab ein wenig Salz hinein. Sie saßen sich gegenüber und brachen das Brot miteinander, tunkten schweigend Stücke in das Öl, das billigste von Gut & Günstig, das zu bitter war, weil die Blätter mitgepresst wurden, und das Salz kam aus einer Wegwerfmühle mit Kunststoffmahlwerk, aber das machte nichts, dachte Eva. Es war perfekt. Es war alles so einfach und klar in Jettes Wohnung, in ihrem Leben. Ihrem schönen, übersichtlichen Leben, um das Eva sie beneidete. Auch wenn der Wein erheblich zu wünschen übrig ließ, aber auch das musste so sein. Sie hätte auch so ein Leben haben können, dachte Eva. Sie konnte es noch, wenigstens ein halbes, in jeder zweiten Woche. Sie hatte schließlich diese neue Wohnung, mit der sie nicht warm wurde, in der sie sich verloren fühlte, wenn sie allein war. In die sie die Kinder bisher nur ein einziges Mal mitgenommen hatte, weil sie einmal sehen wollten, wo ihre Mama die Wochen verbrachte, in denen sie auf sie verzichten mussten, und sie hatte die Verwunderung in Adas Blick gesehen, dass dies der Ort war, den

Eva ihrem richtigen Zuhause vorzog. Das Neue hatte sich kurz gut angefühlt und dann schnell nicht mehr; vielleicht war es nur der Herbst. Vielleicht sollte sie Jette einmal einladen, damit es ihr dort besser ging. Den neuen Ort mit neuen Erinnerungen füllen. Jette war aufgestanden und hantierte mit einer Ikea-Karaffe, in die sie Leitungswasser laufen ließ. *Willst du noch Wein?*, fragte sie über die Schulter, während sie Eva den Rücken zudrehte, den Rest des Brotes in die Tüte schob, die Krümel behutsam in die hohle Hand fegte und über der Spüle abklopfte. Eva stand auf. *Nein*, sagte sie, *will ich nicht*. Sie wartete darauf, dass Jette sich umdrehte, aber Jette drehte sich nicht um, sie blieb stehen und tat gar nichts, den Kopf minimal nach hinten und zur Seite geneigt, als lausche sie darauf, was Eva sagte. Aber Eva sagte nichts mehr, sie trat einen Schritt auf Jette zu und dann noch einen und legte ihre Hände dahin, wo sie nicht hingehörten, und ihr Gesicht dahin, wo es erst recht nicht hingehörte, und das schien, zu Evas grenzenloser Erleichterung, eine Sprache zu sein, die Jette verstand.

29.

Ein Frauenkörper fühlte sich an wie Nachhausekommen. Eine Rückkehr zu den Ursprüngen ihres Begehrens, und Jette navigierte Evas mit einer Intuition, die sie mit Männern, mit Lukas, da er noch immer der Einzige war, nicht hatte. Sie spürte, dass es für Eva neu war, womöglich sogar das erste Mal mit einer Frau, und der Gedanke rührte sie und gab ihr das gute, rare Gefühl, einen Vorsprung zu haben. Eva hatte nichts dazu gesagt, überhaupt war sie, die sonst so viel redete, im Bett erstaunlich still, und Jette gab sich Mühe, sie ganz langsam an den Rand des Wahnsinns zu bringen, bis es aus Eva herausbrach. Es war großartig, sie schreien zu hören, und entzückend, wie sie sich hinterher dafür schämte. Wie sie dalag, in Embryonalstellung abgewandt, die Hände vorm Gesicht, während Jette sie ungeniert betrachtete, ihren Blick und ihre Fingerspitzen und ihre Zunge Evas Wirbelsäule abwärtswandern ließ und sie liebevoll einen Schreihals nannte, woraufhin Eva sich das Kissen über den Kopf zog. Es waren immer Frauen wie Eva gewesen, zu denen Jette sich hingezogen fühlte; weil sie sich herausgefordert sah. Von der Beherrschtheit, die sie ausstrahlten, ihrer Lehrerinnenstrenge. Der Anmaßung, die darin lag, sich so sehr im Griff zu haben, eine Eigenschaft, die Jette selbst völlig abging. Sie wollte diese Beherrschung demontieren und schauen, was dahinterlag. Ob etwas dahinterlag, das sie aufzugeben bereit waren. Stille Wasser sind tief und schmutzig, wie Oma Lene gesagt hätte.

Jette hatte in den letzten Wochen gespürt, dass Eva etwas von ihr wollte, so sehr im Griff hatte sie sich dann doch nicht, aber Jette hatte geglaubt, dass es sich von selbst erledigen würde, wenn sie es nur hart genug ignorierte. Sie hatte es an der Besessenheit gemerkt, mit der Eva nach Gemeinsamkeiten suchte, und der Art, wie sie sich freute, wenn sie welche fand: dass sie beide Anfang der Neunzigerjahre Take-That-Fans gewesen waren zum Beispiel, wobei Jette Mark am liebsten mochte und Eva in Robbie verliebt gewesen war. Dass sie beide als Kinder Reitstunden genommen hatten; Jette stellte sich das schöne Pferdemädchen vor, das Eva gewesen war, mit geputzten Stiefeln und weißer Decke unterm Sattel auf einer frisch gestriegelten Hannoveraner Stute, wie die im Klövensteen, für die Jette geschwärmt hatte, während sie selbst ein dickes Kind auf einem dicken Zottelpony gewesen war. Und dann die Zeit, als Jette noch zur Schule ging und Eva schon nicht mehr und nach Berlin gezogen war, und Jette kurz eine Freundin dort hatte, die sie an den Wochenenden besuchte; Eva hatte fasziniert festgestellt, dass es im selben Jahr gewesen sein musste, dass sie beide in Kreuzberg unterwegs gewesen waren, nur wenige Straßen voneinander entfernt. Hatte sich ausgemalt, wie sie womöglich in einem Café nebeneinandergesessen hatten, oder auf dem Markt am Maybachufer im Gedränge aneinander vorbeigelaufen waren, ohne sich zu kennen. Es gelang Jette nicht, die gleiche Faszination dafür aufzubringen, ein regelrechtes Bedauern all der Male, die sie einander nicht getroffen, und der Arten, auf die sie sich nicht kennengelernt hatten. Es rührte sie, welche Bedeutung Eva diesen Dingen zumaß; sie hatte sie nicht so eingeschätzt. Die Eva aus Lukas' Erzählungen schien eine andere zu sein. Jette war es nicht gewohnt, von Frauen auserwählt zu werden. Normalerweise war sie diejenige, die sich einen Wolf hofierte, was wiederum mit ihrem Typ zusammenhing, dachte Jette. Mit der Hierarchie der Begehrlichkeiten, an die sie nicht glauben wollte, die trotzdem existierte. Sie fragte sich, ob sie in Zukunft auch einen Männertyp haben würde, ob Lukas der Erste war oder der Einzige bliebe, ob sie bereits Opfer einer Konditionierung war, von der sie noch nichts spürte, weil es einem immer erst im Nachhinein auffiel, wenn eine statistisch relevante Menge an Faktoren zusammengekommen war: dass man einen Typ hatte.

Jette strich die Haare aus Evas Nacken und fragte, ob alles in Ordnung sei, und Eva nickte, drehte sich zu ihr herum, stützte den Kopf in die Hand und sah sie an. In ihrem Blick lag bereits etwas, das es Jette schwer machen würde, später, dachte sie, bald. Aber jetzt noch nicht. Wie schön sie war, dachte Jette, und dass ihr das bisher gar nicht aufgefallen war. Weil sie es nicht hatte sehen wollen. Sie dachte, wie absurd die Dinge sich entwickelt hatten. Und dass sie absolut nicht wusste, wie sie aus dieser Geschichte wieder herauskommen sollte.

Sie griff nach dem dicken blauen Buch, das neben der Matratze lag, suchte das Gedicht, dessen erste Zeile ihr im Kopf herumschwirrte, und las es Eva vor: *Du mit dem Wort, das ich sprach.* So hatte Jette sich in ihrer übergewichtigen, orientierungslosen Jugend das ideale Erwachsenenleben vorgestellt: weiße Bettlaken, von Ikea zwar, aber wenigstens waren es nicht mehr die rauen, tausendmal mit dem harten Hamburger Leitungswasser gewaschenen aus ungemütlichem Waffelplissee in einem ehemals kräftigen Naziblau, die Oma Lene bei Karstadt oder Hertie gekauft hatte. *Du mit dem Schweigen.* Wo sie alles gekauft hatte, ein Umstand, der von frühster Kindheit an ein nicht totzukriegendes Urvertrauen in deutsche Warenhausketten in Jette implementiert hatte. *Du mit dir selbst in die Welt ge- stie- ge- ne,* Jette gab sich alle Mühe, den Wörtern aus ihrer Stimme eine Treppe zu bauen. Und eine nackte Frau in diesen Laken, der Jette Gedichte vorlas. Eine Frau, die, zu Jettes Entzücken, wenngleich ihr bewusst war, dass es ein wenig erbärmlich war, sich an diesen Dingen zu messen: älter, gebildeter, schöner, erfolgreicher, heterosexueller und verheirateter war als Jette. *Du meine Liebe.* War es wirklich das, was sie sich vor zwanzig Jahren vorgestellt hatte? In zwanzig Jahren, hatte Jette vor zwanzig Jahren gedacht, wäre sie glücklich oder tot. Sie hatte sich die Frage nach dem Glück seither nie mehr gestellt, hatte das Konzept nie so ganz begriffen; aber jetzt in diesem Moment war sie immerhin nicht unglücklich, und somit hatte Schopenhauer, zumindest was das betraf, recht.

Die Türklingel ließ Jettes Rezitation abrupt enden. Sie legte sorgsam das Lesebändchen zwischen die Seiten 470 und 471, bevor sie das Buch zuklappte und sich unter Evas fragendem Blick vom Bett erhob. Es konnte nur ein Notfall sein oder ein Missverständnis. Ein Nachbar, der sich ausgesperrt hatte. Späte Gäste, die versehentlich den falschen Klingelknopf gedrückt hatten. Oder jemand, der sie warnen wollte, vor etwas, das sie nicht bemerkt hatten; vor Jettes innerem Auge raste ein Film vorbei, in dem sie in Windeseile ein paar Klamotten überwerfen, ihr Handy und den Laptop greifen und von einem Feuerwehrmann aus dem Haus eskortiert werden würde, sie sah Eva und sich unter einer golden schimmernden Rettungsdecke in der offenen Hintertür eines Rettungswagens sitzen, Arm in Arm, jemand würde ihnen einen Thermosbecher mit heißem Tee reichen, während sie zusahen, wie Jettes Haus abbrannte. Sie ertappte sich bei dem Gedanken, dass dies eine gute Geschichte wäre, eine, über die sie später einmal würde schreiben können.

Ihr *Hallo* in den Hörer der Gegensprechanlage blieb unbeantwortet, das Ende der Leitung tot. Betrunkene Halbstarke vermutlich, die durch die Straße zogen und es witzig fanden, mitten in der Nacht fremden Menschen einen Klingelstreich zu spielen, dachte Jette, legte den Hörer wieder auf und war schon zurück im Schlafzimmer, als sie Schritte im Treppenhaus vernahm. Kurz darauf klopfte es zaghaft an der Tür. *Hey*, sagte Lukas gedehnt, als Jette die Tür öffnete, und schwankte, ehe sie etwas erwidern konnte, an ihr vorbei in die Wohnung.

Einen Moment standen sie im Flur, in Jettes Kopf eine Kurzschlussreaktion, die dazu führte, dass sie gar nichts tun konnte, während Lukas vollkommen damit beschäftigt schien, das Gleichgewicht zu halten. Dann kam Eva aus dem Schlafzimmer. Sie blieb im Türrahmen stehen, die Bettdecke majestätisch um den Körper gewickelt wie Cleopatra. Ein, dachte Jette, unter rein soziologischen Gesichtspunkten durchaus interessanter Moment. Die gute Gastgeberin in ihr war versucht, Getränke und Popcorn anzubieten. *Ach*, sagte Lukas und sah zwischen Eva und Jette hin und her. Mehr nicht. Eva sah nicht halb so überrascht aus, wie es angemessen wäre. In dem kurzen Blick, den sie Jette zuwarf, lag etwas Entschuldigendes, vermutlich ging sie davon aus, dass Lukas um ihretwillen hier aufgeschlagen war. Dass er ihr nachspioniert, herausgefunden hatte, wo sie sich aufhielt, und nun gekommen war, sie nach Hause zu holen, dachte Jette. Hinter Lukas' Stirn wurden die Möglichkeiten sorgfältig abgewogen. Es war offensichtlich, dass er sich nicht zwischen Belustigung, Wut und der Aussicht auf die unverhoffte Erfüllung seiner naheliegendsten sexuellen Fantasie entscheiden konnte.

Jette sah die beiden einen Blick tauschen, der alles zu enthalten schien, was in zwanzig Jahren schiefgegangen war, und vielleicht auch Dinge, die nicht schiefgegangen waren. Ein Blick, der sie auf eine sehr grundsätzliche Art ausschloss. Sie hörte Lukas sagen: *Alles Gute zum Hochzeitstag* und ein um zwei Sekunden abgesetztes, bitteres: *Schatz* hinterherwerfen. Dann zog er seinen Mantel aus, ließ ihn auf den Boden fallen, torkelte ins Schlafzimmer und kippte der Länge nach auf Jettes Bett.

Jette hatte im letzten Jahr einige Sonnenaufgänge durch die Fenster ihrer neuen Wohnung betrachtet, aber dieser war ironischerweise einer der schönsten, die sie in ihrem Leben gesehen hatte. Das sich schleichend ausbreitende Rot, eine Glut, die sich den Horizont hinauffraß und den ganzen Himmel einfärbte, so klar und tiefrot und allumfassend, dass stumme Tränen ihre Wangen hinunterrollten. Und auch das, dachte Jette, sah vielleicht schön aus; sie war beinahe versucht, ein Selfie zu machen. Aber es hätte den Moment ruiniert. Einen, den sie, wie so viele, ganz für sich hatte. Sie dachte plötzlich, dass sie Oma Lene immer missverstanden hatte: dass sie nicht gemeint hatte, dass es einerseits Menschen gab, die in Familie, und andererseits solche, die allein lebten. Sondern, dass es Menschen gab, die grundsätzlich allein waren, deren Einsamkeit nicht von der physischen Anwesenheit anderer abhing. Weil man auch zusammen allein sein konnte, sogar wenn man wie Oma Lene zweimal verheiratet gewesen war.

Jettes Blick fiel auf die Turmuhr, die nicht mehr fünf nach zwölf, sondern Viertel nach sieben zeigte. Ihr war bisher nicht aufgefallen, dass sie repariert worden war.

Sie ging zurück zum Schlafzimmer und blieb im Türrahmen stehen, Lukas und Eva betrachtend, die ineinander verkeilt schliefen. Ihr Atem synchron, ihre Gesichter einander zugewandt, so nah, dass die Nasenspitzen sich berührten. Jette empfand eine sonderbare Zärtlichkeit für die Einheit, die sie bildeten, und das seltsame Bedürfnis, diese Einheit zu schützen. Sie wollte nicht, dass das mit ihnen auseinanderbrach. Sie wollte sie einzeln und gleichzeitig zusammen. Sie hätte sich gern dazugelegt, links neben Lukas, und ihn gelöffelt, wie er es gernhatte, oder rechts neben Eva, deren Körper noch ein bisschen besser in Jettes passte. Aber es war nicht genug Platz, weder am Rand noch zwischen ihnen, und Jette wollte ihren Schlaf nicht stören. Sie holte ihr Handy heraus und machte ein Erinnerungsfoto, bevor sie in die Küche ging, um Kaffee aufzusetzen.

30.

Das Meer war laut an diesen letzten Tagen des Jahres. Der Westwind riss mit Windstärke fünf an seinen Haaren und trieb ihm das Salz in die Augen. Es war weit und breit niemand zu sehen, so früh am Morgen, und Lukas fühlte sich wie der erste Mensch auf der Welt. Er breitete die Arme aus, der Stoff seines Mantels blähte sich auf wie ein Segel, er musste sich nach vorn stemmen, in den Wind hinein, um nicht zu fallen. Er liebte dieses Wetter, das eine Klarheit im Kopf machte wie sonst nichts. Eine Leichtigkeit, die er nur an diesem Ort empfand. Viele Jahre war er nicht mehr im Winter auf der Insel gewesen. Dichte, schwarze Wolken hingen tief über weiß schäumenden Wellen, die mit wütender Kraft auf den Strand krachten. Er hatte das Meer nie gemalt. Alle malten das Meer. Als Kind hatte er immer wieder den Leuchtturm gemalt, den Hindenburgdamm, die Form der Insel, die er heute noch maßstabsgetreu aus dem Handgelenk zeichnen konnte, mit ihren minimalen, doch über die Jahre sichtbaren Veränderungen. Später auch Möwen, lebendige und tote. Über den letzten Winter hatten sie an die 1300 tote Tiere aus den Dünen gesammelt, gestorben an Entkräftung oder der Vogelgrippe, das hatte der Seehundjäger erzählt, den er im Edeka getroffen hatte.

Lukas' Kindheitserinnerungen bestanden fast ausschließlich aus Sommern. Aus dem Geruch der Kartoffel-Rose, dem Gefühl der warmen, sandigen Holzbohlen unter seinen nackten Füßen und den scharfen Kanten des Strandhafers, an denen man sich, wenn man nicht aufpasste, die Finger schnitt. Aus Crêpes mit Zimt und Zucker an der Düne am Hauptstrand und Kinderteller Schnitzel mit Pommes in der Friesenkate. An das Feuerwehrfest im Ort und in manchen Jahren den fetten, rostigen Aufspülungsrohren, auf denen man den Strand entlangbalancieren konnte. Aus den Spaziergängen, zu denen seine Eltern ihn jeden Sommer genötigt hatten, um die Südspitze, die immer kleiner wurde, je größer Lukas geworden war. Inzwischen lief er die Strecke freiwillig, jetzt im Winter nur bei Ebbe, weil die Nordsee bei Flut ganz unten im Süden bis an den Dünensaum stand.

Das Meer flößte Lukas Respekt ein. Der Gedanke, dass es sich die Insel Stück für Stück holen würde, hatte ihm als Kind Angst gemacht. Hier unten würde sie brechen, hatte sein Vater ihm erklärt, einmal war es schon so weit gewesen, dass der Ort vom Rest der Insel abgeschnitten war. Es würde wieder passieren. Eines Tages würde das Meer sich zuerst den Süden der Insel einverleiben, und irgendwann, in einer fernen Zukunft, auch den Rest; es war nur eine Frage der Zeit. In manchen Kindheitssommernächten hatte Lukas im Bett gelegen und nicht schlafen können vor Angst, dass es plötzlich passierte. Dass die Insel spontan in zwei bräche, eines Nachts, während er schlief, und am Morgen würde er auf einer Hallig erwachen. Vielleicht wäre das gar nicht so schlimm. Mit dem Adler-Schiff hatten sie Ausflüge nach Hooge unternommen, wo das Wasser im Winter bis an die Häuser heranreichte. Im Sommer geschah nichts. Manchmal waren zwei rote Plastikbälle ausgehängt, dann durfte man nicht baden. Immer taten ein paar einfältige Touristen es trotzdem, und der Rettungsschwimmer rannte mit einer lauten Tröte über den Strand und winkte sie heraus. Kamen sie nicht von selbst, nahm er sein Surfbrett und paddelte ihnen entgegen. Lukas musste nie gerettet werden, er wusste, wie man sich verhielt. Er hatte hier auf der Insel schwimmen gelernt. Nicht im Meer, sondern im Hallenbad des Kurhauses, das inzwischen zu niemandes Bedauern abgerissen worden war. Herr Professor stand auch an stürmischen Tagen in der Brandung und lachte, wenn die Wellen über seinem Körper zusammenklatschten, wenn sie ihn umwarfen, ein Stück mitnahmen und über die Steine und Muschelscherben am Ufer zerrten, bis ihm die Knie bluteten. Einmal hatte er Lukas an der Hand mit hineingenommen, und als das Wasser Lukas bis zum Bauch stand, hatte er seine Hand plötzlich losgelassen. Die Wellen hatten Lukas' kleinen Körper umgerissen und unter Wasser umhergeworfen wie einen Ball, er konnte noch nicht schwimmen. Es hätte auch nicht geholfen, wenn er es gekonnt hätte, das Meer war stärker als er, und Lukas erinnerte sich noch heute an diesen Moment. Es hieß, unter Wasser sei es still, aber das galt nicht für dieses. Alles um ihn war laut und dunkelgrün gewesen, er wusste nicht mehr, wo oben und unten war, und ergab sich in das sichere Gefühl, dass er nun sterben würde. Aber das Meer wollte ihn nicht haben, die Wellen spuckten seinen Körper achtlos auf den Strand, seinem lachenden Vater vor die nackten Füße.

Auf dem Rückweg begegneten ihm die ersten Touristen. Rentner in bunten Outdoorjacken, die sich rüstig in den Wind stemmten. Es kamen mehr als in früheren Wintern, sie gönnten der Insel keine Ruhe, überrannten sie rund ums Jahr. Manchmal erheiterte ihn der Gedanke, dass Sylt vielleicht nur noch hundert Jahre hatte. Er malte sich aus, dass sich noch einige Jahrzehnte genügend nostalgische Millionäre fänden, auch wenn das Land die Insel längst aufgegeben haben würde. Jemand würde sie retten kommen, in persönlicher Mission, da war sich Lukas sicher. Irgendwer, den sein Vater vom Golfspielen kannte, würde sein Geld, im wahrsten Sinne des Wortes, in den Sand setzen. Es würde nichts helfen. Irgendwann würde es aufhören. Wenn auch nicht ganz so plötzlich, wie er es sich als Kind ausgemalt hatte. Etwas gefiel ihm insgeheim an der Vorstellung, die Insel untergehen zu sehen. Eine diffuse Ahnung überkam ihn, dass dies nur der Anfang war. Einer der Anfänge, die überall auf der Welt in diesem Moment geschahen, sich schleichend zu Tatsachen manifestieren und dafür sorgen würden, dass der Planet irgendwann einmal zur Ruhe käme. Die Menschheit hatte es nicht verdient, nicht auszusterben, dachte Lukas, und zu seiner eigenen Verwunderung lag nichts Bitteres oder Trauriges in diesem Gedanken.

Er lief durch den Ort zurück, hinter der Düne war es schlagartig milder und still. Lukas' Kopf glühte, als er beim Bäcker Lund um Kliffkanten und Friesentorte anstand. Die junge Verkäuferin lächelte ihn freundlich an. Er war sich nie sicher, ob sie ihn wiedererkannte, aber er hoffte inständig, dass sie ihn nicht mit den Touristen verwechselte. *Zwei Stück, wie immer?*, fragte sie, während sie das erste Stück Torte auf eine Pappe schob, und Lukas freute sich. *Drei*, sagte er.

Was zwischen den Jahren passierte, blieb zwischen den Jahren, dachte Lukas. Er hatte diese kurze Phase des Aufatmens immer gemocht, dieses Vakuum, wenn Weihnachten endlich vorbei war und bis Silvester noch ein paar Tage blieben, die nicht richtig zählten. Kürzlich hatte er mit Ada darüber diskutiert. Sie ärgerte sich über den Ausdruck, wie sie sich über alles ärgerte, was ihr nicht logisch erschien. Dabei hatte sie erst vor einer Weile die Tragik begriffen, die darin lag, dass jemand, den sie kannten, am 29. Februar geboren worden war. Lukas hatte diesen Umstand zum Anlass genommen, ihr zu erklären, dass Zeit ein Konstrukt war und trotzdem real. Leo, der auch zugehört hatte, war beinahe der Kopf geplatzt. Lukas hatte versucht, seinen Kindern zu erklären, warum man es so sagte: zwischen den Jahren. Hatte von den Raunächten gesprochen und dem gregorianischen Kalender und dass seine Mutter in diesen Tagen niemals die Wäsche wusch. Als Ada gefragt hatte, warum, und er von den wilden Reitern anfing, hatten Leos Augen sich derart geweitet, dass Lukas lieber geschwiegen hatte. Aber Ada war unnachgiebig. Es gäbe kein Dazwischen in der Zeit, hatte sie gesagt. Jede Stunde gehörte einem Tag und jeder Tag einem Monat und jeder Monat einem Jahr. Sie war einfach durch und durch Kind ihrer Mutter, dachte Lukas zärtlich.

Im Haus roch es nach frischem Kaffee, als er zurückkam. Er ging direkt in die Küche, legte die Brötchentüte auf den Tisch, stellte die Torte in den Kühlschrank und nahm sich eine Tasse. Nie schmeckte ihm ordinärer Filterkaffee so gut wie hier. Aus dieser alten, röchelnden Maschine, von der seine Eltern sich erst trennen würden, wenn sie kaputtging. Er hatte aufgehört, ihnen die Anschaffung einer Siebträgermaschine vorzuschlagen. Hier gehörte so ein ganz ehrlicher Kaffee, wie seine Mutter sagen würde, aus einer Tasse mit Friesenmuster zu seinem Urlaubsgefühl. Er blieb vor dem Tisch stehen und betrachtete das Bild an der Wand darüber: *Vater isst eine Orange*. Es war ein gutes Bild, dachte er, es hätte ihm locker 20.000 Euro eingebracht. Ein bisschen hatte er gehofft, dass sein Vater es zu Hause aufhängen würde, aber er hatte ihn damit überrascht, dass er es hier platziert hatte, und irgendwie passte es auch hierher, dachte Lukas. Obwohl er vor seinem inneren Auge nicht diesen, sondern den Esstisch in Hamburg sah, wenn er sich daran erinnerte, wie sein Vater eine Orange aß. Eine Apfelsine, wie Herr Professor sagte. Wie er den Teller mit der Frucht und dem scharfen Obstmesser vor sich platzierte, sich die Ärmel hochkrempelte und das Fleisch mit medizinischer Präzision zu filetieren begann. Wie er erst, nachdem er die Schalenreste am Rand des Tellers akkurat aufeinandergestapelt, die einzelnen Schnitze, ohne die Zwischenhäute zu beschädigen, sauber voneinander gelöst und behutsam die weißen Fasern entfernt hatte, aufgesehen und sich erinnert hatte, dass Lukas dasaß und ihm zusah. Wie er ihm den ersten Orangenschnitz gereicht hatte. Und dann den Rest gegessen, beidhändig, tief über den Teller gebeugt, während ihm der Saft von den Fingern tropfte wie das Blut eines erlegten Tieres. Lukas' Handy vibrierte in der Hosentasche. Wenn man an den Teufel dachte. Das Bild baute sich zögernd auf, das Internet war langsam hier. Lukas sah das Gesicht seines Vaters von schräg unten, links und rechts schoben sich Adas und Leos Köpfe ins Bild. *Papa! – Hey*, sagte Lukas, *Moin. Na?*

Es folgte ein wilder und schwer verständlicher Vortrag über ihren gestrigen Besuch in Hagenbecks Tierpark. Seine Mutter erschien im Hintergrund, winkte und verschwand wieder. Sein Vater sagte etwas, das er nicht verstand. Leo lief aus dem Bild und kam mit einer Packung Feuerwerkskörper zurück. *Hat Opa uns gekauft! – Ist das so*, sagte Lukas mit nur teilweise gespieltem Erstaunen. Sein Vater ließ sich gehen. Sollte er nur. Er sah ihn im Hintergrund diebisch grinsend die Schultern zucken. Silvesterfeuerwerk war zeit seines Lebens ein Reizthema gewesen. Nur weil man Geld hatte, musste man es nämlich, Herrn Professor nach, nicht sinnlos in die Luft jagen. *Wo ist Mama?*, fragte Ada. *Ich bin hier*, sagte Eva, die er nicht die Treppe hatte hinunterkommen hören. Sie legte ihre Hand an seine Hüfte und ihren Kopf auf seine Schulter. Die Hagenbeck-Highlights wurden noch einmal wiederholt. Lukas' Schulter wurde warm. Er schob seine Hand unter Evas Nachthemd und ihren Rücken hinauf. Er spürte froh, wie sie sich in die Berührung hineinlehnte. *Hast du den Kalender schon fertig?*, fragte Ada. *Fast*, sagte Lukas. *Wollt ihr mal sehen?* Er drehte den Bildschirm herum und fuhr mit dem Handy langsam über den Tisch, auf dem das Kopfstück des Familienplaners für das nächste Jahr lag. *Mama hat sich noch nicht entschieden, welches Tier sie sein will. – Ihr könnt ja mal überlegen und mir helfen*, sagte Eva. Jetzt schritt sein Vater ein. *Jaja, das machen wir später*, rief er ungeduldig. *Schreiben wir euch dann. Wir müssen los, die Cap San Diego wartet nicht auf uns!* Das war natürlich Unsinn, dachte Lukas. Die Cap San Diego würde sich nicht vom Fleck bewegen.

Als sie aufgelegt hatten, setzte Eva sich auf seinen Schoß, nahm seine Tasse und trank einen Schluck. *Jochen hat übrigens geschrieben*, sagte sie. *Er übernimmt die Wohnung, bis das mit Anke geklärt ist*. Lukas nickte, bemüht, seine Freude zu verbergen. Immerhin war es Jochens Ehe, die auf dem Spiel stand, was er sich, Evas Erzählungen von der Referendarin zufolge, selbst zuzuschreiben hatte. Lukas begriff nicht, warum manche Leute immer gleich alles hinwarfen. Es gab doch auch andere Möglichkeiten. Sie waren das beste Beispiel dafür. Er sah Eva an, er fand sie unglaublich schön in diesem Morgenlicht, und er küsste sie, ohne sich an ihrem sauren Kaffeeatem zu stören. *Ich geh mal duschen*, sagte sie und stand auf. *Wann müssen wir los?* Lukas sah auf sein Handy. *In einer guten halben Stunde*.

Er hörte das entfernte Prasseln des Wassers aus dem Badezimmer. Es war eines dieser unscheinbaren, alltäglichen Dinge, die er vermisst hatte. Zu wissen, dass Eva wenige Meter von ihm entfernt unter der Dusche stand, und sich das Wasser auf ihrer nackten Haut vorzustellen. Dass sie gleich aus dem Bad kommen, mit einem Handtuch um den Körper und ihren vertrauten Geruch verströmen würde. Es war das Banalste und Schönste, was er sich denken konnte.

Er drehte den Kalender herum und sah sich die angefangenen Zeichnungen an. Ada hatte sich dieses Mal einen Pinguin ausgesucht. Nachdem sie vor Kurzem zusammen eine Dokumentation über Kaiserpinguine in der Arktis angeschaut hatten, in der ein Pinguin sich plötzlich von seiner Kolonie entfernt hatte und ohne ersichtlichen Grund in die entgegengesetzte Richtung gelaufen war. Er würde es nicht überleben. Bis auf Ada hatten sie alle feuchte Augen bekommen, sogar Eva. Leo hatte hemmungslos losgeheult. Ada hatte sich geärgert, weil es so dumm war von dem Pinguin. Leo wollte dieses Mal einen T-Rex. Lukas wäre am liebsten weiterhin ein Kakapo geblieben, aber die Kinder hatten angemahnt, dass er sich etwas Neues einfallen lassen müsse. Eine dieser zahlreichen Regeln, die sie in jedem Lebensbereich aufstellten. Ein Spiegelbild der Welt, wie sie ihnen begegnete, dachte Lukas. Er hatte ein bisschen herumgegoogelt und sich für das Dikdik entschieden. Es war eines der wenigen Säugetiere, die monogam lebten, eine Information, die er Eva nicht vorenthalten hatte.

Sie liefen die Straße hinunter, der Himmel war schwer und wolkenverhangen, vielleicht würde es Regen geben. Die Flaggen knatterten im Wind, mit hellem Dingdingding schlugen die Seile gegen die Masten. Lukas und Eva liefen schweigend nebeneinanderher, die Straße entlang, die in einer einzigen, schnurgeraden Linie aus dem Ort hinausführte. Es waren kaum Autos unterwegs. Sie sahen den Bus lange bevor er da war. Lukas spürte, ohne hinzusehen, wie Evas Oberkörper sich aufrichtete. Er fühlte selbst eine eigenartige Anspannung. Er sah Eva an.

Bist du sicher?, fragte er. Als ob es für diese Frage nicht längst zu spät sei. *Ja*, sagte sie und nahm seine Hand. Dann drehten sie sich um und sahen den Bus auf der anderen Straßenseite rechts heranfahren. Er hielt und gab mit einem hydraulischen Seufzen die Türen frei, sie öffnete sich zur Düne hin, schloss sich wieder, der Bus fuhr weiter, Richtung Hafen, wo die Fahrt endete, die Insel zu Ende war. Auf der anderen Seite, in der Haltebucht am Straßenrand, stand eine kleine Person mit einem großen Rucksack auf den Schultern. Jette hob lachend die Hand zum Gruß, bevor sie die Straße überquerte und zu ihnen herüberkam.

DANK

Mein größter Dank gilt Meike Herrmann und Graf und Graf und Maria Mair und Nagel und Kimche.

Lorenz Hoffmann danke ich sehr für das genaue Erstlesen, Julia Dathe für die Mathe-Nachhilfe.

Für die inspirierenden Ateliergespräche danke ich den Leipziger Künstler:innen Isabelle Dutoit, Maria Sainz Rueda und Rigo Schmidt.

Des Weiteren danke ich dem Künstlerhaus Edenkoben und dem Stuttgarter Schriftstellerhaus sowie dem Kulturamt der Stadt Leipzig für die Förderung meiner Arbeit.

QUELLEN

Gerhard Gundermann: Und musst du weinen © Gerhard Gundermann. CD »Engel über dem Revier« | Liederbuch 2 BuschFunk 1997.

Paul Celan: ohne Titel, in: Die Gedichte. Kommentierte Gesamtausgabe in einem Band. Herausgegeben und kommentiert von Barbara Wiedemann, S. 470–471.
© Suhrkamp Verlag Frankfurt am Main 2003.